Knaur.

Im Knaur Taschenbuch Verlag sind bereits
folgende Bücher der Autorin erschienen:
Klaras Haus
Steine und Rosen
Majas Buch
Annas Entscheidung
Vergleichsweise wundervoll
Im Angesicht der Schuld
Gefährliche Täuschung

Über die Autorin:
Sabine Kornbichler, 1957 in Wiesbaden geboren, wuchs an der Nordsee
auf. Nach dem Studium der Volkswirtschaftslehre in Hamburg arbeitete sie
mehrere Jahre als Beraterin in einer Frankfurter PR-Agentur. Sie lebt und
arbeitet heute als Autorin in Berlin.
Gleich ihr erster Roman, *Klaras Haus*, war ein großer Erfolg.
Mehr über die Autorin finden Sie auf ihrer Homepage:
www.sabine-kornbichler.de

Für Anwen, Ennid und Paula

1

Als Oskar mich kommen sah, hob er den Kopf, nur um ihn gleich darauf wieder zu senken.

»He, du Faulpelz«, rief ich, »steh auf!«

Anstatt sich zu rühren, schenkte er mir einen Blick, der mich fast schwankend werden ließ.

Mit in die Hüften gestemmten Händen blieb ich vor ihm stehen und sah auf ihn herab. »Na los! Gib dir einen Ruck. Selbst Morgenmuffel fallen nicht gleich tot um, wenn sie ausnahmsweise mal um fünf Uhr aufstehen. Heute ist ein Festtag, und der muss würdig begangen werden!«

Was mich eine Stunde früher als sonst aus dem Bett getrieben hatte, ließ Oskar nur müde gähnen.

»Dann muss es eben auf die harte Tour gehen!« Ich griff nach seinem Halfter und zog so lange daran, bis er sich bequemte, seine Vorderbeine aufzusetzen. Im Zeitlupentempo folgten die Hinterbeine, dann ein Schütteln und schließlich ein unwilliges Schnauben. Während ich ihn Richtung Gatter hinter mir herzog, dachte ich an jenen Tag, der genau fünf Jahre zurücklag.

Damals hatte ich den Bungehof eröffnet, einen Reiter- und Pferdehof, wie ich ihn mir schon lange erträumt hatte. Meine Ersparnisse und die Erbschaft von meiner Großmutter hatten gerade gereicht, um sieben Schulpferde zu kaufen und den Hof von Hans Pattberg zu pachten, der sich im Alter von dreiundsiebzig Jahren für den Ruhestand entschieden hatte. Zuge-

7

geben, der Hof, zwischen Behrensdorf und Hohwacht in der Holsteinischen Schweiz gelegen, war nicht in allerbestem Zustand, als ich ihn übernahm, aber er hatte alles, was ich brauchte: Stallgebäude, Reithalle, Viereck, einen Freilauf und genügend Weideland. Und: Meeresnähe. Nach dem Geruch von Pferden war der des Meeres mir schon immer am liebsten gewesen.

Zu den Schulpferden hatten sich nach und nach so viele Pensionspferde gesellt, dass die restlichen dreißig Boxen belegt waren. So war es mir allen Anfangsschwierigkeiten zum Trotz gelungen, mit meinem Traumprojekt auf eigenen Beinen zu stehen. Der Bungehof konnte mich ernähren, und mehr brauchte ich nicht. Große Sprünge interessierten mich ohnehin nur, wenn ich auf dem Rücken eines Pferdes saß – vorzugsweise auf dem von Oskar, meinem dunkelbraunen Hannoveraner mit den drei weißen Fesseln und der verwegenen Blesse. Es gab Menschen, die meinten, diese Blesse könne man sich beim besten Willen nicht schönreden. Sie sehe aus, als sei ein Farbeimer ausgelaufen. Aber das waren Menschen, die nach Perfektion strebten, denen ein Makel den Blick für das Wesentliche verstellte.

Oskar war durch mehrere Hände gegangen, bevor er vor acht Jahren gegen seinen Willen in mein Leben trat. Mitarbeiter eines Tierschutzvereins hatten ihn in völlig verwahrlostem Zustand aus der Gewalt seines früheren Besitzers befreit und an mich weitergegeben. Es hatte mich sehr viel Geduld und noch mehr Blutergüsse gekostet, bis Oskar aufhörte, mich zu beißen oder nach mir auszuschlagen. Als er mir endlich vertraute, war ein halbes Jahr vergangen und wir schlossen Freundschaft. Bis es soweit war, hatte mich mehr als einmal eine tiefe Hoffnungslosigkeit befallen. Nur ein vages Gefühl von Verbundenheit mit einer verwundeten Seele hatte mich davon abgehalten aufzugeben.

Am Gatter sattelte ich Oskar, zog ihm das Zaumzeug über den Kopf und saß auf. Zur Feier des Tages wollte ich am Strand der Hohwachter Bucht entlanggaloppieren – wohl wissend, dass ich damit ein Verbot missachtete. Zwar würde sich um diese Uhrzeit kaum ein Badegast, der sich durch Oskar gestört fühlen könnte, an den Strand verirren, trotzdem hatte ich Herzklopfen. Unangenehm aufzufallen war mir ein Graus, und normalerweise tat ich alles, um es zu vermeiden.

Ich hielt meine Nase in den Wind und atmete die salzige Luft ein, in die sich der Duft der gerade erst erblühten Rapsfelder mischte. Mein Blick schweifte über diese Landschaft, die es mir so sehr angetan und mich nie losgelassen hatte. Diese Landschaft, die so reich ist an Wasser, Wäldern und Weiden, die einem vorgaukelt, sie ziehe sich endlos dahin.

Als ich vor fünf Jahren aus München zurückkehrte, war es mir so vorgekommen, als sei meine Zeit im Exil beendet. Fernab von meinen Wurzeln zu leben war wie ein Stachel gewesen, der sich dicht unter der Haut einnistete und einen beständigen Schmerz verursachte. Dieser Schmerz war an dem Tag verschwunden, als ich den Pachtvertrag mit Hans Pattberg unterschrieben hatte. Das Glücksgefühl, das diese Unterschrift bei mir auslöste, hatte auch die Tatsache nicht trüben können, dass mein Vertragspartner weiterhin im alten Herrenhaus wohnen würde. Was war schon diese Klausel gegen das Heimweh, das ich damals endgültig hinter mir gelassen hatte? Selbst als ich ihn mit der Zeit als manchmal unerträglichen Geizkragen kennen lernte, hatte ich meinen Schritt nie bereut. Schließlich hatte ich nicht nach dem Paradies gesucht, sondern nach einem Ort zum Bleiben.

Mit jedem Schritt, den wir dem Meer näher kamen, erwachte Oskar mehr zum Leben. Er hob den Kopf und blähte die Nüstern.

Ich tätschelte seinen Hals. »Gleich darfst du rennen, mein Freund.«

Nachdem wir den Hafen von Lippe hinter uns gelassen hatten, hielt ich Ausschau nach möglichen Beobachtern. Zum Glück war niemand zu sehen. In meine Erleichterung mischte sich eine unbändige Vorfreude. Kaum hatte Oskar den ersten Huf in den Sand gesetzt, gab ich ihm mit einem leichten Schenkeldruck zu verstehen, dass es losging. Hatte ich ihn eine halbe Stunde zuvor noch antreiben müssen, schien ihn nun alle Müdigkeit verlassen zu haben. Er fiel in einen Galopp, der mich vergessen ließ, dass ich auf einem vierzehnjährigen Pferd saß. Mit ein paar kräftigen Sätzen landeten wir am Wassersaum und preschten den menschenleeren Strand entlang. Hätte der Wind mir keine Tränen in die Augen getrieben, dann hätte es meine überschäumende Freude getan.

Wie soll ich dieses Gefühl von Freiheit beschreiben? Wie dieses Aufgehen in der Natur und den Rausch der Geschwindigkeit? Jedes für sich war elementar und bescherte mir ein tiefes Glücksgefühl.

Vor Hohwacht drehte ich um und ließ Oskar in Schritt fallen. Mein Blick folgte einer Krähenscharbe, die auf der Suche nach einem Fischfrühstück tief übers Wasser flog. Bis auf ein paar Möwen war sie das einzige Wesen, das weit und breit zu sehen war.

»Ist das nicht wundervoll?« Ich ließ die Zügel los, breitete meine Arme aus und versuchte, meine kleine Welt zu umarmen, was darin endete, dass ich Oskars Hals umfing.

Kurz vor dem Hafen suchte ich den Horizont ab, aber mein

kleines Haus war noch nicht zu sehen. Erst hinter der nächsten Kurve erkannte ich mit viel Phantasie sein mit Moos bewachsenes Reetdach.

Hans Pattberg hatte mir das fünf mal sechs Meter messende Haus, das ein paar hundert Meter vom Bungehof entfernt direkt am Meer lag, für eine weit überhöhte Miete überlassen. Hätte ich mich nicht auf den ersten Blick in dieses Haus, das einer Puppenstube glich, verliebt, wäre ich nie bereit gewesen, so viel dafür zu zahlen. Mein Vermieter hatte jedoch leichtes Spiel mit mir gehabt – meine Begeisterung war ihm nicht entgangen. Später hatte ich erfahren, dass das Haus wegen seines Mangels an Komfort zwei Jahre lang leer gestanden hatte. Es hatte ein winziges Bad, eine noch kleinere Küche und einen Raum, in den ich Bett, Schrank, Tisch, zwei Stühle, ein altes Sofa und ein Regal zwängte, das unter der Last meiner Bücher bedrohlich ächzte. Da ständig neue hinzukamen und ich nicht wagte, sein Durchhaltevermögen noch mehr zu strapazieren, hatte ich Büchertürme über den ganzen Raum verteilt.

Der damals noch verwilderte Garten hatte sich unter meinen Händen in einen Miniatur-Bauerngarten verwandelt, der vom Frühjahr an in allen Farben erblühte. Auf der Rückseite des Hauses führte eine Treppe über einen aus großen Steinen geformten Wall hinunter zu einem Kiesgürtel, hinter dem das Meer begann.

Als wir in den schmalen Feldweg bogen, der zum Haus führte, erkannte ich Christian Flints Auto auf meinem Parkplatz.

»Wir haben Besuch, Oskar!« Mit einem Lächeln sprang ich aus dem Sattel und lief durch den Garten. Hinterm Haus überraschte ich Christian, der dabei war, Nacktschnecken aus meinem Hortensienbeet zu sammeln.

»Du bist der einzige Mensch, den ich kenne, der Nacktschnecken klaut«, sagte ich außer Atem. »Willst du sie in Häuser stopfen und deinen Gästen zum Dinner servieren?«

»Guten Morgen, Carla!« Er fuhr fort, die glitschigen Viecher in einer Blechdose verschwinden zu lassen, die ursprünglich einmal Mischgemüse beherbergt hatte.

Ich sah ihm angewidert dabei zu. »Du musst sie nicht stehlen, ich schenke sie dir.«

»Ganz davon abgesehen, dass die Eigentumsverhältnisse im Fall von wandernden Nacktschnecken ungeklärt sind, kommst du vielleicht bei ein wenig längerem Nachdenken darauf, dass ich dir gerade etwas schenke.«

»Und das wäre?«

»Eine vorübergehend schneckenfreie Zone.« Er wandte sich um und warf mir einen amüsierten Blick zu. »Und zur Ehrenrettung meiner Gäste: Nur weil viele nicht reiten können, sind sie noch lange keine Idioten.«

»So empfindlich am frühen Morgen?«

»So gerechtigkeitsliebend.«

»Treibst du dich häufiger um diese Uhrzeit in meinem Garten herum?«

»Nur wenn ich mit dir dein Fünfjähriges feiern will und mir die Zeit vertreiben muss, bis du endlich auftauchst.«

»Du hast daran gedacht!«, quietschte ich vor Freude und umarmte ihn so stürmisch, dass wir Sekunden später im Gras lagen.

»Hilfe!«

Ich knuffte ihn in die Seite. »Stell dich nicht so an.«

»Ich stelle mich nicht an, ich fühle mich überwältigt und hoffe, du kommst nicht auf dumme Gedanken.« Ostentativ langsam ließ er seinen Blick an meinem Körper hinabgleiten.

»Freunde vernasche ich grundsätzlich nicht.«

Mit einer übertriebenen Geste fasste er sich ans Herz. »Da bin ich aber beruhigt.«

Ich drehte mich auf den Rücken und kuschelte mich an ihn. »Christian, weißt du was?«

»Hm?«

»Ich bin glücklich heute.«

»Das will ich hoffen.«

»Ich meine diesen Tag.«

»Ich weiß, was du meinst.«

»Wollen wir zusammen frühstücken?«

»Deshalb bin ich hier.«

Ich sah ihn ernst an. »Habe ich dir schon mal gesagt, dass ich froh bin, dass es dich gibt?«

»Nein. Bis zu diesem Augenblick war ich stets gezwungen, mir so etwas Ähnliches zusammenzureimen.« Er strich mir eine Locke aus der Stirn. »Woher dieser plötzliche Mut? Hast du keine Angst, ich könnte das als Aufforderung verstehen und über dich herfallen?«

Bevor mir sein Blick zu nahe kam, knallte ich tief in meinem Inneren eine Tür zu und schob den Riegel vor. »Diese Angst hätte ich nur, wenn wir allein wären. Aber schau dich mal um.«

Dutzende Nacktschnecken waren aus der umgefallenen Blechdose gekrochen und verteilten sich im Gras.

Fast gleichzeitig sprangen wir auf. Verstohlen sah ich in sein Gesicht, das mir in den vergangenen fünf Jahren so vertraut geworden war. Und nicht zum ersten Mal sehnte ich mir die Hand herbei, die sich einmal nach mir ausgestreckt und die ich so unmissverständlich abgewehrt hatte.

Ich trat einen Schritt zurück, um den Bann zu brechen. »Worauf hast du Appetit?«

In seinen Augen blitzte etwas auf, das einem Appetit ähnelte, der nicht im Entferntesten mit den möglichen Bestandteilen eines Frühstücks zu tun hatte. »Ich habe die Hotelküche geplündert«, antwortete er rau. »Es ist alles noch im Auto.«

»Dann mache ich uns einen Kaffee.«

Ich hatte gerade erst Wasser in die Maschine gefüllt, als er zurückkehrte. Aus einem Korb holte er frische Brötchen und zwei Schüsseln mit Rührei und Obstsalat.

Während er alles auf Teller verteilte, beobachtete ich ihn von der Seite. Sein von regelmäßigem Sport durchtrainierter Körper täuschte darüber hinweg, dass er häufig zwölf Stunden in seinem Hotel arbeitete. Einmal mehr wurde mir bewusst, was diesen Mann so attraktiv machte. Sein Gesicht lebte durch seine Asymmetrie, seine Sensibilität und sein beredtes Mienenspiel.

»Viele Männer in deinem Alter sind verheiratet und haben Kinder«, überlegte ich laut.

»Falls du damit andeuten willst, ich liefe Gefahr sitzenzubleiben, kann ich dich beruhigen: Mit dreiunddreißig liegt dieses Risiko in etwa bei Null. Für einen Mann wohlgemerkt. Als Frau mit vierunddreißig sieht es da allerdings ganz anders aus.« Mit einem Zeigefinger hob er mein Kinn und betrachtete mich kritisch. »Und dein Aussehen macht die Sache – oder sollte ich besser sagen: die Suche? – nicht einfacher. Mit braunen, noch dazu kurzen Locken, einer Stupsnase und Wangenknochen, die unter leichten Pausbäckchen verschwinden, liegst du nicht gerade im Trend.«

»Glaubst du etwa, deine Straßenköterhaarfarbe und die Geheimratsecken, die ohne Zweifel irgendwann in einer Glatze enden werden, machen dich attraktiver?«

»Zumindest schaden sie meiner Attraktivität nicht«, antwortete er nach kurzem Zögern.

»Täusche ich mich, oder ist deinem Tonfall ein versteckter Tadel zu entnehmen?«

»Das Wort Tadel hätte ich jetzt nicht unbedingt gewählt …«

»Spielst du wieder auf mein Liebesleben an?«

»Wenn ich überhaupt auf etwas anspiele, dann auf deine One-Night-Affairs, die mit Liebe rein gar nichts zu tun haben. Du willst Macht über diese Männer haben, mehr nicht.«

»Ach!«, gab ich schneidend zurück und wandte mich mit der Kanne in der Hand zu ihm um, wobei ein Teil des Kaffees auf dem Fußboden landete. »Um Macht geht es dabei? Ich dachte immer, es gehe Männern ausschließlich um Sex.«

»Ich rede nicht von Männern, ich rede von dir!«

»Was wird das hier? Ein Grundsatzgespräch?«

»Wenn du es zulässt, gerne.«

»Vergiss es!« Ich knallte die Kanne zurück in die Maschine und machte mich daran, den Kaffee vom Boden zu wischen. Kaum hatte ich mich wieder aufgerichtet, sah ich ihn enttäuscht an.

»Du hast angefangen«, meinte Christian versöhnlich.

»Aber ich wollte auf etwas ganz anderes hinaus.«

»Dann lass uns zum Start zurückkehren.«

»Es wäre nicht mehr dasselbe.«

Er nahm mich in die Arme und hielt mich fest umschlungen. »Worauf wolltest du hinaus?«

Am liebsten hätte ich meine Nase in seinen Hals vergraben, da Christian so gut roch wie kein anderer Mann, den ich kannte. Wie immer widerstand ich diesem Impuls.

»Sag schon«, holte er mich aus meinen Gedanken. »Was sollte das mit Heiraten und Kindern?«

»Ich war so froh, dass du hier bist, und da …«

»War?«

»Ich *bin* so froh, dass du hier bist. Und da habe ich mir überlegt, dass es nur so lange geht, bis du verheiratet oder zumindest liiert bist.«

»Das eine schließt das andere nicht aus.«

»Kannst du dir eine Frau vorstellen, die dich in aller Herrgottsfrühe zum Frühstück mit einer anderen Frau gehen lässt?«

»Wenn ich dieser Frau erkläre, wie du tickst, wird sie sich auf die andere Seite drehen und weiterschlafen.«

Ich befreite mich aus seinen Armen und trat einen Schritt zurück. »Wie ticke ich denn?«, fragte ich irritiert.

»Du hast eine Heidenangst vor einer Beziehung, die länger als ein paar Stunden währt und mehr als unverbindlich ist.«

»Und warum sollte ich eine solche Angst haben?«

»Das habe ich immer noch nicht herausgefunden.« Trotz meiner Gegenwehr trat er hinter mich, griff nach meinen Fäusten und begann, sie ganz sanft zu lösen. »Entspann dich.«

Ich ließ mich gegen seinen Körper sinken und schloss für einen Moment die Augen.

»Wie wäre es, wenn du es mir erzählst, dann könnte ich dich vielleicht besser verstehen.«

Ich wollte nichts erzählen, ich wollte nur meine Hände in seinen spüren und seinen Körper an meinem und mich für eine winzige Weile einer betörenden Illusion hingeben.

Christian jedoch ließ nicht locker. »Wenn du Angst hast, dass ich …«

Mit einem Ruck löste ich mich von ihm und machte mich an der Kaffeemaschine zu schaffen. »Christian, du nervst!«

»Ich weiß. Das nehme ich in Kauf.«

»Um was zu erreichen?«, fragte ich ihn böse.

»Dass du all deinen Mut zusammennimmst und aus deinem Schneckenhaus hervorgekrochen kommst!« Missbilligend sah er sich in meinem Zimmer um.

»Das hier ist kein Schneckenhaus, sondern mein Zuhause.«

»Ein Zuhause, in dem du dich verschanzt, in dem du dich in andere Leben flüchtest.«

»Wie darf ich denn das verstehen?«

»Sieh dich hier mal um.« Er vollführte mit beiden Armen eine Bewegung, die den ganzen Raum umschloss. »Bücher, wo man hinsieht. Du lebst in Scheinwelten.«

»Sag mal, spinnst du? Ich lebe vier Fünftel des Tages auf dem Bungehof, miste Ställe aus, füttere und bewege die Pferde, gebe Reitunterricht und bessere Zäune aus. Und weil ich danach nach Hause gehe und ein Buch lese, muss ich mir von dir sagen lassen, ich lebte in Scheinwelten?« In meine Wut mischte sich Enttäuschung. Warum musste ausgerechnet er mir so wehtun?

»Lesen entspannt und Lesen bildet«, blaffte ich ihn an.

»Aber bei dir leistet es noch eine ganze Menge mehr.«

»Lass mich in Ruhe!«

»Du kriechst in diese Bücher hinein und …«

»Ach ja? Und woher weißt du das? Bist du irgendwann in mich hineingekrochen, und ich habe es nur nicht bemerkt, weil ich gerade so abgelenkt war von einem meiner Bücher?«

»Ich hatte fünf Jahre Zeit, dich kennen zu lernen, jedenfalls in gewisser Weise.«

Vor Wut schossen mir die Tränen in die Augen. »Reicht das nicht?«

»Es gibt Momente, in denen es mir nicht reicht«, erwiderte er leise.

»Und dieser Moment muss ausgerechnet heute sein?« Fahrig nahm ich zwei Becher aus dem Schrank und füllte Kaffee hinein.

Seinem Blick nach zu urteilen, war er ebenso unglücklich wie ich. »Es hat sich so ergeben.«

Ich sah auf meine Uhr. »Gleich muss ich los.« Die Pferde waren daran gewöhnt, um sieben Uhr ihr Futter zu bekommen.

Behutsam wischte er mir die Tränen aus den Augenwinkeln. »Aber erst wird noch schnell gefrühstückt – auch wenn das Rührei inzwischen kalt ist.« Er stellte Teller und Kaffeebecher auf ein Tablett und ging Richtung Tür. »Nimm zwei Kissen mit, dann können wir uns auf die Steine setzen.«

Mit den Kissen unter dem Arm ging ich hinters Haus und ließ mich neben ihm auf den Steinen nieder. Der weite Blick über die Bucht beruhigte mich ein wenig. Leise schwappten die Wellen über die Steine. Ich spürte die Sonne auf meinem Gesicht und den Wind in meinen Haaren.

Christians Blick folgte einem kleinen Fischkutter. »Es ist wirklich ein kleines Paradies hier«, murmelte er versonnen.

»Mhm.«

Er sah mich forschend von der Seite an. »Das macht dir Angst, nicht wahr? Du glaubst, dass man aus dem Paradies vertrieben wird.«

»Was glaubst du?«, fragte ich leise.

»Ich glaube, jeder hat diese Angst hin und wieder.«

»Wenn ich die Fäden in der Hand hätte, würdest du aus keinem Paradies vertrieben.«

Sein Lächeln wirkte traurig. »Schade, dass deine Liebeserklärungen so schrecklich platonisch sind.«

»Dafür sind sie von Dauer«, erwiderte ich kategorisch und versenkte meinen Blick in den Kaffee.

»Es gibt Momente, da hoffe ich auf die Fehlbarkeit deiner Vorhersagen. Allerdings kann ich dir nicht versprechen, dass diese Hoffnung ewig währt.«

»Erpressung?«

»Nein, nur die Sehnsucht nach einer Frau, die mit mir alt wird.«

»Für heute reicht es mir, Christian!« Ich sprang auf und lief die Treppe hinauf.

Kurz vor der Haustür holte er mich ein und drehte mich zu sich um. Indem er mich auf die Nasenspitze küsste, überwand er kurzerhand die unsichtbare Schranke, die ich zwischen uns aufgebaut hatte.

»Stupsnasen mögen ja nicht im Trend liegen«, sagte ich um Leichtigkeit bemüht, »aber sie haben etwas Einladendes.«

»Lässt sich nicht leugnen.« Ohne Vorwarnung zog er mich ins Haus und zeigte auf den Staub, der sich in meinen vier Wänden breit gemacht hatte. »Noch weniger lässt sich leugnen, dass hier dringend mal wieder sauber gemacht werden müsste. Hast du etwas dagegen, wenn Susanne sich hier mal zwei Stunden lang austobt? Wie ich sie kenne, juckt es sie längst in den Fingern.«

»Hat sie dich vorgeschickt, um mir das vorzuschlagen?« Susanne Pauli war nicht nur meine Freundin, sondern seit vier Jahren auch Christians Hauswirtschafterin. Als solche behauptete sie steif und fest, jede Frau mit Sternzeichen Jungfrau sei zum Putzen und Ordnen geboren. So auch sie.

»Sagen wir es mal so: Wir sind einhellig der Meinung, dass deinem Haus ein gewisses ordnendes Element nicht schaden würde.«

»Kommt nicht in Frage, dass Susanne auch noch für mich putzt!« In den vergangenen vier Monaten hatte sie mir, wann immer es ging, im Stall ausgeholfen, da mein Pferdepfleger gekündigt und der Stallbursche einen Bandscheibenvorfall erlitten hatte. »Ich verstehe ohnehin nicht, warum sie sich im Hotel immer wieder dafür hergibt, für die Zimmermädchen einzuspringen. Das gehört schließlich gar nicht zu ihren Aufgaben.«

»Ist aber die beste Möglichkeit, anderer Leute Zimmer genau unter die Lupe zu nehmen – immerhin eine ihrer Lieblingsbeschäftigungen. Susanne liest in diesen Zimmern wie andere im Kaffeesatz.«

»Erzählst du das auch deinen Gästen?«

Er lachte. »Soll ich mich ruinieren?«

»Das ist mein Stichwort«, sagte ich mit Blick auf die Uhr. »Wenn ich nicht sofort zum Füttern aufbreche, ruiniere ich den guten Ruf meines Stalls.« Ich ging vors Haus und sah mich nach Oskar um.

»Ich weiß, dein guter Ruf geht dir über alles.«

»Über vieles.« Ich küsste ihn zum Abschied auf die Wange.

Auf einen kurzen Pfiff hin kam Oskar angetrottet, was Christian dazu veranlasste, sich ein paar Schritte von mir zu entfernen. Bei anderen Menschen war auf meinen Vierbeiner immer noch nicht hundertprozentig Verlass, was Christian einmal schmerzhaft zu spüren bekommen hatte. Seitdem wahrte er gesunden Abstand.

Als ich fünf Minuten später das Gatter hinter Oskar geschlossen hatte, lief ich im Eilschritt die zweihundert Meter zum Stall hinüber. Die Unruhe, die normalerweise entstand, sobald ich den Stall betrat, blieb an diesem Morgen jedoch aus. Offensichtlich waren die Pferde bereits gefüttert worden. Susanne!, schoss es mir durch den Kopf. In meinem Büro, das auch als Aufenthaltsraum diente, fand ich neben einem Schokoladenkuchen einen Zettel von ihr:

Liebe Carla,
Dein Horoskop für den heutigen Tag sagt nur minimalen
Ärger voraus. Deshalb ist der Schokoladenkuchen nicht
als Nervennahrung gedacht, sondern natürlich (und das
hatte sie unterstrichen) *zur Feier Deines Fünfjährigen.*

Sie hatte also auch daran gedacht.

Da Du um sieben nicht da warst, habe ich die Pferde
gefüttert. Schade, dass meine Arbeit im Stall nun beendet
ist, ich hätte mich daran gewöhnen können. Ich hoffe nur,
Du hast mit diesem Sebastian die richtige Wahl getroffen.
Um den Enkel von Hans Pattberg einzustellen, muss man
schon sehr verzweifelt sein.

»Wenn man monatelang sucht und niemanden findet, ist man
irgendwann verzweifelt«, murmelte ich vor mich hin.
Mir wäre ein anderer Pferdepfleger und Reitlehrer auch lieber
gewesen, aber den drei Einzigen, die sich außer dem Pattberg-
Enkel beworben hatten, war das Gehalt, das ich ihnen geboten
hatte, zu niedrig gewesen. Selbst tagelanges Rechnen und Kal-
kulieren hatte nicht geholfen. Mehr konnte ich nicht bezahlen.
Da Sebastian Pattberg im Herrenhaus wohnen würde und deshalb keine Miete zahlen musste – was mich beim Geiz seines
Großvaters wunderte –, war er bereit gewesen, für ein gerin-
geres Gehalt auf dem Bungehof zu arbeiten. Heute war sein
erster Tag.

2

Wann immer ich später an die Morgenstunden dieses Tages zurückdachte, erschienen sie mir wie die Ruhe vor dem Sturm. Der *minimale Ärger,* den Susannes Horoskop mir prophezeit hatte, verhielt sich zu den tatsächlichen Ereignissen dieses Tages in etwa so wie ein abgebrochener Fingernagel zu einer abgetrennten Hand. Ganz zu schweigen von dem, was diesem Tag noch folgen sollte.

Alles begann damit, dass Sebastian Pattberg an seinem ersten Arbeitstag verschlief. Als er um neun Uhr immer noch nicht aufgetaucht war, ging ich zum Herrenhaus und klingelte zaghaft, um mir keinen Rüffel vom alten Pattberg einzuhandeln, der auf zu forsches Klingeln stets sehr ruppig reagierte. Kaum war die Anstandsminute verstrichen, drückte ich erneut auf den Knopf. Dieses Mal ein wenig länger.

Unpünktlichkeit von Mitarbeitern konnte ich nicht ausstehen. Wie sollte ich mich auf sie verlassen können, wenn sie schon bei so einfachen Dingen versagten? Im Geiste las ich ihm gehörig die Leviten, warf ihm Rücksichtslosigkeit und mangelnde Disziplin vor und stellte seine Kompetenz in Frage. Zum Schluss drohte ich ihm im Falle einer Wiederholung mit dem sofortigen Rauswurf.

»Komme schon«, hörte ich ihn von drinnen rufen. Sekunden später stand er mir mit einem Lächeln gegenüber, das nicht einmal andeutungsweise eine Entschuldigung enthielt.

»Guten Morgen.« Ich bemühte mich, freundlich zu klingen, schließlich war ich darauf angewiesen, dass unser Arbeitsverhältnis nicht gleich am ersten Tage endete.

»Hallo.« Mit geübtem Griff fuhr er sich durch die fast schulterlangen blonden Haare und band sie im Nacken mit einem Band zusammen.

»Hatten wir nicht acht Uhr gesagt?«

»Wie spät ist es?«

»Neun.« Ich schaute auf seine nackten Handgelenke. »Haben Sie keine Uhr?«

Er schüttelte den Kopf. »Mein Wecker muss stehen geblieben sein, er hat nicht geklingelt. Sind Sie wütend?«

»Nein.«

»Sie sehen aber so aus.«

Kommentarlos drehte ich mich um und ging zum Stall. »Ab zehn Uhr gebe ich Reitunterricht. Bis dahin müssen Sie wissen, was zu tun ist.«

»Dann nichts wie los«, antwortete er munter.

Während ich ihm im Büro den genauen Tagesablauf erklärte und die anfallenden Arbeiten unter uns aufteilte, wanderte sein Blick immer wieder zu Susannes Schokoladenkuchen.

»Möchten Sie ein Stück?«

Er nahm meine Frage als Aufforderung. »Das lässt sich ja gut an«, sagte er zwischen zwei Bissen. »Backen Sie jede Woche?«

»Wir duzen uns hier. Ich heiße Carla.«

»Basti.«

»Also, Basti, wenn du etwas nicht weißt oder unsicher bist, frage mich bitte.« Aus dem Regal hinter mir nahm ich einen Ordner. »Hier drin findest du für jedes Pferd einen genauen Fütterungsplan. Solange du den nicht auswendig kannst, schau bitte hinein. Bevor du eine Unterrichtsstunde absagst, vertrete ich dich. Falls das nicht möglich ist, stelle bitte sicher, dass du den Leuten rechtzeitig absagst, damit sie nicht verärgert sind. Dasselbe gilt für das Training der Pferde.« Was noch? Blitzschnell ging ich in Gedanken alles durch, was zu Verstimmungen führen könnte. »Ach ja«, fügte ich abschließend hinzu, »ich bitte dich, auf dem Bungehof die Finger vom weiblichen Geschlecht zu lassen, egal ob unter oder über achtzehn. Weder möchte ich Ärger mit erbosten Vätern noch mit eifersüchtigen Ehemännern.« Basti war dreiundzwanzig, sprühte vor Lebensfreude und strahlte eine Naturverbundenheit aus, die auf manche Frauen einen animalischen Reiz ausüben würde. Nicht zu vergessen die Mädchen, die nachmittags und an den Wochenenden in den Stall kamen und halfen. Sie würden sich allesamt in diese grau-blau gesprenkelten Augen verknallen, die einen ansahen, als sei man in diesem Augenblick der wichtigste Mensch auf der Welt.

»Was ist mit Männern?«, fragte er.

Sekundenlang starrte ich ihn an. »Die Frage verstehe ich nicht.«

»Muss ich von den Männern auch die Finger lassen?«

»Ich hoffe, das war nur ein Scherz!« Ich räusperte mich. »Dann führe ich dich jetzt schnell herum.«

Da er die Anlage kannte, musste ich mich nicht lange mit den Örtlichkeiten aufhalten. Im Eilschritt führte ich ihn durch den in U-Form gebauten Stall, an dessen kurzer Seite sich Sattelkammer, Futterkammer und Büro befanden, und gab ihm die nötigen Instruktionen. »Dir mag es übertrieben vorkommen, aber oberstes Gebot auf dem Bungehof sind Ordnung und Disziplin. Ich habe mir meinen guten Ruf hart erkämpft, und ich möchte nicht, dass er durch eine unordentliche Sattelkammer, schlampig ausgemistete Boxen oder schlecht geputzte Pferde

Risse bekommt. Und da ich nicht überall zur gleichen Zeit sein kann, bin ich darauf angewiesen, dass du mit mir an einem Strang ziehst.«

»Wenn du es könntest, würdest du es tun, oder?«

»Was?«

»Überall zur gleichen Zeit sein.«

Ich hatte angenommen, unsere elf Jahre Altersunterschied würden ihm ein wenig Respekt einflößen, aber das schien nicht der Fall zu sein. Wenn mich nicht alles täuschte, machte er sich gerade über mich lustig.

»Für einen Kontrollfreak müsste das ein paradiesischer Zustand sein«, fuhr er mit ungerührter Miene fort.

Die Frauen, die zum Reitunterricht eintrafen, enthoben mich einer Antwort. Während ich jeder von ihnen ein Schulpferd zuwies, beobachtete ich, wie zwei von ihnen Basti mit wohlwollenden Blicken folgten, was er mit einem ebensolchen Lächeln quittierte.

Hatte ich mich etwa missverständlich ausgedrückt? Das fing ja gut an. Welcher Teufel hatte mich geritten, den Pattberg-Enkel einzustellen? Wie sollte dieser Springinsfeld Respekt vor der Pächterin seines Großvaters haben? Insgeheim fluchte ich.

Basti hatte mich genau beobachtet und sagte im Vorbeigehen leise: »Du hast nur etwas von Fingern gesagt, von Mimik war nicht die Rede.«

In diesem Moment hätte ich ihm am liebsten den Hals umgedreht. Stattdessen vergrub ich meine Hände in den Hosentaschen und tat so, als ignoriere ich ihn. »Ich erwarte euch draußen auf dem Viereck«, rief ich den Frauen zu und verließ ruhigen Schrittes den Stall.

Die vergangenen drei Jahre hatten mich verwöhnt. Bastis Vorgänger war in jeder Hinsicht zuverlässig und vertrauenswürdig gewesen. Einen ähnlich guten Mitarbeiter würde ich nie wieder finden. Zu meinem Leidwesen hatte er sich unsterblich in eine Schwäbin verliebt und eine Stelle in einem Stuttgarter Stall angenommen.

Nach und nach kamen die Frauen mit den Pferden aus dem Stall und lenkten mich für die nächste Stunde ein wenig von meinen Zweifeln gegenüber Basti ab. Als ich schließlich eine zweite Gruppe unterrichtete, war ich fast schon wieder zuversichtlich, was meinen neuen Helfer betraf. Worüber rege ich mich überhaupt auf?, überlegte ich, während ich automatisch den Sitz meiner Schülerinnen korrigierte. Über ein paar renitente Worte? Vielleicht machte er seine Arbeit gar nicht schlecht. Außerdem war ich auf ihn angewiesen. Susanne konnte ich diese Doppelbelastung längst nicht mehr zumuten. Also blieb mir nichts anderes übrig, als mich mit ihm zu arrangieren.

»Glückwunsch, Frau Bunge«, ertönte, kaum hatte ich nach dem Unterricht damit begonnen, im Büro die Anwesenheitslisten für beide Kurse auszufüllen, die Stimme von Hans Pattberg. Mit einer Geste, als handle es sich um eine Fünfhundert-Gramm-Dose Beluga-Kaviar, schob er mir eine mit senfgelbem Geschenkband umwickelte Büchse Ölsardinen über den Tisch.

Ich bedachte die Dose mit einem freundlichen Blick und nahm mir vor, später das Verfallsdatum genau unter die Lupe zu nehmen, damit Susannes Katzen nicht an Fischvergiftung starben. »Zum Fünfjährigen«, sagte er feierlich. »Wo Sie das Meer doch so lieben.«

»Nett, dass Sie daran gedacht haben.«

Während er seinen Blick aufmerksam durch das Büro wandern ließ, blieb meiner wie immer, wenn ich ihm begegnete, fasziniert an seiner Erscheinung hängen. Seiner immer noch vollen, aber inzwischen aschgrauen Haarpracht rückte er regelmäßig selbst mit einer Schere zu Leibe. Nach dem Motto: Warum unnötig Geld für einen Friseur ausgeben, wenn man zwei gesunde Hände hat? Dass diese Hände nicht unbedingt zur Filigranarbeit taugten, schien ihn nicht zu stören. Genauso wenig wie die Büschel von Haaren, die ihm aus Ohren und Nase wuchsen und einzig und allein vom natürlichen Haarausfall bedroht waren. Ich war überzeugt, dass sein Geiz es ihm verbot, sich einen Spiegel anzuschaffen. Anders konnte ich mir diese ästhetische Entgleisung nicht erklären. Genauso wenig wie die modische, die sich von seinem Hals an abwärts breit machte. Hans Pattberg lief, seit ich ihn kannte, in Hosen, Hemden, Pullovern und Schuhen herum, mit denen er in den frühen sechziger Jahren ohne Zweifel Furore gemacht hatte. Zugute halten musste ich ihm, dass keines dieser antiquierten Stücke Löcher aufwies. Wie es sich für einen Geizhals gehörte, pflegte er jedes Teil mit ebenso viel Hingabe wie Mottenpulver.

»Fünf Jahre sind eine lange Zeit«, sagte er. Die Gegenstände auf dem Tisch zwischen uns schienen seinen Blick magisch anzuziehen. Während ich mich noch fragte, was an ein paar Heftern, Listen und Stiften so spannend war, fuhr er fort: »Da sammelt man jede Menge Erfahrung. Sie könnten doch jetzt jederzeit wieder so einen Stall aufziehen.«

»Theoretisch ja, aber ich habe mit dem Bungehof alle Hände voll zu tun.«

»Wird Ihnen das nicht manchmal ein bisschen zu viel?«

Ich sah ihn irritiert an. Er war doch sonst nicht so teilnahmsvoll. »Die vergangenen Monate waren hart, aber jetzt ist ja Ihr Enkel hier.«

Er stützte sich mit beiden Händen auf die Tischplatte und kam mir dabei so nah, dass mich der Duft des Mottenpulvers umwehte. »Sie sind nicht mehr ganz jung, Sie wollen bestimmt bald Kinder haben. Nur wie wollen Sie bei der vielen Arbeit, die Sie hier am Hals haben, noch einen Mann abbekommen?«

Der Mann, der mich noch nicht einmal in sein Haus ließ, weil er angeblich Privates und Berufliches so strikt trennte, kümmerte sich plötzlich um meine Familienplanung? Aus diesem mehr als merkwürdigen Ansinnen würde hoffentlich keine Gewohnheit. »Der wird sich beizeiten finden«, meinte ich zugeknöpft.

Er sah mich unter seinen buschigen Brauen aus zusammengekniffenen Augen an. »Mit dieser Einstellung ist schon aus so mancher eine alte Jungfer geworden.«

Betont sachlich sagte ich: »Solange ich die Pacht bezahlen kann, Herr Pattberg, müssen Sie sich um meinen Familienstand keine Sorgen machen.«

»Die Pacht ... danke für das Stichwort.« Er beugte sich näher zu mir. »Ich würde mich gerne mit Ihnen über den Vertrag unterhalten.« Sein Blick entwickelte die Kraft eines Schraubstocks. »Könnten Sie sich vorstellen, ihn unter gewissen Bedingungen aufzulösen?«

»Auf gar keinen Fall! Der Bungehof läuft bestens, es besteht kein Grund ....«

»Das ist der beste Beweis, dass Sie Ihr Handwerk verstehen. Was man einmal geschafft hat, schafft man auch ein zweites Mal.«

In diesem Moment flog die Tür auf und Basti kam herein. Frech grinsend musterte er seinen Großvater von oben bis unten. »Für wen hast du dich denn so chic gemacht?«

Chic? Litt denn in dieser Familie jeder an Geschmacksverirrung?

»Sei nicht so vorlaut, Junge.« Von einer Sekunde auf die andere wandelte sich sein geschäftsmäßiger Ton in einen warmen und strafte seine zurechtweisenden Worte Lügen. Der Blick, mit dem Hans Pattberg seinen Enkel bedachte, war der eines liebenden Großvaters. »Wenn es nichts Wichtiges ist, komm später wieder, ich habe mit Frau Bunge zu reden.«

»Wir können unsere Unterhaltung auch ein anderes Mal fortsetzen«, setzte ich mich zur Wehr. »Basti hat …«

»Können wir nicht, es eilt!«

Fassungslos starrte ich ihn an. Der Bungehof hatte Fünfjähriges, Basti seinen ersten Tag, und der Alte hatte nichts Besseres zu tun, als mit einer Büchse Ölsardinen bei mir aufzutauchen und das Kommando an sich zu reißen.

»Geh wieder an deine Arbeit, Junge, und mach die Tür hinter dir zu.«

»Sie ist meine Chefin.« Mit einer knappen Kopfbewegung deutete Basti in meine Richtung. »Ich will es mir nicht gleich am ersten Tag mit ihr verscherzen.«

»Und sie ist meine Pächterin!«

Ich kam mir vor wie ein Tennisball, der zwischen zwei Spielern hin- und hergeschlagen wird. »Und *sie* ist anwesend! Basti, hattest du eine Frage?«

»Im Stall ist eine Frau, die sich für Reitstunden interessiert.«

»Und du lässt sie warten?« Ich sprang auf und war mit zwei Schritten an der Tür. »Warum hast du das nicht gleich gesagt?«

»Sie hat Zeit, sie macht Urlaub in der Gegend.«

Ich wollte an ihm vorbei, als sich eine schwere Hand auf meine Schulter legte.

»Das kann der Junge machen, dazu haben Sie ihn schließlich eingestellt. Wir haben zu reden.«

Auf Bastis fragenden Blick hin gab ich ihm zu verstehen, dass ich einverstanden war, wenn auch widerstrebend. »Wenn sie Stunden nehmen will, dann übernimm du sie bitte, ich bin ziemlich ausgebucht.«

»Geht klar.« Er zwinkerte mir mitfühlend zu.

Kaum hatte ich die Tür hinter ihm geschlossen, drehte ich mich mit einem Schwung zu seinem Großvater um. »Das machen Sie nicht noch einmal mit mir! Ich bin Ihre Pächterin und nicht Ihre Weisungsempfängerin.«

»Und Sie vergreifen sich im Ton«, giftete er. »Ich werde das alles genauestens protokollieren, damit es vor Gericht standhält.«

»Wie bitte?« Jetzt war er übergeschnappt.

»Sie sind eine unverschämte Person, die mit ihrem Benehmen gegen die guten Sitten verstößt. Und falls Sie sich erinnern, ist das ein Grund, Ihren Vertrag fristlos zu kündigen, was ich hiermit tue. Sie haben vier Wochen Zeit, den Hof zu räumen. Komplett, wenn ich bitten darf. Und das ist noch sehr kulant von mir. Vier Wochen! Haben Sie mich verstanden?«

Schlagartig wurde mir klar, dass es ihm ernst war. Ich spürte, wie die Farbe aus meinem Gesicht wich und mir eiskalt wurde. »Ihr Enkel hat doch heute erst hier angefangen«, stammelte ich.

»Machen Sie sich um den keine Sorgen.«

Ich ließ mich in meinen Stuhl fallen. »Ich verstehe das nicht, Herr Pattberg. Fünf Jahre lang ist alles weitestgehend problemlos gelaufen, ich habe den Hof, wie ich dachte, auch zu Ihrer Zufriedenheit geführt und jetzt …«

»Und jetzt ist eben Schluss.« Mit der flachen Hand schlug er auf den Tisch zwischen uns.

Ich zuckte zusammen, während mir das Adrenalin durch die

Adern schoss. »Ich akzeptiere Ihre Kündigung nicht, Herr Pattberg.«

»Werden Sie müssen, Frau Bunge, werden Sie müssen! Lesen Sie den Vertrag, dann wissen Sie, wovon ich rede.«

»Wir haben einen Zehnjahresvertrag, den können Sie nicht so mir nichts dir nichts fünf Jahre vor Ablauf kündigen.«

»Wer redet von mir nichts dir nichts? Ich rede von sittenwidrigem Verhalten. Steht unter Paragraph vier, können Sie dort nachlesen.«

Ich hatte den Vertrag damals zwar genau gelesen und ihn auch von einem Münchener Anwalt prüfen lassen, aber den Wortlaut und die einzelnen Klauseln wusste ich längst nicht mehr.

»Das ist lächerlich! Ich betreibe hier schließlich kein Freudenhaus.«

»Aber Sie haben ein loses Mundwerk, das reicht.«

Perplex starrte ich ihn an. Er bekam regelmäßig seine Pacht und hatte sein altes Pferd kostenlos bei mir unterstellen können, wofür er im Gegenzug nur abends vor dem Schlafengehen noch eine Runde durch den Stall drehen musste, um zu sehen, ob mit den Pferden alles in Ordnung war. Wenn er meinte, diese Arbeit sei zu gering honoriert, warum sagte er das nicht? Vielleicht war es ihm in letzter Zeit auch zu viel geworden. Aber über all das konnte man reden. »Herr Pattberg, wie wäre es, wenn wir uns beide ein wenig abkühlen und morgen noch einmal über alles sprechen?«

»Eine niedrigere Körpertemperatur ändert nichts an meiner Entscheidung, Frau Bunge«, blaffte er.

»Sagen Sie mir einen Grund, warum …«

»Sage ich doch: sittenwidriges Verhalten. Und jetzt genug davon! Ich habe noch zu tun.« Er wandte sich zur Tür. »Sie haben vier Wochen Zeit«, rief er mir im Hinausgehen zu.

Noch Minuten nachdem er gegangen war, starrte ich auf die Tür, die er hinter sich ins Schloss gezogen hatte. Mein Körper fühlte sich kraftlos an. Meine Energie schien sich in meinem Gehirn zu verlieren, das kurz davor war, unter dem Ansturm von Fragen zu kapitulieren. Wohin mit den Pferden? Wo sollte ich so schnell eine neue Bleibe finden? Wer könnte mir bei der Suche behilflich sein? Hatte ich am Morgen noch anlässlich meines Fünfjährigen jubiliert, stand nur ein paar Stunden später meine Existenz auf dem Spiel.

»Morgen um dreizehn Uhr nimmt sie ihre erste Reitstunde«, platzte Basti in meine Gedanken.

»Fein«, sagte ich abwesend.

»Darf ich?« Ohne meine Antwort abzuwarten, nahm er sich ein weiteres Stück von Susannes Kuchen.

Ich sah durch ihn hindurch und spürte meinen Hals eng werden.

»Du siehst aus, als wäre dir ein Gespenst begegnet.« Er klang besorgt. »Ich hoffe, daran ist nicht mein Großvater schuld. Er kann manchmal scheußlich sein, aber er meint es nicht so.«

»Ist er krank?«, fragte ich mit einem winzigen Funken Hoffnung.

»Großvater?« Er lachte, als habe ich einen guten Witz gemacht. »Wenn einer hundert wird, dann er. An ihm beißt sich noch das heftigste Virus die Zähne aus.«

»Ich bezweifle, dass Viren so etwas wie Zähne haben«, meinte ich schwach.

»Ist nur so eine Redensart.«

»Also nicht krank?«

Mit Nachdruck schüttelte er den Kopf. »Nur krankhaft geizig, aber daran stirbt man zum Glück nicht. Er tut zwar immer so,

als würde er am Hungertuch nagen, aber dem ist nicht so.
Wenn er also mehr Geld will, lass ihn abblitzen.«

»Das mit dem Abblitzen sagt sich so leicht.«

»Du bist eine gestandene Frau. Du wirst doch nicht gleich
nachgeben, bloß weil er mal kurz mit den Ketten rasselt.«

Es war schon ein bisschen mehr, womit er gerasselt hatte. Mit
einem hatte Basti allerdings Recht: Ich war dabei nachzugeben. Anstatt mir zu überlegen, was ich gegen die Kündigung
unternehmen konnte, machte ich mir Gedanken darüber, wie
sie abzuwickeln war. Entschlossen straffte ich meine Schultern.

»Ich muss mal kurz weg«, sagte ich im Aufstehen. »Du musst
allein die Stellung halten.«

Obwohl mein Verstand mir sagte, dass es in dieser Sache weder um Minuten noch Sekunden ging, durchsuchte ich zu Hause in Windeseile den Ordner mit den Vertragsunterlagen. Als
ich das Schriftstück, das ich vor fünf Jahren voller Zuversicht
abgeheftet hatte, endlich in Händen hielt und durchsah, stellte
ich betroffen fest, dass richtig war, was Hans Pattberg behauptet hatte. Unter Paragraph vier waren die Gründe aufgeführt,
die ihn zur Kündigung berechtigten: sittenwidriges Verhalten,
Rufschädigung des Hofes und Ausbleiben der Pacht.

Da ich nicht vorhatte, kampflos aufzugeben, würde ich einen
Anwalt brauchen, und ich hoffte, Christian würde mir einen
empfehlen können. Mit dem Vertrag in der Hand schloss ich
die Tür hinter mir und fuhr zu Flint's Hotel.

Ich stürmte in die Halle des reetgedeckten zweistöckigen Hauses, dem man schon von weitem ansah, dass hier bei der Re-
novierung nicht gespart worden war. Im Gegensatz zu Hans
Pattberg war Christian ein Ästhet und alles andere als geizig.

Außerdem verstand er sein Geschäft: Flint's Hotel war zum Wohlfühlen geschaffen und nicht zuletzt deshalb zu jeder Jahreszeit mindestens zu sechzig Prozent mit Stammgästen ausgelastet.

Suchend lief ich durch die Halle, wo einige der Gäste auf den gemütlichen taubenblauen Sofas saßen und lasen oder sich unterhielten.

»Carla?« Christian war aus seinem Büro hinter der Rezeption gekommen.

»Wie gut, dass du da bist«, sagte ich außer Atem. »Hast du ein paar Minuten Zeit?«

Er nickte und bedeutete mir, ihm ins Büro zu folgen, wo ich ihm aufgeregt von meinem Gespräch mit Hans Pattberg erzählte.

Er nahm mir den Vertrag aus der Hand und überflog ihn. »Blödsinn«, sagte er schließlich im Brustton der Überzeugung. »Was auch immer da in ihn gefahren sein mag, die Kündigung ist wirkungslos, solange sie nur mündlich erfolgt. Vielleicht hast du diese Büchse mit Ölsardinen zu wenig gewürdigt, und er hat sich geärgert. Lass die Sache auf sich beruhen, ich glaube nicht, dass da noch etwas nachkommt.« Er reichte mir die zusammengehefteten Seiten zurück. »Ihm wird eine Laus über die Leber gelaufen sein und du warst die Erste, an der er seine schlechte Laune auslassen konnte. Überleg mal, Carla, in dir hat er eine Pächterin gefunden, die seinen Hof sehr erfolgreich führt, weshalb sollte er dir kündigen?«

Ratlos zuckte ich die Schultern. »Zur Sicherheit möchte ich mich mit einem Anwalt darüber unterhalten. Du hast mir doch einmal gesagt, du hättest einen so guten.«

Unter dem Telefon zog er ein Adressbuch hervor, schlug es auf, schrieb Name, Anschrift und Telefonnummer auf einen

Zettel und reichte ihn mir. »Wenn du mit ihm sprichst, richte ihm einen Gruß von mir aus.«

»Werde ich tun.« Ich las, was auf dem Zettel stand, und hatte Mühe, mir nichts von meinem Befremden anmerken zu lassen. »Gibt es noch einen anderen, den du empfehlen kannst?«, fragte ich mit belegter Stimme. »Vielleicht einen, der mehr in der Nähe ist?«

»Falls dir der Weg nach Eutin zu weit ist«, sagte er mit liebevollem Spott, »dann kannst du ihn auch anrufen. Viktor Janssen ist ein sehr netter Mann, der eine Menge auf dem Kasten hat.«

»Ich werde es mir überlegen.« Viktor Janssen war der letzte Mensch, den ich anrufen würde. Ich hatte es in den vergangenen zwanzig Jahren nicht getan, und ich würde es auch jetzt nicht tun.

»Kopf hoch, Carla! Der alte Pattberg ist manchmal unausstehlich, aber auf seinen Geschäftssinn ist Verlass. Und er macht ein gutes Geschäft mit dir.« Er kam auf mich zu und drückte mir einen Kuss auf die Stirn. »Wenn ich in jemandes Fähigkeiten Vertrauen habe, dann in deine.«

3

Der Nachmittag war nur so dahingeflogen. Nach dem Unterricht hatte ich an einer der Weiden einen Zaun repariert und anschließend mit zwei Pensionspferden im Dressurviereck gearbeitet. Zwischendurch hatte ich mehrere Anwälte angerufen. Einer von ihnen hatte meinem Drängen nachgegeben und sich bereit erklärt, mich am nächsten Morgen zu empfangen. Ich wollte aus dem Mund eines Fachmanns hören, dass meine Sorgen unbegründet waren.

Gemeinsam mit Basti fütterte ich am Abend die Pferde. Ich liebte diese Zeit des Tages, wenn sich die Unruhe im Stall langsam legte und die Schritte in der Stallgasse vom zufriedenen Kauen und Schnauben der Pferde übertönt wurden. Es hatte etwas Friedliches, das auch an diesem Abend nicht spurlos an mir vorüberging. Ich atmete den vertrauten Geruch ein, während ich einen Blick in jede Box warf, um mich vom Wohlergehen meiner Schützlinge zu überzeugen. Zwölf Boxen waren leer, da die Tiere von ihren Besitzern noch geritten wurden.

Die Mehrzahl der Pferde begleitete mich bereits seit fünf Jahren. Ich war stolz darauf, dass es in meinem Stall so selten einen Wechsel gab. Wenn eine Box gekündigt wurde, dann nur, weil der Besitzer des Pferdes umzog oder sich von dem Vierbeiner trennen musste. Zum Glück geschah das sehr selten.

Es hatte sich schnell herumgesprochen, dass ich auch mit

schwierigen Pferden umgehen konnte. Kein Pferd, das jemals als Problemfall auf dem Bungehof abgeladen worden war, war ein solcher geblieben. Die Erfahrung mit Oskar hatte mich gelehrt, worauf es ankam: auf Einfühlungsvermögen und klare Hierarchieverhältnisse, auf eine Engelsgeduld und manchmal hartes Durchgreifen im rechten Moment.

Auf meinem Gang durch die Stallgasse gesellte Basti sich zu mir. »Ich bin fertig für heute.« Er hatte viel geschafft an diesem Tag, was seinem Gesicht nicht anzusehen war, denn es sah so frisch aus wie am Morgen. »Und? Wie habe ich mich gemacht?«

»Gut.«

»Gibt's was auszusetzen?«

»Nein … ich möchte dich nur bitten …«

»Sag es nicht!« Mit einer dramatischen Geste gebot er mir Einhalt. »Ich werde morgen früh nicht zu spät kommen.«

Ich runzelte meine Brauen. »Warum ist es so schlimm, wenn ich dich daran erinnere?«

»Erstens komme ich mir vor wie ein Kind und zweitens bedienst du damit deinen Kontrollzwang.«

Meine Sprachlosigkeit war zum Glück nur vorübergehend. »Die Tatsache, dass der Bungehof deinem Großvater gehört, sollte dich nicht dazu verleiten, dir Respektlosigkeiten zu erlauben. Ich dachte, das hätte ich im Einstellungsgespräch klargemacht.«

Seinem amüsierten Lachen nach zu urteilen war es mir nicht gelungen, ihn in seine Schranken zu weisen. »In diesem Gespräch hast du mir eigentlich nur klargemacht, dass du händeringend eine Unterstützung suchst, die *absolut vertrauenswürdig* und *hundertprozentig zuverlässig* einen unterbezahlten *Traumjob* macht.«

37

»Diese Stellenbeschreibung hat dich offensichtlich angesprochen«, sagte ich muffig. Er hatte meinen Tonfall täuschend echt imitiert.

»Ist ja auch wie für mich gemacht. Oder kannst du dir Attribute vorstellen, die besser auf mich zutreffen als *absolut vertrauenswürdig* und *hundertprozentig zuverlässig?*«

»Das sage ich dir in einem Jahr, wenn ich dich besser kenne.« Wenn es den Bungehof dann überhaupt noch gibt, dachte ich besorgt und stellte nicht zum ersten Mal an diesem Tag fest, dass es Hans Pattberg gelungen war, mein Gefühl von Sicherheit zu erschüttern. »Und jetzt Schluss für heute!« Ich machte Anstalten hinauszugehen, als mir noch etwas einfiel. »Wie war übrigens deine Reitstunde?«

»Sie hat ihr so gut gefallen, dass sie drei Mal die Woche wiederkommen will. Sie ist blutige Anfängerin. Ich habe sie jeweils für dreizehn Uhr in die Liste eingetragen. Da komme ich dir mit deinen Stunden nicht in die Quere.«

»Prima. Und jetzt mach, dass du nach Hause kommst.«

»Zu Befehl, *Chefin.*«

Die Fäuste in die Hüften gestemmt baute ich mich vor ihm auf. »Wie kommt es nur, dass ich einiges, was du sagst, als despektierlich empfinde?«

»Das sage ich dir in einem Jahr, wenn ich dich besser kenne«, antwortete er mit einem entwaffnenden Grinsen. »Vorher könntest du mir aber noch sagen, wo dein Stallbursche ist, ich habe ihn heute nirgends gesehen.«

»Er hat leider vor einer Woche einen Bandscheibenvorfall erlitten und wird wohl nicht wiederkommen. Das bedeutet, dass wir beide auf uns gestellt sind, bis ich einen passenden Ersatz gefunden habe.«

Mit spitzen Fingern warf ich die Büchse Ölsardinen in den Müll und betrachtete mit schlechtem Gewissen Susannes Schokoladenkuchen. Ich hatte noch nicht einmal ein Stück davon probiert. Der alte Pattberg hatte mir den Appetit verdorben. Im Schnelldurchlauf erledigte ich im Büro all das, wozu ich tagsüber nicht gekommen war, um anschließend noch einmal mit einer Mistgabel aus allen Boxen die Pferdeäpfel zu entsorgen und jedem Pferd für die Nacht ein wenig Heu zu geben.

Nach und nach trudelten zehn Reiter samt Pferden im Stall ein. Damit fehlten nur noch die Neumanns, ein Ehepaar, das zwei Pferde bei mir eingestellt hatte. Sie blieben oft bis zur Dämmerung im Gelände. Da sie aber, wie alle anderen Besitzer auch, einen Schlüssel zum Stall hatten, würde ich nicht auf sie warten müssen. So machte ich mich auf den Weg zu Oskar.

Als einziges von meinen Pferden durfte er, sobald es die Witterung erlaubte, auch nachts draußen bleiben. Alle anderen kamen nach dem täglichen Weidegang oder dem Aufenthalt in dem umzäunten Auslauf abends wieder in den Stall. Ging mir bei den Schul- und Pensionspferden in dieser Hinsicht die Sicherheit über alles, war es bei Oskar das Wohlbefinden, das in einem Stall sehr litt. Bevor er zu mir kam, musste er mehr als einmal in seiner Box verprügelt worden sein. Und obwohl sein Vertrauen zu mir in all den Jahren stetig gewachsen war, hatte ich ihn immer nur mit sehr gutem Zureden dazu bekommen können, eine Box von der üblichen Größe zu betreten. So hatte ich im Stall aus drei Boxen eine Art Freilauf für ihn bauen lassen, in dem er überwinterte. Darüber, dass damit zwei Boxen zum Vermieten ausfielen, hatte sich allein Hans Pattberg Gedanken gemacht.

Wie immer begrüßte Oskar mich mit einem leisen Wiehern. Nachdem ich ihm seinen Apfel ins Maul geschoben hatte, massierte ich ihn an seinen Lieblingsstellen und machte mich schließlich auf den Heimweg.

Eine Viertelstunde später war ich geduscht und umgezogen. An diesem Abend wollte ich Susanne unbedingt für ihre Hilfe auf dem Bungehof danken. Zwar hatte sie mir weder den Unterricht noch das Training der Pensionspferde abnehmen können, aber bei allem anderen hatte sie in den vergangenen Monaten tatkräftig mit angepackt.

Ich hatte lange darüber nachgedacht, womit ich ihr eine Freude machen konnte, und war schließlich auf die Idee gekommen, mich mit Reitstunden zu revanchieren. Sie hatte mir einmal erzählt, dass sie sich als Kind lange Zeit gewünscht hatte, reiten zu lernen. Ihre Eltern hätten sich den Unterricht aber leider nicht leisten können.

Als ich in die Sackgasse am Ortsrand von Hohwacht bog, sah ich schon von weitem das kleine ehemalige Bauernhaus, das Susanne von einer Tante geerbt hatte. Ich stellte den Wagen ab und ging um das Haus herum, dessen vorderer Teil drei Zimmer beherbergte, während im hinteren Teil, der früher als Stall genutzt wurde, Susannes Töpferwerkstatt ihre Heimat gefunden hatte. Dort saß sie häufig am Abend und arbeitete an ihren Tonfiguren, die allesamt Sternzeichen darstellten. Als ich noch keine Vorstellung von ihrer Kreativität hatte, war mir einmal die Frage herausgerutscht, ob es nicht langweilig sei, immer nur das Gleiche zu formen. Über die Jahre hatte ich dann mitverfolgen können, auf welch unterschiedliche Weise sich Jungfrauen, Waagen und all die anderen Sternzeichen darstellen ließen.

Anfangs hatte ich von mir selbst auf sie geschlossen und angenommen, ihr größter Traum sei es, sich mit ihrem Hobby ihren Lebensunterhalt zu verdienen. Aber Christian hatte Recht mit dem, was er sagte: Susanne wäre todunglücklich gewesen, wenn ihr der Blick in fremde Zimmer versperrt geblieben wäre. Sie liebte die einsame Arbeit an der Töpferscheibe genauso wie die gesellige im Hotel.

Durchs Fenster der Werkstatt fiel mein Blick auf eine Figur, bei der nicht auf Anhieb zu erkennen war, welches Sternzeichen sie verkörpern sollte. Ich legte meinen Kopf erst auf die eine und dann auf die andere Seite. Aber wie ich ihn auch hielt, das Ganze sah aus wie ein Hund.

»Es ist ein Hund«, hörte ich plötzlich Susannes rauchige Stimme.

Ich drehte mich um und entdeckte sie im hinteren Teil des Gartens auf einer Liege. Mit dem Daumen wies ich auf das Fenster in meinem Rücken. »Ist das eine Neuerscheinung am Firmament oder bist du dir selbst untreu geworden?«

»Keines von beidem. Ich erweitere nur mein Spektrum um die chinesischen Tierkreiszeichen.«

»Interessant.«

»Was übersetzt so viel heißt wie: Lass uns über etwas anderes reden. Ärger?«

»Kann man so sagen.«

»Hol dir von drinnen eine Wolldecke und setz dich zu mir.«

»Ich brauche keine Decke, ich friere nicht.«

»Unsinn«, widersprach sie mir. »Es ist noch viel zu kalt abends. Du holst dir eine Blasenentzündung.«

»Susanne, wann begreifst du, dass ich keine Mutter brauche, die auf mich aufpasst?«

»Wenn du anfängst, sorgsamer mit dir umzugehen. Hast du heute überhaupt schon etwas gegessen?«

»Frühstück.«

Sie schälte sich aus ihrer Decke. »Ich bin gleich zurück.«

Keine fünf Minuten später kam sie mit einer Decke und einem reichlich gefüllten Teller wieder aus dem Haus. Bei ihrem Anblick musste ich an die drei Zett denken, mit denen sie sich gerne beschrieb: zu klein, zart und zäh. Sie war nur einen Meter sechzig groß und konnte auf jemanden, der sie nicht kannte, tatsächlich zart wirken. Wer allerdings mit ihr Bekanntschaft schloss, wurde des dritten Zetts sehr schnell gewahr. In Anbetracht der Farbe ihrer schulterlangen Haare, die sie an diesem Abend zu einem lockeren Knoten gebunden hatte, fügte ich regelmäßig noch ein viertes Zett hinzu: zu rot. Susanne verteidigte diese Farbe stets augenzwinkernd mit der Behauptung, kleine Menschen würden generell übersehen, und dieses Risiko wolle sie nicht eingehen.

Während sie die Decke über meinen Beinen ausbreitete, wunderte ich mich einmal mehr darüber, dass sie allein lebte. Als ich sie einmal danach gefragt hatte, war sie sehr einsilbig geworden. Und da es auch in meinem Leben Dinge gab, über die ich nicht reden wollte, hatte ich das Thema nie wieder angeschnitten.

Ich zerteilte die Pellkartoffeln auf meinem Teller in kleine Stücke und tauchte sie in den Kräuterquark. »Danke für den Kuchen«, sagte ich schließlich, »und fürs Füttern und, und, und. Ich weiß wirklich nicht, was ich ohne dich getan hätte.«

Sie verschränkte die Arme hinter dem Kopf. »Dafür, dass sie einem in der Not helfen und nicht kneifen, sind Freunde schließlich da. Das Gleiche hättest du für mich getan.«

Der Gedanke, dass ich diesem Anspruch an eine Freundschaft nicht immer gerecht geworden war, hatte mich lange Zeit bedrückt. Erst als ich mich mit den Jahren immer weiter von der Dreizehnjährigen entfernt hatte, die ich einmal gewesen war, hatte ich mein Verhalten in einem gnädigeren Licht sehen können. Entschlossen verscheuchte ich die Erinnerungen. »Was hältst du von Reitstunden als Dankeschön?«

In ihren Augen blitzte Freude auf. »Viel! Du weißt aber hoffentlich, was du dir damit antust. Ich bin kein junger Hüpfer mehr, der das in drei Tagen lernt.«

»Auch ein junger Hüpfer kann nicht nach drei Tagen reiten. Sobald du eine Reithose und Stiefel hast, kann's losgehen.«

»Dann war mein Horoskop für heute gar nicht so schlecht. Es hat mir eine wunderbare Überraschung prophezeit.«

»Meines hat dagegen versagt«, sagte ich betrübt.

Während Susanne mit ihrem Feuerzeug mehrere Kerzen in zwei großen Laternen anzündete, erzählte ich ihr von meinem Gespräch mit Hans Pattberg. Im Gegensatz zu Christian glaubte sie nicht, dass ihm ausschließlich eine Laus über die Leber gelaufen war. Sie tendierte eher in meine Richtung und zeigte sich besorgt.

»Vielleicht will der Alte seinem Enkel den Hof übergeben, jetzt, wo er schon mal da ist«, überlegte sie laut. »Vielleicht geht es ihm gegen den Strich, dass sein eigen Fleisch und Blut bei seiner Pächterin angestellt ist. Der Bungehof ist ein gut gehender Stall. Mit Hilfe des Alten könnte der Enkel versuchen, in deine Fußstapfen zu treten.«

»Aber dann müsste der Pattberg ein Interesse daran haben, dass die Pensionspferde bleiben. So, wie ich ihn verstanden habe, will er aber, dass ich den Stall leer zurücklasse.«

»Das sagt er jetzt. Wahrscheinlich hat er vor, hinter deinem Rücken Absprachen mit den Besitzern zu treffen.«

»Das würden sie mir sagen.« Ich zog die Decke bis zu den Schultern hoch. Der Wind hatte aufgefrischt und machte mich frösteln.

»Sei nicht naiv, Carla. Er muss nur deinen Preis um zwanzig

Euro pro Monat unterbieten. Wenn es um Geld geht, ist auf die wenigsten Menschen Verlass. Je eher du das einsiehst, desto besser.«

Ich musste nur ihren Tonfall hören, um zu wissen, dass ihr Mund wieder jenen harten Zug angenommen hatte, der so gar nicht zu ihr zu passen schien. Als ich sie einmal nach den Gründen für ihre manchmal unnachgiebige Härte gefragt hatte, hatte sie mir zur Antwort gegeben, die Haut an ihren Füßen produziere auch Hornhaut, wenn es an einer Stelle immer wieder scheuere.

»Die Leute, die auf dem Bungehof ihre Pferde eingestellt haben, wissen, welchen Service sie geboten bekommen«, hielt ich ihr entgegen. »Geh mal in andere Ställe und schau, wie es dort zugeht. Wenn überhaupt Extras angeboten werden, dann musst du für jedes kräftig bezahlen. Und Streicheleinheiten gibt es überhaupt nicht. Ich habe nicht umsonst eine Warteliste.«

»Glaub mir, deine Warteliste reduziert sich innerhalb von vierundzwanzig Stunden auf null, wenn ein besseres Angebot kommt.«

»Aber die Leute stellen ihre Pferde auf dem Bungehof ein, obwohl ich einen Preis verlange, der über dem der anderen liegt. Der Preis hat offensichtlich nicht oberste Priorität. Sie kommen wegen der besonders guten Pflege, die ich biete.«

»Wenn ich Hans Pattberg wäre und meinem Enkel das Feld bereiten wollte, würde ich den Leuten gleiche Leistung bei niedrigerem Preis versprechen.«

Das beklemmende Gefühl, das ich für eine Weile hatte abschütteln können, machte sich bei ihren Worten wieder in meiner Brust breit. »Hör auf, Susanne! Du machst mir Angst.«

»Es ist besser, Angst zu haben und wachsam zu sein, als die

Augen vor der Realität zu verschließen.« Sie zündete sich eine Zigarette an. Ganz kurz war ihr Gesicht ins Licht des Feuerzeugs getaucht. »Gut, dass du dich von einem Anwalt beraten lässt. Zu wem gehst du?«

»Er heißt Ulf Neupert und hat seine Kanzlei in Lütjenburg.«

»Woher kennst du ihn?«

»Ich habe ihn mir aus dem Branchenbuch gesucht.«

Sie blies hörbar den Rauch aus. »Warum hast du mich nicht vorher gefragt? Ich hätte dir Viktor Janssen in Eutin empfohlen. Er ist Flints Anwalt und hat mir einmal in einer sehr schwierigen Situation geholfen.« Sie gab einen missbilligenden Laut von sich. »Man sucht sich ja auch keinen Arzt aus dem Branchenbuch.«

»Ich schon«, sagte ich genervt. »Der Bungehof steht schließlich auch im Branchenbuch und kann etwas auf sich halten.« Außerdem käme Viktor Janssen für mich noch nicht einmal dann in Frage, wenn er weit und breit der einzige Anwalt wäre.

»Aber wenn du Zweifel an seinen Fähigkeiten hast …«

»Können wir jetzt das Thema wechseln?«

Sie gähnte herzhaft. »Hast du Lust auf ein bisschen Hotelklatsch?«

»Taugt er dazu, mich auf andere Gedanken zu bringen?«

»Garantiert.« Sie rekelte sich genüsslich auf ihrer Liege, was eine ihrer Katzen dazu animierte, es sich neben ihr gemütlich zu machen und sich streicheln zu lassen. »Vor drei Tagen ist eine Sirene bei uns eingelaufen«, sagte sie mit einem kehligen Lachen. »Seit sie da ist, ziehen die Männer die Bäuche ein, während die Frauen versuchen, ihre Anwesenheit zu ignorieren. Blonder Augenaufschlag, wenn du weißt, was ich meine.«

Ich stimmte in ihr Lachen ein. »Dann wird sie ja sicherlich nicht lange allein bleiben.«

»Sie war von Anfang an nicht allein. Auf ihrem Nachttisch steht ein Foto, das sie sparsam geschürzt im Arm eines Mannes zeigt, der ebenfalls vor drei Tagen bei uns abgestiegen ist – samt Ehefrau, versteht sich.«

»Und die merkt nichts davon?«

»Wenn du mich fragst, will sie nichts merken. Ihr Mann ist attraktiv, hat anscheinend eine Menge Geld, und sie wird das gute Leben schätzen. Da kann man schon mal ein bisschen großzügig sein«, setzte sie spöttisch hinzu. »Die macht mir nicht den Eindruck, als wolle sie in ihren mittleren Jahren noch mal den Hintern bewegen und sich ihren Lebensunterhalt verdienen.«

»Muss ziemlich bequem sein, so ein Leben.« Ich geriet ins Schwärmen: »Morgens bis um zehn schlafen, in Ruhe frühstücken, die Putzfrau mit der Nase in die Ecken stoßen, die sie mal wieder nicht ausgewischt hat, ein bisschen Körperpflege, ein bisschen shoppen, das Abendessen im Delikatessgeschäft einkaufen …«

Susanne setzte meine Aufzählung in einem trockenen Tonfall fort: »Botox und Silikon verfallen, verblöden … Wenn du dir das als Alternative vor Augen führst, stehst du morgen früh um sechs wieder gerne auf.«

»Dann muss ich aber jetzt dringend ins Bett«, nahm ich ihr Stichwort auf. Während ich die Decke zusammenfaltete, spürte ich den kühlen Wind, der durch meinen Pullover drang.

Susanne war ebenfalls aufgestanden. Müde streckte sie ihre Arme nach allen Seiten aus. »Ich habe übrigens einen neuen Stallburschen für dich. Sie wird sich morgen bei dir vorstellen.«

»Sie?«

»Schau nicht so entsetzt, Carla. Ich bin auch eine Frau und

habe in den vergangenen vier Monaten keinen schlechten Job bei dir gemacht.«

»Das war eine Ausnahme.« Eine Frau als Stallbursche? Es gab ja noch nicht einmal ein weibliches Wort dafür.

»Und was ist mit dir? Hast du inzwischen vergessen, dass du eine Frau bist?«

»Susanne, du weißt selbst, wie kräftig man bei diesem Job zupacken muss. Mein letzter Stallbursche hat nicht umsonst einen Bandscheibenvorfall bekommen.«

»Hast du einen? Habe ich einen? Na siehst du. Gib ihr eine Chance, sie braucht den Job.«

»In welchem Stall war sie denn bisher?«

»In keinem. Sie hat früher mal in einem Büro gearbeitet, die letzten Jahre jedoch ausgesetzt.«

»Hausfrau?«

»So etwas in der Art«, antwortete sie vage.

»Ich brauche jemanden, der belastbar ist, der mit Enthusiasmus an die Sache herangeht und mit Pferden umgehen kann. Wenn sie unbedingt einen Job braucht, dann soll sie bei Christian als Zimmermädchen anfangen.«

»Bitte … gib ihr eine Chance, Carla. Mit vierzig gehört sie für viele schon zum alten Eisen. Heide Ahrendt kann hervorragend mit Tieren umgehen. Sie hat nur vor Menschen ein wenig Scheu.«

»Wieso?«

»Frage ich dich, wieso du menschenscheu bist?«

»Ich habe den ganzen Tag mit Menschen zu tun.«

»Wenn sich der Bungehof ohne sie betreiben ließe, würdest du es tun.«

Ganz Unrecht hatte sie damit nicht. Die Pferde waren mir weitaus lieber. »Voraussetzung ist, dass sie mir gefällt.«

47

»Sie ist eher jemand für den zweiten Blick«, warnte Susanne mich. »Sie wirkt anfangs ein wenig gehemmt.«

»Eine Woche Probezeit gestehe ich ihr zu. Und du kannst dir sicher sein, ich werde ihr genau auf die Finger schauen. Woher kennst du sie überhaupt?«

»Von früher.«

Fünfzehn Minuten später lag ich im Bett und sah durchs Fenster in die sternenklare Nacht. Ich sehnte mir eine Sternschnuppe herbei, um mir, wie ich es als Kind immer getan hatte, etwas zu wünschen. Aber der Himmel sandte mir keine. Dafür übte sein Anblick eine so beruhigende Wirkung auf mich aus, dass ich Minuten später eingeschlafen war.

Als wollte das Schicksal mir eine Lektion erteilen, verschlief ich am nächsten Morgen und wachte erst um halb acht auf. In Windeseile schlüpfte ich in Reithose, T-Shirt und Stiefel, legte mir ein Sweatshirt um die Schultern und griff im Hinausgehen nach einem Müsliriegel.

Um halb neun hatte ich den Termin beim Anwalt, bis dahin mussten die Pferde gefüttert sein. Wenn Basti pünktlich um acht Uhr da war, wie er versprochen hatte, würde er mir helfen können.

Als ich auf den Hof kam, sah ich, dass die Tür des rot geklinkerten Stallgebäudes bereits offen stand. Basti ging mit dem Futterwagen von Box zu Box und verteilte das Frühstück an die Pferde.

»Es ist noch gar nicht acht«, sagte ich überrascht.

»Ich dachte mir, ich hätte wegen gestern noch etwas gutzumachen.«

Ganz kurz streifte mich die Vision eines übereifrigen Pattberg-Enkels, der mir die Arbeit aus der Hand nahm und mich entbehrlich machte. »Dafür hätte es gereicht, pünktlich um acht Uhr hier zu sein.«

Die Enttäuschung stand ihm ins Gesicht geschrieben. »Dir kann man es nur sehr schwer recht machen, nicht wahr?«

»Entschuldige, ich habe so früh nur nicht mit dir gerechnet.« Ich folgte ihm durch die Stallgasse. »Wie stellst du dir eigentlich deine beruflichen Perspektiven vor?« Wenn Susanne mit ihrer Vermutung Recht hatte und der Enkel von Hans Pattberg meine Nachfolge antreten wollte, dann …

»Warum interessiert dich das?«

»Diese Frage stelle ich allen meinen Mitarbeitern.«

»Und was antworten die dann so?«

»Dass sie später selbst einmal einen eigenen Pferdehof haben wollen«, log ich.

»Ich bin lieber unabhängig.«

»Genau das wärst du dann.«

»Schöne Unabhängigkeit. Meine Eltern sind selbstständig, mir brauchst du also nichts zu erzählen. Ich möchte etwas von meinem Leben haben.«

»Aber du wärst dein eigener Herr …«

Mit einem frechen Grinsen kam er auf mich zu. »Sag mal, Carla, willst du mir deinen Hof aufschwatzen?«

»Quatsch!«

»Da hättest du auch keine Chance. Selbst wenn ich es wollte – mein Großvater würde mich hier nie ans Ruder lassen. Er ist der festen Überzeugung, ich könne nicht mit Geld umgehen. Dabei bin ich nur großzügig.«

»Was für ein schöner Charakterzug!«

Auf dem letzten Stück bis Lütjenburg gemahnte ich mich zur Ruhe, nachdem zwei riskante Überholmanöver meinen Adrenalinspiegel dermaßen in die Höhe getrieben hatten, dass mein Puls verrückt spielte. Wenn ich jetzt gegen einen Baum fuhr, würde ich allein Hans Pattberg in die Hände spielen.

Mit dem Vertrag in der Hand nahm ich jeweils zwei Stufen auf einmal und rannte die Treppe in den zweiten Stock, wo sich Ulf Neuperts Kanzlei befand. Nachdem ich mich bei der Sekretärin angemeldet hatte, brachte sie mich sofort zu ihrem Chef.

»Das sind mir die liebsten Klienten«, sagte er bei meinem Eintreten mit Blick auf seine Armbanduhr. »Erst drängeln und dann zu spät kommen.«

»Tut mir Leid.«

Er kam um seinen Schreibtisch herum, gab mir die Hand und wies auf eine Sitzgruppe. »Setzen Sie sich bitte.«

Am Telefon hatte ich ihm bereits skizziert, worum es ging, deshalb reichte ich ihm ohne große Erklärungen den Vertrag und ließ mich auf der vorderen Kante eines Sessels nieder.

Er setzte sich mir gegenüber. »Dann schauen wir mal …«

Während er unter Zuhilfenahme seines Zeigefingers konzentriert Seite für Seite durchging, hatte ich Gelegenheit, ihn in Ruhe zu betrachten. Seine Stimme hatte mich am Telefon glauben machen, ich hätte es mit einem Mann mittleren Alters zu tun. Er bewegte sich jedoch mit Sicherheit auf das Ende seines sechsten Jahrzehnts zu. Sein schütteres, schlohweißes Haar und unzählige Altersflecken im Gesicht und auf den Händen ließen ihn sogar noch älter wirken. So, wie er sich bewegte und sprach, strafte er sein Aussehen allerdings Lügen.

»So, Frau Bunge«, begann er, als er mit dem Lesen fertig war, »jetzt geben Sie mir noch einmal genau Ihr gestriges Gespräch mit Herrn Pattberg wieder.«

Ich tat, wie mir geheißen, und fragte ihn schließlich: »Kann er mir tatsächlich kündigen?«

»Das kann er nicht. Einmal abgesehen davon, dass eine solche Kündigung in jedem Fall der Schriftform bedarf, haben Sie ihm keinerlei Anlass geliefert.«

»Und was ist mit diesem sittenwidrigen Verhalten?«

»Lächerlich. Um sich heutzutage sittenwidrig zu verhalten, müssten Sie schon mit Ihrem Liebsten mittags um zwölf auf einem belebten Marktplatz in einem höchst ausgefallenen Liebesspiel versinken. Vor fünfzig Jahren hätte noch ein simpler Ehebruch genügt. Jemandem die Meinung zu sagen hat allerdings noch nie gegen die guten Sitten verstoßen. Das Bürgerliche Gesetzbuch ist zwar uralt, aber ein offenes Wort wurde auch zu dem Zeitpunkt, als es aus der Taufe gehoben wurde, vom Durchschnittsbürger nicht als anstößig empfunden.«

»Also kann er nichts tun?«

»Das habe ich nicht gesagt. Tun kann er eine Menge, aber die Frage ist, ob er damit durchkommt.«

»Was raten Sie mir also?«

»Warten Sie in Ruhe ab. Wenn überhaupt noch etwas von ihm kommt, setzen Sie sich wieder mit mir in Verbindung.« Er reichte mir den Vertrag zurück.

»Und ich muss der Kündigung nicht widersprechen?«

Mit einem Kopfschütteln erhob er sich aus seinem Sessel. »Seine mündliche Kündigung ist wirkungslos, also besteht kein Grund, ihr zu widersprechen.«

Ich tat es ihm gleich und stand auf. »Danke, dass Sie Zeit für mich hatten.«

Er begleitete mich zur Tür. »Auf Wiedersehen, Frau Bunge.«

Sein aufmunterndes Lächeln verfehlte seine Wirkung nicht, ich fühlte mich erleichtert. »Auf Wiedersehen«, sagte ich weit gelöster, als ich ihn begrüßt hatte. Trotzdem hoffte ich, dass es kein Wiedersehen mit ihm geben würde.

4

Basti erwies sich nach nur wenigen Tagen auf dem Bunge-hof als würdiger Nachfolger seines Vorgängers und ent-lastete mich nach Kräften. Mein Verdacht, er wolle mich damit entbehrlich machen, hatte sich noch nicht vollends in Luft auf-gelöst, war jedoch weit in den Hintergrund getreten.

Der Schreck, den mir sein Großvater versetzt hatte, saß mir allerdings immer noch in den Knochen. Es verging kein Tag, an dem ich nicht damit rechnete, im Briefkasten oder im Büro sein Kündigungsschreiben vorzufinden. Ich kannte Hans Patt-berg gut genug, um zu wissen, dass er kein willfähriges Opfer seiner Launen war. Auch wenn ich mir wünschte, es sei ihm lediglich eine Laus über die Leber gelaufen, war ich mir sicher, dass er etwas im Schilde führte. Aber was? Darauf hatte ich immer noch keine Antwort gefunden.

Dafür war ich auf der Suche nach einem Stallburschen fündig geworden. Heide Ahrendt hatte sich einen Tag nach meinem Gespräch mit Susanne bei mir vorgestellt. Sie war mindestens einen Meter achtzig groß, hatte kurz geschorene graue Haare, unstete Augen von der gleichen Farbe und einen Teint, der ver-muten ließ, dass sie der Sonne konsequent aus dem Weg ging. Sie schaute so grimmig und abweisend, dass ich zu der Über-zeugung kam, sie würde mir selbst auf den zweiten Blick nicht sympathisch sein. Sie als wortkarg zu bezeichnen wäre noch untertrieben gewesen. Da unser Bewerbungsgespräch im Sande zu verlaufen drohte, versuchte ich es mit einer Bewerbungsdemonstration und ließ sie bei einem der schwierigeren Pferde die Box ausmisten. Voller Staunen beobachtete ich, wie liebevoll sie mit dem Pferd umging. Ihre Gesichtszüge entspannten sich, während sie beruhigend auf das Tier einredete. Wir wurden uns schnell einig.

Noch am selben Tag nahm sie ihre Arbeit auf. Durch den mit der Jahreszeit zunehmenden Urlauberstrom war auf dem Bungehof so viel zu tun, dass ich heilfroh war, auf Heide Ahrendt als Dritte im Bunde zählen zu können. Die Nachfrage nach begleiteten Ausritten und Reitstunden hatte deutlich angezogen.

Als Melanie Fellner vor mir stand, dachte ich deshalb auch zunächst, sie sei eine Urlauberin. Bis ich sie bei näherem Hinsehen erkannte. Bei unserer letzten Begegnung, die ein Jahr zurücklag, hatte sie mir lautstark versprochen, sie wolle nie mehr etwas mit mir zu tun haben. In der Zwischenzeit hatten sich unter ihren Augen dunkle Ringe eingegraben, die einen scharfen Kontrast zu ihrer aschfahlen Gesichtsfarbe bildeten. Sie sah aus, als habe sie nächtelang nicht geschlafen.

»Hallo, Carla«, begrüßte sie mich leise.

Es war noch früh am Morgen. Ich war gerade dabei, die Pferde in den Freilauf zu lassen, während Basti den mit einer großen Schaufel bestückten Traktor in die Stallgasse fuhr, damit er und Heide mit dem Ausmisten der Ställe beginnen konnten.

»Melanie …«

»Kann ich dich kurz sprechen?«

Ich nickte.

Mit einer Hand hielt sie sich an der Umzäunung des Freilaufs fest, mit der anderen tastete sie unablässig die Knöpfe ihrer Bluse ab. »Mein Bruder ist tot.« Sie biss sich auf die Lippen.

»Udo?«, fragte ich überflüssigerweise. Sie hatte nur einen Bruder. Er war einer meiner Klassenkameraden gewesen, und ich hatte ihn seit meinem vierzehnten Lebensjahr nicht mehr gesehen.

»Kannst du bitte zu seiner Trauerfeier kommen?«

»Melanie, es tut mir Leid, aber …«

Sie ließ mich nicht ausreden. »Bitte! Du bist es mir schuldig.«

»Ich bin dir nichts schuldig, Melanie«, sagte ich so behutsam wie möglich.

»Doch! Du hast mir etwas genommen, und jetzt hast du die Gelegenheit, es wieder gutzumachen.« Ihr Tonfall barg keinen Vorwurf, nur eine erschreckende Leere.

»Ich habe dir damals bereits gesagt, dass die Neumanns sich auf meiner Warteliste haben eintragen lassen, bevor sie ihre Pferde bei dir untergestellt haben. Es war von vornherein klar, dass sie auf den Bungehof wechseln würden, sobald hier zwei Plätze frei würden.«

»Mir war das nicht klar«, erwiderte sie müde. »Es war nie die Rede davon.«

»Ich kann dir nur noch einmal versichern, dass ich niemanden abwerbe.«

»Und warum haben sie dann ihre Pferde aus meinem Stall genommen?«

»Weil der Bungehof von Hohwacht aus, wo sie wohnen, schneller zu erreichen ist als dein Stall in Lütjenburg.«

»Wegen der paar Kilometer? Das soll ich dir glauben?« Ihr trauriges Lächeln veränderte sich und wurde spöttisch.

»Bei den beiden spielt Zeit eine große Rolle. Und die *paar Kilometer* sparen ihnen Zeit.« Das hatte ich ihr alles schon vor

54

einem Jahr erklärt, aber auch damals hatte sie die Begründung nicht akzeptieren wollen.

Sie schüttelte den Kopf, als könne sie damit ein lästiges Gefühl verscheuchen. »Das ist jetzt auch egal. Außerdem ist es nicht mehr zu ändern … genauso wenig wie Udos Tod.« Sekundenlang sah sie zu Boden. Als sie ihren Kopf wieder hob, erkannte ich in ihrem Blick eine Verzweiflung, die an mein Mitgefühl appellierte. »Bitte, Carla, ich flehe dich an, komm morgen zu seiner Trauerfeier.« Sie zog aus ihrer Umhängetasche einen Umschlag und hielt ihn mir entgegen. »Da steht alles drin …« Widerstrebend griff ich danach.

Die Sonne war hinter einer Wolke hervorgekommen. Von ihr geblendet, drehte sie den Kopf leicht zur Seite. »Wir begraben ihn in Plön.«

Ohne mich! Ich hatte nicht vor zwanzig Jahren ihn und die anderen hinter mir gelassen, um jetzt zu seiner Trauerfeier zu gehen. Allein die Erwähnung seines Namens hatte genügt, um unangenehme Erinnerungen aufleben zu lassen. »So kurzfristig kann ich hier nicht fort«, sagte ich in einem Tonfall, der sowohl Bedauern als auch Entschlossenheit ausdrückte.

»Was ist denn schon eine abgesagte Reitstunde gegen seine Trauerfeier? So ein Abschied ist unwiederbringlich. Eines Tages bereust du es vielleicht, nicht hingegangen zu sein.«

Ganz bestimmt nicht! Der Udo, den ich gekannt hatte, hatte in mir nicht den Wunsch reifen lassen, ihm die letzte Ehre zu erweisen. »Ich werde sehen, ob ich es einrichten kann.«

»Wenn du ein Problem damit hast, es mir zuliebe zu tun, dann tu es für meine Eltern. Sie haben es nicht verdient …« Der Rest des Satzes ging in einem Schluchzen unter. Aus ihrer Tasche zog sie ein Papiertaschentuch und wischte sich damit die Tränen aus den Augen. »Ich baue auf dich, Carla.«

Bevor ich etwas erwidern konnte, lief sie mit hängenden Schultern zu ihrem Auto und setzte sich hinein. Mir kam es wie eine Ewigkeit vor, bis sie endlich den Motor anließ und vom Hof fuhr. Hätte ich nicht den Brief in Händen gehalten, wäre mir ein Tagtraum für das, was ich gerade erlebt hatte, als die wahrscheinlichste Erklärung erschienen.

Missmutig zog ich die Karte aus dem Umschlag. Wie ich vermutet hatte, handelte es sich um Udos Todesanzeige. Sie war ebenso sachlich wie knapp gehalten und verriet nichts über seine Todesursache. Weder war etwas von einem tragischen Unfall zu lesen noch von einer schweren Krankheit. Eines von beidem wird es gewesen sein, überlegte ich pragmatisch, woran sonst sollte ein Vierunddreißigjähriger sterben? Ich schob die Anzeige zurück in den Umschlag, faltete ihn zusammen und ließ ihn in meiner Hosentasche verschwinden. Nur ein unüberwindliches Gefühl von anerzogener Pietät hinderte mich daran, ihn zu zerreißen und auf den Müll zu werfen.

In Plön hatte sich viel verändert in den vergangenen zwanzig Jahren. Ich fühlte mich wie eine kühle Beobachterin, aber nicht wie ein Kind dieser Stadt, die so viele mit ihrem Charme betörte. Als ich die Straße kreuzte, in der mein ehemaliges Elternhaus stand, beschleunigte ich das Tempo.

Ich hatte nicht vorgehabt, Melanies Einladung zu folgen. Warum ich trotzdem zu Udos Trauerfeier ging? Es war eine Mischung aus Hoffnung und Triumph. Hoffnung, alles, was mit ihm zusammenhing, ein für alle Male mit ihm zu Grabe zu tragen. Und Triumph, dass er mich nicht mehr verletzen konnte. Weder mit seinem überheblichen, selbstherrlichen Blick noch mit widerlichen »Späßen« oder seinen Worten, die es mit Keulenschlägen ohne weiteres hatten aufnehmen können.

Ich hatte mich in die hinterste Reihe der Friedhofskapelle verziehen wollen, um direkt nach der Trauerfeier verschwinden zu können. Als ich die Kapelle um fünf vor elf betrat, stellte ich überrascht fest, dass sich außer mir nur fünfzehn Leute im Raum befanden. Sie verteilten sich auf die ersten beiden Reihen. In der Todesanzeige hatte elf Uhr gestanden. Trotzdem vergewisserte ich mich bei einem Mitarbeiter des Bestattungsinstituts und setzte mich dann mit großem Abstand einige Reihen hinter die anderen.

Mein Blick wanderte zur vordersten Bank. Ich erkannte Melanie, die zur Rechten eines älteren Paares saß, bei dem es sich vermutlich um ihre Eltern handelte. Die Frau rechts von ihr musste Udos Witwe sein. Sie war eingerahmt von zwei kleinen Mädchen. Alle hielten ihre Köpfe gesenkt und wirkten völlig erstarrt. Viele sind es nicht, die Udo sein letztes Geleit geben und um ihn trauern, dachte ich nüchtern. Kein Wunder!

Aus dem Augenwinkel nahm ich eine Bewegung wahr, die mich zur Seite sehen ließ. Eine Frau hatte sich an den rechten äußeren Rand meiner Bank gesetzt. Für Sekunden begegneten sich unsere Blicke – lange genug, um einander wiederzuerkennen. Karen Klinger grüßte mich mit einem angedeuteten Nicken.

Wie hatte ich so dumm sein können? Wenn Melanie mich als frühere Klassenkameradin ihres Bruders zur Trauerfeier gebeten hatte, warum sollte sie nicht auch andere Ehemalige einladen? Was lag näher, als sich an die Mitglieder seiner alten Clique zu wenden, zu der auch Karen zählte?

Während der Pastor die Trauergäste begrüßte und sich neben den mit gelben Rosen geschmückten Sarg stellte, schweiften meine Gedanken zurück zu den fünf Mitgliedern dieser verschworenen Gemeinschaft, die mir einmal das Leben zur Hölle gemacht hatten: Udo und Karen hatten ebenso dazugehört wie Hans Behrens, Torsten Mey und Gundula Hauser. Gedanken an sie ließen mich immer noch meine damalige verzweifelte Sehnsucht spüren, unsichtbar zu werden, um nicht länger ihren gnadenlosen Blicken, ihren unerträglichen Hänseleien und ihrem unverhohlenen Getuschel ausgesetzt zu sein. Nie wieder in meinem Leben hatte ich jemanden so sehr gehasst und gefürchtet wie diese fünf.

»… die Beschädigung seines guten Rufs …«

Wortfetzen drangen an mein Ohr und rissen mich aus meinen Gedanken.

»… dass er keinen anderen Ausweg sah, als seinem Leben ein Ende zu setzen.«

Udo hatte sich umgebracht? Beinahe hätte ich es laut in den Raum gesagt. Der Mann, dessen einziges Bestreben als Jugendlicher darin bestanden hatte, nicht nur mich, sondern auch andere kleinzukriegen, der mit unbarmherziger Schärfe auf die Achillesferse eines jeden gezielt hatte, der eine Schwäche zeigte, dieser Mann sollte Selbstmord begangen haben?

»… aber wir müssen ihm verzeihen, müssen seine Entscheidung respektieren.«

Ich ließ mich gegen die Lehne der Holzbank sinken. Was hatte dieses scheinbar unbesiegbare Monstrum in die Knie gezwungen?

Während leise Musik einsetzte, starrte ich auf den Sarg. Ein Triumphgefühl wollte sich nicht einstellen. Ich hätte es besser wissen sollen, schließlich war ich nicht der Mensch, der auf einem Grab tanzte und von göttlicher Gerechtigkeit faselte. Udos Tod schaffte keinen Ausgleich für das, was er mir oder irgendeinem anderen Menschen angetan hatte.

In meiner Erinnerung hatten ihn andere entweder bewundert oder gefürchtet. Nie wäre ich auf die Idee gekommen, dass es Menschen gab, die ihn liebten. Bis zu diesem Moment, als ich das verzweifelte Schluchzen seiner Familie hörte. Einer nach dem anderen ging zum Sarg und verabschiedete sich vom Sohn, Ehemann, Vater und Freund. Als Letzte stand Karen auf, ging nach vorne und blieb einige Minuten vor dem Sarg stehen. Dann verließ auch sie die Kapelle.

Es war ein merkwürdiger Moment, in dem ich allein mit ihm zurückblieb. Mit zögernden Schritten trat ich nach vorne. Unter dem festgeschraubten Holzdeckel lag der Mann, der einmal mein schlimmster Alptraum gewesen war und von dem in kürzester Zeit nur noch ein Häufchen Asche übrig bleiben würde. Vorsichtig streckte ich meine Finger aus und strich über die Kante des Sarges. In meinen Tagträumen hatte ich mir manchmal ausgemalt, wie es wäre, ihm wieder zu begegnen. Dann war stets ich die Stärkere gewesen und hatte ihm heimgezahlt, was er mir angetan hatte. Es waren entlastende Träume gewesen.

»Du kannst mir nichts mehr tun!«, flüsterte ich.

Der Sonnenschein, der mich draußen empfing, war ein so starker Kontrast zu dem gedämpften Licht in der Kapelle, dass ich sekundenlang nichts sehen konnte.

»Hallo, Carla.«

Der Wind hatte den Klang von Karens Stimme verwischt, aber ich erkannte sie trotzdem. Rund zwanzig Meter von mir entfernt entdeckte ich sie auf einer Bank im Schatten eines Baumes.

»Hallo«, sagte ich abweisend und setzte meinen Weg fort.

Eilig kam sie mir hinterher. »Warte bitte, Carla!«

»Ich habe keine Zeit.« Mein Rücken versteifte sich.

Sie hielt mich am Arm fest und zwang mich anzuhalten. »Nur zwei Minuten.«

»Was willst du?« Mit einem Ruck befreite ich meinen Arm aus ihrem Griff. »In Erinnerungen schwelgen? Dann lass dir gesagt sein, dass meine Erinnerungen nicht dazu angetan sind, darin zu schwelgen.«

»Was ist denn in dich gefahren? Ich habe dich ganz freundlich begrüßt und du …«

»Ich?«, fragte ich spöttisch. »Ich habe ein gutes Gedächtnis, und das verträgt sich nicht mit Freundlichkeit gegenüber einer der *glorreichen Fünf.*«

»Ach, mein Gott, die alten Geschichten. Das war Kinderkram, nichts weiter.«

»Entschuldigst du so alles vor dir selbst? Dann machst du es dir verdammt einfach.« Ich ließ sie stehen und ging weiter.

»Ist das eine Epidemie oder hast du dich mit Nadine abgesprochen?«, rief sie mir hämisch hinterher. »Na ja, wäre auch kein Wunder. Ihr habt ja früher schon immer zusammengegluckt – die Dicke und die Schicke.«

Vielleicht wäre ich weitergegangen, wenn sie auf ihre letzten Worte verzichtet hätte, aber mit einem Mal kamen die alten Gefühle wieder hoch: Wut, Verzweiflung und Scham, die sie und ihre Kumpane mit ihren tagtäglichen Schikanen geschürt hatten. Während ich im Stillen noch meine Entgegnung formulierte, spürte ich, wie sehr diese Gefühle mit den Jahren an Intensität verloren hatten. Hatte ich ihr und den anderen in meinen Tagträumen noch Gift und Galle entgegengeschleudert, hatte ich sie am Boden liegen sehen und mich an ihrem Unglück geweidet, so stellte ich jetzt erstaunt fest, dass wenig mehr als Kälte und Verachtung übrig geblieben war. Ich war nicht mehr der Teenager, der ihnen wehrlos ausgeliefert war.

Ich hatte zwanzig Jahre Zeit gehabt, um mir ein Leben aufzubauen, das mich froh machte, und um das Selbstbewusstsein wiederzugewinnen, das sie mit ihren sadistischen Attacken zerstört hatten.

Zwei Meter vor ihr blieb ich stehen. »Was hältst du davon, wenn du dich der Wissenschaft zur Verfügung stellst?«

Ihr Lachen war voller Hochmut. »Wie bitte?«

»Du bist der beste Beweis dafür, dass sich der Charakter eines Menschen nicht ändert. Du warst früher schon ein niederträchtiges Miststück, und du bist es heute noch.«

Sie funkelte mich böse an. »Was glaubst du, wer du bist, Carla Janssen?«

»Carla Bunge!«

»Oh … wir haben unseren Nachnamen geändert! Na ja, bei dem Vater hätte ich das auch getan.« Sie genoss ihre Breitseite sichtlich. »Obwohl es ja Leute geben soll, die auf Viktor Janssen schwören. Schlechter Geschmack ist eben weiter verbreitet, als man gemeinhin denkt.«

Eine seltsame Ruhe überkam mich. Ich betrachtete die blonden langen Haare, die ihr etwas Engelsgleiches verliehen, und ihr ebenmäßiges, hübsches Gesicht, das so gar nichts von ihrer gemeinen Ader preisgab. Karen zählte zweifellos zu jenen Menschen, denen ihre Boshaftigkeit nicht ins Gesicht geschrieben stand.

»Ich hoffe nur, dass du keine Kinder erziehst – weder eigene noch fremde.« Ich ließ meinen Worten Zeit zu wirken. »Dein Weltbild ist es nicht wert, weitergegeben zu werden.«

Sie zuckte merklich zusammen und holte zum Gegenschlag aus. »Bei dir sind es dann wohl eher die Gene, die nichts wert sind.«

Betont gelassen musterte ich sie. »Es ist sehr heilsam, dich

61

wiederzusehen, Karen. In meiner Erinnerung wart ihr alle groß und stark. Aber diese Erinnerung hält der Realität nicht stand. Udo liegt da drinnen und wird spätestens in vierundzwanzig Stunden zu einem Häufchen Asche zusammengeschrumpft sein, und du bist auf dem armseligen Stand zurückgeblieben, auf dem du schon mit vierzehn warst.«

Ihr Gesicht verzog sich zu einer verächtlichen Maske. »Glaubst du, nur weil du abgespeckt hast, bist du eine andere?«

»In gewisser Weise schon. Ich bin meinen Kummerspeck losgeworden, weil ich nicht mehr unglücklich bin. Und das ist eine ganz entscheidende Veränderung.«

»Weißt du was, Carla Janssen? Und wenn du noch zehn Kilo abnimmst, du bist und bleibst Abschaum.«

Als ich ihren angewiderten Gesichtsausdruck sah, musste ich lachen. »Du hattest damals schon keinen Blick für Menschen. Und jetzt entschuldige mich bitte.« Ich kramte meinen Autoschlüssel aus der Tasche und ging ohne einen Gruß an ihr vorbei.

»Sag deinem Aas von Freundin, dass sie es nicht wagen soll, noch einmal in meiner Praxis aufzutauchen«, schrie sie mir hinterher.

»Ich weiß nicht, von wem du sprichst.«

»Von Nadine Scholemann natürlich, mehr Freundinnen hattest du schließlich nicht. Oder hast du dir diesen armseligen Zustand in deiner Erinnerung schöngefärbt?«

Ganz kurz stockte ich, um dann unbeirrt weiterzugehen.

Aber sie hatte mein Stocken richtig interpretiert. »Die Schicke ist wieder im Lande. Wusstest du das etwa nicht? Hat sie sich nicht gleich mit der Dicken in Verbindung gesetzt? Dabei müsstet ihr euch eine Menge zu sagen haben. Sie ist mindestens genauso nachtragend und unerträglich wie du.«

Die Entgegnung, die mir auf der Zunge lag, schluckte ich hinunter. »Weißt du, wo sie wohnt?«

»Bin ich die Auskunft?«

Ohne sie eines weiteren Blickes zu würdigen, stieg ich in mein Auto. Erst als der Friedhof aus meinem Rückspiegel verschwunden war, atmete ich auf.

Basti erwartete mich nicht vor vierzehn Uhr zurück. Blieb mir noch eine Dreiviertelstunde, in der ich mir unter der Dusche den Schmutz abwaschen konnte, mit dem Karen mich beworfen hatte.

Ich zog alles aus, was ich an diesem Vormittag getragen hatte, stopfte es in den Wäschekorb und stellte mich zehn Minuten lang unter den prasselnden Wasserstrahl. Mit geschlossenen Augen konzentrierte ich mich auf das Prickeln auf meiner Haut. Ganz zum Schluss duschte ich so kalt, dass mir fast die Luft wegblieb.

Nachdem ich meine Reitsachen angezogen hatte, nahm ich mir zwei Karotten aus dem Kühlschrank und machte mich auf den Weg zu Oskar. Als er mich seinen Namen rufen hörte, galoppierte er wiehernd vom anderen Ende der Weide auf mich zu und kam knapp vor mir zum Stehen.

»Na, mein Freund …«

Während ich seine Stirn rieb, zog er die Karotten aus der Tasche meiner Reithose. Ich legte meine Wange an seinen Hals, spürte einen wunderbaren Augenblick lang seine Wärme und atmete den Pferdegeruch ein. Dann setzte ich mich mit dem Rücken zur Sonne auf den Rand der Wassertränke und sah Oskar beim Grasen zu.

Der Wind hatte die Wolken, die noch am Morgen am Himmel gewesen waren, vertrieben. Das ungetrübte Blau stand in krassem Gegensatz zu meiner eher bewölkten Stimmung. Die Hoffnung, durch meine Teilnahme an Udos Trauerfeier die Erinnerung an ihn und die anderen endgültig begraben zu können, hatte sich zerschlagen. Zum ersten Mal seit fünf Jahren bereute ich es, in meine alte Heimat zurückgekehrt zu sein. Ich war mir so sicher gewesen, dieser Landstrich sei groß genug, um sich aus dem Weg zu gehen. Außer Udos Schwester war ich in der ganzen Zeit niemandem von früher begegnet.

»Es war ein Fehler, Oskar«, sagte ich leise in seine Richtung. »Ich hätte nicht auf diese Trauerfeier gehen dürfen.«

Ungestört graste er weiter. Lediglich an der Bewegung seiner Ohren konnte ich sehen, dass er mich hörte. Mit dem Schweif verjagte er ein paar Bremsen.

Der Gedanke an Nadine, meine Freundin von einst, löste ambivalente Gefühle aus. Einerseits führte er mir mein schlechtes Gewissen vor Augen – ich war so unvorstellbar feige gewesen, hatte sie im Stich gelassen und belogen. Andererseits kamen all die guten Gefühle wieder hoch, die ich mit ihr verband. Eine Zeit lang war sie der einzige Lichtblick, die einzige Vertraute in meinem Leben gewesen.

Wenn sie tatsächlich in der Gegend war – wie sollte sie mich finden? Schließlich hatte sie mich als Carla Janssen gekannt. Mit dem Namen Bunge würde sie nichts anfangen können, er war der Mädchenname meiner Mutter.

Vor zwei Jahren hatte ich über die Auskunft versucht, Nadine ausfindig zu machen. Ohne Erfolg. Wahrscheinlich hatte sie geheiratet und einen anderen Namen angenommen. Da auch Karen nicht wusste, wo sie zu finden war, beschloss ich, ein Wiedersehen mit ihr dem Schicksal zu überlassen.

»Bis später, Oskar.« Ich strich ihm zum Abschied übers Fell, schloss das Gatter hinter mir und ging eilig hinüber zum Hof.

Erst am Nachmittag gelang es einem Ausritt, meine trübe Stimmung etwas zu heben. Ich begleitete eine Gruppe von fünf Frauen über ausgedehnte Galoppstrecken und zahlreiche natürliche Hindernisse. Als wir nach zwei Stunden zum Bungehof zurückkehrten, gab ich noch weitere zwei Stunden Einzelunterricht und half dann Basti und Heide beim Hereinholen der Pferde.

»Während deines Ausritts hat eine Frau nach dir gefragt«, rief Basti mir über einen Pferderücken hinweg zu. »Sie war gestern schon mal hier. Die mit den Augenringen, die so aussieht, als laste das Unglück der Welt auf ihren Schultern.«

Melanie! »Hat sie gesagt, was sie wollte?«

»Nur dass sie morgen wiederkommen will.«

»Hat sie zufällig gesagt, wann?«

»Nein, aber ich habe ihr die Zeiten gesagt, zu denen sie dich hier in jedem Fall antreffen wird.«

Mist! Gerade hatte ich mir vorgenommen, mich durch Basti verleugnen zu lassen.

»Habe ich etwas falsch gemacht?«

»Nein, nein«, beruhigte ich ihn, »überhaupt nicht.«

Er sah mich enttäuscht an. »Dann habe ich mich geirrt, und dir will es nur einfach nicht gelingen, deine Mimik mit deinen Worten in Einklang zu bringen.« Langsam schloss er eine der Boxentüren und schob den Riegel vor. »Ich hole den Futterwagen.« Ohne mich eines weiteren Blickes zu würdigen, ging er an mir vorbei.

»Sie zählt nur einfach nicht zu meinen Lieblingsbesuchern«, rief ich ihm hinterher. »Nichts weiter.«

»Dann sag es ihr!«

»Ihr Bruder ist gerade erst gestorben.«

Er blieb stehen und drehte sich zu mir um. »Das ist etwas anderes. Dann heißt es Zähne zusammenbeißen.«

»Genau das habe ich vor«, erwiderte ich lächelnd.

Während wir ein paar Minuten später einträchtig mit dem Füttern begannen, kam Ilsa Neumann zu mir in den Stall. Da ich wusste, dass sie und ihr Mann Fred an diesem Abend ausreiten wollten, hatte ich ihre Pferde bereits vor dem Füttern draußen an der Stallmauer angebunden. Die beiden Tiere würden erst nach ihrer Rückkehr etwas zu fressen bekommen und sollten den anderen nicht dabei zusehen müssen.

»Ich kann meinen Sattel nicht finden«, sagte sie aufgeregt.

»Ich helfe Ihnen suchen.«

Ilsa Neumann hatte einen so anstrengenden Alltag, dass es ihr schwer fiel, ihre Hektik an der Einfahrt des Bungehofs abzulegen. So kam es häufig vor, dass sie etwas nicht fand, weil sie es schlichtweg übersah. Da es ihrem Mann ähnlich erging, holte sie in solchen Fällen stets mich zu Hilfe. Anfangs hatte sie mich mit ihrer Aufregung regelmäßig angesteckt, bis ich mit der Zeit begriff, dass ihr außer einer beruhigenden Hilfestellung gar nichts fehlte.

»Dann schauen wir mal«, sagte ich, als wir in der Sattelkammer standen, wo mein erster Blick den Halterungen der Neumanns galt.

»Der Sattel, der auf meiner Halterung liegt, gehört einem der Schulpferde.« Sie sah mich genervt an.

»Das haben wir gleich«, versuchte ich, sie zu beruhigen. Systematisch machte ich mich auf die Suche nach ihrem Sattel.

Aufgeregt lief sie um mich herum. »Sie können ihn auch nicht finden, oder?«

»Einen Augenblick noch.« Ein zweites Mal ließ ich meinen Blick über die Schildchen an den Sätteln gleiten. Ohne Erfolg.

»Bin gleich wieder da.« Ich lief in die Stallgasse. »Basti, hast du den Sattel von Frau Neumann gesehen?«

»Ist er nicht in der Sattelkammer?«

»Nein«, rief ich ihm zu und ging zurück. »Also, Frau Neumann, um Ihren Ausritt nicht noch länger hinauszuzögern, schlage ich vor, Sie nehmen einen der Ersatzsättel und ich suche Ihren ganz in Ruhe.«

»Aber wo kann er denn sein?«

»Ich weiß es nicht. Vielleicht hat sich jemand einen Scherz erlaubt und ihn versteckt.«

»Wer würde denn so etwas tun?«

»Keine Ahnung. Aber machen Sie sich keine Sorgen. Auf dem Bungehof ist noch nie etwas weggekommen.« Ich wählte den besten der Ersatzsättel aus und gab ihn ihr. »Genießen Sie Ihren Ausritt. Es ist so wunderschön heute draußen.« Mein aufmunterndes Lächeln verfehlte seine Wirkung nicht.

»Hast du es eilig heute Abend oder könntest du mir noch schnell beim Suchen helfen?«, fragte ich Basti, nachdem Ilsa Neumann zu ihrem Mann hinausgegangen war.

»Ist der Sattel nicht dort?«

»Nein. Irgendein Witzbold ist sich wahrscheinlich besonders toll dabei vorgekommen, als er ihn versteckt hat. Wer auch immer das war, ich hoffe, es war ein einmaliges Amüsement.«

»Ich kann mir amüsantere Beschäftigungen vorstellen. Fang schon mal mit Suchen an, ich bin gleich mit dem Füttern fertig, dann helfe ich dir.«

Wie versprochen stieß er, mit Heide im Schlepptau, keine zehn Minuten später zu mir. In dieser Zeit hatte ich bereits Sattelkammer und Futterkammer auf den Kopf gestellt. Fehlanzeige! »Ich durchsuche mit Heide die Reithalle und den Stall«, schlug ich vor, »sieh du bitte auf dem Heuboden nach.«

Eine Viertelstunde später mussten wir uns allerdings eingestehen, dass der Sattel verschwunden war.

»Ich verstehe das nicht«, sagte ich zu Basti. »Wer klaut denn einen Sattel?«

»Die Dinger sind teuer.«

»Schon, aber auf dem Bungehof …«

»Carla«, sagte er, als spräche er mit einem Kind, »der Bungehof ist kein Märchenland, hier gehen Menschen ein und aus.«

»Menschen ja, Diebe nein!«

»Tut mir Leid, aber die Tatsachen widersprechen dem.«

5

»Ein Sattel ist zu verschmerzen«, sagte Ilsa Neumann gelassen, als sie von ihrem Ausritt zurückkehrte. »Hauptsache, mit den Pferden ist alles in Ordnung. Und die sind bei Ihnen nun wirklich in den besten Händen.«

Dankbar sah ich sie an. »Ich werde Ihnen den Sattel selbstverständlich ersetzen.«

»Überlassen Sie mir einfach den Ersatzsattel, falls Sie ihn entbehren können. Der passt gut.«

»Gerne.« Mir fiel ein Stein vom Herzen, denn die Versicherung würde im Fall einer unverschlossenen Sattelkammer nicht zahlen. Ich hätte den Sattel aus meiner eigenen Tasche ersetzen müssen. »Danke, Frau Neumann.«

»Wir freuen uns, wenn wir uns endlich einmal revanchieren können. Unsere Pferde haben es wirklich gut bei Ihnen. Sie leisten so vieles außer der Reihe, dass es eine Schande wäre, wenn wir uns Ihnen gegenüber kleinlich verhielten.« Sie kam aus der Box heraus, wo sie ihr Pferd trocken gerieben hatte, und verriegelte die Tür. »Eine Bedingung stelle ich allerdings. Sie müssen Ende Juni zu unserem diesjährigen Sommerfest kommen. Dieses Mal akzeptiere ich Ihre Absage nicht, Frau Bunge.«

»Frau Neumann, ich …«

»Sie können mitbringen, wen Sie wollen, und wenn es Oskar

ist«, sagte sie verschmitzt, »aber kommen müssen Sie. Sonst bin ich Ihnen ernstlich böse.«

»Wenn ich mich im Stall loseisen kann, will ich sehen, was sich machen lässt.«

»Keine Sorge, ich schicke Ihnen die Einladung so rechtzeitig, dass Sie dieses Loseisen gut vorbereiten können. Es werden ein paar nette Junggesellen da sein, dann können wir gleich ein bisschen an Ihrer Zukunft basteln.«

»Ehrlich gesagt bin ich mit meiner Zukunft, so wie sie sich abzeichnet, ganz zufrieden«, sagte ich mit leichtem Befremden.

»Jetzt bin ich Ihnen zu nahe getreten, habe ich Recht?«

»Irgendwie schon.«

Ihr verständnisvoller Blick täuschte nicht über ihre Entschlossenheit hinweg. »Wenn mir vor ein paar Jahren nicht auch jemand zu nahe getreten wäre, hätte ich meinen Mann nicht kennen gelernt.«

»Wer weiß ... vielleicht doch. Meine Freundin ist der festen Überzeugung, es stünde ohnehin alles in den Sternen.«

»Wollen Sie sich etwa zurücklehnen und abwarten? Das wäre ein nicht wieder gutzumachender Fehler!«

»Ob Sie's glauben oder nicht, ich lebe gern allein.«

»Und ich wünsche Ihnen, dass die Sterne Sie eines Besseren belehren.«

»Also doch die Sterne?«, fragte ich grinsend.

»Ich glaube an das Dreigestirn von Sternen, Zufall und Selbsthilfe.« Mit einem Augenzwinkern nahm sie Sattel und Trense von der Halterung neben der Box und machte sich mit beidem Richtung Sattelkammer auf. »Unser Sommerfest zähle ich übrigens zur Selbsthilfe«, rief sie über die Schulter. »Nicht vergessen!«

Beim Öffnen der Haustür spürte ich einen Widerstand, der mich stutzen ließ. Ich steckte den Kopf durch den Türspalt, um nachzusehen, was dahinter lag, und entdeckte auf dem Boden unzählige Bücher, die am Mittag noch neben der Tür zwei Stapel gebildet hatten. Vorsichtig schob ich die Tür weiter auf und machte mich daran, die Bücher wieder zu stapeln.

Einstein, ein Kater aus der Nachbarschaft, musste sich mal wieder auf Mäusejagd durch eines meiner Fenster hereingeschlichen haben. Da ich nicht annahm, dass ihn irgendjemand einem Intelligenztest unterzogen hatte, war mir schleierhaft, warum sie dieses Tier so getauft hatten. Meiner Meinung nach passte Rambo weit besser zu ihm, denn die Mäuse hatten keinerlei Chance gegen ihn. Wann immer ich seine Spuren im Haus fand, war es danach noch tagelang mucksmäuschenstill. Normalerweise hinterließ Einstein als Dankeschön auf meinem Kopfkissen eine tote Maus, doch dieses Mal konnte ich keine entdecken. Offensichtlich war sein Hunger an diesem Tag größer gewesen als seine Dankbarkeit.

Die Sache mit dem Hunger konnte ich gerade in diesem Moment besonders gut nachempfinden – mein Magen knurrte erbarmungswürdig. Da ich vergessen hatte einzukaufen, fuhr ich kurz entschlossen zu Christian. Um für seine Gäste immer erreichbar zu sein, bewohnte er unter dem Dach von Flint's Hotel eine Suite, die mich von der Größe her an mein Haus erinnerte. Damit hatten sich die Ähnlichkeiten allerdings, denn den Komfort, an dem es meinen vier Wänden entschieden mangelte, gab es hier im Überfluss. Allein in seinem Badezimmer hätte ich gerne einmal eine Woche Wellness-Urlaub verbracht.

Ich vergewisserte mich an der Rezeption, dass er da war, besorgte mir in der Küche, wo man seit Jahren an meine Überfälle gewöhnt war, eine doppelte Portion Pasta und trug den Teller die zwei Etagen hoch.

»Kühlschrank leer?«, fragte er, als er mir die Tür öffnete.

»Und Sehnsucht nach dir.« Schnurstracks steuerte ich hinter der Tür den Stiefelknecht an, der dort für mich stand, zog meine Reitstiefel aus und ließ mich mit einem wohligen Seufzer an seinem ovalen Esstisch nieder.

Christian war an der Tür stehen geblieben. »Nein, du störst nicht. Ja, mach es dir bequem …« Er sah mich mit einem betont devoten Blick an, um als Krönung noch einen Diener hinterherzuschicken.

»Entschuldige! Habe ich dich gestört?«

Sein Blick drückte Unmut aus.

»Wobei?« Blitzschnell sah ich mich um, konnte aber weder ein aufgeschlagenes Buch noch einen eingeschalteten Fernseher entdecken.

»Es geht nicht um ein spezielles Wobei, sondern um etwas Generelles.«

Mein Herz begann zu stolpern. »Ich störe dich generell?«

»Nicht du störst mich generell, sondern deine generelle Annahme, du könntest mich nicht stören. Ich bin viel zu selbstverständlich für dich.« Er setzte sich mir gegenüber, stützte das Gesicht in die Hände und warf mir einen traurigen Blick zu.

»Du bist mein Freund.«

»Stets verfügbar und verständnisvoll.« Der Vorwurf in seiner Stimme war nicht zu überhören. »Wirklich sehr sexy!«

»Hast du eine Krise, Christian?«, fragte ich vorsichtig. »Oder hast du dich unglücklich verliebt?«

»Unglücklich verliebt bin ich, seit ich dich kenne.«

»Hast du etwas getrunken?«

»Ich war noch nie so nüchtern.«

»Dann spielen deine Hormone verrückt. Warum suchst du dir nicht …«

»Carla, ich warne dich!«

»Ich meine bloß …«

»Ich weiß, was du meinst, und du kennst meine Meinung dazu. Ich halte nichts von One-Night-Stands.«

Es wollte mir beim besten Willen nicht gelingen, ernst zu bleiben. »Christian, das ist völlig untypisch für einen Mann. Irgendetwas muss bei deiner geschlechtsspezifischen Entwicklung schief gelaufen sein.«

»Mach dich nur lustig«, entgegnete er verschnupft.

»Leidest du eigentlich darunter, als Single zu leben?«

»Seit wann interessiert dich das?«

»Seitdem Ilsa Neumann heute versucht hat, mir das Single-Leben madig zu machen. Also: Leidest du darunter?«

»Ja.«

»Ich dachte immer …«

»Ich weiß, was du denkst«, unterbrach er mich vorwurfsvoll, »dass wir es beide so schön zusammen haben. Wir haben einander fürs Herz, und …«

»Moment mal! Wenn du eine Frau brauchst, dann such dir eine, und lass deine schlechte Laune nicht an mir aus.«

»Ich will nicht einfach irgendeine Frau, ich will dich.«

»Nur weil du mich nicht haben kannst.«

»Nein, weil ich dich liebe«, entgegnete er ruhig.

Ich schluckte gegen mein aufgeregt klopfendes Herz an. »Christian, wir sind Freunde, und daran wird sich hoffentlich nie etwas ändern.«

Seine Stimme war rau, nachdem er eine mir unendlich erscheinende Weile geschwiegen hatte. »Woher kommt diese Angst, dich zu binden?«

73

Ich sprang auf und zog meine Reitstiefel wieder an. »Warum haben Männer so große Schwierigkeiten damit, wenn eine Frau ihr Liebesleben so gestaltet, wie sie es üblicherweise tun?«

»Du solltest mit dem Wort Liebe nicht so leichtfertig umgehen.« Sein trauriger Blick traf mich mehr als seine Worte.

»Dann nenn es eben mein Lustleben!«, sagte ich so laut, dass ich die zarte Stimme in meinem Inneren übertönte. »Wenn ich Lust auf einen Mann habe, dann hole ich mir einen in mein Bett.«

»Und genau das glaube ich dir nicht. Ich wette, dass in deinem Bett noch kein Mann gelegen hat. Du bist der Typ, der die Männer besucht und mitten in der Nacht aufsteht und geht.«

»Das ist mein Stichwort«, sagte ich nach außen hin kühl. »Ich muss gehen.«

»Wie kann jemand, der über so hohe Hindernisse springt, wie du es tust, ohne mit der Wimper zu zucken, ein solcher Angsthase sein?«

»Das ist nicht logisch, da gebe ich dir Recht. Deshalb schlage ich vor, du überprüfst deine Annahmen!« Ich hatte die Türklinke bereits in der Hand und drückte sie hinunter.

»Und ich schlage vor, du versuchst auch mal, ohne Pferd unter dem Hintern ein Hindernis anzugehen.«

»Keine Sorge, das tue ich laufend«, hielt ich ihm mit gespielter Überheblichkeit entgegen.

Er kam langsam auf mich zu. »Heißt das, ich muss nur einen Oxer vor meinem Bett aufbauen und schon springst du hinein?«

»Willst du, dass ich mitten in der Nacht aufstehe und gehe?«, fragte ich leise.

In Christians Blick mischte sich eine Härte, die mir fremd war. »Ich glaube, ich will, dass du erst dann wiederkommst, wenn du bereit bist, dir bei deiner Angst helfen zu lassen.«

Mir war, als hätte er mir einen Schlag versetzt. »Du willst mich nicht wiedersehen?«

»Nicht, solange sich nichts ändert zwischen uns. Seit Jahren hältst du unsere Beziehung in der Schwebe.«

»Ich habe nie behauptet, dass ich anders als rein freundschaftlich für dich empfinde. Du bist derjenige, der …«

»Du brauchst nichts zu behaupten, Carla«, schnitt er mir das Wort ab. »Ich kann sehen, wie du fühlst. Aber solange du nicht fähig bist, es auszusprechen und danach zu handeln, will …«

»Willst du mich nicht mehr sehen«, vollendete ich niedergeschlagen seinen Satz. Ich gab mir alle Mühe, nicht vor seinen Augen in Tränen auszubrechen. »Es tut mir Leid, dass ich dir wehgetan habe.«

»Ich denke, es ist an der Zeit, dass sich zumindest einer von uns beiden klug verhält.«

»Was ist unklug an unserer Freundschaft?«

»Dass wir uns wie Schwimmer verhalten, die nicht ins Wasser gehen.« Er sprach so leise, dass ich ihn kaum verstand. »Obwohl wir uns beide danach sehnen loszuschwimmen.«

Ich ging, ohne mich noch einmal nach ihm umzudrehen. Ein unerträgliches Durcheinander von Gefühlen trieb mir die Tränen in die Augen. Blicklos rannte ich die Treppe hinunter und durch die Halle, wo ich mit einer Frau zusammenstieß. Eine Entschuldigung murmelnd, wandte ich mein verweintes Gesicht ab und lief zur Tür.

»Wenn alles so leicht zu entschuldigen wäre …«, hörte ich sie sagen.

Irritiert drehte ich mich um und sah gerade noch, wie sie im ersten Stock verschwand. Für einen Augenblick hatte ich geglaubt, ihre Stimme zu kennen.

Mir war entsetzlich kalt, die Tränen tropften aufs Kopfkissen und mein Magen krampfte sich zusammen. Immer wieder hörte ich Christian sagen, er wolle mich nicht mehr sehen. Und immer wieder dachte ich: Es könnte so einfach sein ... wenn ich nur ein anderer Mensch wäre.

Nach mir endlos erscheinenden zwei Stunden, in denen der einzige Lichtblick darin bestand, dass Einstein offenbar nicht alle Mäuse gefangen hatte, fiel ich in einen unruhigen Schlaf, aus dem ich am Morgen wie gerädert erwachte.

Das Aufstehen, Duschen und Anziehen war eine Qual, von der mich erst Oskar erlöste, der bereits am Gatter auf mich wartete. Ich legte mein Gesicht an seinen Hals und atmete seinen vertrauten Geruch ein.

»Du bist tatsächlich der einzige Mann in meinem Leben, auf den Verlass ist«, murmelte ich traurig in sein Fell, bevor ich Richtung Stall davonging.

Ich war gerade dabei, den Futterwagen zu füllen, als sich Hans Pattberg im Türrahmen aufbaute.

Sein Geiz übertrumpfte an diesem Morgen sogar seine Höflichkeit – er sparte sich eine Begrüßung. »Haben Sie schon etwas Neues?«, platzte er heraus.

»Nein, ich brauche nichts Neues! Laut Auskunft meines Anwalts ist Ihre Kündigung formal und inhaltlich wirkungslos.«

»Oho! Das Fräulein hat einen Anwalt.« Er kam näher und blieb so dicht neben mir stehen, dass mich wieder sein Mottenpulverduft umwehte. »Welcher von diesen Nichtsnutzen ist es denn?«

»Das werden Sie noch früh genug erfahren.«

Sein Gesicht lief vor Aufregung rot an. »Sie werden schon sehen, was Sie von Ihrer Halsstarrigkeit haben. Bereuen werden Sie es, so wahr ich hier stehe! Auf meinem Hof habe bisher noch immer ich das letzte Wort gehabt!«

»Wenn Sie das letzte Wort hätten haben wollen, dann hätten Sie unseren Vertrag nicht unterschreiben dürfen, Herr Pattberg. Solange ich die Pacht bezahle, werden Sie den Bungehof erdulden müssen. Fünf Jahre noch, dann …«

»Keine fünf Wochen mehr, so wahr ich hier stehe!«

Ich nahm den Futterwagen und drängte mich damit an ihm vorbei in die Stallgasse.

»Haben Sie gehört?« Er war hinter mir hergekommen und bohrte seinen ausgestreckten Zeigefinger in meinen Rücken. Wütend fuhr ich herum. »Fassen Sie mich nicht an!«

Er spuckte vor mir aus und verfehlte mich nur deshalb, weil ich geistesgegenwärtig zurücksprang. »Wenn Sie endlich mal einer richtig anfassen würde, dann wären Sie nicht ein so frustriertes Weibsbild.«

Ich glaube, es war einzig sein Alter, das mich davon abhielt, ihm eine Ohrfeige zu verpassen. »Verschwinden Sie!«

Er baute sich vor mir auf. »Wollen Sie mir etwa drohen, Sie halbe Portion?«

Wie aus dem Nichts erschien in diesem Moment Heide und stellte sich direkt neben mich. Ausdruckslos musterte sie ihn.

»Was will die denn?«, fragte er angriffslustig.

»Frau Ahrendt arbeitet hier.« Ich schickte ein Dankgebet zum Himmel, dass sie so früh gekommen war. »Und jetzt lassen Sie mich verdammt noch mal in Ruhe. Sie hören, was hier los ist, die Tiere verletzen sich noch.«

Eines der Pferde schlug ungeduldig mit dem Huf gegen die

Boxentür, die anderen scharrten oder liefen unruhig in ihren Boxen umher. Sie warteten auf ihr Futter.

Ohne ein weiteres Wort zog ich den Futterwagen hinter mir her und hielt vor der ersten Box, während Heide sich anschickte mir zu helfen.

Aber Hans Pattberg war noch nicht fertig mit mir. »Sie werden mich noch kennen lernen!« Der drohende Blick, den er mir zuwarf, war nicht aus einer vorübergehenden Laune geboren.

War es eine Ahnung, die mich das Tempo hatte verlangsamen lassen? Mit einer Gruppe von sechs Reitern war ich im gestreckten Galopp einen Feldweg entlanggeprescht. Normalerweise dehnte ich auf den Ausritten die Galoppstrecke noch mindestens einen Kilometer weiter aus. An diesem Tag gab ich den Reitern hinter mir ein Zeichen, die Pferde traben zu lassen. Kaum ritten wir um die nächste Wegbiegung, sah ich die im Wind flatternden rotweißen Plastikbänder, die um die Büsche gewickelt waren. Meine Warnung kam zu spät, zwei der Pferde hinter mir scheuten bereits. Eines so stark, dass sein Reiter hinunterfiel. Er schrie laut auf, als er auf dem Boden aufprallte.

Blitzschnell sprang ich vom Pferd und lief zu dem Mann, der gerade dabei war, sich zu berappeln. Seine Frau war ebenfalls abgestiegen und half ihm auf.

»Haben Sie sich verletzt?«, fragte ich besorgt.

Er schüttelte den Kopf, während er sich den Staub von der Reithose klopfte. »Ich glaube, der Schreck war größer.«

Ich sah mich suchend nach seinem Pferd um und stellte erleichtert fest, dass die anderen es inzwischen eingefangen hatten. Es war jedoch nicht dazu zu bewegen, näher als zwanzig Meter an uns heranzukommen. Die im Wind flatternden Bänder erschreckten es zu sehr.

»Wollen Sie den Ausritt fortsetzen oder ist es Ihnen lieber abzubrechen?«, fragte ich in die Runde.

Die Antwort war einhellig, alle wollten weiterreiten.

»Schön! Vorher sammle ich aber schnell noch die Bänder
ein.«

Während ich sie aus den Büschen zog, wo sie festgeknotet waren, gesellte sich eine der Frauen zu mir. »Sieht nicht so aus,
als seien hier Straßenarbeiter am Werk gewesen.«

»Nein«, erwiderte ich knapp.

Sie half mir mit den Bändern. »Wenn wir im Galopp um die
Kurve geschossen wären, wäre das Ganze sicher nicht so
glimpflich abgelaufen. Wer macht so etwas? Kinder?«

»Ich weiß es nicht. Es ist das erste Mal, dass hier so etwas
passiert.«

»Nicht ungefährlich.«

Wem sagte sie das? Wer sich mit Pferden auskannte, wusste,
dass solche Situationen wie dafür geschaffen waren, die Tiere
in Panik zu versetzen. Dieser Schabernack hätte leicht ins
Auge gehen können. Wer auch immer es gewesen war, zählte
hoffentlich nicht zur Gruppe der Wiederholungstäter. Zumal
es sich bei dem Feldweg um eine meiner Lieblingsstrecken für
begleitete Ausritte handelte.

Sie werden mich noch kennen lernen! Die Worte von Hans Pattberg gingen mir nicht aus dem Kopf. Ohne Umschweife fragte
ich Basti, ob sein Großvater zu körperlicher Gewalt neige.

»Der?« Ein amüsiertes Lachen erhellte sein Gesicht. »Der ist
ein Lamm, der tut nicht einmal einer Fliege etwas zuleide.«

Mein skeptischer Blick blieb ihm hoffentlich nicht verborgen.

»Wir sollten in nächster Zeit bei den Ausritten die Augen offen
halten.« Ich erzählte ihm von den Bändern und dem Sturz.

»Du hast aber nicht meinen Großvater in Verdacht, die Dinger da angebracht zu haben, oder?«

»Ich habe niemanden in Verdacht«, antwortete ich halbherzig, »ich würde nur gerne Stürze vermeiden.«

»Wer sich auf ein Pferd setzt, sollte wissen, welches Risiko er dabei eingeht. Jedes Tier ist unberechenbar.«

»In solchen Situationen sind sie berechenbar, das ist ja das, was mir Sorgen macht.«

»Das Ganze war sicher nur ein Dummejungenstreich. Dass ihm ausgerechnet deine Gruppe zum Opfer gefallen ist, halte ich für Zufall.«

»Ich hoffe, du hast Recht.«

Gerade hatte ich ein Fertiggericht in die Mikrowelle geschoben, als Susanne ihren Kopf zum Fenster hereinsteckte.

»Schön, dass du da bist«, sagte sie freudig.

»Hallo.«

»Schlechte Stimmung?«

»Geht so. Möchtest du auch etwas essen?«

»Hab schon, danke.«

Ich nahm eine Flasche Wasser und Gläser, brachte alles hinaus und stellte es auf den Gartentisch, den Susanne bereits in die Sonne gezogen hatte.

»Es ist so herrlich heute«, sagte sie entspannt, »viel zu schön zum Arbeiten.« Sie hatte sich auf einem der Holzstühle niedergelassen und hielt ihr Gesicht in die Sonne. Mit einem behaglichen Seufzer löste sie ihre Haarspange und schüttelte ihre orangerote Mähne.

»Erzähl mir etwas Schönes.« Appetitlos stocherte ich in dem überbackenen Lachs herum.

Susanne zündete sich eine Zigarette an und blies den Rauch in die mir entgegengesetzte Richtung. »Die Sirene ist heute Hals über Kopf abgereist. Ihr Liebster hat sie von einem Tag auf den anderen links liegen lassen und sich einer Neuen zugewendet, ebenfalls Gast im Hause.«

»Und das findest du schön?«

»Interessant. Es beweist, dass blonde Augenaufschläge mit der Zeit langweilig werden. Die andere ist ebenfalls blond, besitzt obendrein aber eine ungeheure Ausstrahlung.«

»Modell Lebensfreude?« Meine Lebensfreude war mir in den vergangenen vierundzwanzig Stunden abhanden gekommen.

»Nein, eher das Gegenteil«, antwortete sie nachdenklich. »Sie wirkt irgendwie unglücklich und auf eine seltsame Weise bedrohlich, wie jemand, der ständig in Kampfbereitschaft ist.«

Bei diesem Stichwort fiel mir der Kater ein. »Genauso wie Einstein, der ist auch ständig in Kampfbereitschaft. Gestern hat er sich wieder über meine Mäuse hergemacht.«

»Das muss sein Geist gewesen sein«, sagte Susanne bekümmert, »Einstein ist vorgestern überfahren worden.«

»Nein!« Ich schob meinen Teller zur Seite.

»Wenn ich es dir sage. Die Tochter deiner Nachbarn hat es weinend in der Hotelküche erzählt.«

»Wer hat dann meine Bücher umgeworfen?«

Susanne zuckte die Schultern. »Vielleicht hat er noch rechtzeitig einen Nachfolger angelernt.«

»So gut wie Einstein ist er keinesfalls, ich habe heute Nacht meine Mäuse rascheln hören.«

»Vollzählig?«, fragte sie trocken.

Zum ersten Mal an diesem Tag konnte ich lachen. »Ehrlich gesagt, habe ich den Überblick verloren.«

»Wenn du mich fragst, kann man Tierliebe auch zu weit treiben.«

Da wir bei diesem Thema nie einer Meinung sein würden, schwieg ich, schloss meine Augen und wendete mein Gesicht ebenfalls der Sonne zu.

»Wie macht sich Heide?«, fragte sie nach einer Weile.

»Sie geht mit den Pferden um, als hätte sie ihr Leben lang nichts anderes gemacht. Bei ihrem Umgang mit Menschen sehe ich allerdings noch Nachholbedarf.«

»Heide ist, wie sie ist. Erwarte nicht, dass sie sich ändert.«

»Wie lange kennst du sie schon?«

»Eine Weile.«

Nach einem Moment des Schweigens fragte ich wie nebenbei: »Hast du Christian gesehen?«

»Leider ja. Mit dem ist heute nicht gut Kirschen essen. Er hat so ziemlich jeden zur Minna gemacht, der ihm über den Weg gelaufen ist. So kenne ich ihn überhaupt nicht. Dabei verspricht ihm sein Horoskop für diese Woche ein Liebesabenteuer.« Sie beschirmte ihre Augen gegen die Sonne und sah mich verschmitzt an. »Wie wär's? Ihr beide seid längst überfällig.«

»Christian ist mein Freund!« Jedenfalls hatte ich das bis gestern angenommen.

Susanne schnalzte missbilligend mit der Zunge. »Ich weiß, wie man Freunde anschaut. Und was aus deinem Blick spricht, wenn du ihn ansiehst, ist etwas ganz anderes, von seinem ganz zu schweigen.«

»Können wir das Thema wechseln?«

»Du hast von Christian angefangen. Er hat übrigens auch einen Blick auf die Blonde mit der Ausstrahlung geworfen.«

Wie hatte ich annehmen können, dieser Tag würde besser als vergangene?

6

Zwischen den Unterrichtsstunden füllte ich die Tränken auf den Weiden und im Freilauf und wanderte von Box zu Box, um die Pferde, die nicht draußen waren, zu striegeln, bis sie glänzten. Bastis amüsierter Frage, ob ich auf einen Eintrag ins Guinness-Buch der Rekorde spekulierte, begegnete ich mit einem Kopfschütteln. Die Grenze meiner körperlichen Belastbarkeit auszuloten hatte mir schon über manche schwierige Situation hinweggeholfen.

Als ich an diesem Abend verdreckt und verschwitzt im Büro saß, um die Bestelllisten zu ergänzen, spürte ich fast so etwas wie Zufriedenheit. Das körperliche Anpacken hatte mir das Gefühl vermittelt, das Heft wieder in der Hand zu haben und nicht der Spielball anderer Menschen zu sein.

»Bunge«, meldete ich mich tief in Gedanken, nachdem das Telefon bereits viermal geläutet hatte.

»Hallo Carla, hier ist Melanie.«

»Melanie …«

»Ich wollte dich fragen, ob du heute Abend Zeit hast.«

»Heute Abend ist es ganz schlecht, ich habe noch zu viel zu tun.«

»Was denn?«, fragte sie zaghaft.

»Ich muss die Wassertränken auf den Weiden füllen«, log ich.

»Soll ich dir helfen? Ich könnte vorbeikommen.«

»Das ist nett von dir, aber ich habe Hilfe.«

Für Sekunden war es still in der Leitung. »Ich würde dich gerne noch einmal treffen. Bitte ...«

»Im Moment habe ich sehr wenig Zeit. Solange das schöne Wetter anhält, kann ich mich vor Anfragen für Ausritte kaum retten. Du kennst das ja.«

Sie war jedoch nicht der Typ, der schnell aufgab. »Am Wochenende soll das Wetter schlecht werden. Wie wäre es, wenn wir uns am Sonntag auf einen Kaffee träfen?«

»Dann aber früh am Morgen ...« Verdammt noch mal, Carla, beschimpfte ich mich selbst, was ist an einem Nein so schwierig?

»Ist dir neun Uhr recht? In dem kleinen Café am Marktplatz in Lütjenburg?«

»Okay«, antwortete ich widerstrebend. Hätte ich eine Ahnung von den Folgen dieser Verabredung gehabt, hätte ich mich nie darauf eingelassen.

In der Rückschau würde ich mich noch lange an diesen Morgen erinnern. Es war Samstag, und ich hatte mich zum Frühstücken auf die Steine gesetzt. Ich genoss ganz bewusst den beruhigenden Anblick des Meeres, als ich mich von einer Sekunde auf die andere beobachtet fühlte. Blitzschnell schaute ich mich um, konnte jedoch niemanden entdecken – der Strand war menschenleer.

Als ich zehn Minuten später die Stalltür aufschloss, verdrängte ich das unangenehme Gefühl, das mich beschlichen hatte. Ich redete mir ein, mich getäuscht zu haben, und vergrub mich dankbar in die tägliche Routine.

Nach einem der fünf Ausritte, die an diesem Tag auf meinem Programm standen, fing Basti mich ab. »Vor einer halben Stunde war ein Mann hier, der mit dir sprechen wollte.« Er lehnte lässig in der Boxentür, während ich mein Pferd absattelte.

»Ich habe die Nase voll von Männern, die mit mir sprechen wollen«, entgegnete ich leise, damit mich niemand außer ihm hören konnte.

»Der wird dir nicht gefährlich, glaube mir.«

»Was wollte er?«

»Er sagte, es gehe um eine Privatangelegenheit. Er ist zu den Weiden gegangen und wartet dort auf dich. Netter Typ, wenn du mich fragst.«

»Auch nette Typen können einem das Leben schwer machen«, sagte ich mit einem Seufzer, griff nach Sattel und Zaumzeug und brachte beides in die Sattelkammer.

Basti kam mir hinterher. »Soll ich deinen nächsten Ausritt übernehmen? Ich habe gerade Leerlauf.«

»Gerne!« Ich lächelte ihn dankbar an und machte mich auf die Suche nach dem »Besucher in Privatangelegenheiten«.

Von weitem entdeckte ich ihn am Rand von Oskars Weide. In dem Versuch, das Pferd anzulocken, hatte er die Hand über den Zaun gestreckt. Oskar war in einiger Entfernung stehen geblieben und scharrte unsicher mit dem Huf. Diese Unsicherheit konnte in der Nähe von Fremden schnell in Angst umschlagen. Und dann wurde Oskar, zumindest für diese Fremden, unberechenbar.

Ich rannte los und rief im Laufen, er solle das Pferd in Ruhe lassen. »Können Sie nicht lesen?«, fragte ich außer Atem, als ich bei ihm ankam. Er lehnte direkt neben dem Schild, auf dem darum gebeten wurde, Abstand von Oskar zu halten.

»Ich tue ihm nichts.«

»Er tut Ihnen aber vielleicht etwas.«

Behände ging er drei Schritte zurück, wobei er Oskar nicht aus den Augen ließ.

Ich musterte ihn von der Seite. Er war schätzungsweise Mitte sechzig, sehr schlank, wirkte sportlich, wenn auch eher wie ein Golfer als ein Reiter, und hatte ein markantes Gesicht, das von sehr kräftigem Haar umrahmt wurde, dessen ursprüngliches Braun mittlerweile vielen grauen Strähnen das Feld überlassen hatte.

»Ich bin Carla Bunge. Sie wollten mich sprechen?«

Mit ausgestreckter Hand kam er auf mich zu. »Franz Lehnert.« Sein Blick hatte nur kurz auf mir geruht, um sich gleich wieder Oskar zuzuwenden, der sich beruhigt hatte und weiter graste.

»Was ist mit dem Pferd?«

»Es hat schlechte Erfahrungen gemacht, die verzeiht er den Menschen nicht.« Ich hatte diesen Mann, der angeblich in einer Privatangelegenheit hier war, noch nie gesehen. »Warum wollten Sie mich sprechen?«

»Gehen wir ein Stück.« Er setzte sich langsam in Bewegung und wählte die Richtung, die vom Hof fortführte.

»Geht es um den Bungehof?«, fragte ich mit Unbehagen, während ich ihm zögernd folgte. Vielleicht war er Anwalt und der alte Pattberg hatte ihn geschickt.

»Es geht um Ihren Vater.«

»Dann können wir gleich wieder umkehren.« Was ich auf dem Absatz tat.

»Warten Sie!« Er hatte mich überholt und blieb vor mir stehen. »Ist Ihr Vater Ihnen so wenig wert, dass Sie mich nicht einmal anhören wollen?«

Erneut drehte ich mich um und marschierte los, diesmal in Richtung meines Zuhauses. »Viktor Janssen interessiert mich nicht«, rief ich ihm über die Schulter zum Abschied zu. »Sagen Sie ihm das!«

»Er hat mir prophezeit, dass Sie das sagen würden.«

Ich beschleunigte meinen Schritt. »Sie hätten auf ihn hören sollen.« Ohne mich noch einmal umzusehen, lief ich weiter. Durch den Gegenwind konnte ich nicht hören, ob er mir folgte, aber ich hoffte, meine klare Abfuhr würde ihn zur Umkehr bewegen. Als ich die mein Haus umrahmende Buchenhecke erreicht hatte, flüchtete ich mich in ihren Schutz und blickte den Feldweg entlang. Franz Lehnert stand immer noch dort, wo ich ihn verlassen hatte. Er sah unverwandt in meine Richtung. Schlecht gelaunt schloss ich meine Haustür auf, ließ sie mit einem Knall ins Schloss und mich selbst mit einem Seufzer auf mein Sofa fallen. Plötzlich tauchten ständig Leute bei mir auf und machten mir das Leben schwer. Was wollte nach all diesen Jahren mein Vater von mir? Mein Leben war schon ohne ihn kompliziert genug.

»Frau Bunge … Carla … bitte, hören Sie mich an.« Er stand vor der Tür und klopfte zaghaft. »Ihr Vater ist sehr krank. Es würde ihm sicher helfen, wenn er sich von Ihnen verabschieden könnte. Er leidet sehr unter der ungeklärten Beziehung zu Ihnen.«

Was war an unserer Beziehung ungeklärt? Mein Weggang vor zwanzig Jahren hatte sie mehr als geklärt.

»Bitte, Frau Bunge …«

Nein! Nein! Nein! Ich hielt mir die Ohren zu, so dass ich ihn nicht mehr hörte. Geschlagene fünf Minuten hielt ich mein Abtauchen in die Stille durch, um dann festzustellen, dass von draußen außer dem Wind, der ums Haus fegte, nichts mehr zu hören war.

Trotz der dicken Wolkendecke, die während des Tages herauf-
gezogen war, hatte es mich am Abend nach draußen auf meine
Veranda gezogen. Kaum saß ich dort, hatte ich wieder das Gefühl, beobachtet zu werden. Wahrscheinlich litt ich langsam
unter Verfolgungswahn. Kein Wunder, wenn ständig jemand
auftauchte und meinen Seelenfrieden störte. Als könne sie
mich gegen ungebetene Blicke schützen, zog ich die Decke
fester um meine Schultern und sah mich nach allen Seiten um.
Ich entdeckte jedoch nur Susannes Wagen, der den Feldweg
heraufgefahren kam. Kurz darauf stieg sie aus und trat mit
einem Topf in beiden Händen auf mich zu.

»Ich hoffe, du hast noch nicht gegessen«, sagte sie geschäftig.
»Ich habe Unmengen von Kartoffelsuppe gemacht und dachte,
du würdest sie vielleicht gerne probieren.«

»Das ist aber ein ziemlich großer Topf zum Probieren.« Ich war
froh, sie zu sehen. »Setz dich.«

»Ich kann nur ganz kurz bleiben, da ich mich heute Abend mit
einer Frau treffe, die mir etwas über Tarot-Karten beibringen
will.«

»Was steht denn dieser Tage in meinem Horoskop?«, fragte ich
wie nebenbei.

»Gibt's Ärger?«

»Wieso?«

»Weil du immer nur dann an deinem Horoskop interessiert
bist.«

»Hans Pattberg.« Den nicht eben kleinen Rest verschwieg ich
geflissentlich.

Sie runzelte die Brauen. »Was, der nervt immer noch?«

Ich nickte. »Sag schon, was stand drin?«

Ihr war anzusehen, dass sie sich innerlich wand. »Deine Planetenkonstellation ist vielleicht eine Spur ungünstig momentan«,

meinte sie zögernd, während sie fröstelnd ihre Schultern hoch-
zog und ihre Arme um den Körper schlang.

»Und das bedeutet?«

»Ärger auf der ganzen Linie.«

»Warum fragst du mich dann, ob es welchen gab?«, fragte ich
muffig. »Traust du deinen Sternen nicht?«

»Es sind auch deine Sterne, Carla. Und gefragt habe ich dich,
weil ich nicht möchte, dass du annimmst, ich könne in deiner
Seele wie in einem Buch lesen. Das kann ich nämlich nicht.«

Und es wäre momentan auch kein Vergnügen, fügte ich im Stillen hinzu.

Mit einem Blick auf die Uhr stand sie auf. »Ich muss los.«

Ich begleitete sie zum Auto. »Hast du eigentlich jemanden gesehen, als du gekommen bist?«

»Nein. Erwartest du jemanden?«

Ich schüttelte den Kopf. »Ich habe mich beobachtet gefühlt,
das ist alles. Blöd, nicht?«

Sie sah sich ungläubig um. »Wer soll dich hier beobachten
außer ein paar Schwalben?«

»Du hast Recht, und jetzt fahr los!« Ich hielt ihr die Autotür
auf.

»Kommst du auch wirklich zurecht?«

»Ich habe hier schließlich einen ganzen Topf voller Kartoffelsuppe. Keine schlechte Waffe gegen mögliche Angreifer ...«

»Wäre da nicht ein Baseballschläger besser?«

»Keine Sorge, der liegt griffbereit unter meinem Bett.«

»Ist nicht dein Ernst, oder?«

»Natürlich! Ich bin zwar relativ sorglos, was das Verriegeln
meines Hauses betrifft, aber ich bin nicht lebensmüde.«

»Und du würdest zuschlagen? Du kannst ja noch nicht einmal
deinen Mäusen etwas zuleide tun.«

»Die bedrohen mich ja auch nicht. Und jetzt fahr endlich!«
Einen Moment lang schaute ich ihr noch nach und ging dann
ins Haus.

Da ich zum Lesen zu müde war, begann ich lustlos, Küche und
Bad zu putzen, um dann auch noch den Rest des Hauses in Angriff zu nehmen. Nach einer Stunde übermannte mich das heu-
lende Elend, und ich versank, den Putzlappen immer noch in
der Hand, in einem tiefen Trog voller Selbstmitleid. Unglücklich pfefferte ich den Lappen in eine Ecke, zog mich aus, löschte alle Lichter und verkroch mich unter meine Bettdecke. Verdammt, verdammt, verdammt! Warum musste ich Christian so
sehr vermissen?

Draußen war es düster, Regen prasselte gegen die Fenster. So
wie es aussah, würden die geplanten Ausritte an diesem Tag
tatsächlich ausfallen müssen. Melanie hatte also Recht behalten mit ihrer Prognose. Lustlos stand ich auf.
»Geschieht dir recht, Carla«, murmelte ich vor mich hin, »du
hättest nur nein sagen müssen.«
Nach einem Frühstück im Stehen zog ich mir wetterfeste
Sachen an und ging durch den Regen hinüber zum Stall. Seit
meinem Rüffel war Basti nie wieder zu spät gekommen, was
ich ihm hoch anrechnete. Besonders an diesem Morgen, da er
ziemlich übernächtigt aussah. Seine Stimme klang, als hätte er
sie Unmengen von Zigaretten und Alkohol ausgesetzt.
»Gesumpft?«, fragte ich.
Er brummelte ein Ja. »Und du?«
»Geputzt.«
Der Blick, den er mir zuwarf, beinhaltete eine Mischung aus
Unglauben und Mitleid. Mit einem Kopfschütteln wandte er
sich wieder den Pferdeäpfeln zu seinen Füßen zu.

Ich wollte gerade gehen, als er mich zurückhielt: »An einem der Schulsättel fehlt übrigens Steigbügelgurt samt Steigbügel.«

»Vielleicht ist er kaputt, und jemand hat ihn abgemacht.«

»Dann müsste er ja irgendwo liegen. Tut er aber nicht. Außerdem fehlen eine Trense und ein Beutel mit Putzzeug. Sieht so aus, als würde sich hier jemand preiswert eine Ausrüstung für sein Pferd zusammenstellen.«

»Aber wozu dann der Steigbügelgurt, wenn er bereits einen kompletten Sattel hat?«

»Vielleicht ist es jemand, der auf Nummer Sicher geht und sich auch gleich ein Ersatzteillager zulegt«, meinte Basti nüchtern. Ihn schienen die Verluste in der Sattelkammer nicht weiter zu beunruhigen.

Im Gegensatz zu mir. Wenn er Recht hatte, dann konnte das eine teure und unangenehme Angelegenheit werden. Materialklau war in einem Reitstall sehr unbeliebt. Bisher war der Bungehof davon verschont geblieben.

Ich sah auf die Uhr. »Ich muss jetzt los. Spätestens in zwei Stunden bin ich zurück.« Als ich das in der Stallgasse angebundene Pferd zum Abschied tätschelte, fiel mir noch etwas ein. »Sag mal, Basti, wieso hast du eigentlich gemeint, der Mann, der mich gestern sprechen wollte, könne mir nicht gefährlich werden?«

»Weil er schwul ist«, antwortete er wie aus der Pistole geschossen.

»Woher weißt du das?«

»Ich habe ein Gespür dafür.«

Die Fahrt nach Lütjenburg dauerte länger als üblich, da ich wegen des starken Regens nicht schnell fahren konnte. Als ich endlich in dem Café am Marktplatz ankam, war es bereits zwanzig nach neun.

»Entschuldige«, begrüßte ich Melanie.

»Hauptsache, du bist gekommen.« Sie war immer noch ein Bild des Jammers.

Ich setzte mich ihr gegenüber und bestellte eine heiße Schokolade. Melanie hatte bereits einen Kaffee vor sich stehen. Für einen Moment wussten wir beide nicht, was wir sagen sollten.

»Wie geht es dir?«, fragte ich in dem Bemühen, dieses schwer lastende Schweigen zu brechen.

Es schien sie Kraft zu kosten, ihren Blick von der Kaffeetasse loszureißen. »Es ist alles wie tot.« Fahrig versuchte sie, eine Strähne ihrer dunkelblonden Haare hinter dem Ohr zu fixieren, sie fiel ihr jedoch immer wieder ins Gesicht.

Ich beobachtete diese Strähne, als könne ich mich damit von ihrem offensichtlich unerträglichen Schmerz ablenken und meines Mitgefühls erwehren. Plötzlich kam ich mir hartherzig und ungerecht vor. Melanie konnte nichts dafür, dass sie Udo zum Bruder gehabt hatte. Aber er stand zwischen uns und hinderte mich daran, mit Anteilnahme auf sie einzugehen.

»Ich weiß«, sagte sie unglücklich, »dass ihr euch nicht so gut vertragen habt während der Schulzeit ...« Sie zog ihre Schultern hoch, ließ sie jedoch gleich darauf niedergeschlagen wieder fallen.

»Das ist eine beachtliche Untertreibung.«

»... deshalb bin ich dir umso dankbarer, dass du zu der Trauerfeier gekommen bist. Damit hast du unserer Familie einen wirklichen Dienst erwiesen. Du hast ja gesehen, wie wenige Leute dort waren. Wenn man jemanden verliert, den man liebt, dann wünscht man sich, dass viele Menschen um ihn trauern und ihm die letzte Ehre erweisen. Bei alten Menschen bleiben naturgemäß nicht so viele übrig, aber bei einem relativ jungen Menschen …« Die Stimme versagte ihr. Gedankenverloren starrte sie auf die glatte Oberfläche des Holztisches und strich mit den Fingern darüber.

Im Stillen vollendete ich ihren Satz: Bei einem jungen Menschen kommen eben auch nur die, die ihn geliebt haben. Oder die, die wissen wollen, ob er seine Macht über den Tod hinaus behalten hat.

»Er hat sich verändert mit den Jahren«, fuhr sie stockend fort. »Er war nicht mehr …« Sie suchte nach dem richtigen Wort. »Er war viel ruhiger geworden.«

Was wollte sie? Ihn in meinen Augen rehabilitieren? Es gab nichts, was sie sagen konnte, um mir Udo Fellner in einem günstigeren Licht erscheinen zu lassen. Voller Abwehr sah ich sie an.

Sie wurde unsicher unter meinem Blick. »Ich weiß, er konnte damals manchmal verletzend sein.«

Wenn sie jetzt sagte *aber er meinte es nicht so,* würde ich aufstehen und gehen.

Stattdessen flüsterte sie: »Ich habe das auch oft zu spüren bekommen … aber er war mein Bruder.«

Unauffällig sah ich auf meine Uhr. Es war erst eine Viertelstunde vergangen.

Sie hatte meinen Blick jedoch bemerkt. »Du hast es eilig, nicht wahr?« Ihr enttäuschter Gesichtsausdruck beschämte mich.

»Nein … ja … entschuldige«, druckste ich herum.

»Ich will dich nicht lange aufhalten. Eigentlich wollte ich dir nur danken, dass du zur Trauerfeier gekommen bist. Das fand ich sehr anständig von dir.«

»Du hattest mich gebeten …«

Blicklos starrte sie vor sich hin, bis sie zurückfand und mich

93

ansah. »Ich habe einige gebeten, aber sie sind nicht gekommen. Es war wegen dieser schrecklichen Sache.«

»Du meinst wegen seines Selbstmords?«, fragte ich ungläubig. Die Zeiten, in denen die Menschen dafür geächtet wurden, waren längst vorbei. Ich war überzeugt, dass sie versuchte, sich die Wirklichkeit so hinzubiegen, dass sie leichter erträglich war. Wie sollte sie auch damit fertig werden, dass ihr Bruder ein mieses Schwein gewesen war, dem kaum jemand eine Träne nachweinte?

»Nein«, entgegnete sie, darauf bedacht, dass mir keine Silbe entging. »Es war wegen des Rufmords an ihm.«

7

U do war ein guter Lehrer«, sagte Melanie mit einem Anflug von Stolz. »Sicher einer von den strengeren, aber vielleicht gerade deshalb ein guter.«

»Udo war Lehrer? Das ist nicht dein Ernst.« Welcher Teufel hatte ihn geritten, diesen Beruf zu wählen?

»Er hat sich geändert, auch wenn du das nicht für möglich hältst. Nach dem Abitur hatte er gerade angefangen, Wirtschaft zu studieren, als er einen schweren Verkehrsunfall hatte. Er lag zwei Wochen im Koma, mehrere Wochen im Krankenhaus und verbrachte schließlich Monate in Rehakliniken. Diese Zeit hat ihn verändert. Danach begann er sein Pädagogikstudium.«

Mir kam es vor, als redeten wir über zwei verschiedene Menschen. Mein Blick war ebenso ungläubig wie beredt.

»Warum willst du ihm eine Entwicklung absprechen?«, fragte sie befremdet. »Du hast dich doch auch verändert.«

»Ich habe abgespeckt.«

»Das ist es nicht allein. Früher warst du wie ein Schatten, gar nicht richtig da.«

»Dank Udo!«, sagte ich kalt.

Sie schüttelte abwehrend den Kopf. »Als Lehrer war er beliebt, obwohl die meisten davon jetzt nichts mehr wissen wollen.« Ihre Bitterkeit war unüberhörbar. »Die Menschen haben so wenig Charakter. Wenn es schwierig wird, lassen sie einen fallen. Aber das allein hat ihnen bei Udo nicht gereicht. Sie mussten auch noch nach ihm treten, als er längst am Boden lag.«

War das die biblische Gerechtigkeit, die ich immer dann vor Augen hatte, wenn ich ihn in meinen Tagträumen zusammengeschlagen hatte und auf ihm herumgetrampelt war? Jetzt wäre der Moment gewesen, um Genugtuung zu spüren, um zu sagen: Geschieht ihm recht! Aber ich konnte es noch nicht einmal denken. »Warum haben sie das getan?«

»Weil viele Menschen glauben, dass jedem Rauch ein Feuer vorausgegangen sein müsse. Aber glaube mir, es gab kein Feuer. Udo war ein guter Vater. Jeder konnte während der Trauerfeier sehen, wie sehr seine Kinder um ihn geweint haben.«

Ich spürte, wie mein Körper sich verkrampfte. Es bekam mir nicht, länger über Udo Fellner nachzudenken. Die Erinnerungen sollten bleiben, wo sie waren! »Lass ihn ruhen, Melanie.«

»Er wird nicht ruhen, nicht, bis ihm Gerechtigkeit widerfahren ist. Das spüre ich.«

»Du bist erschöpft und übermüdet, da ist es kein Wunder, wenn du auf solche Gedanken kommst.« Ich sah sie fest an, so dass sie meinem Blick nicht ausweichen konnte. »Udo ist tot. Es war sein Entschluss, seinem Leben ein Ende zu setzen, und das solltest du respektieren.«

»Das war kein freier Entschluss«, sagte sie feindselig. »Was blieb ihm denn anderes übrig, nachdem sein Ruf zerstört worden war? Davon hätte er sich nie erholt. Es wäre immer etwas hängen geblieben. Jeder, der davon wusste, hätte ihm genauestens auf die Finger gesehen. Eine falsche Geste, und sei es nur seine Hand auf einer Schulter, hätte bestätigt, was sie zu wissen glaubten. Du weißt, wie schnell das geht.«

Unangenehm berührt von einer unguten Ahnung sagte ich: »Nein, das weiß ich nicht.«

»Nimm den Bungehof – wenn heute jemand erzählte, du würdest die Pferde vernachlässigen und quälen, hättest du morgen die erste Kündigung auf dem Tisch.«

»Das glaube ich nicht, Melanie. Ein wenig treuer sind meine Leute dort schon. Außerdem wissen sie ganz genau, was sie für ihr Geld bekommen. Da reicht kein mal eben in die Welt gesetztes Gerücht.«

»Was willst du damit sagen?«

»Ich glaube nicht, dass man einem unbescholtenen Bürger einen Rufmord anhängen kann. Ein Gerücht hat nur dann wirklich eine Chance, wenn schon einmal etwas Ähnliches vorgefallen ist.«

»Mein Gott, bist du naiv«, sagte sie mit zusammengekniffenen Augen, in denen für einen Augenblick Hass aufloderte. »Man kann jedem einen Rufmord anhängen, wenn man es geschickt anstellt, auch dir. Bei Udo haben sie sich allerdings etwas besonders Gemeines ausgedacht.«

»Wer sind sie?«

Ihre Schultern sackten nach vorne, während sie verzweifelt ihre Hände rang. »Wenn ich das wüsste. Udo hat versucht, dieses entsetzliche Gerücht zu seinem Ursprung zurückzuverfolgen, aber es ist ihm nicht gelungen.« Sie fuhr sich müde über die Augen. »Man hat seine Schülerinnen befragt. Keine hat auch nur die leiseste Andeutung in dieser Richtung gemacht, aber man glaubte, die hätten Angst vor ihm und würden deshalb nicht mit der Wahrheit herausrücken. Ist das nicht perfide?« Sekundenlang vergrub sie ihr Gesicht in den Händen. »Und dann hat man ihn suspendiert. Das hat ihm den Rest gegeben.«

»Was wurde ihm vorgeworfen?«, fragte ich, obwohl ich es längst ahnte.

»Erst hieß es, er missbrauche seine Töchter. Und von da war es nur ein kleiner Schritt bis zum angeblichen Missbrauch seiner Schülerinnen. Kannst du dir vorstellen, was das für ihn bedeutete? Plötzlich schnitten ihn alle. Es hat sich wie ein Lauffeuer herumgesprochen. Nirgends wurde er mehr eingeladen, bereits ausgesprochene Einladungen wurden zurückgezogen. Er wurde gemieden, als habe er die Pest.« Sie wischte sich die Tränen aus dem Gesicht. »Verstehst du jetzt, warum bei seiner Beerdigung so wenige Menschen waren? Für meine Eltern war es grauenvoll, erst verlieren sie ihren Sohn und dann auch noch ihren Glauben an die Menschen. Seine Frau ist nur noch ein Schatten ihrer selbst. Den Kindern blieb nichts anderes übrig, als die Schule zu wechseln, da die Mitschüler über sie hergefallen sind und schreckliche Dinge behauptet haben.«

Ihre Erzählung beschwor unliebsame Erinnerungen herauf. Während ich versuchte, sie zurückzudrängen, schob sich ein Gedanke in den Vordergrund: Das Leben wählt manchmal seltsame Wege. Udos Kinder hatten das erleiden müssen, was er als Jugendlicher anderen mit einem Lächeln angetan hatte.

»Hat er das noch miterlebt?«

»Wieso interessiert dich das?«, wollte sie irritiert wissen.

»Weil seinen Kindern genau das angetan wurde, was einmal Udos Lieblingsbeschäftigung war. Ich frage mich, ob ihm das aufgegangen ist. Ob es möglicherweise das war, was ihm so unerträglich erschien und ihn dazu getrieben hat, sich das Leben zu nehmen.« Obwohl das die Fähigkeit zur Selbstkritik vorausgesetzt hätte, und die sprach ich Udo vollends ab.

Von einer Sekunde auf die andere erstarrte Melanie. »Udo ist noch nicht unter der Erde, und du wagst es, so ...«

»Melanie, ich habe das Gespräch mit dir nicht gesucht. Du hast so lange insistiert, bis ich gekommen bin. Erwarte nicht von mir, dass ich in deine Schönfärberei einstimme.«

»Was bist du für ein Mensch?«, fragte sie erschüttert.

»Das kann ich dir sagen. Ich bin ein Mensch, der unter Udo unbeschreiblich gelitten hat. Und ich werde keinen Heiligen aus ihm machen, nur weil er tot ist. Das war er nämlich ganz und gar nicht.«

»Du glaubst, was über ihn geredet wurde?«

»Ich rede nicht vom Hörensagen! Ich rede von dem, was ich selbst mit ihm erlebt habe.«

Plötzlich schien sie verunsichert. »Aber er hat dich nicht angerührt …?«

»Udo brauchte niemanden anzurühren, es reichte, wenn er den Mund aufmachte. Kannst du dir vorstellen, wie es ist, wenn du nie mit deinem Namen angeredet wirst? Wenn du immer nur die fette Sau, die dicke Planschkuh, das Mopsgesicht, die Schwabbelkuh oder der Fettkloß bist? Wenn du dir anhören musst, dein Hirn sei genauso verfettet wie der Rest deines Körpers? Oder dass, solltest du überhaupt jemals einen Mann abbekommen, es sich höchstens um einen Perversen handeln könne, der gerne im Fett wühle? Was für dich sicher kein Problem darstelle, da du ja unter Perversen aufgewachsen seist.« Ich hörte seine Stimme, als stünde er neben mir. »Kannst du dir vorstellen, wie es ist, wenn du immer ausgegrenzt wirst?«

»Udo war nicht dein einziger Mitschüler!«

»Sicher nicht, aber er wurde entweder bewundert oder gefürchtet. Du warst für oder gegen ihn. Und er konnte einem sehr schnell klar machen, dass es besser war, für ihn zu sein.«

»Willst du mir allen Ernstes sagen, du lässt kein gutes Haar an ihm, weil er dich mal *Planschkuh* genannt hat?«

»Nicht mal«, erwiderte ich scharf, »täglich. Außerdem hatte er eine Spezialität. Er hat gerne Fotowettbewerbe veranstaltet.« Ich schluckte. Mir wurde immer noch schlecht, wenn ich daran dachte. »Wer von den *glorreichen Fünf* das hässlichste und entwürdigendste Foto von mir machte, hatte gewonnen. Das Siegerfoto wurde dann in der Klasse herumgereicht.«

»Sei still! Ich will das nicht hören. Das ist lange her.« Sie ballte die Fäuste, und für einen kurzen Augenblick hatte ich die Vision, sie würde zuschlagen. »Carla Bunge, hat dir schon einmal jemand gesagt, dass du schrecklich selbstgerecht bist?«

Statt einer Antwort gab ich der Kellnerin ein Zeichen, dass ich zahlen wollte.

»Hast du noch nie in deinem Leben einen Fehler gemacht?«, fragte sie vorwurfsvoll. »Du urteilst über Udo, obwohl du ihn zwanzig Jahre lang nicht gesehen hast. Wenn du so über ihn denkst, warum bist du dann überhaupt zu seiner Trauerfeier gekommen?«

»Ich wollte sehen, ob er immer noch Macht über mich hat.«

»Nach all diesen Jahren hat dich allein das interessiert? Hast du schon einmal etwas von dem Wort *verzeihen* gehört?«

Unwillig schüttelte ich den Kopf. »Das setzt eine ganze Menge voraus, allem voran eine Entschuldigung.«

»Reicht sein Tod nicht, um zu verzeihen?«

»Ein Tod entschuldigt gar nichts!«

Als suche sie größtmöglichen Abstand zu mir, rutschte sie weit auf ihrem Stuhl zurück. »Du bist unerbittlich, nicht wahr?«

»Nein, nur aufrichtig.«

»Hätte ich das vorher gewusst …« Ihre Worte verloren sich in dem Lärm, den eine Gruppe von Neuankömmlingen verursachte. »Du hättest nicht zu seiner Trauerfeier kommen dürfen! Es ist, als hättest du sie entweiht.« Wieder ballte sie die Fäuste.

»Es tut mir Leid, wenn ich dich verletzt habe, Melanie«, sagte ich mit einem beklommenen Gefühl in der Brust.

»Du erwartest jetzt aber nicht, dass ich dir verzeihe«, sagte sie voller Sarkasmus. »So billig kommst du mir nicht davon.«

In diesem Moment kam endlich die Kellnerin, um zu kassieren. Ich zahlte meine Schokolade und wartete ungeduldig, bis auch Melanie ihre Rechnung beglichen hatte. Dann stand ich auf. »Ich muss zurück, Melanie. Mach's gut.«

»Das verzeihe ich dir nicht«, hörte ich sie in meinem Rücken sagen.

Ohne mich noch einmal umzudrehen, ging ich zur Garderobe, nahm meine Regenjacke vom Haken und verließ eilig das Café. Draußen regnete es immer noch in Strömen. Erst als ich die Tür meines Autos hinter mir zugeschlagen hatte, holte ich tief Luft und ließ erleichtert den Motor an.

Der Anblick, der mich erwartete, als ich die Stallgasse betrat, zauberte für Sekunden ein Lächeln auf mein Gesicht. Basti hatte einen kleinen Tisch aus dem Büro geholt, ihn zwischen zwei Boxentüren aufgestellt und ihn wie für ein Kaffeekränzchen gedeckt, mit Bechern, einer Thermoskanne und einer nicht gerade kleinen Auswahl an Keksen. Dazu erklang eine Opernarie.

Über einen Pferderücken hinweg sah er mich fröhlich an. »Bei diesem Wetter muss man es sich drinnen einfach schön machen«, erklärte er das Stillleben, das ich staunend betrachtete.

»Du bist Opernfan?«

»Ich nicht, aber die Pferde.«

»Ist mir noch nie aufgefallen.«

Mit dem Kopf machte er eine Bewegung in Richtung des gedeckten Tischs. »Greif zu, wenn du magst.«

»Später gerne, aber zuerst bringe ich Oskar ein paar Möhren.«

Basti zog ein Gesicht, als stehe er mitten im strömenden Regen. »Bei dem Wetter?«

»Das ist Liebe!«

Mit den Möhren in der Tasche stapfte ich über den schlammigen Feldweg. Oskar hatte sich ans Ende der Weide in seinen Unterstand verzogen und stand dort mit hängendem Kopf. Ich hatte gerade das Gatter hinter mir gelassen, als ich auf etwas Hartes trat. Ein Blick genügte, um eine unbändige Wut in mir aufkeimen zu lassen. Im Gras verteilt lag mindestens eine Hand voll unreifer Äpfel. Einen nach dem anderen pfefferte ich sie in den Graben neben dem Feldweg, dorthin, wo keines der Pferde hinkam. Das konnte nur jemand gemacht haben, der keine Ahnung von Pferden hatte, der nicht wusste, dass unreife Äpfel die gefürchteten Koliken auslösten. Zum Glück war Oskar klug genug, um solches Futter zu verschmähen. Aber darauf konnte ich mich längst nicht bei allen Pferden verlassen.

Konzentriert sah ich hinter jedem Gatter der angrenzenden Weiden nach, ob dort auch Äpfel lagen. In zwei Fällen wurde ich fündig. Fassungslos starrte ich ins Gras. Wir hatten die Pferde am vergangenen Abend erst spät hereingeholt. Entweder war danach noch jemand vorbeigekommen oder aber an diesem Vormittag. Aber wer ging im strömenden Regen spazieren und hinterließ den Tieren diese Zeitbomben? Wo die Schilder an den Gattern genau davor warnten? Jemand hatte sich auf beängstigende Weise über diese Warnung hinweggesetzt.

Mittlerweile hatte Oskar mich entdeckt und kam wiehernd durch den Regen angetrabt. Ich lief ihm entgegen und klopfte seinen Hals, als er vor mir zum Stehen kam. Gierig stupste er gegen die Tasche meiner Regenjacke, in der er die Möhren vermutete. Ich zog zwei heraus und hielt sie ihm hin.

»Hast du gesehen, wer das war, Oskar?«

Anstelle einer Antwort legte er seinen Kopf auf meine Schulter. Eine Windbö schleuderte mir einen kalten Regenguss ins Gesicht und ließ mich erschauern. Ich drehte mich mit dem Rücken zum Wind und sah Oskar von der Seite an.

»Wenn ich wüsste, dass dir dort wohler ist, würde ich dich mit in den Stall nehmen, aber so musst du wohl oder übel ausharren, mein Freund.«

Er schnupperte vorsichtig über mein regennasses Gesicht und blies mir beim Ausatmen Luft darüber.

»Pass gut auf dich auf!« Ich strich ihm mit beiden Händen über die Nüstern und versuchte, mir gar nicht erst auszumalen, wie mein Leben ohne Oskar aussähe.

Zurück im Stall befragte ich Basti. »Hast du gestern oder heute jemand in der Nähe der Weiden gesehen?«

»Nur den Mann, der dich sprechen wollte.«

»Und danach? Ich meine abends oder heute Vormittag?«

Er zuckte die Schultern. »Gestern Abend? Nein. Und heute Vormittag hat sich außer den beiden, die gerade mit ihren Pferden in der Halle arbeiten, hier noch niemand blicken lassen. Warum fragst du?«

Während ich ihm von meinem Fund berichtete, schlich Heide mit gesenktem Kopf an uns vorbei.

»Ich glaube, du kannst in den entlegensten Winkel der Welt fahren und findest immer noch einen Idioten«, hörte ich Basti sagen, während ich ihr nachsah.

»Ich hoffe, es war nur ein Idiot.« Nachdenklich lehnte ich mich gegen die Stallwand. »Heide … warte bitte einen Moment.«

Sie blieb stehen und sah mich fragend an.

»Hast du gestern oder heute jemanden in der Nähe der Weiden gesehen?«

Nach einer mir endlos erscheinenden Weile sagte sie: »Nein.«

»Ich wäre dir dankbar, wenn du auch ein wenig die Augen offen halten könntest.«

Ihr Nicken ging fast im Senken ihres Kopfes unter. Mit hochgezogenen Schultern verschwand sie aus unserem Blickfeld.

»Du glaubst, es war Absicht?«, fragte Basti ungläubig.

»Ich weiß nicht, was ich glauben soll. Ich weiß nur, dass jemand einen Apfelbaum halb leer gepflückt und seine Ernte den Pferden zugedacht hat.«

»Ein Pferdehasser?«

»Vielleicht …« Der Gedanke, der mir in diesem Augenblick kam, war nicht dazu angetan, ihn in Bastis Gegenwart auszusprechen. Was, wenn es sein Großvater gewesen war? Um mir das Leben schwer zu machen und den guten Ruf des Bungehofs in den Dreck zu ziehen? Was, wenn die Plastikbänder, der verschwundene Sattel und die Äpfel in derselben Hand gelegen hatten? »Ich muss noch einmal kurz weg.«

»Schon wieder?«, fragte Basti, den offensichtlich zu Recht das Gefühl beschlich, dass an diesem Tag die gesamte Arbeit an Heide und ihm hängen blieb.

»Bin gleich zurück.«

»Wer …?«, polterte der alte Pattberg auf mein stürmisches Klingeln hin beim Öffnen der Tür los, als er mein Gesicht unter der Kapuze erkannte. »Sie!« Seine buschigen Brauen zogen sich in der Mitte der Stirn zusammen. »Sind Sie gekommen, um Ihren Abzug mit mir zu besprechen?«

»Ich möchte wissen, ob Sie die Pferde außer der Reihe gefüttert haben.«

»Seit wann gehört es zu meinen Aufgaben, Ihre Pferde zu füttern?«

»Ihres ist nebenbei gesagt auch dabei, aber mir geht es hier nicht um Aufgaben, sondern um das bewusste Herbeiführen von Koliken.«

Seine Augen funkelten mich böse an. »Wovon reden Sie?«

»Von unreifen Äpfeln auf den Weiden!«

»Sind Sie noch ganz bei Trost, Frau Bunge? Machen Sie, dass Sie fortkommen! Und zwar dalli!« Er knallte mir die Tür vor der Nase zu.

Ich klingelte erneut, was zu einem wahren Machtkampf ausartete, da er geschlagene zwei Minuten im Inneren des Hauses den Lärm aushielt, bevor er die Tür aufriss und mich anschrie. »Sie treiben es noch so weit, dass ich Sie mit der Polizei vom Hof jagen lasse.«

»Gutes Stichwort«, sagte ich mit pochendem Herzen. »Wenn so etwas wie mit den Äpfeln oder den Plastikbändern entlang meiner Galoppstrecke noch ein einziges Mal vorkommt, werde *ich* die Polizei rufen. Die kann sich bei der Gelegenheit dann auch mit dem Materialklau im Stall befassen. Haben Sie mich verstanden?«

Wieder landete die Tür mit einem lauten Knall im Schloss. Am liebsten hätte ich vor Wut dagegen getreten.

Während ich um die riesigen Pfützen herumlief, die sich auf dem Hof gebildet hatten, versuchte ich, meiner Angst Herr zu werden. Wenn jemand es darauf anlegte, den Tieren und ihren Reitern zu schaden, dann würde ich sie nicht beschützen können. Ich konnte nicht überall sein. Dass dieses Mal nichts passiert war, war allein dem Zufall zu verdanken.

Als ich den Stall betrat, sah ich mich dort einem regen Treiben gegenüber. In meiner Abwesenheit waren drei junge Mädchen gekommen, um Basti bei der Arbeit zu helfen. An den Blicken, die sie ihm zuwarfen, war unschwer zu erkennen, dass es in diesem Fall weniger die Liebe zu den Pferden war, die sie an diesem unwirtlichen Sonntag zum Bungehof gezogen hatte. Basti nutzte diese Tatsache schamlos aus und ließ sie richtig schuften. Mit einem Augenzwinkern gab er mir zu verstehen, dass er allein von ihrem Arbeitseifer angetan war.

»Da möchte man doch glatt auch noch einmal so jung sein«, hörte ich aus der Box hinter mir die Stimme von Ilsa Neumann.

Vor Schreck zuckte ich zusammen.

»Habe ich Sie bei demselben Gedanken überrascht?«, fragte sie lachend.

Mit beiden Händen griff ich nach den Gitterstäben und schaute hindurch. »Nein!« Dachte ich an dieses Alter zurück, dann waren da nur Ängste, Unsicherheit und ein völliger Mangel an Selbstbewusstsein. »Nein, wirklich nicht«, sagte ich mit Nachdruck.

Sie schaute mich forschend an. »War es so schlimm?«

»Schlimmer!« Mit einem schiefen Lächeln nahm ich dem Ganzen die Schwere.

Mit Blick auf die Mädchen meinte sie: »In dem Alter bricht mit einer unglücklichen Liebe ja auch gleich die ganze Welt zusammen.«

»Mhm …« Sollte sie glauben, dass es eine unglückliche Liebe war, die mich nicht mehr dreizehn sein lassen wollte. »Ich muss wieder an die Arbeit«, verabschiedete ich mich von ihr.

»Sie denken doch an unser Sommerfest, Frau Bunge?«

»Ich denke an nichts anderes.«

Kopfschüttelnd zwinkerte sie mir zu. »Wenn ich es nur glauben könnte …«

Basti hatte für diesen Tag alle Ausritte abgesagt, so dass ich einen willkommenen Leerlauf hatte. Im Büro ließ ich mich auf den nächstbesten Stuhl fallen, lehnte meinen Kopf gegen die Wand und schloss die Augen. Eine Unzahl der unterschiedlichsten Bilder bestürmte mein inneres Auge, bis sich schließlich das von Christian in den Vordergrund drängte. Ich sehnte mich nach ihm und hätte ihm gern mein Herz ausgeschüttet. Vielleicht nicht gerade über mein Treffen mit Melanie – das barg zu viel Vergangenheit –, aber ich hätte ihm von den Äpfeln, den Bändern und den Diebstählen erzählt und ihn um Rat gefragt. Wider besseres Wissen griff ich Sekunden später zum Hörer, um seine Nummer zu wählen.

Er meldete sich nach dem fünften Klingeln, als ich schon fast wieder hatte auflegen wollen. »Flint.«

»Hallo, Christian.«

»Carla …«

»Ich wollte nur wissen, wie es dir geht.«

»Gut«, sagte er einsilbig.

»Und ich wollte mich entschuldigen, dass ich dich als Freund so selbstverständlich genommen habe.«

»Schon verziehen.«

Sekundenlang herrschte Schweigen in der Leitung.

»Das ändert nichts, nicht wahr?«, fragte ich.

»Nein.«

Ich schluckte. »Geht es dir jetzt besser … ohne mich?«

»Carla …«, begann er zögernd, als es an seiner Tür klopfte. »Warte bitte einen Moment.« Ich hörte ihn zur Tür gehen und gleich darauf jemanden freudig begrüßen.

»Störe ich?«, fragte eine Frauenstimme.

Voller Anspannung hielt ich den Atem an.

Christian sagte: »Nein, kommen Sie herein.« Und an mich gerichtet: »Tut mir Leid, ich muss Schluss machen. Wir sprechen ein anderes Mal weiter.« Mein schwaches »Okay« wartete er gerade noch ab, bevor er die Verbindung unterbrach.

Gehörte die Stimme der *Blonden mit der Ausstrahlung,* von der Susanne mir erzählt hatte? Der Gedanke reichte aus, um mir einen Stich zu versetzen. Von einer Sekunde auf die andere beschlich mich ein beängstigendes Gefühl. Ich spürte, dass ich im Begriff war, etwas Wertvolles zu verlieren, sah jedoch keinen Weg, es zu verhindern.

»Störe ich?«, hörte ich – einem Déjà-vu gleich – eine Frauenstimme fragen.

Blitzschnell drehte ich mein Gesicht zur Seite und wischte mir die Tränen ab. »Nein.« Ich versuchte, meine Stimme normal klingen zu lassen.

»Ist etwas passiert?«, fragte Ilsa Neumann besorgt.

»Nein …«

Sie setzte sich auf die Tischkante und sah mich forschend an. Es war schwer, ihrem Blick standzuhalten.

»Liebeskummer?«

Ich rappelte mich auf, schenkte ihr einen betont munteren Blick und sagte mit einem Lächeln, das kurz davor war zu entgleisen: »Ich doch nicht!«

8

Ich war vierzehn, als meine Mutter mich zum Reitunterricht anmeldete und mir dadurch eine neue Welt erschloss. Wann immer ich seit jenem Tag ein Pferd bestiegen hatte, waren grüblerische Gedanken in den Hintergrund getreten und meine Seele hatte ihr Gleichgewicht gefunden.

So baute ich an diesem Nachmittag mit Hilfe von Basti und seinem »Fanclub« in der Halle einen Hindernisparcours auf und trainierte bis in den späten Abend hinein sechs Pferde. Bereits nach dem vierten hatte ich das Gefühl, meine Tränen ausgeschwitzt zu haben, trotzdem machte ich weiter.

Gerade war ich mit dem letzten Pferd fertig und ritt zum Ausgang, als ich Franz Lehnert auf der Tribüne entdeckte. Seine Unterarme lagen locker über der Bande, sein Blick strafte seine entspannte Körperhaltung allerdings Lügen.

In ausreichender Distanz hielt ich an. »Sie verschwenden Ihre Energie«, sagte ich abweisend.

»Für Ihren Vater tue ich das gerne. Außerdem habe ich genug Energie, es kommt also nicht darauf an. Ganz im Gegensatz zu Viktor. Seine schwindet von Tag zu Tag.«

»Das interessiert mich nicht.«

»Mich würde aber etwas interessieren! Seit Jahren wohnen Sie eine Dreiviertelstunde von Ihrem Vater entfernt und haben ihn kein einziges Mal besucht. Warum nicht?«

»Fragen Sie ihn!«

»Ich frage Sie!«

Auf meinen Schenkeldruck hin setzte sich das Pferd in Bewegung. Über die Schulter hinweg rief ich: »Löschen Sie das Licht, bevor Sie gehen. Der Schalter ist links neben der Tür.« Als ich aus der Halle ritt, ließ ich das Pferd seinen Schritt beschleunigen, da es immer noch regnete.

Im Stall sattelte ich es ab und sah zu, wie es eilig in seiner Box verschwand, um sich dort über sein Futter herzumachen. Ich nahm Sattel und Zaumzeug und ging zur Sattelkammer.

Franz Lehnert stellte sich mir in den Weg. »Sie sind mir noch eine Antwort schuldig.«

Scharf sog ich die Luft ein. »Wenn jede unbeantwortete Frage eine Schuld nach sich zöge, gäbe es eine unüberschaubare Zahl von Insolvenzen. Ich bin Ihnen nichts schuldig, Herr Lehnert.« Ich machte einen Bogen um ihn und hängte Sattel und Trense über die Halterung.

Er war mir nachgekommen. »Wenn Ihr Herzenstakt ebenso stark ausgeprägt ist wie Ihr verbales Ausdrucksvermögen, dann hege ich Hoffnungen für Viktors Seelenheil.«

Mit Schwung drehte ich mich zu ihm um. »Ich bin nicht verantwortlich für das Seelenheil meines Vaters. Er hat auch keine Verantwortung für meines übernommen.«

»Haben Sie ihm denn überhaupt die Chance dazu gegeben? Wie ich Viktor verstanden habe, ist Ihre Mutter mit Ihnen auf und davon. Sie sind nie ans Telefon gekommen, wenn er anrief, Sie haben keinen seiner Briefe beantwortet. Wie stellen Sie sich eine Verantwortung unter solchen Bedingungen vor?«

»Verantwortung beginnt, wenn man ein Kind in die Welt setzt, nicht erst, wenn es in den Brunnen gefallen ist. Und jetzt lassen Sie mich in Ruhe!«

»Das würde ich sehr gerne, glauben Sie mir. Ich würde meine Zeit viel lieber mit Viktor verbringen als mit Ihnen. Es ist kein Vergnügen, sich mit Ihnen zu unterhalten.«

Ich schluckte, bevor ich zu einer Erwiderung ansetzte. »Dann lassen Sie es! Damit wäre uns beiden gedient.« Ich löschte das Licht in der Sattelkammer und ließ ihn im Dunkeln stehen.

Dem Geräusch seiner Schritte nach zu urteilen, folgte er mir auf meinem letzten Rundgang durch den Stall. Erst als sein Handy klingelte, ging er eilig hinaus. Erleichtert atmete ich auf und setzte meinen Weg fort. Am Ende der Runde schaltete ich das Licht aus und begab mich ins Büro, um die Futterbestellung fertig zu machen.

Vor dem Schreibtisch fiel mein Blick auf ein kleines rechteckiges Plättchen, das auf dem Boden lag. Ich hob es auf, wendete es zwischen den Fingern, hätte aber nicht sagen können, was es war. In dem Moment, als ich es auf den Schreibtisch legte, hatte ich es bereits vergessen. Die Futterbestellung konnte nicht warten, sie musste am nächsten Tag raus.

Ich hatte sie gerade unterschrieben, als ich zögerliche Schritte aus der Stallgasse hörte. Da ich keinen Lichtschein sah, nahm ich an, dass Franz Lehnert sich im Dunkeln durch den Stall tastete. Vor meinem inneren Auge sah ich ihn gegen den Tisch stoßen, auf dem noch Bastis Teekränzchen-Geschirr stand. Das Geschirr würde zu Boden fallen und die Pferde in helle Aufregung versetzen.

Wütend lief ich zur Tür und schrie: »Jetzt gehen Sie zu weit, Herr Lehnert!« Durch den Gang, der zur Stallgasse führte, sah ich einen Lichtschimmer, der sich bewegte. Schnellen Schrittes bog ich um die Ecke und sah mich von einer Taschenlampe geblendet. »Jetzt reicht es mir. Wenn Sie nicht sofort verschwinden, rufe ich die Polizei.«

Anstelle einer Antwort bekam ich nur den lauten Knall der ins Schloss fallenden Stalltür zu hören. Einige der Pferde liefen unruhig in ihren Boxen umher und wieherten. Ich redete beruhigend auf sie ein. Als schließlich wieder Ruhe eingekehrt war, zog ich meine Regenjacke über und machte mich auf den Heimweg. Zumindest hatte ich das vorgehabt, als ich im Hinausgehen mit Franz Lehnert zusammenprallte.

»Ich will Sie hier nie wieder sehen«, sagte ich erzürnt und zog mir zum Schutz gegen den Regen die Kapuze tiefer ins Gesicht. »Verschwinden Sie endlich vom Bungehof!«

»Das würde ich sehr gerne, Frau Bunge, das können Sie mir glauben.« Der Regen lief ihm in Strömen übers Gesicht. »Nur leider hat einer meiner Reifen seinen Geist aufgegeben. Und auf dreien komme ich schlecht vom Hof.«

»Eine dümmere Ausrede ist Ihnen nicht eingefallen? In Zeiten, in denen Reifen auf Formel-Eins-Bedingungen ausgerichtet werden, geben sie nicht so einfach ihren Geist auf. Ich hätte angenommen, mein Vater stellt höhere Ansprüche an seine *Freunde*.«

»Vielleicht hätte er einen höheren an seine Tochter stellen sollen.«

»Um was zu erreichen?«, fragte ich kalt.

»Ich denke, diese Frage können Sie sich in diesem Fall selbst beantworten.« Er wischte sich eine nasse Haarsträhne aus dem Gesicht. »Und wenn Sie mich jetzt einen Blick in Ihr Telefonbuch werfen lassen, sind Sie mich ein für alle Male los.«

Ich wich nicht von der Stelle. »Welche Nummer suchen Sie?«

»Die von der ADAC-Pannenhilfe.«

»Die finden Sie heutzutage auf jedem Handy.«

Er sah mich kühl an. »Ihre Generation vielleicht, meine hat damit hin und wieder Schwierigkeiten.«

112

Um mein Gesicht nicht zu verlieren, wäre jetzt der Zeitpunkt gewesen, ihn um sein Handy zu bitten und ihm die Nummer herauszusuchen. Das Problem war nur, ich konnte so etwas selbst nicht. »Haben Sie einen Ersatzreifen?«

Er nickte, während er fröstelnd den Kragen seines Regenmantels hochstellte. »Werden Sie für mich anrufen?«

»Ich werde Ihren Reifen wechseln, falls er tatsächlich kaputt ist.«

Der Golf, der neben meinem Wagen parkte, musste seiner sein. Skeptisch warf ich einen Blick auf die Reifen. Trotz der Dunkelheit, die auch durch das Außenlicht auf dem Hof nicht nennenswert erhellt wurde, konnte ich erkennen, dass der rechte Hinterreifen tatsächlich einen Platten hatte.

Franz Lehnert stand hilflos neben mir und sah unschlüssig zwischen dem Auto und mir hin und her. »Sie wollen doch nicht wirklich bei diesem Wetter einen Reifen wechseln?«, fragte er ungläubig, als ich die Hand nach dem Schlüssel ausstreckte.

»Wie soll ich Sie sonst loswerden?«

»Mit Hilfe des ADAC.«

Ich öffnete den Kofferraum und holte Wagenheber und Kreuzschlüssel heraus. »Bis die hier aufkreuzen, bin ich längst fertig.«

»Wollen Sie mir beweisen, dass Sie ein Herz haben?«

»Ich will Sie loswerden, nichts weiter.«

»Das könnten Sie einfacher haben.«

»Aber nicht schneller.« Ich befestigte den Wagenheber und kurbelte so lange, bis das Rad in der Luft schwebte. »Leuchten Sie bitte mal mit Ihrer Taschenlampe hierhin.«

»Ich habe keine Taschenlampe.« Hätte ich es nicht besser gewusst, wäre ich auf seinen bedauernden Tonfall hereingefallen.

»Sie waren eben mit einer Taschenlampe im Stall«, sagte ich ungerührt.

»Ich habe keine Taschenlampe und ich war nicht im Stall.«

»Sie lügen.«

Sein Gesichtsausdruck zeigte eher Erstaunen als Empörung. »Warum sollte ich?«

Irritiert sah ich ihn an. »Sie waren wirklich nicht im Stall?«

Sein Nein klang überzeugend.

»Haben Sie jemanden aus dem Stall kommen sehen?«

Er schüttelte den Kopf. »Ich habe bis eben im Auto gesessen und telefoniert. Beim Losfahren habe ich dann bemerkt, dass mit meinem Reifen etwas nicht stimmt.«

Ich ging zu meinem Auto, holte aus dem Handschuhfach eine Stableuchte und drückte sie ihm in die Hand. »Leuchten Sie bitte auf das Rad.«

»Kommt es öfter vor, dass jemand mit einer Taschenlampe durch Ihren Stall geht?«, fragte er, nachdem ich die Radmuttern gelöst und das Rad von der Nabe gezogen hatte.

»Nur bei Stromausfall.«

»Sorgen Sie sich deswegen?«

»Ein bisschen merkwürdig ist es schon.« Mit einem Seitenblick sah ich zum Herrenhaus hinüber, da ich dort eine Tür hatte schlagen hören.

Ausgerüstet mit einem winzigen Regenschirm, kam Hans Pattberg in unsere Richtung. Nachdem er die Situation erfasst hatte, blieb er abrupt stehen. »Hätten auch Bescheid geben können, dass Sie so spät noch hier sind, dann hätte ich gar nicht erst raus gemusst«, sagte er giftig und machte auf dem Absatz kehrt.

»Waren Sie vorhin mit einer Taschenlampe im Stall, Herr Pattberg?«, rief ich ihm hinterher.

»Ich habe Besseres zu tun, als meine Batterien zu verschwenden.«

»Wer war denn dieser Giftzwerg?«, fragte Franz Lehnert, während er dem Alten staunend hinterhersah.

»Der Besitzer des Hofs.« Ich schob das Ersatzrad auf die Nabe und begann, die Radmuttern festzuziehen. Schließlich löste ich den Wagenheber und verstaute das Werkzeug im Kofferraum.

Franz Lehnert ließ das defekte Rad folgen und wischte sich seine Hände mit einem Papiertaschentuch ab. »Möchten Sie auch eines?« Er hielt mir die Packung hin.

»Danke.« Ich zog mir gleich zwei heraus.

»Ich weiß nicht, wie ich Ihnen danken soll.«

»Indem Sie mich in Zukunft in Ruhe lassen.«

»Darf ich Sie wenigstens nach Hause bringen?«, fragte er bekümmert.

»Nicht nötig.« Mit einer Kopfbewegung wies ich auf meinen Wagen. Normalerweise ging ich selbst bei Dunkelheit den Feldweg entlang, aber der ungebetene Besucher in der Stallgasse hatte bei mir ein mulmiges Gefühl hinterlassen.

»Dann warte ich zumindest, bis Sie eingestiegen sind.«

Ich ging um mein Auto herum und schloss es auf. »Wollen Sie sich bei mir einschmeicheln?«, fragte ich über das Autodach hinweg.

»Ich möchte nur sichergehen, dass sich Ihnen heute Abend niemand mehr mit einer Taschenlampe in den Weg stellt.«

Ich winkte ihm zu, setzte mich ins Auto und startete gedankenverloren den Motor. Wer war durch den Stall geschlichen und hatte sich unerkannt davongemacht? Hätte ich nicht so selbstverständlich angenommen, dass es sich um Franz Lehnert handelte, wüsste ich vielleicht jetzt, wer für die Diebstähle verantwortlich war. Ich bog auf die Straße und sah im Rückspiegel Franz Lehnert in entgegengesetzter Richtung davonfahren.

»Was hättest du ausrichten können?«

»Ich hätte den ganzen Hof abgesucht«, meinte Basti empört. Ich hatte ihm von den Ereignissen des vergangenen Abends erzählt, und er machte mir Vorwürfe, weil ich ihn nicht geholt hatte.

»Glaubst du, dass derjenige sein Verschwinden so lange hinausgezögert hätte?«

»Vielleicht hat er sich irgendwo versteckt, um später wiederzukommen. Hast du heute Morgen schon mal einen Blick in die Sattelkammer geworfen und nachgesehen, ob etwas fehlt?«

»Ich glaube nicht, dass es jemand war, der einen Schlüssel zum Stall besitzt. Und ohne wäre er später gar nicht mehr hineingekommen. Ich hatte abgeschlossen.«

Er sah mich zweifelnd an. »Auf jeden Fall müssen wir wachsamer sein. Ich werde auch meinem Großvater Bescheid sagen.«

»Ich glaube, das kannst du dir sparen. Wir sind im Augenblick nicht gerade die allerbesten Freunde.«

»Ist mir auch schon aufgefallen«, sagte er mit einem Augenzwinkern.

»Besteht die Möglichkeit, dich auszuhorchen, was mit ihm los ist?«

»Die Möglichkeit besteht immer, ob sie allerdings von Erfolg gekrönt ist …?«

»Jetzt sag schon!«

»Carla, ehrlich, ich kann dir nichts sagen. Ich weiß selbst nicht, was er plötzlich gegen dich hat. Vielleicht ist er eifersüchtig, weil ich ihm ständig von dir vorschwärme und er befürchtet, auf seinem Olymp Gesellschaft zu bekommen.«

»Du schwärmst von deinem Großvater?«, fragte ich ungläubig.

»Als kleiner Junge schon.«

»Jetzt bist du ein großer Junge!«

»Ich habe jahrelang bei ihm die Ferien verbracht. Er hatte immer Zeit für mich. Wenn ich ihn brauchte, hat er alles stehen und liegen lassen. Das ist heute noch so. Er ist das totale Kontrastprogramm zu meinen Eltern.«

»Kannst du dir vorstellen, warum er mir den Pachtvertrag kündigen will?«

Meine Frage schien ihn nicht zu überraschen. »Das würde ich nicht allzu ernst nehmen. Er ist ein Hitzkopf. Wahrscheinlich hat er sich über irgendetwas geärgert und will sich auf diese Weise revanchieren.«

»Könnte es sein, dass es ihm gegen den Strich geht, dich lediglich als Angestellten auf dem Bungehof zu sehen?«

Ein übermütiges Lachen überzog sein Gesicht. »Gegen den Strich geht es ihm bestimmt. Aber er weiß genau, wie es um meine Ambitionen bestellt ist, daraus habe ich nie einen Hehl gemacht. Und lieber sieht er mich als Angestellten, als auf die Pacht zu verzichten. Also mach dir keine Sorgen.«

»Das ist leicht gesagt, wenn deine Existenz nicht davon abhängt.«

»Deine Existenz hängt auch nicht vom Bungehof ab, sondern von dir selbst. Mit deinem Einsatz und deiner Philosophie wirst du immer und überall Erfolg haben.«

»Etwas Ähnliches meinte dein Großvater auch«, sagte ich mit einem verunglückten Lächeln.

»Na siehst du. Und jetzt sollten wir uns ranhalten, sonst schaffen wir unser Pensum nicht.«

Ein Blick auf die Uhr gab ihm Recht: Wir hatten nahezu eine halbe Stunde geredet, in der Heide bereits damit begonnen hatte, die Pferde auf die Weiden und in den Freilauf zu bringen. Nachdem Basti den Traktor zum Ausmisten in den Stall gefahren hatte, gesellte er sich schließlich wieder zu mir.

»Könntest du mich morgen in deiner Mittagspause ausnahmsweise vertreten?«, fragte er. »Meine Eltern feiern Silberhochzeit und geben mittags einen Empfang. Du müsstest auch nur meinen Einzelunterricht um dreizehn Uhr übernehmen.«

»Kein Problem.«

»Aber nicht, dass du denkst, mein Unterricht wäre schlecht.«

»Fiele mir nicht im Traum ein.«

»Wenn du Frau Köster reiten siehst, wird es das Erste sein, was dir einfällt«, sagte er betrübt. »Sie macht nicht den Eindruck, als hätte sie bereits sechs Reitstunden hinter sich. Eher sieht es danach aus, als säße sie auf einem Fremdkörper, zu dem sie nie eine Beziehung aufbauen wird.«

»Vielleicht kommt es ihr darauf nicht an.«

Basti schüttelte den Kopf. »Sie ist nicht der Typ, der Reitstunden nimmt, weil es chic ist.«

»Aber vielleicht ist sie der Typ, der Stunden nimmt, weil ihr der Reitlehrer gefällt.« Ich musste an Bastis Fanclub denken und fand meine Spekulation gar nicht so abwegig.

»Das könnte ich ja verstehen«, sagte Basti ohne jede Koketterie, »aber auf mich fährt sie genauso wenig ab wie auf das Pferd unter ihrem Hintern.« Er stocherte mit der Mistgabel in der Streu vor seinen Füßen herum. »Sie ist freundlich und an allem interessiert, aber dennoch irgendwie unbeteiligt. Ich glaube, sie ist ein durch und durch unglücklicher Mensch.«

»Da hast du den Grund für die Reitstunden. Wahrscheinlich

hat ihr jemand prophezeit, dass sich auf einem Pferderücken so etwas wie Glück finden lässt.«

»Hast du deshalb gestern diesen Springmarathon absolviert?«

»Ich habe die Pferde trainiert.«

»Mit Tränen in den Augen.«

Augenblicklich versteifte ich mich. »Anstatt in meinen Augenwinkeln nach Feuchtigkeit Ausschau zu halten, wäre es besser, du würdest deine neugierigen Blicke auf die Suche nach unserem Missetäter schicken.«

»Du hast es nicht gern, wenn man über Gefühle redet, habe ich Recht?«

Die scharfe Entgegnung, die mir auf der Zunge lag, löste sich in nichts auf, als ich seinen mitfühlenden Gesichtsausdruck sah. Mit einem knappen »Stimmt!« beendete ich die Diskussion.

Der Wind hatte über Nacht die Regenwolken vertrieben. Gegen meine trüben Gedanken, die mich durch meine Mittagspause begleiteten, war er allerdings machtlos. Kaum dachte ich an Christian, schossen mir wieder Tränen in die Augen. *Wir sprechen ein anderes Mal weiter,* wiederholte ich leise seine Worte. Warum hatte er nicht gleich gesagt: *Man sieht sich?* Kraftlos ließ ich mich in den Gartenstuhl sinken und starrte vor mich hin, bis mich das Geräusch eines Autos aufblicken ließ.

»O nein – nicht schon wieder!«, stöhnte ich.

Franz Lehnert kam in seinem Golf den Feldweg heraufgefahren. Nachdem er sein Auto geparkt hatte, ging er mit einem Blumenstrauß aufs Haus zu. Enttäuschung stand ihm ins Gesicht geschrieben, als er mir kurz darauf gegenüberstand. »Ich habe nicht wirklich damit gerechnet, dass Sie sich über mein

Kommen freuen, aber dass mein Anblick Sie so abstößt …« Er ließ den Blumenstrauß sinken.

»Sie hatten mir versprochen, mich in Ruhe zu lassen.«

»Darf ich mich nicht wenigstens bei Ihnen bedanken?«

»Das haben Sie gestern Abend schon getan.«

»Aber nicht angemessen.« Er hielt mir die Blumen entgegen.

Es war ein wunderschöner Strauß, wie ich ihn mir selbst nie kaufen würde, weil ich es mir nicht leisten konnte. Ich griff danach und legte ihn auf den Tisch neben mich. »Vielen Dank, Herr Lehnert.«

Das Nächstliegende wäre gewesen, ihm einen Stuhl anzubieten, aber ich wusste, dass ich mir damit nur weitere Scherereien einhandeln würde. Deshalb sah ich ihn ausdruckslos an, entschuldigte mich im Stillen bei ihm für meine Unhöflichkeit und hoffte, dass mein Blick ausreichte, um ihn den Rückzug antreten zu lassen.

Anstatt zu gehen, zog er sich unaufgefordert einen Stuhl heran. »Ich war mit meinem Wagen heute in der Werkstatt, um mir einen neuen Reifen aufs Rad ziehen und den kaputten untersuchen zu lassen.«

»Und?«, fragte ich leichthin. »Haben Sie zu viele Bordsteine mitgenommen?«

Bedächtig schüttelte er den Kopf. »Nein. Aber irgendjemand hat ein Messer genommen und in dem Reifen herumgestochert.«

9

Später habe ich mich oft gefragt, ob ich einiges von dem, was noch geschehen sollte, hätte voraussehen können, ob ich hätte verhindern können, dass die Ereignisse ein so furchtbares Ende fanden. Die Antwort lautet nein.

Ich musste Franz Lehnert völlig perplex angestarrt haben. Sekundenlang drückte er meine Hand. »Wahrscheinlich war es nur ein Dummejungenstreich, mehr nicht.«

»Für mein Empfinden geht ein aufgeschlitzter Reifen über einen Streich hinaus. Außerdem häufen sich die *Streiche* auf dem Bungehof in letzter Zeit.«

»Der Typ mit der Taschenlampe?«

»Das ist noch harmlos.« Ich erzählte ihm von den verschwundenen Gegenständen, den Plastikbändern am Feldweg und den unreifen Äpfeln. Davon, dass ich Hans Pattberg in Verdacht hatte, sagte ich nichts.

»Seit wann geht das schon?«

»Ungefähr seit zwei Wochen.«

»Haben Sie zu dem Zeitpunkt mit irgendjemandem Ärger gehabt?«

»Sie meinen, jemand will sich an mir rächen?«

»Rache ist ein weit verbreitetes Motiv.«

»Ich habe niemandem etwas getan!«

»In Ihren Augen vielleicht nicht, in den Augen desjenigen,

dem Sie auf die Füße getreten sind, möglicherweise aber schon.«

»Glauben Sie, ich trete reihenweise Leuten auf die Füße? Nur weil ich Sie gebeten habe, mich in Ruhe zu lassen, bin ich noch lange kein Trampel, das unsensibel über die Gefühle anderer hinweggeht.«

»Und trotzdem verletzt man andere hin und wieder, nicht willentlich, unwissentlich, aber man verletzt sie. Überlegen Sie: Mit wem hat es einen Wortwechsel gegeben, der in Ihren Augen ganz belanglos gewesen sein mag, aber …?«

»Herr Lehnert«, unterbrach ich ihn sanft, »Sie sind auf dem besten Wege, mein Problem zu Ihrem zu machen.«

»Der Messerstecher ist mir zuvorgekommen, er hat es bereits zu meinem gemacht.«

»Die Sache mit dem Reifen ist ja nun behoben. Sie sollten sich keine weiteren Gedanken darüber machen.«

Von einer Sekunde auf die andere verschwand das Lächeln aus seinem Gesicht. »Aber ich sollte jetzt aufstehen und gehen. Ist es das, was Sie mir eigentlich sagen wollen, Carla?«

Ich nickte. »Ja. Ich möchte nicht, dass Sie sich durch die Hintertür einschleichen …«

»Und Sie mich nicht mehr loswerden?« Er sah mich amüsiert an. »Mit einem Vertreter hat man mich noch nie verglichen.«

»Komisch eigentlich, Sie sind hartnäckig und eloquent – ideale Voraussetzungen für diesen Beruf.«

»Trotzdem haben sich diese Eigenschaften bei Ihnen nicht bewährt. Was ich zutiefst bedaure. Und zwar nicht nur wegen Viktor, sondern auch Ihretwegen. Er ist ein wunderbarer Mensch, sehr feinsinnig und großzügig, er ist warmherzig und engagiert. Sie werden bald keine Gelegenheit mehr haben, diese Seiten an ihm kennen zu lernen.«

»Sie vergessen, dass ich meinen Vater bereits kennen gelernt habe.« Der spöttische Zug um meinen Mund entglitt und verwandelte sich in einen bitteren.

Er schüttelte vehement den Kopf »Ihre Erinnerungen sind die eines Kindes, eines jungen Mädchens.«

»Sind sie deshalb weniger wert? Glauben Sie, dass nur Erwachsene eine klare Wahrnehmung haben?«

»Ich glaube«, antwortete er, wobei er seine Worte mit Bedacht wählte, »dass Sie sich die Chance geben sollten, Ihren Vater vor seinem Tod noch einmal zu treffen.«

»Um auf ewig Frieden zu schließen?«, fragte ich sarkastisch. »Ich glaube nicht an diesen Mist!«

Er betrachtete mich mit einer Mischung aus Unglauben und Abneigung. »Sind Sie nicht ein bisschen jung für solch starre Glaubenssätze?«

»Und Sie? Sind Sie nicht ein bisschen zu alt fürs Klinkenputzen?«

Ich hatte kaum ausgeredet, als er hörbar die Luft einsog. Ihm war deutlich anzusehen, dass er mit meinen Worten zu kämpfen hatte. »Ich frage mich, ob es für Viktor überhaupt gut ist, Ihnen noch einmal zu begegnen.«

»Für mich ist es ganz bestimmt nicht gut!«

»Sie sind verletzt, und Sie schlagen um sich. Das ist sogar verständlich.«

Ich wollte sein Mitgefühl nicht und sah hinauf in den Himmel, wo keine einzige Wolke meinem Blick Halt bot. »Gehen Sie!«

Dieses Mal folgte er meiner Aufforderung ohne Zögern, drehte sich dann jedoch noch einmal um und kam zurück. Aus der Gesäßtasche zog er ein flaches Portemonnaie, dem er eine Visitenkarte entnahm. »Sollten Sie es sich anders überlegen, dann rufen Sie mich an oder kommen Sie einfach bei uns in

Eutin vorbei. Meine Adresse ist auch Viktors Adresse.« Er legte die weiße Karte vor mich auf den Tisch. »Passen Sie auf Ihre Gefühle auf, Carla. Manchmal haben sie die Angewohnheit, sich zu verhärten.« Ohne ein weiteres Wort verschwand er aus meinem Blickfeld.

Voller Wut fegte ich die Karte vom Tisch. Ich hatte es gewusst: Er machte nur Scherereien.

Der Unterricht zwang mich dazu, meine Gedanken vorübergehend in andere Bahnen zu lenken. Kaum hatten meine Schülerinnen allerdings ihre Pferde zurück in den Stall gebracht, grübelte ich über die Frage nach, die Franz Lehnert mir gestellt hatte. Es war nicht nur Hans Pattberg, der den Eindruck gewonnen haben konnte, ich sei ihm auf die Füße getreten. Auch Melanie schien eine gehörige Wut auf mich zu haben.

»Carla, komm schnell!«, rief Basti, der außer Atem in den Stall gerannt kam. »Als ich auf dem Rückweg von meinem Ausritt an der hinteren Koppel vorbeikam, sind die Pferde wie üblich zum Zaun getrabt. Nur Finn stand mit hängendem Kopf da und hat noch nicht einmal mit einem Ohrenzucken auf mein Rufen reagiert.«

»Übernimm du meinen Unterricht«, rief ich ihm zu, »ich kümmere mich um ihn.«

So schnell ich konnte, rannte ich zur Weide, wo ich das bestätigt fand, was Basti beschrieben hatte. Auch auf mich reagierte Finn nicht. Ich legte mein Ohr hinten an seine Flanken, um zu prüfen, ob Darmgeräusche zu hören waren, aber ich konnte nicht einmal ein leises Gluckern ausmachen. Ich hatte die Wahl: zurücklaufen und den Tierarzt rufen oder selbst versuchen, ihm zu helfen. Um keine Zeit zu verlieren, entschied ich mich für Letzteres.

Vorsichtig, aber dennoch bestimmt zog ich Finn am Halfter hinter mir her. »Du musst dich bewegen, Finn! Na los!!«

Zehn Minuten lang animierte ich ihn beharrlich, ein Bein vor das andere zu setzen. Dann ließ ich ihn verschnaufen und massierte mit den Handflächen kräftig seine Flanken. Und wieder musste er laufen. Nach weiteren zehn Minuten wiederholte ich, inzwischen in Schweiß gebadet, die Prozedur, nur um festzustellen, dass er noch kein bisschen lockerer lief. Auch Darmgeräusche waren noch keine zu hören.

»Nicht nachlassen, Finn! Wir schaffen das schon.« Ich massierte ihn so fest ich konnte.

»Kann ich dir helfen?«, hörte ich in diesem Moment Susannes Stimme. Sie kam über die Weide auf mich zugelaufen.

Ich hätte heulen können vor Freude, sie zu sehen. »Massiere du auf der anderen Seite. Schau, wie ich es mache.«

Ohne viele Worte legte sie los. »Was fehlt ihm?«, fragte sie.

»Er hat eine Kolik.«

»Woher?«

»Bei empfindlichen Pferden reicht schon ein Wetterumschwung. Aber Finn ist robust. Dann durch zu wenig Bewegung, aber auch das trifft auf ihn nicht zu. Und dann natürlich durch falsches oder zu viel Futter. Gestern hat jemand unreife Äpfel auf den Weiden verstreut. Ich dachte, ich hätte alle gefunden. Vielleicht habe ich aber welche übersehen.« Wir hielten wieder an, um Finns Flanken zu massieren. »Jemand treibt auf dem Bungehof sein Unwesen, Susanne.«

»Der alte Pattberg?«

»Ausgeschlossen ist es nicht, aber je länger ich darüber nachdenke, desto weniger kann ich mir vorstellen, dass er sich an den Pferden vergreifen würde.« Dann erzählte ich ihr von meinem Gespräch mit Melanie und ihrem Ausspruch, sie würde mir nicht verzeihen. »Aber auch sie würde den Pferden nichts tun.«

»Der eigene Bruder wird ihr näher stehen als die Pferde, auch wenn du dir das als Einzelkind und mit einem Pferd als große Liebe nicht vorstellen kannst.«

Wir hatten uns mit Finn wieder in Bewegung gesetzt, und zum ersten Mal seit einer Dreiviertelstunde hatte ich das Gefühl, dass er sich ein wenig lockerte.

»Aber für den Diebstahl der Reitausrüstung und die Plastikbänder kann sie nicht verantwortlich sein. Das war vor unserem Gespräch, und da hatte sie ja noch gar keinen Grund, mir schaden zu wollen.« Gar keinen?, fragte ich mich. Hatte sie mir nicht vorgehalten, dass ich die Neumanns abgeworben hatte, und damit quasi versucht zu erpressen, dass ich zu Udos Beerdigung kam? »Wenn ich es mir recht überlege … einen Grund hätte sie vielleicht gehabt, aber der erscheint mir ziemlich abwegig.« Während wir anhielten und unsere Massage fortsetzten, berichtete ich ihr von Melanies Vorwurf und Unterstellung.

»Na bitte – da hast du deinen Grund!«

»Ich glaube das nicht, Susanne. Du hättest sie sehen sollen, sie war nur noch ein Häufchen Elend. In diesem Zustand soll sie auch nur einen Gedanken daran verschwendet haben, sich an mir für den Weggang der Neumanns zu rächen? Der liegt Monate zurück.«

»Aber sie hat ihn benutzt, um dich zum Kommen zu bewegen. Außerdem kommt gerade in solchen Zuständen die Erinnerung an alte Verletzungen hoch.«

Dieser Einwand war nicht von der Hand zu weisen. »Vielleicht sollte ich noch einmal mit ihr reden.«

»Gute Idee!«

126

Nach ein paar weiteren Runden im Schritt und zwei Massagen schien es Finn endlich besser zu gehen. Zur Sicherheit nahm ich ihn mit in den Stall, um ihn dort weiter zu beobachten.

»Ohne mich wärst du aufgeschmissen, oder?« Basti hatte sich mir gegenüber ins Büro gesetzt und trank einen Kaffee.

»Ist das der Versuch, durch gesundes Selbstbewusstsein an eine Gehaltserhöhung zu kommen?«, fragte ich müde. Ich spürte meinen Einsatz bei Finn in jedem Muskel.

»Nein, nur der Versuch, mal außer der Reihe an ein Lob zu kommen.«

»Meinst du, du kommst in dieser Hinsicht zu kurz?«

Seine Antwort kam ohne Zögern. »Ja! Du bist ständig mit deinen Gedanken woanders.«

»Bei dem, was hier vorgeht, ist das kein Wunder«, verteidigte ich mich.

»Wie willst du herausfinden, was hier vorgeht, wenn du nur körperlich anwesend bist? Ich hingegen habe geistesgegenwärtig meinen Großvater gefragt, ob er etwas damit zu tun hat.«

»Und?«

»Hat er nicht.«

Ich brauchte Basti nur ins Gesicht zu sehen, um zu erkennen, dass er ihm glaubte. »Danke für deine Hilfe«, sagte ich matt. Und mit einem Lächeln: »Ohne dich wäre ich aufgeschmissen.«

»Willst du nicht wissen, was er sonst noch gesagt hat?« Er wich meinem Blick aus. »Er hat fest vor, dich vom Bungehof zu vertreiben.« Sein Unbehagen war ihm deutlich anzusehen.

Augenblicklich machte sich ein Kloß in meiner Kehle breit. »Und warum?«

»Er hat nur gesagt: *Geschäfte*. Ich habe ihm vorgehalten, dass ich dann meinen Job verlieren würde, aber das hat ihn überhaupt nicht interessiert. Mein Job auf dem Bungehof sei nur einer von vielen, aber er könne das Geschäft seines Lebens machen.«

»Das hat er gesagt?«

Basti nickte. Endlich sah er mich wieder an.

»Und du hast nicht herausfinden können, was er damit gemeint hat?«

»Nein, keine Chance.« Er sah ratlos aus – es war, als hielte er mir einen Spiegel vor. Wir sahen uns schweigend an, bis er den Blick senkte und ihn über meinen Schreibtisch wandern ließ.

»Sind da wenigstens schöne Fotos drauf?«, fragte er betrübt.

Ich folgte seinem Blick. »Fotos?«

Er tippte mit dem Finger auf das kleine rechteckige Plättchen, das ich am vergangenen Abend vom Boden aufgehoben hatte. »Das ist eine Platine für eine Digitalkamera. Ersetzt den guten alten Film.«

»Das kleine Ding?«

Er nickte.

»Jemand muss es hier verloren haben. Ich werde es ans schwarze Brett hängen.«

»Vielleicht sollten wir uns die Fotos vorher mal anschauen. Ich könnte sie auf meinen Computer spielen.«

»Untersteh dich! Du magst es bestimmt auch nicht, wenn jemand in deinem Privatleben herumschnüffelt, oder?«

»Das ist dir heilig, was?« Während seine Finger mit dem kleinen Plättchen spielten, ließ er mich nicht aus den Augen.

Mit einem schnellen Griff entwand ich es ihm und formte eine Faust darum. »Ja!«

Er stöhnte laut auf. »Weißt du, wie das ist, Carla, wenn man von zwei uneinnehmbaren Bollwerken umgeben ist?«

»Wer ist das zweite?«, fragte ich trocken.

»Heide, wer sonst. Du hast ja schon einen ausgeprägten Festungscharakter, aber sie schlägt dich um Längen. Musstest du lange suchen, um eine derart Gleichgesinnte zu finden?« Für einen Augenblick wirkte er sehr verletzlich in seiner jungenhaften Ernsthaftigkeit.

»Eigentlich ist sie mir eher zugelaufen. Versteht ihr euch etwa nicht?«

»So kann man das nicht sagen«, druckste er herum, »ich komme mir in ihrer Gegenwart nur manchmal vor wie ein Dieb, der versucht, ihr ihren größten Schatz zu entreißen. Sie ist partout nicht bereit, sich von mehr als drei Worten zu trennen.«

»Sie mag ein wenig seltsam sein und von der Norm abweichen, aber was macht das schon? Willst du mir etwa sagen, dass du etwas gegen Außenseiter hast?«

»Nein, ich weiß nur gern, mit wem ich es zu tun habe.«

»Wo ich Sie gerade sehe, Frau Bunge …«, hielt Ilsa Neumann mich mit gedämpfter Stimme zurück. Sie hatte mich an der Futterkammer abgefangen. »Haben Sie Sorgen?«

»Wieso?«, fragte ich wie aus der Pistole geschossen. »Nein!«

»Haben Sie so wenig Vertrauen zu mir?«

Unter ihrem Blick wurde mir unwohl. »Überall gibt es mal das eine oder andere kleine Problem.«

»Ich rede von wirklichen Problemen. Ich habe da die Tage etwas läuten hören …«

»Was?«

»Dass Sie in Schwierigkeiten stecken und der Bungehof bald schließen muss.«

»Wer behauptet so etwas?«

»Als ich vor ein paar Tagen mein Pferd sattelte, hörte ich eine Frau in der Stallgasse telefonieren. Sie hat ihrem Gesprächspartner davon erzählt. Ist etwas dran an dem, was sie sagte?«

»Nein, aber jemand versucht, den Bungehof in Verruf zu bringen.«

»Die Konkurrenz?«, fragte sie in einer Weise, die darauf schließen ließ, dass sie sich damit auskannte.

»Wenn ich das nur wüsste. Hat noch jemand dieses Telefonat mitgehört?«

»Außer mir war in dem Moment niemand in Hörweite. Und ich habe nur mit meinem Mann darüber gesprochen.«

»Wer war die Frau?«

»Das kann ich Ihnen nicht sagen. Als ich aus der Box schaute, war sie gerade um die Ecke verschwunden. Ihre Stimme kannte ich nicht.«

»Schade! Ich hätte gerne mit ihr gesprochen, um sie vom Gegenteil dessen zu überzeugen, was sie da offensichtlich hat munkeln hören.«

Meine Zurückhaltung hatte ich an Hans Pattbergs Klingel längst an den Nagel gehängt. Er sollte ruhig hören, dass es mir ernst war.

»Was …?« Sein Blick fiel auf Susanne, die ich gebeten hatte mitzukommen. »Was will die hier?« Er ließ seinen Zeigefinger pfeilschnell in ihre Richtung sausen.

»Ich muss mit Ihnen reden! Finn hat heute Nachmittag eine Kolik gehabt. Vermutlich hat er von den unreifen Äpfeln gefressen!«

»Warum erzählen Sie mir das?«

»Um Sie zu warnen!«

Er trat wieder vor die Tür und sah mich verächtlich an. »Keine Sorge, unreife Äpfel stehen nicht auf meinem Speiseplan.«

»Aber vielleicht streuen Sie welche aus.«

Mit einem listigen Gesichtsausdruck zupfte er an seinem Augenbrauen-Wildwuchs. »Wenn Ihnen die Probleme auf dem Hof über den Kopf wachsen, ist das nicht meine Sache. Und außerdem kann ich Sie beruhigen, junge Frau. Bald sind Sie diese Probleme los. Haben Sie schon angefangen zu packen?« Sein selbstzufriedenes Lachen war nur schwer zu ertragen.

Voller Verachtung überging ich seine Frage. »Außerdem wurde gestern auf dem Parkplatz der Reifen eines Besuchers zerstochen. Und wie ich vorhin erfahren habe, kursieren bereits Gerüchte, der Bungehof stecke in ernsten Schwierigkeiten. Meinen Sie nicht, dass das ein bisschen viel auf einmal ist?«

»Da gebe ich Ihnen Recht! Wenn das so weitergeht, wird der Ruf des Bungehofs über kurz oder lang ruiniert sein. Und jetzt nehmen Sie den kleinen Rotfuchs und verschwinden Sie!«

Als er die Tür zuschlug, zuckte ich zusammen. Nur mit Mühe konnte ich meine Tränen zurückhalten.

Susanne strich mir eine Locke aus dem Augenwinkel. »Es war einen Versuch wert.«

»Danke für deine Hilfe.«

»Wollen wir zusammen essen?«

»Heute Abend ist mir nicht danach.«

Nachdem ich mich von ihr verabschiedet hatte, ging ich im Licht der letzten Sonnenstrahlen zu Oskar auf die Weide. Mit einem Schnauben legte er seinen Kopf auf meine Schulter und ließ sich streicheln.

»Eigentlich bräuchte *ich* eine Schulter«, stammelte ich, während mir die Tränen übers Gesicht liefen. Ich strich über seinen Hals und legte schließlich meine Arme über seinen Rücken.

Während Oskar mich zart mit seinen Nüstern anstupste, schluchzte ich in sein Fell. »Was kann ich nur tun?«

»Mit dieser Frage überforderst du ihn«, sagte Susanne leise. Sie war wie aus dem Nichts neben mir aufgetaucht.

»Warum bist du nicht nach Hause gefahren?«

»Ich hatte das Gefühl, du brauchst Hilfe.«

»Mir ist nicht zu helfen.« Das Pochen in meinem Kopf war unerträglich.

»Das wollen wir erst einmal sehen.«

10

Wir saßen in ihrer Küche, tranken heiße Brühe und zerbrachen uns den Kopf, wer es auf den guten Ruf des Bungehofs abgesehen haben könnte.

»Und wenn es beide sind – Melanie *und* der alte Pattberg?« Ich hatte ausgesprochen, was mich schon den ganzen Tag nicht losgelassen hatte.

»Dann müssten sie gemeinsame Sache machen«, sagte Susanne.

»Nicht unbedingt. Es könnte Zufall sein.«

»Ich glaube nicht an Zufälle.«

»Dann stell dir vor, es sei eine fatale Planetenkonstellation. Wie auch immer – möglich wäre es. Vielleicht sollte ich noch einmal mit Melanie reden.«

Susannes skeptischer Blick machte mir nicht viel Hoffnung.

»Und wenn ich zur Polizei ginge?«, schlug ich vor.

Ihre Lippen bildeten eine harte Linie. »Den Weg kannst du dir sparen. Die tippen höchstens eine Anzeige gegen Unbekannt ein und lassen dann den Vorgang auf einem Aktenberg verschimmeln.«

»Hast du zu viele schlechte Filme gesehen?«

»Nein, ich habe mich nur früh von meiner Naivität verabschieden müssen.«

Ich hätte sie gerne gefragt, was diesen Abschied erzwungen

hatte, doch ein Blick in ihr verschlossenes Gesicht riet mir davon ab. Stattdessen stellte ich ihr die Frage, die mir auf der Seele brannte. »Wie geht es Christian?«

»Gut.« Sie stutzte. »Lässt er dich etwa hängen, weil er mit der Köster herumschwenzelt?«

»Köster?« Hieß nicht die Reitschülerin von Basti so?

»Ich habe dir von ihr erzählt: die *Blonde mit der Ausstrahlung.*«

In meinem Pulsschlag machte sich Unruhe breit. »Läuft da etwas zwischen Christian und ihr?«

»Wie soll ich das wissen?«

»Du weißt ja offensichtlich auch, dass er mit ihr herumschwenzelt.«

»Hin und wieder sehe ich die beiden zusammen in der Halle.« Sie sah mich eindringlich an und schlug sich dann gegen die Stirn. »O mein Gott, bin ich denn blind?«

Von einer Sekunde auf die andere liefen mir Tränen über die Wangen. Mit einer fahrigen Bewegung wischte ich sie weg.

»Manchmal bin ich wirklich ein unsensibles Trampel! Soll ich sie für dich ein wenig ausspionieren?«, fragte sie mitfühlend.

»Wozu soll das gut sein?«

»Es ist wichtig, über die Konkurrenz Bescheid zu wissen.«

»Konkurrenz … ich bitte dich!«

»Sie ist eine, sogar eine ernst zu nehmende, glaube mir.«

»Ist es okay, wenn wir unser Gespräch ein anderes Mal fortsetzen?«, fragte ich schwach.

»Es ist auch okay, wenn wir es gar nicht fortsetzen.« Sie kam auf mich zu, setzte sich neben mich und legte ihren Arm um meine Schultern.

In dieser Nacht lag ich lange wach und versuchte Christians Gesicht, das sich immer wieder vor mein inneres Auge drängte, durch andere Bilder zu ersetzen. Als mir nach einer Weile die Motive ausgingen, stand ich auf, zog mir ein Sweatshirt über und ging mit einer Decke unter dem Arm hinters Haus zu meinem Lieblingsplatz auf den Steinen. Vom sternenklaren Nachthimmel schweifte mein Blick hinab zu den Lichtern von Hohwacht. Früher war ich mit meinen Eltern sonntags manchmal zum Essen dorthin gefahren. Damals hatten wir noch das Bild einer ganz normalen Familie verkörpert. Bis es auseinander gebrochen war und nur Scherben zurückgeblieben waren. Ich erinnerte mich daran, wie Franz Lehnert meinen Vater beschrieben hatte – als einen wunderbaren, feinsinnigen und warmherzigen Menschen. Wenn ich an ihn dachte, dann kamen mir keine Adjektive in den Sinn, sondern nur ein einziges Bild. Es hatte sich mir offenbart, als ich jene Tür geöffnet hatte, an jenem Nachmittag, der … Ich fuhr mir über die Augen, um es wegzuwischen, aber es blieb und mit ihm die Erinnerungen an alles, was es heraufbeschworen hatte.

Mit einem Ruck stand ich auf, balancierte im Dunkeln vorsichtig über die Steine und ging wieder hinein. Durch das gekippte Fenster hörte ich das Meer rauschen, dessen einschläfernde Wirkung mir in dieser Nacht jedoch versagt blieb. Ich fand keine Ruhe. Zu vieles war in letzter Zeit geschehen. Und ich hatte die ungute Ahnung, dass das noch nicht alles gewesen war.

Als schließlich die ersten Vogelstimmen die Morgendämmerung ankündigten, brauchte es drei Becher Kaffee, bis sich der Nebel in meinem Kopf verflüchtigte und ich mir zutraute, den vor mir liegenden Tag in Angriff zu nehmen. Dessen wirklich sicher war ich erst, als Oskar mit einem freudigen Wiehern ein Lächeln auf mein Gesicht zauberte. Sekundenlang lehnte ich meine Stirn gegen seine, bis er mich mit einem Ruck von sich schob und laut prustete.

»Du verfressener Kerl!« Ich schob ihm eine Karotte nach der anderen ins Maul. »Du könntest wenigstens so tun, als würdest du dich für meine Probleme interessieren.«

Anstatt einer Antwort schob er seine Oberlippe vor und suchte die Tasche meiner Reithose nach weiteren Leckereien ab. Als auch die letzte Rübe in seinem Maul verschwunden war, begnügte er sich gottergeben mit Streicheleinheiten.

Liebevoll sah ich dieses Pferd an, dessen Freundschaft ich mir so mühsam hatte erkämpfen müssen. Einmal mehr war ich dem Schicksal dankbar, dass es uns zusammengeführt hatte.

»Die Ringe unter deinen Augen sind preisverdächtig«, sagte Basti, als wir gemeinsam die Pferde fütterten. »Würdest du zur eitlen Riege deiner Geschlechtsgenossinnen gehören, hättest du heute ein ernst zu nehmendes Problem.«

»Ernst zu nehmende Probleme habe ich auch so schon genug.«

»Du solltest dir nicht so viele Sorgen machen, Carla. Was ist denn letztendlich passiert? Ein paar Gegenstände fehlen und ein Reifen ist zerstochen worden.«

»Und was ist mit den Plastikbändern, den Äpfeln und Finns Kolik?«

»Koliken gibt es immer mal wieder, dagegen ist kein Reitstall gefeit.«

»Aber du musst zugeben, dass sich die Vorkommnisse auf dem Bungehof häufen.«

»Eigentlich hat alles erst angefangen, seitdem ich hier bin«, meinte er zögernd. »Vielleicht hat es der eine oder andere Freund einer unserer Helferinnen auf mich abgesehen. Vielleicht hat sich eines der Mädchen in mich verguckt und damit jemanden eifersüchtig gemacht.«

»Basti, hast du etwa mit einer von ihnen etwas angefangen? Ich habe dich ausdrücklich gebeten …«

»Keine Sorge, ich bin gegen schmachtende Blicke von jungen Mädchen immun.«

»Tatsächlich? Wie ungewöhnlich …«

»Das kommt auf die Perspektive an«, entgegnete er vieldeutig. »Um aber auf unser eigentliches Thema zurückzukommen: Wer immer hier sein Unwesen treibt, könnte es auch auf mich abgesehen haben.«

»Aber wieso wird dann der Reifen eines Besuchers zerstochen?«

»Um deinen Unmut zu schüren. Alles hat angefangen, seit ich hier bin. Du könntest deshalb durchaus zu dem Schluss kommen, dass es das Beste wäre, mir wieder zu kündigen.«

»Basti, ich weiß nicht …«

»Es ist zumindest eine Möglichkeit.«

Auf der Fahrt nach Lütjenburg ließ ich mir Bastis Spekulationen noch einmal durch den Kopf gehen, aber sie waren mir zu weit hergeholt. Melanie hingegen hatte ganz nahe liegende Gründe, mir schaden zu wollen.

Ich bog in die Straße, die zu ihrem Reiterhof führte. Ebenso wie der Bungehof lag er inmitten von Wiesen und Feldern. Nachdem ich meinen Wagen geparkt hatte, machte ich mich auf die Suche nach Udos Schwester. Als ich in die Stallgasse bog, wäre ich fast in sie hineingelaufen.

»Scher dich zum Teufel!«, sagte sie anstatt einer Begrüßung. Die Kälte in ihrer Stimme glich der in einem gut gekühlten Eisfach.

137

»Guten Morgen, Melanie. Hast du ein paar Minuten Zeit? Ich würde gern mit dir reden.«

Sie musterte mich abfällig. »Eine Minute – mehr bekommst du nicht.«

»Das wird nicht reichen.«

»Hättest du Erfahrung mit Entschuldigungen, dann wüsstest du, dass die Zeit dafür mehr als reichlich bemessen ist.« Trotz ihres jammervollen Anblicks, an dem sich seit unserer letzten Begegnung nichts geändert hatte, brachte sie es fertig, mich herausfordernd anzusehen.

Ich hielt ihrem Blick stand. »Ich habe nicht vor, mich zu entschuldigen.«

»Dann verschwinde, ich habe zu tun.«

»Ich habe auch zu tun, Melanie, nur wird mir meine Arbeit zunehmend erschwert.«

»Geht es auch weniger rätselhaft?«, fragte sie ungeduldig. »Ich verdiene mein Geld nicht durchs Herumstehen.«

Ich brauchte einen Moment, um die richtigen Worte zu finden. »Auf dem Bungehof ist einiges vorgefallen. Zunächst waren es nur Kleinigkeiten, aber allmählich steigern sich die Vorkommnisse in bedrohlicher Weise.«

»Was habe ich damit zu tun?«

»Das würde ich gerne von dir wissen.«

Kühl kalkulierend sah sie mich an. »Bröckelt es langsam in der perfekten Fassade deines Etablissements?« Sie versuchte gar nicht erst, ihre Schadenfreude zu verbergen.

»Wenn du wissen möchtest, ob der gute Ruf des Bungehofs in Gefahr ist, muss ich leider sagen: ja.«

»Das tut mir aber Leid.« Ihr Gesichtsausdruck strafte ihre Worte ebenso Lügen wie ihr Tonfall, der an Häme kaum zu übertreffen war.

»Was habe ich dir getan, Melanie?«

»Du hast das Fass zum Überlaufen gebracht.«

Wie in Zeitlupe schüttelte ich den Kopf. »Ich kann nichts dafür, dass dein Bruder sich umgebracht hat.«

»Aber du kannst etwas dafür, wenn sein Andenken weiter beschmutzt wird.«

»Willst du deshalb im Gegenzug den Ruf des Bungehofs beschmutzen?«

»Mach dir nichts vor, Carla, dein Stall ist nicht besser als die anderen. Das redest du dir nur ein. Verständlich, wenn du mich fragst, jeder von uns wäre gerne etwas Besonderes, aber den wenigsten gelingt es.« Sie lehnte sich mit vor der Brust verschränkten Armen gegen die Wand.

Normalerweise weigerte ich mich strikt, von einem Familienmitglied auf das andere zu schließen, aber bei den Fellners schienen Gehässigkeit und Gemeinheit Familienerbe zu sein. »Seitdem du vor acht Tagen zum ersten Mal auf dem Bungehof aufgetaucht bist, geht es dort nicht mehr mit rechten Dingen zu.«

»Weißt du, was du mir da unterstellst?«

»Davon kannst du ausgehen.«

»Scher dich von meinem Hof!« Sie griff nach einer Mistgabel, die in der Nähe stand, und baute sich drohend vor mir auf.

»Melanie, wenn das so weitergeht, werde ich die Polizei einschalten.«

Ihr böses Lachen hallte durch den Stall. »Diese Nieten haben noch nicht einmal herausgefunden, wer Udo auf dem Gewissen hat. Und jetzt raus mit dir!« Sie machte eine Bewegung, als wolle sie mir mit der Mistgabel in die Beine stechen.

Ich sprang einen Meter zurück. »Ich kann verstehen, dass sein Tod dich erschüttert hat …«

139

»Im Gegensatz zu dir!«

»... aber lass nicht zu, dass dadurch dein Leben vergiftet wird.«

»Plötzlich so besorgt um mich, Carla Bunge?«, fragte sie boshaft. »Warum bist du nicht wenigstens ehrlich? Deine einzige Sorge gilt deinem verdammten Hof. An etwas anderes kannst du gar nicht denken.« Sie ließ die Spitzen der Mistgabel nur wenige Zentimeter vor meinen Füßen auf den Boden knallen.

Erschrocken wich ich zurück. »Du erwartest, dass ich um Udo trauere, aber das kann ich nicht. Nicht nach all dem, was er mir angetan hat.«

»Das ist zwanzig Jahre her!« Sie spie mir die Worte ins Gesicht.

»Für mich nicht«, sagte ich leise. »Nichts, was dein Bruder gesagt oder getan hat, ist ohne Nachwirkungen geblieben.«

»Sei ihm doch dankbar, ohne ihn wärst du vielleicht immer noch so fett.«

Ich nahm ihren Blick in die Zange. »Ziehst du aus solchen Gemeinheiten eigentlich eine Befriedigung oder ist das deine Art, dich vor der Wahrheit zu schützen?«

»Vor welcher Wahrheit?«, fragte sie in einer Mischung aus Verzweiflung und Verachtung. »Etwa der Wahrheit, dass ein unbescholtener Mann von einem Tag auf den anderen von allen gemieden wurde, weil sich eine Lüge wie ein Lauffeuer verbreitet hat? Dass mein Bruder wegen haltloser Verleumdungen keine andere Möglichkeit sah, als sich umzubringen? Dass seine Frau unter dieser Last fast zusammenbricht? Oder meinst du die Wahrheit, dass es Menschen wie dich gibt, die am liebsten auf seinem Grab tanzen würden?« Ihre Stimme war immer lauter geworden. Die Mistgabel in Händen, sah sie mich hasserfüllt an.

140

»Ich meine die Wahrheit, dass Udo ein Mensch mit ein paar sehr unangenehmen Eigenschaften war. Er hat sich an der Qual Schwächerer geweidet.«

»Er war ein pubertierender Flegel.«

»Das trifft es nicht ganz, Melanie«, sagte ich schneidend. »Er war ein praktizierender Sadist. Im Gegensatz zu dir glaube ich nicht, dass seine Gemeinheiten hormonell bedingt waren.«

In ihren fahlen Gesichtszügen machten sich rote Flecken breit, während ihre Hände den Stiel der Mistgabel so fest umschlossen hielten, dass ihre Fingerknöchel weiß hervortraten. Ich selbst hatte meine Hände zu Fäusten geballt und spürte meine Fingernägel in den Handflächen.

»Ich wünschte, ich wäre nie zu dir gekommen«, sagte sie und presste ihre Lippen so stark aufeinander, dass sich ihre Mundwinkel nach unten zogen.

»Das wünschte ich mir auch.« Ohne ein weiteres Wort ließ ich sie stehen.

Draußen wäre ich fast in ein Auto gelaufen, das in diesem Moment auf den Hof fuhr. Ein durchdringendes Hupen ließ mich erschreckt zur Seite springen.

»Was für ein Glück, dass ich dich hier treffe«, sagte Karen Klinger geschäftig. »Das spart mir einen Weg.« Sie nahm ihre Sonnenbrille ab und fuchtelte damit in meine Richtung. »Ich wollte gerade Melanie fragen, wo du wohnst. Ich brauche ihre Adresse.«

Verständnislos sah ich sie an. »Wessen Adresse?«

»Die von Nadine natürlich.«

»Ich habe ihre Adresse nicht.« Ich machte einen Bogen um ihr Auto und ging zu meinem Wagen. Kaum hatte ich den Schlüssel ins Schloss gesteckt, spürte ich ihre Hand auf meiner Schulter.

141

»Du wirst sie mir sagen!«, hauchte sie mir ins Ohr.

Mit einem Ruck schüttelte ich ihre Hand ab. »Ich kann dir nicht helfen!«, erwiderte ich und setzte mich in mein Auto. Bevor ich anfuhr, ließ ich die Scheibe hinunter. »Hattest du eigentlich jemals in den vergangenen Jahren das Gefühl, damals etwas falsch gemacht zu haben?«

»Hattest du das Gefühl?«

»Ja.« Ich legte den Rückwärtsgang ein, wendete den Wagen und fuhr langsam durch das Hoftor. Im Rückspiegel sah ich sie stehen und mir hinterhersehen.

Nachdem ich im Büro das Nötigste erledigt hatte, griff ich zum Telefonhörer, um einen längst überfälligen Anruf zu machen. Schweren Herzens wählte ich die Nummer von Finns Besitzer und erzählte ihm von der Kolik seines Pferdes. Meinen Verdacht mit den unreifen Äpfeln unterschlug ich.

Wie so oft im Leben war die Vorstellung schlimmer als die Realität: Er reagierte zunächst besorgt, schien dann aber beruhigt, nachdem ich ihm versichert hatte, dass mit seinem Pferd wieder alles in Ordnung war. Er bestand jedoch darauf, zur Sicherheit noch einen Tierarzt zu konsultieren.

Das leise Quietschen der Bürotür drang in meine Gedanken. Ich wandte den Kopf und sah Christian im Türrahmen stehen.

»Hallo, Carla.«

Die Freude, ihn zu sehen, überwältigte mich. »Hallo …«

Zögernd betrat er den Raum und zog sich vor dem Tisch, der uns trennte, einen Stuhl heran. »Susanne sagte mir, dass du Probleme hast.«

Der Kloß in meinem Hals drohte, mir die Sprache zu verschlagen.

»Brauchst du Hilfe?«

Ich schüttelte den Kopf. Ich brauchte seine Arme, die sich um mich legten, und die Gewissheit, irgendwann wieder zu dem Verhältnis zurückzufinden, dass wir einmal hatten.

Sein besorgter Blick wanderte über mein Gesicht. »Du hast nicht viel geschlafen, oder?«

»Eine schlaflose Nacht haut mich nicht gleich um.« Bis vor kurzem war alles so leicht und unkompliziert gewesen, doch plötzlich war eine Distanz zwischen uns entstanden, die mich verunsicherte. »Geht es dir jetzt besser?«, fragte ich leise.

»Nein.« Er lehnte sich über den Tisch und griff nach meiner Hand. Während er sanft mit seinen Fingern darüber strich, sah er mich traurig an.

»Carla, ich muss los«, platzte Basti ins Büro.

Wir starrten ihn an, als kämen wir von sehr weit her in die Gegenwart zurück.

»Störe ich?«, fragte er und schaute ostentativ auf unsere verschränkten Hände, um gleich darauf unverhohlen Christian zu mustern.

»Ja«, sagte Christian schroff.

Basti zuckte die Schultern. »Leider kann ich darauf keine Rücksicht nehmen. Meine Eltern haben Silberhochzeit, da muss euer junges Glück leider zurückstehen.«

Widerstrebend zog ich meine Hand aus Christians zurück. »Wann wirst du zurück sein?«, fragte ich.

»Spätestens in drei Stunden. Denkst du an die Reitstunde?«

»Ich denke an nichts anderes.«

»Um mich davon zu überzeugen, musst du noch ein wenig üben. Allerdings«, und damit wandte er sich an Christian, »täte es Carla ganz gut, mal auf andere Gedanken zu kommen.«

»Ich kann für mich selbst reden«, knurrte ich.

»Mit Einschränkungen«, sagte er, »nur mit Einschränkungen.«

»Verschwinde, sonst vergesse ich mich!«

»Dann sollte ich vielleicht bleiben, um mir diese einmalige Gelegenheit nicht entgehen zu lassen.« Bastis Übermut schien an diesem Tag durchaus Steigerungspotenzial zu haben.

Christian sah interessiert zwischen uns hin und her.

»An dem Tag, an dem ich dich eingestellt habe, kann ich nicht zurechnungsfähig gewesen sein.«

»Was nichts anderes heißt, als dass du dich von deiner Intuition hast leiten lassen. Die soll übrigens Grundlage der besten Entscheidungen sein.« Basti zwinkerte mir zu. »Also dann …«

»Bis später«, rief ich ihm hinterher.

Nachdem Basti die Tür hinter sich geschlossen hatte, sahen wir uns schweigend an. Während ich noch nach Worten suchte, um zu dem Punkt zurückzukehren, an dem Basti uns unterbrochen hatte, stand Christian auf.

»Dann gehe ich mal wieder«, sagte er betont forsch.

Ich stand ebenfalls auf und vergrub meine Hände in den Hosentaschen. »Ja …«

»Ruf mich an, wenn du Hilfe brauchst.«

»Ist das ein Freibrief, die Kontaktsperre zu umgehen?«, fragte ich spöttisch.

»Benötigst du einen solchen Freibrief?«

»Ich brauche einen Freund.«

»Ich weiß, aber dieser Freund kann sich nicht dir zuliebe immer wieder selbst verleugnen.« Langsam kam er um den Tisch herum und blieb dicht vor mir stehen. Mit einem Zeigefinger hob er mein Kinn und küsste mich auf den Mundwinkel. Ohne ein weiteres Wort drehte er sich um und ging.

11

Bewegungslos stand ich im Büro und schien nur noch aus einem Mundwinkel zu bestehen. Die Gefühle, die diese Andeutung von einem Kuss ausgelöst hatte, waren von irritierender Intensität. Es war unwahrscheinlich, dass sich am Klingelton des Telefons etwas geändert hatte, trotzdem kam er mir in diesem Moment durchdringender als sonst vor.

»Hast du geschlafen?«, fragte Susanne überrascht.

»Ich habe nur gerade über den Bestelllisten gebrütet.«

»Wegen deiner Bestelllisten rufe ich an! Ich habe vorhin Lene Broders getroffen.« Sie schwieg vieldeutig.

Lene Broders und ihr Mann belieferten den Bungehof seit Jahren mit Heu. »Was ist mir ihr?«

»Sie ist völlig aus dem Häuschen und macht sich alle möglichen Gedanken. War das denn wirklich nötig, Carla?«

»Ich verstehe nicht, was du meinst«, entgegnete ich ungeduldig.

Sekundenlang war es still in der Leitung. »Hast du nicht die Heulieferung bei ihnen abbestellt?«

»Um Gottes willen, nein, wieso sollte ich?«

»Angeblich, weil du es woanders billiger bekommst.«

»Ich rufe dich gleich zurück.« Kaum hatte ich aufgelegt, wählte ich mit einem bangen Gefühl im Magen die Broders'sche Nummer. Nach dem siebenten Mal hob endlich jemand ab.

Aufgeregt sprudelte ich los. »Frau Broders, Susanne Pauli hat mich gerade angerufen und behauptet, ich hätte das Heu bei Ihnen abbestellt. Das kann nicht sein, dabei muss es sich um einen Irrtum handeln.«

»Aber Sie haben gestern hier angerufen und ….«

»Nein, das habe ich ganz bestimmt nicht getan. Ohne Ihr Heu bin ich aufgeschmissen.«

»Frau Bunge«, sagte sie verärgert, »wollen Sie mich auf den Arm nehmen? Ich habe selbst mit Ihnen gesprochen. Gestern Nachmittag.«

»Frau Broders, ich schwöre Ihnen, dass ich das nicht war. Ich würde mir damit nur selbst schaden.«

»Ich habe mich bestimmt nicht verhört. Zwar war die Verbindung vom Handy nicht so gut, aber die Frau am Telefon hat sich mit Carla Bunge gemeldet. Ich habe sogar noch mal nachgefragt, weil ich so überrascht war.«

»Haben Sie meine Bestellung in der Zwischenzeit schon einem anderen zugesagt?« Auf die Schnelle würde mir niemand Heu von der Broders'schen Qualität liefern können. Die meisten Bauern hatten feste Liefervereinbarungen.

»Nein.«

Erleichtert atmete ich auf. »Dann setzen Sie den Bungehof bitte gleich wieder auf Ihre Liste. Da hat sich jemand einen üblen Scherz mit mir erlaubt. Es tut mir sehr Leid, Frau Broders, dass Sie da mit hineingezogen wurden.«

»Es hat sich ja noch rechtzeitig geklärt, Deern.«

Nachdem wir uns verabschiedet hatten, rief ich Susanne zurück. »Melanie schreckt tatsächlich vor nichts zurück«, erzählte ich ihr aufgebracht. »Sie war es, die bei Lene Broders das Heu abbestellt hat.«

»Bist du dir sicher?«

»Ganz sicher. Es war eine Frau, die dort angerufen hat. Ich frage mich nur, woher sie weiß, dass ich mein Heu bei Broders bestelle. Vielleicht sollte ich wirklich langsam zur Polizei gehen.«

»Du kannst ihr nichts nachweisen. Wenn du Pech hast, kontert sie mit einer Verleumdungsklage.«

»Aber es darf nicht sein, dass ich nichts gegen sie unternehmen kann. Wir leben schließlich in einem Rechtsstaat!«

»Dieser Rechtsstaat wird zwar häufig propagiert«, sagte Susanne sarkastisch, »deshalb ist er aber noch lange nicht Realität. In unserem Land bekommt der Recht, der sich den besseren Anwalt leisten kann.«

»Ich bin nicht bereit, das zu glauben! Irgendwie muss ich Melanie stoppen können.«

»Geh hin und entschuldige dich bei ihr.«

»Bist du verrückt? Das ist das Letzte, was ich tun würde.«

»Die Polizei kann dir nicht helfen, Carla. Und so eine Entschuldigung ist schnell ausgesprochen. Letztlich sind es nur Worte.«

»Ich soll mein Rückgrat verbiegen?«, fragte ich fassungslos.

»Manchmal ist der Weg des geringsten Widerstands der klügere, glaube mir.« Die Härte war aus ihrer Stimme gewichen. »Manchmal rennt man sich mit all seinen ehrenwerten Überzeugungen und seinem Rechtsbewusstsein den Schädel ein, nur um festzustellen, dass man seinem Ziel nicht einen Millimeter näher gekommen ist. Und irgendwann stellt man dann fest, dass alles umsonst war und man sich nur selber geschadet hat.«

»Dann habe ich es wenigstens versucht.«

»Die Blessuren, die du dir damit einhandelst, sind den Versuch aber vielleicht nicht wert.« Ihre Besorgnis war unüberhörbar.

147

»Sprich wenigstens mit deinem Anwalt, bevor du zur Polizei gehst, oder belasse es bei einer Anzeige gegen Unbekannt. Versprich mir das!«

»Ich verspreche, darüber nachzudenken. Und jetzt muss ich mich beeilen, ich habe gleich eine Reitstunde.«

»Was ist mit deinem Vorsatz, eine Mittagspause zu machen?«

»Ich vertrete ausnahmsweise Basti, da seine Eltern Silberhochzeit feiern.«

»Dann mach später eine. Ohne Mittagspause treibst du Raubbau mit deinem Körper.«

»Was ist heute los mit dir, Susanne? Steht in meinem Horoskop, dass Saturn Pluto aus der Bahn geschmissen hat und damit meine Vitalität in Gefahr ist?«

»Mach dich nicht lustig darüber. Dein Horoskop verheißt nichts Gutes im Augenblick.«

Jetzt fehlte nur noch, dass Bastis und Christians Frau Köster ein und dieselbe Person waren. Dann würde ich das zweifelhafte Vergnügen haben, Christians Urlaubsflirt das Reiten beibringen zu dürfen.

Widerstrebend ging ich zur Box von Tessa, dem Schulpferd, das Frau Köster normalerweise ritt. Die Boxentür war nur angelehnt. Drinnen versuchte eine Frau, Tessa den Sattel aufzulegen. Sie war ein paar Zentimeter größer als ich, sehr schlank und hatte blonde, halblange Haare.

Tessa nutzte es schamlos aus, dass sie es mit einer Anfängerin zu tun hatte, und trat jedes Mal, wenn sie den Sattel in die Höhe hob, einen Schritt zur Seite.

»Jetzt bleib stehen!«, befahl sie dem Pferd barsch.

Die Stute ließ sich davon nicht beeindrucken, sondern fuhr in ihrem Spiel fort.

Ich ging in die Box, nahm der Frau den Sattel ab und legte ihn Tessa mit einer schwungvollen Bewegung auf den Rücken. »So, jetzt können Sie weitermachen.«

Nachdem sie den Sattelgurt festgezogen hatte, drehte sie sich zu mir um. Überrascht starrte ich sie an. Ihr Gesicht war genau wie meines zwanzig Jahre älter geworden.

»Nadine …«

Ihre Miene blieb unbewegt. »Guten Tag, Carla.«

Mein Blick glitt über ihr perfekt geschminktes Gesicht. »Du hast dich verändert.« Ich versuchte herauszufinden, worin diese Veränderung bestand, aber der Eindruck war zu diffus.

»Genau wie du.«

»Ich habe kräftig abgespeckt«, sagte ich mit einem selbstironischen Lächeln.

»Steht dir gut.«

»Danke.« Ich konnte meinen Blick nur schwer von ihrem Gesicht losreißen. In meiner Erinnerung hatte es stets einen trotzigen Ausdruck gehabt. Jetzt war es ernst und angespannt, und es zeugte von Zeiten, die nicht glücklich verlaufen waren. *Die Blonde mit der Ausstrahlung* – war sie das? »Du heißt Köster, nicht wahr?«

»Ja.«

»Dann bist du verheiratet?« Es gelang mir gerade noch, den Hoffnungsschimmer, den ich verspürte, aus meiner Stimme herauszuhalten.

»Ich war verheiratet.« Meinem Blick begegnete sie mit Spott. »Hast du noch nie eine geschiedene Frau gesehen?«

»Entschuldige! Hätte ich gewusst, dass du Frau Köster bist, dann …«

»Dann bist du Frau Bunge? Basti sagte mir, dass die Besitzerin des Bungehofs mir heute Unterricht geben würde.«

Ich nickte. »Ich habe den Mädchennamen meiner Mutter angenommen.«

»Verstehe.« Natürlich verstand sie. »Wollen wir dann?«, fragte sie auffordernd und nahm Tessa am Zügel.

»Natürlich! Entschuldige.« Ich ging ihr voraus zum Viereck und bedeutete ihr aufzusitzen.

Ein Hauch von Enttäuschung überkam mich, als ich mir vergegenwärtigte, dass Nadine ihre Unterrichtsstunde einem Gespräch mit mir vorzog. Aber was erwartete ich? Nachdem wir nach München gezogen waren, hatte ich mich nie wieder bei ihr gemeldet.

Während ich sie auf dem Pferderücken beobachtete, fragte ich mich, was sie bewogen hatte, Reitunterricht zu nehmen. Den Kopf auf den Pferdehals zu legen, die Arme fallen zu lassen und sich dem wiegenden Schritt des Pferdes zu überlassen schien in ihrer Vorstellungswelt dem Wandeln am Rand eines Abgrunds gleichzukommen. In jedem anderen Fall hätte ich mit meinen Zweifeln an künftigen Fortschritten nicht hinterm Berg gehalten. In ihrem kam das nicht in Frage. Ich fragte mich nur, warum Basti ihr das Reiten nichts längst ausgeredet hatte.

»Würdest du Sonntagmittag mit mir essen gehen?«, fragte ich sie nach der Stunde, als wir zum Stall zurückgingen. »Natürlich nur, wenn du dann noch hier in der Gegend bist.«

»Ich bleibe noch eine Weile!« Der unergründliche Blick, den sie mir zuwarf, schien Ewigkeiten zu währen.

»Ich würde mich freuen, wenn du Zeit hättest.«

Sie ließ sich Zeit mit ihrer Antwort. »Wo wollen wir uns treffen?«

»Wie wär's mit der *Ole Liese* auf Gut Panker? Halb eins wäre ideal für mich.«

Sie schloss Tessas Boxentür und blieb in gehörigem Abstand

zu mir stehen. »Dann also bis Sonntag«, sagte sie zugeknöpft und verließ ohne ein weiteres Wort den Stall.

»Puh«, atmete ich laut aus.

Meiner Freundin von einst war es gelungen, meine ohnehin schon beachtliche Anspannung zu steigern. Tief in Gedanken lehnte ich mich gegen die Stallwand und starrte Nadine auch dann noch hinterher, als sie längst fort war.

»Hier bist du!«, riss Basti mich unsanft aus meinen Erinnerungen.

»Ist etwas passiert?«, fragte ich eine Nuance zu laut.

»Nur die Ruhe! Es muss nicht ständig etwas passieren. Ich wollte dir nur sagen, dass ich zurück bin.«

Erleichtert nickte ich. »War's schön?«

»Wider Erwarten ja. Und jetzt sag mir, was dir solche Falten auf der Stirn verursacht!«

Prompt fasste ich mir an die Stirn, um gleich darauf über mich selbst den Kopf zu schütteln. »Wenn du herausfinden wolltest, wo wir das Heu bestellen, wie würdest du das anstellen?«

»Ich weiß, wo wir das Heu bestellen.«

»Und wenn du es nicht wüsstest?«

»Würde ich dich fragen.«

Ich stöhnte genervt. »Und wenn du es heimlich herausfinden wolltest?«

»Dann würde ich an deine perfekt beschrifteten Ordner im Büro herantreten, mir den heraussuchen, auf dem groß und deutlich *Bestellungen* geschrieben steht, ein wenig blättern, und schon hätte ich die gesuchte Information.«

»So einfach ist das …«

»Kontrollfreaks machen es einem immer einfach. Sie sind nämlich auch meistens Ordnungsfanatiker.«

»Ich bin weder das eine noch das andere«, muckte ich beleidigt auf.

»Geh mal ins Büro, stell dich vor das Regal und lass deinen Blick unvoreingenommen über die Reihen der akribisch beschrifteten Ordner wandern. Und wenn du sie dann auch noch aufschlägst und voller Staunen das geordnete Innenleben betrachtest, müsstest du mir eigentlich Recht geben.«

»Ordnung erleichtert das Leben ... und Saboteuren die Arbeit«, sagte ich niedergeschlagen.

»Was ist passiert?«

Ich erzählte ihm von dem Anruf bei Lene Broders und davon, dass ich Melanie in Verdacht hatte. »Hast du sie mal hier herumschleichen sehen, als ich nicht da war?«

»Einmal war sie hier«, überlegte er laut, »das war, als sie nach dir gefragt hat. Aber da haben wir uns vor dem Stall unterhalten. Andererseits gehen hier ständig Leute ein und aus, da würde sie wahrscheinlich gar nicht auffallen. Es kommt immer nur darauf an, wie selbstverständlich man sich irgendwo bewegt.«

»Inzwischen kursieren schon Gerüchte, dass es mit dem Bungehof bergab geht. Das macht mir Angst, Basti.«

»Und indem du dir diese Angst an der Nasenspitze ablesen lässt, bestätigst du die Gerüchte indirekt. Versuch mal wieder, etwas mehr Zuversicht auszustrahlen!«

»So wie du Frau Köster gegenüber?«

Er verstand sofort, worauf ich anspielte, und lachte aus vollem Hals. »Ich glaube, ein Pferderücken ist der einzige Ort, an dem diese Frau eine schlechte Figur macht. Vielleicht ist das ihr Ansporn.« Basti löste seine Haare, fuhr einmal kräftig mit den Fingern hindurch und band sie wieder zusammen.

»Du hast sie nicht bestärkt?«, fragte ich vorsichtig.

»Ich habe keine masochistische Ader, Carla! Du kannst mir

152

glauben – ich habe alles versucht, um sie davon abzubringen, aber sie meinte nur, ich solle mich nicht so anstellen. Wenn sie diese drei Stunden in der Woche durchhalten könne, dann erwarte sie das Gleiche von mir.«

Während Basti und ich uns unterhielten, hatten drei junge Mädchen mit dem Putzen der Pferde begonnen. Jedes Mal, wenn sie aus einer Box herauskamen, wanderten ihre Blicke zu Basti und verharrten dort sehnsuchtsvoll.

»Wie schaffst du es nur, bei diesen Schmachtblicken standhaft zu bleiben?«, fragte ich ihn flüsternd.

»Wenn jemand keine Schokolade mag, dann können sich vor seinen Augen Berge davon auftürmen, er wird sie nicht anrühren.«

»Wie sonderbar.« Wie konnte man keine Schokolade mögen?

»Nicht sonderbar, schwul«, antwortete er leise.

Wie vom Donner gerührt starrte ich ihn an. »Was? Du bist …?«

Basti gelang es, trotz seines verständnislosen Blicks noch ein Nicken zustande zu bringen.

Sekundenlang starrten wir uns an, dabei prallte Fassungslosigkeit auf Fassungslosigkeit. Basti fand als Erster wieder Worte.

»Bin ich etwa der erste Schwule, dem du in deinem Leben begegnest?«

Im Augenwinkel sah ich, dass die Mädchen versuchten, etwas von unserer Unterhaltung mitzubekommen. Da ihr Interesse noch nicht erlahmt war, nahm ich an, dass sie bisher nichts hatten aufschnappen können. Ich drosselte meine Stimme. »Nein, natürlich nicht!«

»Dann bin ich aber beruhigt.« In einer übertriebenen Geste legte er seine Hand aufs Herz. »Und es wird dir gelingen, mich weiterhin wie ein vollwertiges Mitglied der Gesellschaft zu behandeln?«

»Red keinen Unsinn!«, entgegnete ich schroff. Wie hätte ich ihm sagen sollen, dass ich mich hereingelegt fühlte? Dass die Dinge nicht so waren, wie sie schienen. Und dass diese Tatsache manchmal eine kleine Welt zum Einstürzen bringen konnte.

An diesem Abend zog ich mich erschöpft auf meine Holzterrasse zurück, nachdem ich zuvor noch Melanie angerufen hatte. Natürlich hatte sie abgestritten, das Heu bei Lene Broders abbestellt zu haben, aber ich glaubte ihr nicht und drohte, sie anzuzeigen, sollte so etwas noch einmal passieren. Ich hoffte, dass ich überzeugend genug war, um sie in Zukunft von derartigen Attacken abzuhalten.

Um dem Chaos in meinem Inneren für eine Weile zu entkommen, nahm ich ganz bewusst die Natur um mich herum wahr: den salzigen Duft, der vom Meer herüberwehte, das Grün meiner Buchenhecke, das mit jedem Tag, den der Mai voranschritt, dunkler wurde und das Blau der Hortensien noch stärker zur Geltung brachte. Nachdem ich eine Weile einem Schwalbenpärchen bei der Nahrungssuche zugesehen hatte, lehnte ich mich zurück, schloss die Augen und überließ mich den Geräuschen, die vom Strand kamen. Offenbar blieb die Welt nicht stehen, nur weil ich ein paar Probleme hatte – mochten sie mir selbst auch als noch so groß erscheinen.

Als ich meine Augen wieder öffnete, fiel mein Blick auf ein weißes Kärtchen, das auf dem Tisch lag und mir vorher nicht aufgefallen war. Es war die Visitenkarte, die Franz Lehnert mir hiergelassen hatte und die ich voller Wut vom Tisch gefegt hatte.

Da ich mir ganz sicher war, dass ich sie nicht aufgehoben hatte, musste es jemand anderes getan haben. War Franz Lehnert etwa noch einmal zurückgekommen? Unwahrscheinlich! Meiner Meinung nach kannte er die Grenze, ab der Beharrlichkeit Widerwillen anstatt Nachgeben auslöste.

Wer war es dann gewesen? Unwillig schüttelte ich den Kopf. Was machte es für einen Sinn, darüber zu grübeln, ich hatte weiß Gott größere Probleme als eine weiße Karte, die auf unerfindliche Weise ihren Weg vom Gras auf den Holztisch gefunden hatte.

Barfuß lief ich die Holztreppe zum Strand hinunter und ging ein Stück am Wassersaum entlang. Während ich darauf wartete, dass sich die abendliche Stimmung am Meer wie Balsam auf meine Seele legte, beschlich mich wieder das unangenehme Gefühl, beobachtet zu werden. Ich sah mich um, begegnete aber nur beiläufigen Blicken, die nichts mit jenen zu tun hatten, die ich zu spüren glaubte.

Es fiel mir schwer, das Ganze als Einbildung und Ergebnis überreizter Nerven abzutun. Mit einem beklommenen Gefühl ging ich zum Haus zurück.

12

Es waren bedrohliche Träume, die mich gegen Morgen heimsuchten. Jemand verfolgte mich. Meine Beine waren jedoch so bleischwer, dass ich nicht fliehen konnte. Die Angst, ausgeliefert zu sein, ließ mich schweißgebadet aufwachen. Als ich nach einem beruhigenden Abstecher zu Oskar beim Stall ankam, erwartete mich dort bereits Hans Pattberg.

»Guten Morgen«, sagte ich kühl.

Der Urwald auf seinem Kopf und in der Nase schien noch dichter geworden zu sein. Nachdem er mir einen Briefumschlag in die Hand gedrückt hatte, zog er einen zerknitterten Zettel und einen Stift aus seiner Hosentasche. »Quittieren Sie mir bitte den Empfang!«

»Was ist das?«

»Die Kündigung.«

Ich stopfte den Umschlag in die Hosentasche, setzte meine Unterschrift unter den von ihm vorbereiteten Text auf dem kleinen Zettel und drängelte mich grußlos an ihm vorbei.

»Wollen Sie den Brief nicht lesen?«, fragte er lauernd.

»Wozu?«

»Dann akzeptieren Sie?« Seine Stimme klang augenblicklich drei Nuancen freundlicher. »In dem Fall wäre ich sogar bereit, Ihnen eine geringfügige Verlängerung zuzugestehen. So ein Umzug muss gut vorbereitet werden.«

»Ich habe fünf Jahre Zeit, das sollte reichen!« Auf dem Weg zur Futterkammer blieb er mir so dicht auf den Fersen, dass ich meinte, seinen Atem im Nacken zu spüren.

»Sie werden sich noch wünschen, auf mein Angebot eingegangen zu sein. Der Hof gehört mir und ich bestimme, was damit geschieht.«

Nach außen hin ungerührt, belud ich den Futterwagen. »Sie haben bestimmt, was damit geschehen soll, als Sie den Vertrag unterschrieben.«

Meine Worte schienen ihn bis aufs Blut zu reizen. »Spätestens in vier Wochen lasse ich den Hof räumen«, schnauzte er mich an. »Sie haben Ihre Chance gehabt.«

Mit Schwung wendete ich mich zu ihm um. »Welche Chance?«

»Dass wir uns gütlich einigen.«

»Es bedarf keiner Einigung. Das Recht ist auf meiner Seite«, sagte ich selbstsicherer, als mir zumute war. »Und jetzt lassen Sie mich bitte arbeiten, die Pferde warten auf ihr Futter, wie Sie hören.« Das Wiehern und Scharren aus dem Stall wurde immer fordernder. »Ich muss den Betrieb am Laufen halten.«

Er kniff seine Augen zu Schlitzen zusammen. »Man hört derzeit nichts Gutes über den Betrieb. Sachen verschwinden, Reifen werden zerstochen, die Pferde werden krank – alles sehr unbeliebt bei der Klientel.«

Ich machte Anstalten, ihm mit dem Futterwagen über die Füße zu fahren.

Betont langsam verließ er die Futterkammer, nicht ohne mir vorher noch einen triumphierenden Blick zuzuwerfen.

»Sie hören von meinem Anwalt!«, rief ich ihm mit klopfendem Herzen hinterher.

Eine Minute lang hatte ich darüber nachgedacht, der Kündigung von Hans Pattberg nachzugeben, meine Sachen zu packen und auf Nimmerwiedersehen zu verschwinden. Immerhin hatte ich einmal gute Erfahrungen mit dem Flüchten gemacht. Aber ich hatte mich verändert mit den Jahren. Ich war nicht mehr die schüchterne Carla, die ihren Kummer in Form von Übergewicht mit sich herumschleppte und keine Widerworte fand, um sich zu wehren. Das, was ich mir aufgebaut hatte, war es wert, dafür zu kämpfen. Ich war nicht nur um zwanzig Jahre älter geworden, sondern auch um zwanzig Jahre stärker.

Mit diesem Bewusstsein betrat ich die Kanzlei von Rechtsanwalt Neupert. Wie seine Sekretärin mir sagte, war er unterwegs zu einem Gerichtstermin. Ich bat sie, ihrem Chef das Kündigungsschreiben vorzulegen und ihn zu bitten, eine Antwort zu formulieren.

Als ich in einigermaßen zuversichtlicher Stimmung in den Stall zurückkehrte, erwartete Basti mich dort mit besorgter Miene.

»Eines der Pferde?«, fragte ich wie aus der Pistole geschossen.

»Nein, keine Sorge, aber es fehlt ein Halfter und …«

»Ein Halfter? Ich habe erst gestern Abend alles kontrolliert, bevor ich abgeschlossen habe. Bist du sicher?«

Er nickte. »Ich habe überall nachgesehen.«

»War heute Morgen schon jemand im Stall?«

»Ich habe niemanden gesehen, was natürlich nicht heißt, dass niemand hier war. Wenn wir die Pferde auf die Koppel bringen, könnte jeder schnell hinein und wieder hinaus, ohne bemerkt zu werden. Aber dann müsste derjenige Heide und mich beobachtet haben.«

»Würdest du das merken?«

Er zuckte die Schultern. »Keine Ahnung.« Und nach einem

Moment nachdenklichen Schweigens: »So früh am Morgen kommt eigentlich nie jemand in den Stall.«

»Genauso wenig wie spät abends, außer …«

»Du verdächtigst hoffentlich nicht schon wieder meinen Großvater!« Der Vorwurf in seiner Stimme war nicht zu überhören.

»Immerhin war er gestern Abend der Letzte und heute Morgen der Erste im Stall. Er hatte die Gelegenheit und er hat ein Motiv.«

»Carla, gerade verrennst du dich in etwas. Mein Großvater klaut nicht. Du hättest ihn sehen sollen, als ich als kleiner Junge im Edeka-Laden mal einen Lutscher habe mitgehen lassen. Da ist er fuchsteufelswild geworden. So jemand geht nicht auf Diebestour.«

Außer er sieht es als Mittel zum Zweck an. »Vielleicht hast du Recht«, sagte ich vage und schenkte ihm ein besänftigendes Lächeln. »Ich mag deine loyale Art!«

Einen Augenblick lang schien er darüber nachzudenken, ob ich meinte, was ich sagte. Schließlich machte sich Zufriedenheit in seinen Zügen breit. Als er gerade wieder an die Arbeit gehen wollte, fiel ihm noch etwas ein. »Auf der zweiten Koppel ist an einer Stelle übrigens der Zaun kaputt. Ich habe die Pferde deshalb auf die hintere Koppel gebracht. Heute Nachmittag habe ich ein bisschen Luft, da kann ich ihn reparieren.«

»Den habe ich letzte Woche erst kontrolliert …«

Basti wich meinem Blick aus. »Das geht manchmal schnell.«

»Bei einem relativ neuen und stabilen Zaun geht es eher langsam. Raus mit der Sprache! Was ist los?«

Er schien zu überlegen, wie er die Tatsachen möglichst bekömmlich verpacken sollte. »Vielleicht ist ein kleines bisschen nachgeholfen worden«, druckste er herum.

»Von einem Menschen oder von einem Tier?«

Als er nichts sagte, gab ich mir selbst die Antwort. »Also von einem Menschen.«

»Das kann ein ganz zufälliges Zusammentreffen sein.«

»Ein bisschen viel Zufall in letzter Zeit, findest du nicht? Es hilft nichts, ich werde die Polizei anrufen.«

»Was erwartest du dir davon?«, fragte er niedergeschlagen.

»Ich will, dass es aufhört. Andernfalls hatte der Bungehof einmal einen guten Ruf.«

»Aber es gibt keine Beweise.«

»Dann werde ich mir Beweise beschaffen.«

»Und wie willst du das anstellen?«

»Mir wird schon etwas einfallen.«

»Was gibt es denn nun so Wichtiges?«, fragte Susanne, als ich aufgeregt bei ihr hereinplatzte.

»Du bist doch mutig«, begann ich, »und der Meinung, dass man sein Schicksal selbst in die Hand nehmen soll.«

»Immer vorausgesetzt, die Sterne bejahen das.«

»Bist du schon einmal irgendwo eingebrochen?«

Wie vom Donner gerührt starrte sie mich an. »Wer hat dir das gesagt?«, brachte sie schließlich heraus. Ihr Tonfall verhieß nichts Gutes, während die harte Linie, die ihr Mund formte, wie gemeißelt wirkte. »Christian? Hat er es dir gesagt?«

»Was soll er mir gesagt haben?«

»Natürlich«, fuhr sie fort, als hätte sie mich gar nicht gehört, »wer soll es sonst gewesen sein? Und ich hatte gedacht, ich könne ihm vertrauen.«

»Susanne!« Um ihre Aufmerksamkeit zu erlangen, wedelte ich mit einer Hand vor ihrem Gesicht herum. »Kannst du mir bitte mal sagen, wovon du redest?«

In ihrem Blick lagen Wachsamkeit und Skepsis, ihr ganzer

Körper schien unter Anspannung zu stehen. »Wovon redest *du?*«

»Von einem Einbruch.«

»Und weiter?«

»Reicht das nicht? Für mich ist ein Einbruch schon eine ganze Menge.«

»Das trifft auf jeden zu, der so etwas zum ersten Mal macht«, gab sie schneidend zurück.

Mit einem Mal war ich völlig verunsichert. »Was ist denn nur mit dir los? So kenne ich dich gar nicht. Ich wollte dich eigentlich nur um einen Gefallen bitten, und plötzlich habe ich das Gefühl, eine Todsünde begangen zu haben.«

Sie schien jede einzelne Regung in meinem Gesicht zu registrieren und unter die Lupe zu nehmen. »Um was für einen Gefallen wolltest du mich bitten?«

Ich kam mir vor wie bei einem Verhör, das von einer Fremden geführt wurde. »Im Stall ist schon wieder etwas verschwunden – ein Halfter. Und ich habe vor, beim alten Pattberg danach zu suchen.« Ich versuchte gar nicht erst, meinen Tonfall abzumildern, sie sollte ruhig hören, dass ich verletzt war.

»Ich dachte, nach dem Anruf bei Broders hättest du Melanie auf dem Kieker.«

»Das habe ich auch immer noch, aber mit dem verschwundenen Halfter kann sie nichts zu tun haben. Das hat der Alte, dafür könnte ich meine Hand ins Feuer legen. Mir fehlt nur noch der Beweis.«

»Und was willst du sagen, wenn man dich fragt, wie du an diesen Beweis gekommen bist?«

»Ich …«

»Eben! Lass es sein. Das ist eine absolut hirnrissige Idee, mit der du nichts erreichst. Du schadest dir nur.«

»Und wenn ich gar nicht erst so weit ginge, die Polizei einzuschalten? Vielleicht reicht es, eine Zeugin zu haben und den Alten mit unserem Fund zu konfrontieren …«

»Zu erpressen, meinst du. Vergiss es!«

»Du müsstest nur Schmiere stehen.«

»Nicht mit mir, Carla.«

Sie war mir stets als die Beherztere von uns beiden erschienen, weniger zögerlich als ich und weniger auf ihr Außenbild bedacht. Ich hatte angenommen, sie wäre Feuer und Flamme und würde meinen Plan als Abenteuer betrachten.

»Es ist kein Kavaliersdelikt, das du da vorhast«, drängte sie sich in meine Gedanken. »Auf Einbruchdiebstahl steht Gefängnis.«

Ich stöhnte entnervt. »So wie du das sagst, klingt es schrecklich juristisch. Ich möchte nur mal in seinem Haus nachschauen, ob ich das eine oder andere Teil, das ich im Stall vermisse, dort finde. Wenn du die Zimmer der Gäste in Flint's Hotel inspizierst, dann tust du letztlich nichts anderes.«

Sie sah mich an, als sei ich komplett durchgedreht. »Da sehe ich schon einen Unterschied. Ich darf in diesen Zimmern sein, weil ich dort zu tun habe. Womit soll ich mich denn herausreden, wenn mich der alte Pattberg in seinen vier Wänden erwischt? Vielleicht damit, dass ich mich über eine mehrere Kilometer große Distanz in der Tür geirrt habe?« In ihrer Stimme lag die gleiche Unnachgiebigkeit wie in ihrem Blick.

»Es tut mir Leid, dass ich dich überhaupt gefragt habe!« Mir kam es so vor, als hätte ich ihr einen unsittlichen Antrag gemacht. »Ich dachte, du hättest Verständnis dafür, dass ich Beweise brauche.«

»Wenn du Beweise brauchst, lass Überwachungskameras installieren.«

162

»Das kann ich mir nicht leisten.«

»Eine Gefängnisstrafe kannst du dir auch nicht leisten.«

»So weit würde er nie gehen.«

»Carla, wie naiv bist du eigentlich?« Ihr Kopfschütteln schien kein Ende nehmen zu wollen. »Wenn er dich dabei erwischt, wie du bei ihm einbrichst, dann lieferst du ihm einen wunderbaren Grund, dir fristlos zu kündigen.«

»Er kann mich gar nicht erwischen. Freitagabends fährt er regelmäßig nach Hohwacht zu seinem Stammtisch. Er würde selbst dann gehen, wenn um ihn herum die Welt zusammenbräche. Ich habe einmal versucht, ihn wegen eines kranken Pferdes zum Bleiben zu bewegen – Fehlanzeige.«

Zum ersten Mal, seit ich das Thema Einbruch angeschnitten hatte, lächelte sie. »Nun sieht natürlich nicht jeder in einem kranken Pferd einen Weltuntergang …«

»Und nicht jeder sieht in einem Einbruch gleich eine Katastrophe«, hielt ich süffisant dagegen.

»Wenn du dafür erst einmal einsitzt, dann änderst du deine Meinung sehr schnell.«

»Sprichst du aus Erfahrung?« Ich hatte es leichthin gesagt, ohne ernsthaft eine Reaktion zu erwarten.

Ihr Blick war abweisend. Als sie mir schließlich mit einem gedehnten Ja antwortete, dauerte es einen Moment, bis ich begriff.

»Du bist bei jemandem eingebrochen?«, fragte ich entgeistert.

»Nicht nur das, ich habe dafür auch eingesessen.«

»Und Christian hat das gewusst? Hast du geglaubt, er habe mir davon erzählt?«

»Wenn du vorbestraft bist, bekommst du automatisch einen Eintrag in dein polizeiliches Führungszeugnis. Dann wird die Luft für einen neuen Job plötzlich dünn. Es gibt nicht viele

Menschen, die einem Ex-Knacki die Chance für einen Neuanfang geben. Christian ist eine der rühmlichen Ausnahmen. Er hat mir meine Geschichte geglaubt. Hätte ich ihn als Richter gehabt, dann wäre mein Verfahren anders ausgegangen.«

»Was für eine Geschichte?«

Gedankenverloren zündete sie sich eine Zigarette an. Nach einem tiefen Zug blies sie den Rauch aus und folgte ihm mit ihrem Blick. »Am Anfang war eigentlich nur Einsamkeit. Ich war fünfunddreißig, ein bisschen älter als du jetzt. Mein damaliger Lebensgefährte hatte sich wegen einer anderen von mir getrennt. Anstatt ihm einfach aus dem Weg zu gehen, beschloss ich, eine möglichst große räumliche Distanz zwischen uns zu schaffen. Hätte mir jemand gesagt, dass Distanz im Kopf entsteht – ich hätte ihm nicht geglaubt. Freunde haben versucht, mich davon abzuhalten, aber ich war überzeugt, nur ein Umzug könne die Schmerzen dieser Trennung lindern.

In Berlin habe ich dann zu spüren bekommen, was wirklicher Katzenjammer bedeutet. Ich kannte dort niemanden, war todunglücklich und habe mich in meiner Wohnung vergraben, anstatt hinauszugehen und Kontakte zu knüpfen. Nach ein paar Monaten fühlte ich mich so einsam wie noch nie in meinem Leben. In dieser Zeit starb auch noch mein Vater. Er war mein einziger Angehöriger gewesen. Das wenige, das er mir hinterließ, war von so unschätzbarem Wert für mich ...« Sie schluckte hart.

»Lass es gut sein, Susanne ...« Ich wollte nicht, dass die Erinnerungen sie quälten.

Doch sie winkte ab. »Eine goldene Armbanduhr, eine Krawattennadel und passende Manschettenknöpfe. Ich habe diese Schmuckstücke wie meinen Augapfel gehütet.« Sekundenlang verlor sie sich in ihren Gedanken, bevor sie fortfuhr. »Mit der Zeit versank ich immer tiefer in meiner Einsamkeit. Anstatt meine alten Freunde zu besuchen, vergrub ich mich in meine Arbeit. Als ich schließlich Lutz kennen lernte, fiel ich ihm wie eine reife Frucht in die Hände. Ich war ihm so dankbar, dass er mich aus meinem Unglück herauszerrte, dass ich vieles gar nicht bemerkte. Ich war noch nicht einmal verliebt in ihn.« Sie sah mit einem angespannten Gesichtsausdruck durch mich hindurch.

»Gerechterweise muss ich sagen, dass er mir anfangs gut tat«, erzählte sie weiter. »Wir haben sehr viel unternommen, ich habe seine Freunde und Bekannten kennen gelernt und ich lebte wieder auf. Ich begann, mich heimisch zu fühlen und wieder aktiver zu werden. Je weiter ich aber meine Flügel spannte, desto stärker versuchte er, sie mir wieder zu stutzen. Es fing eher schleichend an, ich merkte erst, wie sehr er mich einengte, als ich begann, mich hin und wieder mit Menschen außerhalb seines Freundes- und Bekanntenkreises zu treffen. Er machte jedes Mal ein fürchterliches Theater. Das ging so weit, dass er mir schließlich eigene Kontakte verbot und handgreiflich wurde. Da packte ich eines Tages heimlich meine Sachen und verließ ihn in einer Nacht-und-Nebel-Aktion.« In ihrer Stimme schwang ein Ton mit, der ahnen ließ, dass sie Lutz unterschätzt hatte.

»Nur die Schmuckstücke meines Vaters konnte ich nicht mitnehmen. Er hatte sie versteckt. So ging ich kurz darauf in seiner Abwesenheit noch mal zurück, um in Ruhe danach zu suchen. Aber er hatte in der Zwischenzeit die Schlösser austauschen lassen. Als ich ihn anrief und bat, mir die Erbstücke meines Vaters auszuhändigen, behauptete er, ich hätte alles mitgenommen, was mir gehörte.«

Susanne zündete sich eine weitere Zigarette an und inhalierte tief, bevor sie weitersprach. »Ich war so überzeugt, im Recht zu sein, dass ich noch nicht einmal die simpelsten Vorsichtsmaßnahmen ergriff, als ich in seine Wohnung einbrach. Es waren Nachbarn, die die Polizei riefen. Kurz darauf wurde ich vor Gericht gestellt.«

»Aber du hast dir nur zu deinem Recht verholfen.«

»Lutz behauptete, die Erbstücke gehörten ihm und ich hätte sie ihm aus Rache gestohlen, weil er meine Liebe verschmäht habe.«

»Gab es denn keine Zeugen dafür, dass sie dir gehörten?«

»Es gab einen Freund meines Vaters. Aber der litt unter so starker Demenz, dass er sich nicht erinnern konnte. Außer ihm kannte die Sachen nur eine Freundin von Lutz, ich hatte sie ihr einmal gezeigt. Aber sie schuldete ihm viel Geld. So sagte sie vor Gericht für ihn aus anstatt für mich. Sie haben ihm, dem unbescholtenen Bürger, geglaubt und mich zu einem halben Jahr Gefängnis ohne Bewährung verdonnert.«

»Du warst auch unbescholten.«

»Bis zu dem Tag, als ich bei ihm eingebrochen bin.«

»Was hättest du denn stattdessen tun sollen?«, fragte ich aufgebracht.

»Ich hätte den Rechtsweg beschreiten müssen.«

»Da hätte auch Aussage gegen Aussage gestanden.«

»Aber ich wäre nicht im Gefängnis gelandet.« Dieser Satz sollte zweifellos eine Warnung für mich sein.

»Hier gibt es aber keine direkten Nachbarn«, gab ich zu bedenken. »Wer sollte also die Polizei rufen?«

»Zum Beispiel sein Enkel.«

»Der sitzt an einem Freitagabend ganz bestimmt nicht zu Hause.«

»Dann jemand, der zufällig gerade vorbeikommt. Es ist ein Fehler, sich auf sein Glück zu verlassen.«

»Und was ist mit den Sternen?«

»Die raten dir zu äußerster Vorsicht«, antwortete sie ernst. »Lass die Finger davon!«

13

»Gegen Katzenjammer hilft manchmal ein Tapetenwechsel«, sagte Ilsa Neumann teilnahmsvoll, als wir uns am nächsten Tag in der Stallgasse begegneten. »Wann haben Sie das letzte Mal Urlaub gemacht, Frau Bunge?«

Es war so lange her, dass ich überlegen musste. »Vor knapp sechs Jahren. Wenn man einen so kleinen Betrieb hat wie den Bungehof, dann wird Urlaub irgendwann zum Fremdwort. Aber ich vermisse ihn auch gar nicht, schließlich leben wir hier in einer wunderschönen Urlaubslandschaft.«

Ihr Blick drückte Missbilligung aus. »Sie, liebe Frau Bunge, leben in einer Landschaft, in der andere Urlaub machen. Das ist ein riesiger Unterschied. Wann waren Sie zum letzten Mal tanzen?«

»Finden Sie nicht, dass ich schon genug Sport treibe?«

Ihre Missbilligung war sichtlichen Zweifeln an meiner Zurechnungsfähigkeit gewichen. »Wenn Ihnen bei dem Wort *tanzen* ausschließlich Sport einfällt, dann läuft in Ihrem Kopf etwas ganz gewaltig schief!«

Eigentlich hatte ich eher das Gefühl, dass um mich herum etwas schief lief. »Was sollte mir denn Ihrer Meinung nach dabei einfallen?«

»Schöne Musik, zwei Körper, die zur Harmonie finden ...«

»Nicht anderes geschieht beim Reiten.«

»Wollen Sie Ihr Leben tatsächlich nur mit Oskar an Ihrer Seite verbringen? Ich hätte da …«

»Ich weiß«, wehrte ich lachend ab, »Sie hätten da den einen oder anderen Junggesellen.«

»Ja, tatsächlich! Und bei unserem Sommerfest werden Sie denen nicht entkommen. Einen habe ich schon näher ins Auge gefasst.«

»Frau Neumann, ich …«

»Ich weiß, Sie können es kaum erwarten.« In ihren Augen blitzte es spöttisch auf. »Zum Glück ist es ja auch nicht mehr lange hin.«

»Ich habe noch nicht zugesagt. Falls es hier etwas Wichtiges zu tun gibt …«

»Basti hält sich diesen Nachmittag und Abend frei«, fiel sie mir ins Wort. »Sie werden also ganz bestimmt abkömmlich sein.«

»Basti macht mit Ihnen gemeinsame Sache?«

»Sagen wir mal so: Ich konnte ihn für Ihre Familienplanung gewinnen.«

Als ich die Sache mit den Junggesellen später mit Oskar besprach, erntete ich ein solidarisches Schnauben. »Wenigstens auf dich ist Verlass«, sagte ich und belohnte ihn mit einer Karotte.

Verlass war zum Glück auch auf meinen Anwalt. Er rief mich am Freitag im Stall an, setzte mir in seiner beruhigenden Art auseinander, dass kein Grund zur Sorge bestehe und er die Angelegenheit in die Hand nehme. Ich solle Hans Pattberg wenn möglich aus dem Weg gehen und mich nicht zu unbedachten Handlungen hinreißen lassen.

»Zu unbedachten ganz bestimmt nicht«, murmelte ich vor mich hin, nachdem ich aufgelegt hatte. An diesem Abend würde ich meinen Plan in die Tat umsetzen. Vorher musste ich allerdings sichergehen, dass Basti mir nicht in die Quere kam.

»Wenn du heute Abend etwas Schönes vorhast«, begann ich während des Fütterns wie nebenbei, »kannst du ruhig früher gehen. Mir macht es nichts, ein bisschen länger zu bleiben, ich habe Zeit.«

»Ich auch.«

»Mit dreiundzwanzig hatte ich an einem Freitagabend nie Zeit.« Was schamlos gelogen war.

»Klingt, als wolltest du mich loswerden.«

Ich spürte seinen forschenden Blick im Rücken. »Quatsch«, entgegnete ich möglichst gelassen. »Wieso sollte ich dich loswerden wollen? Ich bin froh, dass du hier bist. Aber wie ich gehört habe, unterstützt du Ilsa Neumann bei meiner Familienplanung. Da dachte ich mir, dass ich mich auf diese Weise ein wenig revanchieren kann.«

Er schien amüsiert. »Und ich hatte angenommen, ich müsse in Deckung gehen, wenn du dich für ein Eingreifen in deine Familienplanung revanchierst. So kann man sich irren.«

Ich schüttete Futter in den Trog vor mir und tätschelte dem sich gierig darüber hermachenden Pferd den Hals. »Also, was ist nun mit heute Abend?«

»Heute Abend«, sagte er gedehnt, »habe ich ein paar Freunde zu mir eingeladen. Es könnte ein bisschen lauter werden.«

»So … na … dann viel Spaß.« Also würde ich meinen Plan verschieben müssen. »Solange ihr die Pferde nicht stört.«

»Wir werden gar niemanden stören, die Party findet bei einem Freund statt. Ich wollte dich nur ein bisschen aus der Reserve locken.«

»Wozu?«

Er sah mich aufmerksam an. »Weil ich für den Bruchteil einer

Sekunde das Gefühl hatte, du wolltest mich tatsächlich loswerden.«

»So ein Unsinn! Wie kommst du auf so eine Idee?«

»Weil du meinen Großvater verdächtigst, hier im Stall auf Beutezug zu gehen. Wäre es da nicht nahe liegend, sich bei ihm ein wenig … sagen wir *umzuschauen?*«

»Spinnst du?«

Er zuckte die Schultern. »Entschuldige, das war nur so eine Eingebung. Selbst so ein Ausbund an Rechtschaffenheit wie du kann …«

»Vielen Dank! Klingt, als wolltest du die Worte *langweilig* und *spießig* umschreiben. Ich schlage vor, bevor du dich noch tiefer reinreitest, sehen wir zu, dass wir fertig werden.«

Hans Pattberg hatte bereits um halb acht das Haus verlassen. Kurz zuvor hatte ich in Oskars leerer Box hinter einem Fenster Stellung bezogen. Jetzt musste nur noch Basti verschwinden.

Als ich ein Auto auf den Parkplatz fahren hörte, hoffte ich, dass er abgeholt würde. Die Schritte, deren Geräusch gleich darauf bis zu mir drang, bewegten sich jedoch nicht Richtung Haus, sondern zum Stall. Instinktiv duckte ich mich, als die Stalltür geöffnet wurde.

Zunächst nahm ich an, dass einer der Pferdebesitzer noch einen späten Ausritt machen wollte. Aber die Schritte verharrten nicht vor einer Box und hatten auch ganz offensichtlich nicht die Sattelkammer zum Ziel, sondern das Büro. Das Quietschen der Tür war unverkennbar. Wer hatte dort so spät noch etwas verloren? Jemand, der das Heu abbestellt und dafür einen Blick in den Bestellordner geworfen hatte?

Von einer Sekunde auf die andere war ich wie elektrisiert. Jetzt hab ich dich! Ich holte tief Luft und versuchte, gegen mein

Herzklopfen anzuatmen. So leise es mit meinen Reitstiefeln ging, schlich ich den Quergang entlang. Gerade wollte ich die Klinke der Bürotür hinunterdrücken, als sie sich wie von Geisterhand bewegte. Erschreckt schrie ich auf und sprang zurück. Einem Echo gleich hörte ich hinter der leicht geöffneten Tür einen zweiten Schrei.

Mit der Fußspitze stieß ich die Tür auf. »Du!«, stöhnte ich laut auf, als wir uns Sekunden später Auge in Auge gegenüber standen.

Susanne war alle Farbe aus dem Gesicht gewichen. »Warum erschreckst du mich so?«

»Ich dich? Du mich! Wieso schleichst du hier herum?«

»Ich schleiche nicht herum, ich suche dich.«

»Kannst du das beim nächsten Mal etwas lautstarker tun?«, blaffte ich sie an.

»Wobei habe ich dich ertappt?« Mit ihrem inquisitorischen Blick schien sie mich festnageln zu wollen.

Aber ich verweigerte mich diesem Blick. »Warum suchst du mich?«

»Ich wollte sehen, was du so machst. Dich auf ein Abendessen zu mir einladen und später zum Kino überreden.«

Ich glaubte ihr kein Wort. »Es gibt Telefon.«

»Mir war heute mehr nach direkter Kommunikation.«

»Nun könnte ich dich fragen, was am Telefon indirekt ist, aber ich kürze das Ganze ab: Du kannst mich nicht davon abhalten, mich bei Hans Pattberg umzuschauen. Also setz dich bitte in dein Auto und …«

Sie trat einen Schritt auf mich zu. »Wenn du nicht zur Vernunft kommst, rufe ich Christian an und …«

»Das wirst du bleiben lassen!«, unterbrach ich sie ärgerlich. »Ich denke, du bist meine Freundin.«

172

»Deshalb werde ich auch nicht dabei zusehen, wie du dort einbrichst.«

»Das verlangt auch niemand von dir. Mir reicht es schon, wenn
du wegsiehst.« Ich ließ sie stehen und ging zurück zu meinem
Aussichtspunkt am Fenster in Oskars Box. Bastis Auto stand
noch vorm Haus. Wenn ihn allerdings zwischenzeitlich ein
Freund abgeholt hatte, dann konnte ich hier lange stehen und
warten.

Susanne war mir gefolgt und sah mir über die Schulter. »Was
du vorhast, ist illegal. Glaubst du im Ernst, der Alte lässt dich
damit durchkommen, wenn du erwischt wirst?«

In diesem Augenblick sah ich Basti zum Parkplatz gehen. Ich
drehte mich zu Susanne um. »Okay, du hast gewonnen.«

»Du lässt es?« Ihre Erleichterung stand ihr ins Gesicht geschrieben.

»Ja.«

»Dann lass uns zu mir fahren. Ich koche uns etwas.«

»Fahr du schon vor, ich komme gleich nach. Ich will nur noch
schnell duschen. So verschwitzt, wie ich bin, fühle ich mich
nicht wohl.«

»Und du machst keine Umwege auf dem Weg zur Dusche?«
Ich schüttelte den Kopf. »Ich beeile mich!«

Da sie sich nicht vom Fleck bewegte, zog ich sie kurzerhand
mit mir. Bei ihrem Auto ließ ich sie stehen und ging in Richtung des Feldweges, der zu meinem Haus führte. Erst als ich
bereits ein Drittel des Weges zurückgelegt hatte, hörte ich sie
losfahren. Ich ging noch so lange weiter, bis ich sie auf die
Hauptstraße biegen sah, dann machte ich kehrt und lief eilig
zurück.

An der Vorderseite des Hauses waren im ersten Stock zwei Fenster gekippt, alle anderen waren geschlossen. Ich ging seitlich ums Haus herum, bis mir eine hoch gewachsene Buchenhecke den Blick auf die Erdgeschossfenster der Rückfront versperrte. Ohne zu zögern, kroch ich am Boden zwischen zwei Stämmen hindurch. Auf der anderen Seite klopfte ich mir die Erde von Reithose und Polohemd und sah gespannt zum Haus.

»Mist«, fluchte ich. Nur ein einziges Fenster war gekippt, und das lag im ersten Stock. Langsam ging ich näher und blieb vor der Hintertür stehen. Mein Herz schlug wie ein Hammer gegen meinen Brustkorb. In meiner Phantasie war mir alles so einfach erschienen.

Es war mehr eine automatische Handlung als der Glaube an mein Glück, der mich die Türklinke hinunterdrücken ließ. Aber natürlich rührte sich nichts, die Tür blieb verschlossen. Es wollte mir nicht in den Kopf, dass sich mein Plan vor dieser unscheinbaren Tür in nichts auflösen sollte. Missmutig drückte ich die Klinke in einer schnellen Abfolge immer wieder hinunter. Gerade suggerierte mir meine innere Stimme, dass ich auf dem besten Wege war, den Wettbewerb der dümmsten Einbrecher zu gewinnen, als die Tür nachgab.

Vor lauter Frust hatte ich mich mit ganzer Kraft dagegengelehnt, so dass ich beim Öffnen mitten in die Küche stolperte und mit meinen Reitstiefeln auf dem Fliesenboden ausrutschte. Einen Moment lang war ich völlig benommen. Mit zusammengebissenen Zähnen rappelte ich mich auf und rieb mir meinen heftig schmerzenden Po. Das Reiten würde in den nächsten Tagen kein Vergnügen sein.

Wo würde der alte Pattberg die gestohlenen Sachen verstecken? Es musste ein Ort sein, an dem sie vor Bastis Blicken sicher waren. Küche und Wohnzimmer schieden deshalb aus. Auch an Büro und Wirtschaftsraum ging ich vorbei und folgte auf der Suche nach dem Schlafzimmer des Alten den ausgetretenen Stufen der Holztreppe in den ersten Stock. Hinter der ersten Tür, die ich öffnete, lag unzweifelhaft Bastis Zimmer, daneben ein Bad und gegenüber schließlich das Zimmer, das ich suchte.

In Windeseile durchsuchte ich Schrank und Kommode. Fehlanzeige. Ein anderes mögliches Versteck gab es in diesem Raum nicht. Nicht einmal eine Abseite konnte ich entdecken. In meine Enttäuschung mischte sich Unbehagen darüber, dass ich auf einen Verdacht hin in die Intimsphäre eines Menschen eingedrungen war.

Die letzte Tür auf diesem Flur öffnete sich zu einer Rumpelkammer. Ratlos stand ich vor einer Anhäufung von Möbeln und Kisten. Wo immer sich eine Schranktür oder eine Schublade öffnen ließ, tat ich es. Ich sah unter Schränke, kletterte auf Kommoden und öffnete Kisten. Nichts.

Ich zog die Tür hinter mir ins Schloss, stieg die Treppe wieder hinunter und warf noch einen Blick ins Büro. Außer mehreren Aktenregalen stand hier nur ein Schreibtisch. Enttäuscht ließ ich mich auf den Schreibtischstuhl sinken, um gleich darauf ein unterdrücktes Stöhnen von mir zu geben. Mein Sturz in der Küche hatte seine Spuren hinterlassen. Während ich in eine etwas weniger schmerzhafte Sitzposition fand, wanderte mein Blick über die Unterlagen vor mir. Von Ordnungsliebe schien Hans Pattberg nicht gerade beseelt zu sein. Briefe, Rechnungen und Zeitungen lagen wild durcheinander. Obenauf lag ein aufgeschlagenes Schreibheft, in das er offensichtlich jeden einzelnen Cent eintrug, von dem er sich trennen musste. Ich nahm es in die Hand und blätterte neugierig darin herum.

Gerade wollte ich es zurücklegen, als mein Blick auf ein Schreiben fiel, das unter dem Haushaltsbuch gelegen hatte. Die fett gedruckte Betreffzeile fasste in drei Worten zusammen, worum es in dem Brief ging – um den Verkauf des Bungehofs. Absender war die Wellbod AG, ein Unternehmen, das auf dem Areal ein Wellness-Hotel errichten wollte. Der Inhalt des Briefes traf mich wie ein Schlag. Im Vergleich zu dem Geld, das sie ihm boten, nahm sich meine jährliche Pacht wie ein Almosen aus. Kein Wunder, dass er mich loswerden wollte. Hier ging es tatsächlich um das Geschäft seines Lebens. Ich faltete das Schreiben zusammen und steckte es in meine Reithose.

Fast war ich soweit gewesen, an die Unschuld des Alten zu glauben, doch dieser Brief belehrte mich eines Besseren. Wenn ich bisher keines der gestohlenen Teile gefunden hatte, dann hieß das nur, dass ich nicht richtig gesucht hatte.

»Denk nach, Carla!«

Keine zehn Sekunden später schlug ich mir an die Stirn. Natürlich! Hier gab es bestimmt entweder einen Keller oder einen Dachboden. Ich war so sehr daran gewöhnt, auf beides zu verzichten, dass ich auf das Nächstliegende zuletzt kam. Wie von der Tarantel gestochen sprang ich auf. Ich sah zuerst in die Küche und dann in den Wirtschaftsraum. Nirgends war eine zusätzliche Tür zu sehen. Mein Gefühl sagte mir jedoch, dass ich auf der richtigen Spur war. Ganz langsam ließ ich meinen Blick durch den Raum gleiten und wurde belohnt. Links von mir befand sich eine Luke im Boden.

Das Schreiben in meiner Hosentasche hatte mich jegliche Hemmungen verlieren lassen. Die in Sekundenschnelle geöffnete Luke gab den Blick auf eine Kellertreppe frei. Ich stützte mich mit einer Hand an der Wand ab und lief vorsichtig die Steinstufen hinunter. Ohne den schwachen Lichtschein, den die winzigen Kellerfenster spendeten, wäre ich aufgeschmissen gewesen, ich fand nirgends einen Lichtschalter. Dafür stieß ich mir den Kopf an etwas Hartem. Als sich meine Augen an das dämmrige Licht gewöhnt hatten, erkannte ich auf Halterungen an der Wand fünf Sättel und zahlloses Zaumzeug.

Gerade wollte ich prüfen, ob einer der Sättel Ilsa Neumanns Namensschild trug, als ich Stimmen hörte. Augenblicklich erstarrte ich in meiner Bewegung und hielt vor Schreck die Luft an. Es schien mir endlos lange zu dauern, bis ich die gesprochenen Worte nicht nur hörte, sondern auch ihren Sinn verstand.

»Ich das nicht ein ganz wundervoller Abend?«, fragte eine gurrende Frauenstimme – unzweifelhaft die von Susanne.

»Mhm.« Dieser Laut kam von einem Mann.

»Ich liebe diese Abende, an denen es so lange hell bleibt.«

Wer immer ihr gegenüberstand, schwieg.

Inzwischen hatte ich mich so weit gefasst, dass ich zumindest begriff, wo die beiden standen: direkt vor einem der Kellerfenster. Wenn mich mein Orientierungsgefühl nicht trog, dann lag es neben dem Hauseingang.

»Halte ich Sie auch nicht auf?«, fragte Susanne in einem zuckersüßen Ton.

»Ein wenig schon.«

Lass das bitte nicht wahr sein, lieber Gott, betete ich im Stillen. Es war Basti, der da gerade gesprochen hatte.

»Ja, das bekomme ich häufiger zu hören«, fuhr Susanne ungerührt fort. »Aber ich kann machen, was ich will, ich habe auch schon alles versucht. Vielleicht liegt es daran, dass ich allein lebe …«

Basti schien sich allmählich unwohl in seiner Haut zu fühlen. »Äh … wissen Sie …«

Während Susanne ihm einen Vortrag über die unzähligen Nachteile des Single-Daseins hielt, prüfte ich in Windeseile die Sättel an der Wand.

»Zu zweit ist alles viel schöner, meinen Sie nicht?« Sie entließ ihn nicht aus ihrer verbalen Umklammerung. »Da macht auch alles viel mehr Spaß.«

»Frau Pauli …«

»Nennen Sie mich Susanne.«

»Susanne …«

»Darf ich dann Sebastian sagen?«

Der vierte Sattel war der von Ilsa Neumann. »Bingo!«, entschlüpfte es mir. »Jetzt hab ich dich, du verdammter Mistkerl.« Ich stellte mir das Gesicht des Alten vor, wenn ich ihn mit meiner Entdeckung konfrontierte.

»Ich muss jetzt wirklich ins Haus«, sagte Basti schon eine Spur genervt.

»Aber nicht allein. Nicht an solch einem Abend.«

Ich hätte gerne noch den Ausgang dieses Annäherungsversuchs abgewartet, aber es gab Wichtigeres zu tun. Jeweils zwei Stufen auf einmal nehmend, spurtete ich die Treppe hinauf, lief den Flur entlang und riss die Haustür auf.

Die Blicke, die mich empfingen, hätten unterschiedlicher nicht sein können. Bastis war triumphierend, Susannes erschreckt.

»Ich habe es gewusst«, sagte der Enkel meines Widersachers, während Susanne nur ein »O nein!« hervorbrachte.

Ich fixierte Basti. »Bei mir war es nur eine Ahnung, aber sie hat sich bestätigt.«

»Bist du noch zu retten? Du hast im Haus meines Großvaters nichts zu suchen!«

»Dafür habe ich aber etwas gefunden. Wenn du wissen möchtest, wo sich Ilsa Neumanns Sattel befindet, dann musst du mir

178

nur in den Keller folgen. Da hängt er nämlich. Und bei genauerem Hinsehen werden sich bestimmt auch noch Halfter, Trense und Steigbügelgurt finden.«

»Mein Großvater ist kein Dieb!«

»Wie nennst du denn jemanden, der das Eigentum anderer Menschen klaut? Ich nenne so jemanden einen Dieb.«

»Und du bist eine Einbrecherin!«

Mit einer wegwerfenden Handbewegung tat ich seinen Einwurf ab. »Dazu kommt noch Sachbeschädigung – ich darf dich an den zerstochenen Reifen und den kaputten Zaun erinnern. Nicht zu vergessen der Versuch, die Pferde zu gefährden, ganz zu schweigen von den Reitern.«

»Du kannst ihm nicht alles in die Schuhe schieben. Was ist mit der Frau, die das Heu abbestellt hat?«

»Melanie? Inzwischen glaube ich nicht mehr, dass sie für die anderen Dinge verantwortlich ist.«

»Und warum glaubst du es ausgerechnet bei meinem Großvater?«

Ich zog den Brief aus meiner Hosentasche. »Deshalb!«

Susanne stellte sich neben ihn und las mit. Sie war schneller fertig als er. »So viel bieten die ihm? Das ist ja unglaublich.«

»Viel unglaublicher finde ich, wozu dieses Angebot den Alten inspiriert hat.«

»Bist du sicher, dass es Ilsa Neumanns Sattel ist?«, fragte Basti.

»Kommt mit!« Ich lief beiden voraus und blieb erst stehen, als ich vor der Wand mit den Sätteln angekommen war.

Basti war deutlich anzusehen, wie sehr er sich wünschte, ich hätte mich getäuscht. Immer wieder strich er über das Schild mit Ilsa Neumanns Namen, als könne er die Buchstaben dadurch wegwischen. »Was hast du jetzt vor?«, fragte er niedergeschlagen.

»Ihn zur Rede zu stellen.«

»Damit belastest du dich auch selbst. Du bist schließlich bei ihm eingebrochen.«

»Die Hintertür war unverschlossen.«

»Dann ist es immer noch Hausfriedensbruch«, meldete Susanne sich zu Wort.

»Danke!«, giftete ich in ihre Richtung.

»Du könntest es mir überlassen, mit ihm zu reden«, schlug Basti mit unglücklicher Miene vor. »Ich könnte ihm sagen, dass ich im Keller etwas gesucht habe und dabei auf den Sattel gestoßen bin.«

»Und daraufhin bist du an seinen Schreibtisch gegangen und hast den Brief gefunden? Das glaubt er dir nie.«

»Warum nicht?«

»Wenn so etwas zu deinen Gewohnheiten gehörte, hätte er den Brief nicht so offen herumliegen lassen. Er muss sich sehr sicher fühlen.«

»Carla hat Recht«, sagte Susanne.

Ich warf ihr einen versöhnlichen Blick zu.

»Ich werde mir etwas einfallen lassen, um es plausibel klingen zu lassen.« Seine Stimme hatte einen flehenden Ton angenommen. Nach kurzem Zögern streckte er die Hand nach dem Brief aus.

Ich gab ihn nur ungern aus der Hand. »Warum willst du das tun? Du hast damit nichts zu tun. Ich werde dich ganz bestimmt nicht rausschmeißen, weil dein Großvater auf Abwege geraten ist.«

»Aber er wird dich vielleicht rausschmeißen. Er wird den Hausfriedensbruch nicht auf sich beruhen lassen.«

»Glaubst du, ich will irgendetwas auf sich beruhen lassen? Für das, was er getan hat, soll er zur Rechenschaft gezogen werden.«

»Wem hilft das?«, fragte er schwach.

»Meinem Gerechtigkeitssinn.«

»Bitte, Carla, drück ein Auge zu. Ich verspreche dir, ich werde dafür sorgen, dass er nichts mehr anstellt.«

»Warum tust du das?«, fragte ich irritiert.

»Um zu verhindern, dass sein Großvater das Gesicht verliert«, beendete Susanne unsere Diskussion.

14

Am Samstagmorgen schaute ich als Erstes in die Sattelkammer. Ilsa Neumanns Sattel hatte tatsächlich den Weg vom Keller des Herrenhauses auf seine Halterung zurückgefunden, ebenso die Trense, das Halfter und der Steigbügelgurt. Basti hatte ganze Arbeit geleistet. Blieb abzuwarten, ob er seinen Großvater dauerhaft würde in Schach halten können. Was war letztlich eine Anzeige wegen Diebstahls und Sachbeschädigung verglichen mit dem vielen Geld, das man ihm geboten hatte? Der alte Pattberg hatte so unglaublich viel zu gewinnen und nur wenig zu verlieren.

Als ich Basti von meinen Zweifeln erzählte, beschwor er mich, ihm zu glauben. »Großvater wird ganz sicher Ruhe geben. Von ihm hast du nichts mehr zu befürchten«, sagte er mit Nachdruck.

»Jemand, dem Geld so sehr am Herzen liegt wie ihm, wird nicht auf eine so horrende Summe verzichten.«

»Wird er!«

»Nenn mir einen Grund.«

»Er verzichtet eher auf das Geld als auf seinen Enkel.«

Während ihm das Thema unangenehm zu sein schien, machte ich keinen Hehl aus meiner Überraschung. »Du hast ihn erpresst?«, fragte ich.

»Was sonst!«, antwortete er vorwurfsvoll.

»Basti, gib bitte nicht mir die Schuld daran.«

»Danke für das Stichwort! Großvater hat die Diebstähle zugegeben, aber er sagt, dass er mit allem anderen nichts zu tun
hat.«

»Wundert dich das? An seiner Stelle würde ich auch nur das
zugeben, was man mir nachweisen kann. Wie steht er denn
sonst vor seinem Enkel da? Außerdem kommt es jetzt nicht
mehr darauf an, dass er alles zugibt. Entscheidend ist, dass er
Ruhe gibt. Das wird er doch, oder?«

»Er schon, Carla.« Auf der Suche nach den richtigen Worten
schickte er seinen Blick auf Wanderschaft, bis er unweigerlich
wieder den meinen kreuzte. »Wenn er die Wahrheit sagt, dann
läuft immer noch jemand herum, der dem Bungehof schaden
will.«

»Dieser Logik werde ich nicht folgen. Das hieße nämlich, dass
dein Großvater auf der Sabotageschiene nur weitermachen
muss, um dich glauben zu machen, er sei unschuldig.«

»Er hat es mir geschworen, Carla.«

»Und mir hat er vertraglich versprochen, den Bungehof zehn
Jahre lang pachten zu können. Du siehst, auf welche Weise er
sich an seine Unterschrift und sein Wort gebunden fühlt.«

»Aber ich bin sein Enkel.«

»Eben«, sagte ich mitfühlend. »Deshalb wird er dir alles schwören. Hauptsache, du siehst weiter zu ihm auf.«

»Was ist mit dieser Frau, die das Heu abbestellt hat?«

»Melanie? Ich hoffe, dass ihre Wut verraucht ist und sie Ruhe
gibt.«

»Und wenn nicht?«

»Basti, hör auf, dir etwas vorzumachen. Damit tust du dir keinen Gefallen.«

Ihm war anzusehen, dass er sich von mir unverstanden fühlte.

183

Seine vor der Brust verschränkten Arme signalisierten Abwehr, sein Blick Trotz. »Ich hoffe, wir werden irgendwann herausfinden, wer von uns beiden die Augen vor der Realität verschlossen hat.«

Im Auto kamen mir Zweifel. Mein Vater und ich hatten uns so viele Jahre nicht gesehen. Er spielte nur in meinen Erinnerungen eine Rolle, und ich war mir nicht sicher, ob ich wollte, dass er es auch in der Gegenwart tat – und sei es nur in Form eines Gastspiels.

Ich stieg wieder aus, ging hinters Haus und setzte mich auf die Steine. Mit geschlossenen Augen ließ ich den Wind über mein Gesicht streichen und versuchte, meine innere Anspannung loszuwerden. Was war das Schlimmste, das mir passieren konnte, wenn ich meinem Vater gegenüberstand? Ich musste nicht lange über diese Frage nachdenken: Rechthaberei und Ignoranz. Sollte er darauf beharren, dass er sich nichts vorzuwerfen hatte, würde ich mich auf dem Absatz umdrehen und wieder gehen.

Mit diesem Vorsatz war es plötzlich leichter, ins Auto zu steigen und loszufahren. Auf der Fahrt versuchte ich bewusst, mich abzulenken und meinen Blick für das Naturschauspiel links und rechts der Straße zu schärfen. Der friedliche Schleier, den die Abendsonne über die Landschaft legte, war Balsam für meine Seele.

Als ich schließlich in Eutin ankam, musste ich zweimal fragen, bis ich das Haus fand, das Franz Lehnert und mein Vater bewohnten. Es war ein schmales, zweistöckiges Stadthaus mit roten Klinkern und weißen Sprossenfenstern. Links und rechts neben der Eingangstür standen große Tonkübel mit Rosen.

Zaghaft drückte ich auf den Klingelknopf und wartete, aber

nichts rührte sich. Ich drückte noch einmal, diesmal stärker. Als nichts geschah, wandte ich mich mit einem Anflug von Erleichterung zum Gehen. Offensichtlich sollte es nicht sein, dass wir uns wiedersahen. Wahrscheinlich war es besser so.

Ein Geräusch hinter mir ließ mich herumfahren. Franz Lehnert hatte die Tür aufgerissen und strahlte übers ganze Gesicht, als er mich erkannte.

»Sie haben uns gefunden«, sagte er außer Atem.

»Das war nicht so schwierig. Schwieriger dürfte es da schon gewesen sein, mich zu finden. Wie ist Ihnen das überhaupt gelungen?«

»Ich habe Ihre Mutter angerufen.« Er trat einen Schritt zur Seite und machte eine einladende Handbewegung. »Kommen Sie bitte herein.«

Zögernd folgte ich seiner Aufforderung. Er ging mir voraus in ein großzügiges Wohnzimmer, das den Blick in einen dicht bewachsenen Garten öffnete.

»Mögen Sie ein Glas Wein?«

Ich schüttelte den Kopf. »Aber wenn Sie ein Wasser haben …«

»Bin gleich zurück.«

Während ich wartete, sah ich mich in dem Raum um. Er hatte etwas gemütlich Unaufgeräumtes. Einen alten Schrank erkannte ich wieder, er hatte in unserem Haus in Plön gestanden. Auf jeder nur erdenklichen Fläche stapelten sich in diesem Zimmer Bücher und Zeitungen. Sogar das dunkelbraune Ledersofa, auf dem ich saß, war zur Hälfte belegt.

»Schön, dass Sie gekommen sind.« Er stellte das Glas Wasser vor mich hin, setzte sich umgekehrt auf einen Stuhl und betrachtete mich in aller Ruhe.

»Haben Sie meinem Vater gesagt, dass ich hier bin?«

»Er schläft.«

Ich trank einen Schluck Wasser. »Wie geht es ihm?«

»Sehr schlecht.« Das Strahlen, mit dem er mich empfangen hatte, hatte mich über die Traurigkeit in seinen Augen hinweggetäuscht.

»Was hat er?«

»Leberkrebs. Vor vielen Jahren hat Viktor sich mit einer Hepatitis infiziert, die chronisch wurde. Irgendwann entwickelte sich eine Leberzirrhose und später dann Krebs.«

»Und das ließ sich nicht verhindern?«

»Nein. Seine einzige Rettung hätte in einer rechtzeitigen Lebertransplantation bestanden. Er hat jahrelang auf eine neue Leber gewartet, aber es gibt zu wenige Organspenden. Und jetzt ist er zu schwach für eine solche Operation. Außerdem ist der Krebs zu weit fortgeschritten.« Sein Blick war der eines Menschen, der sich in das Unabwendbare gefügt hat, nicht ohne zuvor nach jedem nur möglichen Ausweg gesucht zu haben. »Wollen wir hinaufgehen?«, fragte er sanft.

Mit einem halbherzigen Nicken erhob ich mich.

Franz Lehnert ging mir voraus. Zögernd folgte ich ihm eine Treppe hinauf und einen Flur entlang. Hier und da erkannte ich ein Möbelstück oder ein Bild, das einmal bei uns zu Hause gestanden oder gehangen hatte. Mein Vater hatte dieses Zuhause zerstört.

Als sein Lebensgefährte einen Schritt zur Seite trat und mir den Blick auf den im Bett liegenden, schlafenden Mann freigab, blieb ich abrupt im Türrahmen stehen. Das Bild von meinem Vater, das ich zwanzig Jahre lang vor Augen gehabt hatte, war das eines energischen Mannes, der durch seinen Egoismus alles zerstört hatte. Das Bild, das sich mir hier bot, war das eines Menschen, der durch Krankheit zerstört worden war: bis auf die Knochen abgemagert, mit pergamentener Haut. Durch einen Infusionsschlauch tropfte Flüssigkeit in seinen linken Arm. Die Finger der rechten Hand lagen auf der Bettdecke und zuckten leicht.

Durch das weit geöffnete Fenster drangen Vogelstimmen vom Garten herauf. Im Zimmer selbst war es fast still. Nur ganz schwach war das Atmen meines Vaters zu hören. Franz Lehnert stand regungslos da und betrachtete ihn.

»Setzen Sie sich, Carla«, forderte er mich leise auf und deutete auf einen bequemen Lehnstuhl neben dem Bett.

Abwehrend schüttelte ich den Kopf. Ich wollte nur raus hier.

Er kam auf mich zu, nahm mich am Arm und zog mich mit sanfter Bestimmtheit hinter sich her. Dann drückte er mich ebenso sanft, aber bestimmt in den Stuhl.

Als ich gewahr wurde, dass er vorhatte, mich mit meinem Vater allein zu lassen, protestierte ich. »Bitte …« Ich machte Anstalten, wieder aufzustehen.

Im Gegensatz zu meiner Stimme war seine nur ein Flüstern. »Wenn Sie jetzt kneifen, ist es so, als würden Sie direkt vor einem Hindernis eine Vollbremsung einlegen.« Sein Blick war beschwörend. »Ich habe Ihnen beim Springen zugesehen. Eine solche Vollbremsung passt nicht zu Ihnen.«

»Bei manchen Hindernissen ist sie sinnvoll. Bevor ich mir den Hals breche …«

»Es steht gar kein Hindernis vor Ihnen, Carla. Das, was Sie glauben zu sehen, ist nur eine Fata Morgana.« Bevor ich etwas erwidern konnte, war er verschwunden.

So nah neben diesem schlafenden Mann fühlte ich mich unwohl. Ich wünschte mich weit weg von diesem Ort, an dem es nach Krankheit und Tod roch. Am liebsten wäre ich sofort aufgesprungen und die Treppe hinuntergerannt, hätte mich ins

Auto gesetzt und versucht, diesen Anblick so schnell wie möglich zu vergessen.

Ich bereute, hierher gekommen zu sein. Wann immer ich mir in all den Jahren eine Begegnung mit meinem Vater ausgemalt hatte, war er ein starkes Gegenüber gewesen, dem ich meine Wut und meine Enttäuschung ins Gesicht schreien konnte. In dieses Gesicht, das da vor mir lag, konnte ich nicht schreien, nicht einmal flüstern. Es würde bei dem kleinsten Laut in sich zusammenfallen.

Wenn ich meine Anstandsminuten abgesessen hatte, würde ich auf Nimmerwiedersehen verschwinden. Ich hoffte nur, er würde nicht vorher aufwachen. Nachdem ich eine Weile mit abgewandtem Blick dagesessen hatte, betrachtete ich zögernd sein Gesicht, das mir fremd war und auch wieder nicht. Die vergangenen zwanzig Jahre schienen ihm weniger angetan zu haben als diese Krankheit, die an ihm zehrte.

Als ich ihm das letzte Mal gegenübergestanden hatte, war ich unfähig gewesen, auch nur ein Wort über die Lippen zu bringen. Nun verstummte ich, weil ich völlig gefühllos hätte sein müssen, wenn ich dem Häufchen Elend da auf dem Bett auch nur ein einziges böses Wort ins Gesicht gesagt hätte. Ich fühlte mich betrogen.

In meine Gedanken hinein ertönte im Erdgeschoss die Klingel. Kurz darauf hörte ich die Stimme einer Frau. Wer auch immer zu Besuch gekommen war, würde mir die Gelegenheit geben, dieses Haus ohne größere Umstände wieder zu verlassen.

Als die Lider meines Vaters unruhig flatterten, verharrte ich einen Moment bewegungslos. Ich wollte nicht mit ihm reden, jetzt nicht mehr. Lautlos erhob ich mich aus dem Stuhl und stahl mich davon.

Franz Lehnert war offensichtlich mit seinem Besuch im Wohnzimmer. Vom Flur aus rief ich: »Ich gehe dann …« Fast war ich schon zur Tür hinaus, als seine Stimme mich zurückhielt.

»Carla, warten Sie bitte.«

Mit hängenden Schultern blieb ich stehen.

»So mag ich Sie nicht gehen lassen.«

»Ich war hier, Herr Lehnert, so, wie Sie es wollten. Wenn es meinem Vater hilft, dann sagen Sie ihm das. Mehr können Sie von mir nicht erwarten.«

»Wohin gehen Sie jetzt?«

»Dahin, wohin ich gehöre.« Ich spürte seinen Blick im Rücken, aber er hatte nicht die Kraft, mich zu halten.

Es waren nur wenige Meter bis zu meinem Auto. Als ich die Tür hinter mir zugeschlagen hatte, fühlte ich eine Mischung aus Erleichterung, Enttäuschung und Unzufriedenheit. Erleichterung, einem Gespräch mit meinem Vater entkommen zu sein, Enttäuschung darüber, auf den Worten sitzen geblieben zu sein, die mir auf der Seele brannten, und Unzufriedenheit mit mir selbst, dass ich all das nicht vorausgesehen hatte.

Da ich nicht in der Stimmung war, nach Hause zu fahren, bog ich Richtung Uklei-See ab. Den inmitten eines Waldes gelegenen, verwunschenen See hatte Christian mir einmal gezeigt. Ich erinnerte mich an den Spaziergang, den wir um den See gemacht hatten. Ich hatte mich ihm auf unbeschwerte Weise nahe gefühlt. Warum mussten die wichtigen Männer in meinem Leben immer alles zerstören?

Nachdem ich mein Auto auf dem Parkplatz abgestellt hatte, ging ich hinunter zu dem Weg, der um den See führte. Nicht mehr lange und die Dämmerung würde einsetzen. Durch Bäume und Schilf hindurch sah ich auf die ruhige Wasseroberfläche. Hier und da zog eine Ente ihre Bahn und widerlegte den

Eindruck, die Zeit würde stillstehen. Ich stellte mich dicht ans Ufer und wartete darauf, dass sich die Ruhe des Sees über mich stülpte. Aber es war nur eine unerklärliche Traurigkeit, die mich heimsuchte.

Ziellos lief ich weiter, bis ich zu einem Holzsteg kam, der ein paar Meter in den See hinausragte. Da die Bohlen an einigen Stellen lose waren, balancierte ich vorsichtig darüber. Am Ende setzte ich mich und ließ die Füße baumeln. Links und rechts von mir breitete sich ein grüner Teppich aus Seerosenblättern aus. In einem anderen Moment hätte ich das Bild, das sich mir bot, sicher wunderschön gefunden. An diesem Abend erreichte es mich nicht. Ich fühlte mich, als sei ich von undurchdringlicher Watte umgeben.

Mit einem Mal lief mir ein kalter Schauer über den Rücken, und ich erstarrte. Wieder war da dieses diffuse und gleichzeitig beängstigende Gefühl, beobachtet zu werden. Mit einem Ruck drehte ich mich um und suchte mit meinen Blicken hektisch das Ufer ab.

Es dauerte einen Moment, bis ich den Mann erkannte, der unweit von mir stand und zu mir herübersah. »Sie haben mich erschreckt!«, rief ich im Aufstehen zu ihm hinüber.

»Tut mir Leid«, entgegnete Franz Lehnert zerknirscht. Mit ein paar Schritten war er bei mir.

»Haben Sie das schon öfter gemacht?«

»Was?«

»Mich beobachtet.«

»Was denken Sie von mir?«

»Was soll ich von jemandem denken, der mich verfolgt und dann beobachtet?« Ich versuchte, mich an ihm vorbeizudrängeln, aber er verstellte mir den Weg.

»Bleiben Sie bitte, Carla.« Jetzt war es an ihm, sich an mir vorbeizudrängeln. Er ließ mich stehen, um sich genau dort auf den Steg zu setzen, wo vorher ich gesessen hatte. »Ich würde gerne mit Ihnen reden.« Auffordernd klopfte er mit der Hand auf den Platz neben sich.

»Was ist das für eine Partnerschaft, in der man einen kranken, hilflosen Mann sich selbst überlässt?«

»Es ist eine wunderbare Partnerschaft. Ihr Vater ist übrigens im Augenblick nicht allein, eine gemeinsame Freundin ist bei ihm und kümmert sich um ihn.« Er klopfte erneut auf den Holzsteg. »Jetzt setzen Sie sich schon.«

Hin- und hergerissen zwischen Widerwillen und Sympathie für diesen Mann setzte ich mich. »Sie haben mich gebeten, meinen Vater zu besuchen. Das habe ich getan. Was wollen Sie noch von mir?«

»Ich möchte Ihnen helfen.«

»Wer sagt, dass ich Hilfe brauche?«

»Das sagt mir die Tatsache, dass Sie nach Eutin gekommen sind. Hätten Sie mit Ihrem Vater abgeschlossen, wären Sie nicht gekommen. Aber Sie wollten all das Unausgesprochene zwischen Ihnen beiden endlich aussprechen. Und dann stehen Sie plötzlich vor einem Mann, dessen Anblick Ihnen jede Chance dazu nimmt.« Er sah mich von der Seite an. »Ich kann mir vorstellen, wie Sie sich jetzt fühlen.«

»Gar nichts können Sie«, sagte ich gepresst, um dann geschlagene fünf Minuten in Schweigen zu verfallen. »Zeit meines Lebens habe ich glückliche Familien beneidet. Familien, bei denen nicht bereits am Frühstückstisch gestritten wurde. Inzwischen weiß selbst ich mit meinem ausgeprägten Harmoniebedürfnis, dass eine gute Streitkultur dem Glück ganz förderlich sein kann. Aber das, was meine Eltern praktizierten, hatte mit Streitkultur nichts zu tun. Sie zermürbten sich gegenseitig.

Und ich litt darunter. Ich flüchtete mich in Tagträume, in denen mir schreckliche Unfälle widerfuhren, ich zwischen Leben und Tod schwebte und meine Eltern sich endlich um mich kümmerten. Oder ich ließ sie sterben und stand dann weinend an ihrem Grab, während ein liebevoller Mensch den Arm um mich legte und mich tröstete.« Ich zog die Knie an und umfing sie mit den Armen. »Ich glaube, es ist damals kein Abend vergangen, an dem ich nicht gebetet habe, meine Eltern mögen aufhören zu streiten. Beide waren häufig gereizt. Da blieb kein Raum, um sich mit meinen kindlichen Nöten zu befassen.«

Franz Lehnert sah mich stumm von der Seite an. Ich spürte seinen abwartenden Blick.

»Und dann kam der Tag, an dem mein Leben wegen meines Vaters zur Hölle wurde«, sagte ich bitter. »Es war nachmittags. Meine Mutter war nach Hamburg zum Einkaufen gefahren, und ich war beim Nachhilfeunterricht, als meine Lehrerin einen Anruf bekam, dass ihr Sohn sich beim Hockey verletzt hatte. Sie schickte mich nach Hause.«

Meine Mundwinkel begannen zu zucken. »Die Tür war nicht abgeschlossen, was mich wunderte, da ich sie selbst verschlossen hatte, als ich ging. Ich nahm an, meine Mutter sei früher als erwartet zurückgekommen.« Ich sog scharf die Luft ein. »Dann hörte ich von oben die Stimme meines Vaters. Sie kam aus dem Schlafzimmer. Ich dachte, falls die beiden wieder Streit haben, verziehe ich mich in mein Zimmer und mache die Tür zu. Das hätte ich auch getan, wären die Geräusche, die aus dem Schlafzimmer drangen, nicht so ungewohnt für meine Ohren gewesen. So schlich ich auf Zehenspitzen zu der Tür und lauschte. Als ich eine zweite Männerstimme hörte, war ich zunächst nur überrascht – und neugierig. Vorsichtig öffnete ich die angelehnte Tür einen Spalt. Sie hätte es vielleicht nicht weiter irritiert, Herr Lehnert, aber ich war von einer Sekunde auf die andere wie gelähmt, als ich meinen Vater mit einem anderen Mann im Bett beobachtete. Trotzdem schaffte ich es irgendwie, unbemerkt in mein Zimmer zu gehen. Ich sehe mich noch dort auf dem Bett sitzen, die Hand vor den Mund gepresst, weil ich würgen musste, mich aber nicht traute, ins Bad hinüberzugehen. In diesem Moment fing ich damit an, alles hinunterzuschlucken.«

»Hat Viktor …?«

Ich schüttelte den Kopf. »Er weiß bis heute nicht, dass ich ihn an diesem Nachmittag beobachtet habe. Irgendwann sind die beiden gegangen. Merkwürdigerweise habe ich das Geräusch der zuschlagenden Haustür noch heute in den Ohren. Während die beiden wieder an ihre Arbeit gingen, saß ich verkrampft auf meinem Bett. Ich war einem Gefühlschaos ausgesetzt, das ich nicht bewältigen konnte. Da waren Unglaube und Ekel«, erklärte ich ihm atemlos. »Ich schämte mich für meinen Vater, und ich litt mit meiner Mutter, die davon keinesfalls etwas erfahren durfte. Dann gab es Momente, in denen ich unglaublich wütend auf sie war, da sie von all dem anscheinend nichts gemerkt hatte und sich mit ihm über Nichtigkeiten stritt.«

Beim Erzählen war mir, als legte sich das Band, das ich seinerzeit um meinen Brustkorb gespürt hatte, wieder fest darum. »Damals fing ich nicht nur an, meine Sorgen und Ängste in mich hineinzufressen, sondern auch alles, was ich sonst noch an Essbarem fand. Seit dieser Zeit weiß ich, wie schnell man an Gewicht zulegen kann. Aus der bis dahin schlanken Carla wurde ein dicker Teenager. Und mit dick meine ich erwähnenswert dick.«

Ich begegnete Franz Lehnerts Blick und erkannte darin ein

Mitgefühl, auf das ich keinen Wert legte. Ich wollte Abscheu darin erkennen. Wenn ich meinem Vater schon nicht direkt wehtun konnte, dann sollte es wenigstens über seinen Freund geschehen.

»Dadurch, dass ich nie ein wirklich glückliches und unbeschwertes Kind war«, fuhr ich fort, »fehlte mir die Leichtigkeit, um Freundschaften zu schließen. Ich war eine Einzelgängerin, deshalb hatte ich in der Schule noch nicht einmal jemanden, der sich mit mir gegen die Hänseleien hätte stark machen können, denen ich völlig unvorbereitet ausgesetzt war. Ich glaube, ich brauche Ihnen nicht aufzuzählen, mit welchen Worten man übergewichtige Menschen tituliert.« Sekundenlang schloss ich die Augen. »Man gewöhnt sich nicht daran. Jedes Mal, wenn ich diese Worte zu hören bekam, zuckte ich innerlich zusammen. Aber es sollte noch schlimmer kommen.« Ich lachte bitter. »Offensichtlich hielt mein Vater das Versteckspiel nicht mehr aus. Er schenkte meiner Mutter reinen Wein ein. Für eine sehr kurze Zeit kehrte bei uns Ruhe ein, die beiden gingen sich aus dem Weg. Den Grund erfuhr ich erst später von meiner Mutter. Bis es soweit war, gab ich mich der Illusion hin, dass nun alles gut würde. Sie stritten sich nicht mehr. Wenn das kein gutes Zeichen war. Ich war so naiv!«

»Sie waren ein Kind«, sagte Franz Lehnert sanft, als wolle er mich vor mir selbst in Schutz nehmen.

»Ich war schon lange kein Kind mehr. Ich stand am Anfang meiner Pubertät, in dieser Phase, in der jedes Wort, jeder Blick auf der Goldwaage landet, in der Unsicherheit und Selbstzweifel sich mit dem Stolz, erwachsen zu werden, abwechseln. In der es an der Tagesordnung ist, sich missverstanden, nicht ernst genommen zu fühlen. Mein Vater nahm mich ernst«, sagte ich sarkastisch, »er meinte, mich nun endlich aufklären zu müssen über den Stand der Dinge in unserer Familie. Es reichte ihm nicht, sich meiner Mutter gegenüber zu offenbaren.

Nur wem hätte ich mich offenbaren können? Meiner Mutter, deren Welt mit dem Geständnis meines Vaters in die Brüche gegangen war, die sich als Frau abgelehnt fühlte, die betrogen wurde mit einem Liebhaber, gegen den jeder Kampf aussichtslos gewesen wäre? Oder meinem Vater, der an manchen Tagen wie ein geprügelter Hund durchs Haus schlich, still und in sich gekehrt, an anderen wieder den Kopf hob und Entschlossenheit signalisierte? Entschlossenheit, seinem bisherigen Leben den Rücken zu kehren und von Stund an seinen Neigungen entsprechend zu leben.«

Mein Blick folgte einer Ente, die tief übers Wasser flog und bei ihrer Landung die glatte Oberfläche des Sees durchbrach. Ganz allmählich verwischte die einsetzende Dämmerung die Konturen. Ich lauschte den Vogelstimmen und ergab mich für einen Moment dem Frieden, der sich über die Natur legte.

Hätte er diesen Moment genutzt, um meinen Vater zu verteidigen, wäre ich aufgestanden und gegangen.

15

Gab es niemanden, zu dem Sie hätten gehen können?«, fragte Franz Lehnert in die Stille hinein.

Die kühle Luft, die vom See her wehte, ließ mich frösteln. Ich schlang die Arme um meinen Oberkörper. »Nein. Ich hatte eine Heidenangst, dass die Homosexualität meines Vaters herauskommen könnte. Was das für mich in der Schule bedeutet hätte, konnte ich mir lebhaft vorstellen. Also schwieg ich, arbeitete weiter an meinem Kummerspeck und flüchtete mich in Tagträume.«

»Aber es kam trotzdem heraus, nicht wahr?« An seinem Tonfall war unschwer zu erkennen, dass ihm allein die Vorstellung zu schaffen machte. »War es Viktor?«

»Nein, meine Mutter. Sie hatte sich in ihrer Verzweiflung einer Freundin anvertraut, ohne zu wissen, dass deren Sohn an der Tür lauschte und am nächsten Tag jedes Wort in meiner Klasse zum Besten gab. Er war einer meiner Klassenkameraden.« Ich atmete tief durch. »Es sollte ungefähr noch ein Dreivierteljahr dauern, bis meine Mutter und ich nach München zogen. Diese Monate waren für mich die Hölle, schlimmer als alles, was ich vorher erlebt hatte. Wäre all das heute geschehen, wäre man sehr schnell wieder zur Tagesordnung übergegangen. Aber damals hatte die zunehmende Freizügigkeit der Gesellschaft die Kleinstadtbürger noch nicht er-

196

reicht. Es verging kein Tag, an dem ich das nicht zu spüren bekam.«

»Hat Ihnen in Ihrer Klasse niemand beigestanden?«

»Für kurze Zeit schon.« Ich dachte an Nadine, die, kurz nachdem die Homosexualität meines Vaters an der Schule publik wurde, in unsere Klasse kam. »Sie war auch eine Außenseiterin. Selbst gemeinsam waren wir nicht stark genug, um es mit dem Rest der Klasse aufzunehmen. Hinzu kam, dass sich damals fünf Schülerinnen und Schüler zu einer üblen Clique zusammengeschlossen hatten, die jeden schikanierte, der anders war.«

»Und dagegen hat niemand aufbegehrt.« Seine Worte klangen, als würde er laut denken.

Mein hartes Lachen klang selbst in meinen Ohren unangenehm. »Aufbegehren? Wogegen? Die fünf hatten sich nur zwei Außenseiterinnen vorgeknöpft. In den Augen der anderen war es nicht schlimm, was sie taten.«

»Und mit Ihren Eltern konnten Sie nicht reden«, stellte er sachlich fest.

»Meine Mutter hat wochenlang nur geweint, und mein Vater hat sich zurückgezogen. Ich war da, sogar unübersehbar in meiner Leibesfülle, aber sie haben mich nicht wahrgenommen. Meine Mutter hat lange gebraucht, bis sie zu einer Entscheidung kam. Als es schließlich soweit war, ging alles ganz schnell. Meine Eltern haben sich scheiden lassen, wir – meine Mutter und ich – sind nach München gezogen, wo meine Mutter ihren Mädchennamen wieder angenommen und auch für mich eine Namensänderung durchgesetzt hat.«

»Und Sie kamen auf eine neue Schule.«

»Ja.« Immer noch spürte ich die Erleichterung, die dieser Neuanfang damals für mich bedeutet hatte. »Anfangs wurde ich auch dort ausgegrenzt, immerhin war ich die dicke Neue, aber das gab sich mit jedem Pfund, das ich abnahm, und mit jedem Tag, der ins Land zog. Ich war so entschlossen, es zu schaffen, dass ich mir jede nur erdenkliche Mühe gab.«

Damals glaubte ich, alles Belastende, Unangenehme und Traumatische zurückgelassen zu haben. Meine Klasse, meinen Vater und Nadine.

»Diese Kränkungen, die Sie erlebt haben, gehen nicht spurlos an einem vorbei«, sagte er nachdenklich. »Wie sind Sie damit umgegangen?«

»Ich weiß nicht, was Sie meinen!«

»Natürlich wissen Sie das.« Sein Blick durchforschte mein Gesicht. »Die Botschaft, die Ihre früheren Klassenkameraden Ihnen mit auf den Weg gegeben haben, war eindeutig: *So, wie du bist, bist du nicht beliebt.* Haben Sie nicht aus dieser Erfahrung heraus später versucht, es allen recht zu machen, um Ähnliches nie wieder zu erleben? Schließlich möchte jeder Mensch gemocht und anerkannt werden. Sie machen mir nicht den Eindruck, als hätten Sie dieses Problem auf Kosten Ihrer eigenen Identität gelöst. Wie ist es Ihnen gelungen, diese sehr verständliche Sehnsucht nach Konformität zu überwinden?«

Der Blick, mit dem er mich ansah, barg mehr als nur Interesse. Er verriet eine emotionale Beteiligung, die über bloßes Mitgefühl hinausging.

»Das, was ich Ihnen erzählt habe, könnte die unterschiedlichsten Fragen provozieren. Warum stellen Sie mir ausgerechnet diese, Herr Lehnert?«

Sein Blick wanderte übers Wasser, bevor er zu mir zurückkehrte. »Weil ich auch anders war. Weil ich weiß, was es heißt, in den Augen der anderen aus der Norm zu fallen«, antwortete er ruhig.

»Sie waren auch nicht beliebt?« Mein Lächeln katapultierte uns mühelos in ein gemeinsames Boot.

»Ich gehörte zu den so genannten *weichen Jungs,* die nur zu gerne verspottet wurden. Ich war sehr schüchtern, empfindsam, verletzlich und eher ängstlich. Wenn die anderen auf den Sportplatz gingen, habe ich gelesen oder gebastelt. Eine Zeit lang habe ich sogar mit Puppen gespielt, was meinen Vater zum Wahnsinn getrieben hat. Er wollte nicht, dass sein Sohn sich lächerlich macht, und er hat alles nur Erdenkliche versucht, um mich abzuhärten. Das bisschen Selbstbewusstsein, das meine Mitschüler übrig ließen, stampfte mein Vater in Grund und Boden. Ich habe Jahrzehnte gebraucht, um es wieder aufzubauen.«

Auf einmal spürte ich die Kälte nicht mehr, lebhafte Erinnerungen durchströmten mich. »Als wir damals nach München zogen, begann ich zu reiten. Die Pferde waren ein unbeschreibliches Glück für mich. Wenn ich nicht in der Schule war, saß ich auf einem Pferd. Ich lernte das Reiten sehr schnell und ich war gut darin. So gut, dass die Erfolge nicht auf sich warten ließen. Es war ein trügerisches Selbstbewusstsein, das ich dadurch gewann. Ich nutzte es nicht. Oder besser: Ich nutzte es nicht, um diese unstillbare Sehnsucht zu überwinden, es allen recht zu machen, bei allen beliebt zu sein. Ich war immer nett, immer freundlich, immer darauf bedacht, dass alle mich mögen. Und wann immer ich jemandem begegnete, der mich nicht gut fand, tauchte der alte Schmerz wieder auf. Bald war ich ständig krank. Ich hatte unerträgliche Migräneattacken, Herzrasen, Rückenschmerzen. Und das irgendwann so stark, dass ich nicht mehr reiten konnte.« Ich legte meine Hände links und rechts neben mich auf den Holzsteg und sog tief die Luft ein. Der Himmel hüllte sich mehr und mehr in Dunkelheit.

»Ich war vierundzwanzig und ein Wrack. Ein Jahr lang konsultierte ich einen Arzt nach dem anderen, bis einer so klug war, mich in eine psychosomatische Klinik einzuweisen. Als ich diese Klinik nach drei Monaten verließ, war ich sensibilisiert für die Tatsache, dass ich jahrelang meine Seele vergewaltigt hatte, dass ich dadurch nichts hatte ungeschehen machen können. Ich musste lernen, einen anderen Weg zu finden.«

»Darin waren Sie also auch erfolgreich«, meinte er schmunzelnd. »Mir gegenüber haben Sie jedenfalls nicht den Versuch unternommen, sich beliebt zu machen. Im Gegenteil. Ich fand Sie eine ziemliche Kratzbürste.«

»Das werte ich als Kompliment für meine Anstrengungen.« Ich ging auf seinen leichten Ton ein. Wozu hätte ich erwähnen sollen, dass auch ein solcher Erfolg nichts gegen die Narben auszurichten vermochte, die zurückgeblieben waren. Er trug seine eigenen mit sich herum und würde wissen, dass sie sich immer wieder bemerkbar machten.

»Werden Sie Ihre Anstrengungen irgendwann auch darauf richten, Ihre Angst vor Enttäuschungen zu überwinden? Ihre Angst davor, verlassen zu werden?«

Jeden anderen Menschen hätte ich bei dieser Frage in seine Schranken verwiesen. »Das weiß ich nicht. Bislang habe ich nichts vermisst, ich lebe gern allein.«

»Das glaube ich Ihnen sogar. Ich bin auch kein Verfechter unbedingter Zweisamkeit. Aber man sollte frei wählen können. Angst macht unfrei.«

»Wie ist es, einen Mann zu lieben?«

Ich spürte, dass er mich von der Seite ansah. Aber es war zwecklos, seinen Blick deuten zu wollen. Es war mittlerweile zu dunkel dazu.

»Sagen Sie es mir«, erwiderte er sanft.

Ich ließ mir Zeit mit meiner Antwort. »Ich weiß es nicht«, sagte ich schließlich.

Nachdem wir eine Weile geschwiegen hatten, setzte er mit leiser Stimme an: »Ich kann Ihnen sagen, wie es ist, Ihren Vater zu lieben, Carla. Es ist ein Gefühl, das mich wärmt – bis in die hinterste Region meiner Seele. Es ist ein Gefühl, das für vieles entschädigt, das vieles wieder gutgemacht hat in meinem Leben. Und es ist ein Gefühl, das mir Kraft gibt, Geborgenheit und ein Zuhause.«

Seine Worte hatten eine seltsame Wirkung auf mich. Es war merkwürdig für mich, jemanden in dieser Weise über meinen Vater reden zu hören. Für meine Mutter war er ein Verräter, für mich der Schuldige. In all den Jahren war ich nie auf die Idee gekommen, dass er ein Mensch war, der geliebt wurde.

»Und er?«, fragte ich. »Hat er durch Sie auch ein Zuhause gefunden?« Es fiel mir schwer, keinen Sarkasmus in meinen Tonfall einfließen zu lassen.

»Ja, das hat er.« Er schien nach den richtigen Worten zu suchen. »Er hat dabei aber nie vergessen, dass er Ihres zerstört hat.«

Meine Mundwinkel zuckten, bevor sie sich nach unten bogen. »Vielleicht können Sie verstehen, dass er dafür keinen Dank von mir zu erwarten hat.«

»Dank sicher nicht, aber wie wäre es mit ein wenig Verständnis?«

»Das ist nicht Ihr Ernst, oder? Verständnis wofür? Dass er nicht anders konnte, als meine Mutter und mich in diese Situation zu bringen? Ich habe mir lange Zeit gewünscht, gar nicht geboren worden zu sein. Warum musste ein Mann mit seiner Veranlagung überhaupt ein Kind in die Welt setzen?«

»Weil er lange Zeit nichts von seiner Veranlagung wusste. Er war anders als ich. Er war einer von den *harten Jungs.*«

»Ich weiß nicht, ob ich das hören will!«

»Wollen Sie so kurz vor dem Sprung umkehren?«

»Ich habe Ihnen schon einmal gesagt, dass das nicht unbedingt die schlechteste Entscheidung sein muss.«

»Im Augenblick wäre es ganz sicher die schlechteste«, sagte er energisch. »Warum geben Sie sich nicht die Chance, ihn ein einziges Mal mit anderen Augen zu sehen?«

»Mit Ihren?«, fragte ich spöttisch. »Sie werden ihn mir als bedauernswertes Opfer darstellen, das mein Mitgefühl verdient. Und genau das will ich nicht. Ich habe meinen Vater lange Zeit gehasst, jetzt denke ich nur noch mit Groll an ihn. Das reicht an Gefühlen, mehr brauche ich nicht.«

»Mehr wollen Sie ihm nicht zugestehen. Sie haben Angst, möglicherweise einen Funken von Verständnis zu verspüren. Aber es ist natürlich viel einfacher, einem Egoisten zu grollen, der rücksichtslos seinem Vergnügen nachgegangen ist.«

»Und? War es nicht so?«

»Es ging ihm nicht um sein Vergnügen, es ging ihm um seine Identität. Sein Weg war ein anderer als meiner. Er war das genaue Gegenteil von mir: sportlich, selbstbewusst und draufgängerisch. Er war genau so, wie man sich einen *normalen* Jungen vorstellt. Er ging keiner Rauferei aus dem Weg und später auch keiner Affäre. Homosexuelle Sehnsüchte, die hin und wieder hochkamen, tat er als harmlos ab.«

»Harmlos …«

»Ihrem Vater ist es erspart geblieben, sich bereits als Kind und als Jugendlicher als anders wahrzunehmen, dafür fiel es ihm sehr viel schwerer, sich später selbst als homosexuell und seine Ehe als Umweg zu identifizieren.«

»Muss ich jetzt Mitleid mit ihm haben?«, fragte ich höhnisch.

»Ihr Vater, Carla, hat geheiratet, weil er sich seine Homosexualität nicht eingestehen wollte. Sie rumorte in ihm und ließ ihm keine Ruhe, aber er wehrte sich dagegen. Er hat sich sehr lange etwas vorgemacht. Als Ihre Mutter schwanger war, war er heilfroh. Er hatte die in ihn gesetzten Erwartungen erfüllt. Vor allem die Erwartungen, die er selbst in sich setzte.«

»Wissen Sie, was Sie da gerade tun? Sie zerstören den letzten Rest an Illusion, den ich mir noch bewahrt habe. Dass ich nicht gerade ein Kind der Liebe war, wusste ich. Aber als der personifizierte Männlichkeitsbeweis für meinen Vater herumzulaufen, finde ich alles andere als erstrebenswert.«

»Sie sind doch sonst auch fähig, die Grautöne zwischen Schwarz und Weiß zu erkennen, Carla. Warum nicht bei Ihrem Vater? Gefallen Sie sich in der Rolle der ungeliebten Tochter? Was auch immer der Grund war, Sie in die Welt zu setzen – Ihr Vater hat Sie geliebt und er tut es noch.«

»Dann hat er aber eine sehr merkwürdige Art, das zu zeigen.«

»Sie sind die Tochter Ihres Vaters, Carla. Er war im Verleugnen ähnlich gut wie Sie. Auch er hat das mit Beschwerden bezahlt, die ihn dazu zwangen, sich mit seiner Situation auseinander zu setzen. Er konnte nicht mehr schlafen und drohte, in einer ernst zu nehmenden Depressivität zu versinken. Während seines Selbstfindungsprozesses hat er sich dann in einen Mann verliebt, was ihm einerseits eine lang ersehnte Erlösung brachte, ihm andererseits schwere Schuldgefühle Ihnen und Ihrer Mutter gegenüber auflud.«

»Offensichtlich war ja irgendwann die Erlösung stärker als die Schuldgefühle«, sagte ich voller Häme.

»Glauben Sie allen Ernstes, es wäre für Sie alle besser gewesen, er hätte geschwiegen und sich weiter verleugnet?«

Verbissen presste ich die Lippen zusammen.

»Nicht nur Sie haben einen Preis gezahlt, Carla. Auch Ihr Vater. Er hat Sie gehen lassen müssen.«

»Und was ist mit meiner Mutter?«

»Erzählen Sie mir von ihr«, forderte er mich auf.

Während ich den Geräuschen des Wassers lauschte, das glucksend die Pfähle des Stegs umspielte, starrte ich in die Dunkelheit. »Sie war lange Zeit fassungslos, zutiefst verletzt und enttäuscht«, begann ich stockend. »Ich glaube, sie hat damals mit allem gerechnet, nur nicht damit. Nach ihrem Empfinden hätte ihre Ehe glücklicher sein können, aber sie war der Überzeugung, dass es weit schlechtere Beziehungen gab. Als mein Vater ihr dann eröffnete, dass er sich zu Männern hingezogen fühlt, hat sie zunächst versucht, ihre Ehe zu retten. Schließlich ist sie sich der Aussichtslosigkeit ihrer Situation bewusst geworden. Mit einer Frau hätte sie es aufgenommen, aber mit einem Mann konnte sie nicht konkurrieren.«

»Hat sie mit Ihnen darüber gesprochen?«

Ich schüttelte den Kopf, bis mir bewusst wurde, dass er das im Dunkeln nicht sehen konnte. »Erst sehr viel später.«

»Das heißt, Sie wurden in Ihrem Kummer völlig allein gelassen.«

»Was erwarten Sie von meiner Mutter?«, fragte ich ihn vorwurfsvoll. »Sie ist kein Übermensch.«

»Genauso wenig wie Ihr Vater, Carla.«

»Sie wollten, dass ich ihn besuche. Das habe ich getan. Falls Sie darauf gehofft haben, dass ich weinend vor seinem Bett zusammenbreche und es zu einer großen Versöhnungsszene kommt, dann muss ich Sie enttäuschen.«

»Worauf haben Sie gehofft, als Sie ihn heute besucht haben?«

»Vielleicht auf eine Art Wiedergutmachung«, antwortete ich zögernd. »Auf ein ›Tut mir Leid‹ aus seinem Mund.«

»Es tut ihm Leid, Carla.«

»Das heißt, er würde heute anders entscheiden?«

»Seine eigentliche Entscheidung hat er nie bereut, Carla. Aber unter seiner Sprachlosigkeit Ihnen gegenüber hat er sehr gelitten. Sehen Sie eine Möglichkeit, Frieden mit ihm zu schließen?«

Ich fuhr mir müde übers Gesicht. »Damit er in Frieden sterben kann?«

»Und damit Sie in Frieden leben können«, antwortete er, als sei es das Nächstliegende.

»Lassen Sie uns gehen, Herr Lehnert. Es ist spät geworden.«

»Mit Gehen wird unsere Fortbewegung wenig zu tun haben. Ich tippe bei dieser Dunkelheit eher auf ein Vorwärtstasten. Wenn ich mich recht entsinne, befinden sich in diesem Steg ein paar ernst zu nehmende Löcher. Und ich habe noch nie zu den Beherzten gehört.«

»Dafür sind Sie aber mir gegenüber sehr forsch und fordernd aufgetreten.«

»In sehr seltenen Ausnahmefällen schlüpfe ich vorübergehend aus meiner Haut.« Ich hätte darauf schwören können, dass er lächelte.

»Im Augenblick müssen Sie Ihre Haut nur retten. Kommen Sie!« Vorsichtig stand ich auf. »Bleiben Sie einfach dicht hinter mir. Das Schlimmste, was passieren kann, ist, dass wir beide in den See fallen.«

Er folgte meiner Aufforderung. »Der Sage nach ist dieser See aus den Tränen eines unglücklich verliebten und betrogenen jungen Mädchens entstanden.«

»Ich weiß«, sagte ich knapp. Christian hatte mir von der Sage erzählt. »Ihr Auserwählter hat sie allerdings ganz konventionell mit einer Geschlechtsgenossin betrogen.«

»Sie machen Fortschritte, Carla.« Sein Spott war leise, aber unüberhörbar. »Wenn ich Ihren Satz richtig interpretiere, dann empfinden Sie Viktor als unkonventionell.«

»Sie nutzen tatsächlich jede Gelegenheit, mir meinen Vater schmackhaft zu machen.«

»Wenn Sie mich jetzt wieder mit einem Vertreter vergleichen, bin ich Ihnen ernstlich böse.«

Während ich mich vorsichtig Schritt für Schritt vorantastete, peilte ich in Gedanken den Waldweg an. »Sollten Sie jemals ein Empfehlungsschreiben für den Eintritt in diese Berufssparte benötigen, können Sie auf mich zählen«, entgegnete ich trocken.

Er hielt sich dicht hinter mir. »Ich denke, ich kann auch sonst auf Sie zählen.«

»O nein!« Ich blieb abrupt stehen, so dass er in mich hineinlief. »Es wird keinen zweiten Besuch bei meinem Vater geben.« Es war so stockfinster, dass ich Schwierigkeiten hatte, mich zu orientieren. Trotzdem machte ich zwei große Schritte ins Ungewisse und schuf eine ausreichende Distanz zwischen uns. Endlich hatte ich wieder festen Boden unter den Füßen. Um nicht gegen einen Baum zu laufen, ruderte ich mit ausgestreckten Armen durch die Luft. »Sie waren nicht zufällig bei den Pfadfindern und haben Nachtwanderungen gemacht?«, rief ich hinter mich.

»Mit dem Zufall hatte das nichts zu tun.« Seine Stimme klang heiter. »Mein Vater sah darin ein probates Mittel, einen richtigen Mann aus mir zu machen. Sollten Sie jetzt allerdings auf meine Navigationshilfe hoffen, muss ich Sie enttäuschen. Wir hatten bei unseren Nachtwanderungen stets Taschenlampen dabei.«

»Wie langweilig!« Ich blieb stehen und lauschte. Bis auf den Wind, der durch die Bäume strich, war nichts zu hören. Nicht einmal ein in der Ferne vorbeifahrendes Auto, das mir den Weg zur Straße gewiesen hätte.

Auf dem Hinweg hatte ich keine zehn Minuten bis zum Steg gebraucht. Jetzt schien es eine Ewigkeit zu dauern, bis wir zum Parkplatz zurückfanden. Aber irgendwann war es geschafft.

»Kommen Sie gut nach Hause, Herr Lehnert!«

Im Licht der Straßenlaterne sah ich, wie sich ein wissendes Lächeln auf seinem Gesicht breit machte. »Mich würde ein Wiedersehen mit Ihnen erfreuen.«

»Das kann ich mir denken. Machen Sie's gut.« Ohne eine Entgegnung abzuwarten, stieg ich ins Auto und fuhr davon.

Als ich den Feldweg zu meinem Haus hinauffuhr, glaubte ich, einen schwachen Lichtschimmer wahrzunehmen. Wie das Flackern einer Kerze im Wind. Lange Zeit war ich völlig angstfrei gewesen, aber in letzter Zeit war zu viel geschehen, als dass ich jetzt alle Vorsicht in den Wind schlug. Ich fuhr mein Auto bis dicht vor den Durchgang in der Buchenhecke, so dass sich das Haus im Licht der Scheinwerfer erhob.

Fast augenblicklich stieg mein Adrenalinspiegel: Jemand hatte die Kerze im Windlicht angezündet, das auf dem Gartentisch stand, und sich daneben auf einen Stuhl gesetzt. Der Mann hielt seine Hände abwehrend gegen das Licht. Es dauerte einen Moment, bis ich begriff, dass Christian dort saß und offensichtlich auf mich wartete.

Ich stieg aus und lief in den Garten. »Du hast mich erschreckt!«

»Und du hast mir gefehlt.«

Stirnrunzelnd schüttelte ich den Kopf, als könnte ich damit die Emotionen abwehren, die mich bei seinen Worten überfielen.

»Willst du dich nicht zu mir setzen?«, fragte er.

»Nein.«

Er musterte mich aufmerksam. »Was ist passiert? Du siehst aus, als habe jemand deine Seele bloßgelegt.« In seine Überraschung mischte sich ein Hauch von Eifersucht.

Ich wandte mein Gesicht ab.

»Willst du nicht wissen, warum ich gekommen bin?«

Ich verschränkte die Arme vor der Brust. »Weißt du es denn?«

»Ich wollte dich sehen.«

»Du meinst, nur weil dein Liebesleben sich jetzt zufrieden stellend gestaltet und damit wieder ein Platz für mich in deinem Leben ist, brauchst du hier nur vorbeizukommen und mich mit deiner wieder erwachten Freundschaft zu ködern? Das funktioniert nicht, Christian.«

»Was weißt du über mein Liebesleben? Und was meinst du überhaupt mit ködern?«, fragte er verletzt.

»Bist du etwa nicht verliebt? Und bin ich damit etwa nicht wieder im Rennen als gute Freundin?«

»Wenn ich es nicht besser wüsste, würde ich glauben, dass dir das nicht reicht.«

»Das ist keine Antwort auf meine Fragen!« Damit kehrte ich ihm den Rücken, lief zum Haus und schlug die Tür unmissverständlich hinter mir zu.

Ohne Licht zu machen, setze ich mich im Dunkeln auf mein Sofa und starrte durchs Fenster nach draußen, wo Christian noch geschlagene zehn Minuten sitzen blieb. Dann stand er auf, holte sein Fahrrad, das er innen gegen die Hecke gelehnt hatte, und fuhr davon.

16

Würden Sie ein Foto von uns machen?« Ein junges Mädchen hielt mir bittend ihren Fotoapparat entgegen.
Seit fünf Minuten saß ich an einem Gartentisch der *Ole Liese* und wartete auf Nadine. Immer wieder ging ich in Gedanken die Worte durch, die ich nach all diesen Jahren nun endlich loswerden wollte.
»Bitte …«, insistierte das Mädchen.
Geistesabwesend sah ich auf. Vier Generationen ihrer Familie hatten sich auf der Vortreppe der *Ole Liese* in einem Halbkreis aufgestellt und warteten darauf, in einem Bild festgehalten zu werden.
»Natürlich«, beeilte ich mich zu sagen und nahm den Apparat entgegen.
Der Blick durch den Sucher versetzte mir einen Stich. Ich beneidete diese Menschen um das scheinbar unbeschwerte Miteinander, das ihnen selbstverständlich zu sein schien. Langsam drückte ich auf den Auslöser.
»Danke«, sagten alle wie aus einem Munde.
Ich gab den Fotoapparat zurück und sah ihnen hinterher.
»Immer noch auf der Suche nach der heilen Familie?« In beiger Leinenhose und weißer Bluse, mit locker auf die Schulter fallenden Haaren kam Nadine auf mich zu.
»Ja.« Ich fühlte mich ertappt.
Ihre mit pastellfarbenem Gloss geschminkten Lippen verzogen

sich zu einem wissenden Lächeln. Der Ausdruck ihrer Augen blieb hinter der dunklen Sonnenbrille verborgen.

»Danke, dass du gekommen bist.« Mit einem Mal schienen die Worte, die ich mir zurechtgelegt hatte, wie weggefegt. Wie sollte ich anfangen?

Nachdem die Kellnerin unsere Bestellung entgegengenommen hatte, nahm Nadine die Sonnenbrille ab und musterte mich in aller Ruhe.

»Wie ist es dir ergangen?«, durchbrach ich das Schweigen.

»Warum interessiert dich das nach all den Jahren?«

»Ich habe dich nie vergessen.«

Spöttisch zog sie die Augenbrauen hoch.

»Was hast du nach der Schule gemacht?«

»Kunst studiert«, antwortete sie einsilbig.

»Und arbeitest du in diesem Bereich?«

Sie nickte. »Als freie Illustratorin und Bildhauerin.« Ihr Blick war distanziert. »Warum wolltest du mich treffen?«

»Weil mir schon lange etwas auf der Seele liegt.« Nachdem ich den ersten Schritt getan hatte, fiel der zweite nicht mehr schwer. »Ich habe dich damals im Stich gelassen.«

Ihrer Miene zeigte keine Regung. Nicht einmal höfliches Interesse an dem, was ich sagte, konnte ich erkennen.

»Du hast dich bestimmt gefragt, warum ich mich nie mehr bei dir gemeldet habe, nachdem wir nach München gezogen sind.« Ich straffte meine Schultern. »Es war nicht nur die maßlose Erleichterung, alles hinter mir gelassen zu haben. Es lag auch an meinem schlechten Gewissen.«

Unter ihrem unbewegten Blick fühlte ich mich zunehmend kleiner werden. »Du erinnerst dich sicher an den Tag, als die *glorreichen Fünf* nach dem Unterricht mit dir im Biologieraum geblieben sind …«

»Als wäre es gestern gewesen!«, sagte sie tonlos.

»Du hast mich damals gefragt, warum ich dir nicht geholfen habe. Und ich habe dir geantwortet, dass ich nicht wisse, wovon du sprichst.«

»Auch daran erinnere ich mich.«

»Ich habe dich angelogen.«

Fast unmerklich kniff sie ihre Augen zusammen. »Ich weiß. Die Tür zum Nebenraum war nur angelehnt. Du hättest taub sein müssen, um nicht zu hören, was im Unterrichtsraum los war. Später habe ich mich oft gefragt, wer von euch schlimmer war: die fünf oder du.«

Mir war, als hätte sie einen Pfeil auf mich abgeschossen, der sein Gift in Sekundenschnelle in meinem ganzen Körper verteilte. »Kommt es bei dieser Frage nicht ganz entscheidend auf das Motiv an?«

»Auf das Motiv?«, schnaubte sie verächtlich. »Wenn du jemandem ein Messer in die Brust stichst, ist es demjenigen egal, aus welchem Grund du es tust. Das Motiv spielt nur für den Richter eine Rolle, nicht für das Opfer.«

Ich holte tief Luft, um den Ring um meine Brust zu sprengen. »Ich war feige damals – ich glaubte, kein einziges gemeines Wort mehr ertragen zu können. Ich hatte keinen Mut, diese Tür aufzustoßen. Glaubst du wirklich, ich hätte sie stoppen können? Ich? Die Dicke mit dem schwulen Vater?«

Sie ballte ihre Hände zu Fäusten. »Natürlich hättest du sie nicht stoppen können, aber du hättest mir beistehen können. Dann wäre ich nicht so entsetzlich allein gewesen.«

»Ich weiß«, sagte ich unglücklich. Ihr verstörter und zutiefst verletzter Blick hatte mich bis in meine Träume verfolgt. »Ich wünschte, du könntest mir verzeihen.«

Ganz kurz flackerte so etwas wie Irritation in ihrem Blick auf, als käme etwas ins Stocken, was vorher noch im Fluss gewesen war. Aber während ich es noch zu ergründen versuchte, war es schon verschwunden.

»Würdest du meine Entschuldigung annehmen?«, fragte ich.

»Das wäre dann bereits das zweite Mal.«

Ich verstand nicht, worauf sie anspielte, und hakte nach.

»Vor knapp zwei Wochen bist du weinend durch die Halle von Flint's Hotel gelaufen, hast mich fast über den Haufen gerannt und eine Entschuldigung gemurmelt.«

»Du warst das?«, fragte ich. Ich hatte noch ihre merkwürdige Antwort in den Ohren. *Wenn alles so leicht zu entschuldigen wäre* ... Und ich erinnerte mich an das Gefühl, ihre Stimme schon einmal gehört zu haben. »Hast du mich damals erkannt?«

»Ja.«

»Warum hast du nichts gesagt? Wir hätten doch ...«

»Ein glückliches Wiedersehen feiern können?« Ihr bissiger Ton tat mir weh, aber ich hatte ihn verdient.

»Ich kann verstehen, dass du mich nicht wiedersehen wolltest. Umso dankbarer bin ich dir, dass du heute gekommen bist.«

»Ich war neugierig«, sagte sie mit einer Gelassenheit, um die ich sie beneidete. »Immerhin schwärmt Christian in den höchsten Tönen von dir.«

Mein Herzschlag beschleunigte sich. »Wir sind nur gute Freunde«, beeilte ich mich zu sagen, während ich innerlich gegen einen unerklärlichen Schmerz ankämpfte.

»Bedauerst du das?«

»Nein. Seid ihr ...? Ich meine, habt ihr ...?«

Jetzt lachte sie. »Wir sind erwachsene Menschen.«

Was auch immer das bedeutete. Ich wollte lieber nicht darüber nachdenken. »Vielleicht fällt es einem erwachsenen Menschen leichter, eine Jugendsünde zu verzeihen.«

»Tu das nicht!«, entgegnete Nadine scharf. »Benutze nicht dieses Wort! *Jugendsünde* – das lässt alles, was geschehen ist, in einem vermeintlich harmlosen Licht erscheinen. Als wären Jugendliche nicht verantwortlich für das, was sie tun.«

»Das meinte ich nicht! Ich wünsche mir nur, dass du meine Entschuldigung annimmst.«

»Damit wir dann beide zufrieden und glücklich in den Sonnenuntergang reiten können?«

»Bis dir das gelingt, musst du noch einige Reitstunden bei Basti nehmen«, sagte ich mit einem schiefen Lächeln. »Aber im Ernst: Was spricht dagegen?«

»Die ausgleichende Gerechtigkeit.«

Ich nahm mir Zeit, um über ihre Worte nachzudenken. »Ich bin mir nicht mehr sicher, ob sie wirklich hält, was sie verspricht. Lange Zeit habe ich mir ausgemalt, wie es sein würde, die *glorreichen Fünf* für das büßen zu lassen, was sie mir angetan haben. In Gedanken habe ich mit meinem Baseballschläger so lange auf sie eingeschlagen, bis das Blut spritzte. Ich habe mich für jedes Wort gerächt, das ich mir anhören musste, für jedes Foto, das sie herumgereicht haben. In meiner Phantasie war es ein sehr befriedigendes Gefühl. Und ich stellte mir vor, wie dieses Gefühl erst sein würde, wenn aus Phantasie Realität würde.«

»Diese Vorstellung ist mir nicht fremd …«

»Vielleicht hast du gehört, dass Udo gestorben ist …«

Sie nickte.

»Als ich an seinem Sarg stand, ist mir klar geworden, dass diese ausgleichende Gerechtigkeit ein Phantom ist. Dass das Warten darauf die Gedanken vergiftet, dass sie nichts ungeschehen machen kann. In meiner Phantasie habe ich so etwas wie Genugtuung gespürt – an seinem Sarg war nichts davon übrig.

Aber auch der Hass ist nicht wieder hochgekommen. Insofern hat mein Baseballschläger ganze Arbeit geleistet.«

»In deiner Phantasie«, sagte sie kopfschüttelnd.

Es störte mich nicht, dass sie mich belächelte. »Es hat funktioniert. Ohne meine Phantasie hätten mich die Erinnerungen zerfressen.«

»Warum sitzt du dann hier und wartest auf meine Absolution? Hat deine Phantasie versagt, als es darum ging, dich bei mir zu entschuldigen?«

Einen Moment lang sah ich sie verständnislos an. »Dich habe ich nicht gehasst, an dir wollte ich mich nicht rächen. Ich wollte etwas wieder gutmachen. Deshalb bin ich froh, dass wir uns über den Weg gelaufen sind. Es sollte wohl so sein.«

»Vielleicht ...«, meinte sie vage.

»Wo lebst du jetzt?«

»Mal hier, mal da. Ich halte es nirgends lange aus.« Sie ließ ihren Blick über die anderen Gäste schweifen.

»Wie kommt es, dass du in Flint's Hotel abgestiegen bist und nicht im Hotel deines Stiefvaters in Plön?«

»Er hat sein Hotel dort schon vor vielen Jahren verkauft und eines auf Fuerteventura übernommen. Ich nehme an, dass meine Mutter die treibende Kraft war, sie ist eine Sonnenanbeterin.«

»Hat er nie Heimweh bekommen?«

In ihr Lächeln mischte sich Überlegenheit. »Von hier fortzugehen muss für dich damals die Hölle gewesen sein. Du warst so verwachsen mit dieser Landschaft.«

»Zu bleiben wäre noch schlimmer gewesen. Aber die Holsteinische Schweiz hat mich nie losgelassen. Vor fünf Jahren bin ich endlich zurückgekehrt. Seitdem betreibe ich den Bungehof.«

»Und das ganz erfolgreich, wie Basti sagte.«

Mir wurde warm ums Herz bei diesen Worten. »Anfangs war es hart. Ich musste mehrere Durststrecken überwinden, bis der Bungehof mich ernähren konnte. Inzwischen habe ich aber eine beachtliche Warteliste.«

»Und darauf bist du stolz, oder?«

»Ja«, gab ich offen zu. »Vor kurzem ist mein hart erkämpfter Erfolg allerdings auf eine harte Probe gestellt worden. Der Besitzer des Bungehofs hat alles darangesetzt, den Hof in Verruf zu bringen. Sachen verschwanden, andere wurden beschädigt, ein Pferd bekam eine Kolik, weil es vermutlich unreife Äpfel gefressen hatte, und, und, und.«

»Ist das so schlimm?«

»Wenn sich so etwas häuft, kann das für einen Hof den Ruin bedeuten.«

»Warum hat der Mann das getan?«

»Weil er den Hof für sehr viel Geld verkaufen kann. Aber ich hoffe, dass der Spuk jetzt ein Ende hat. Er ist aufgeflogen und muss damit rechnen, dass ich ihn anzeige. Übrigens war er nicht der Einzige, der mir übel mitgespielt hat. Udos Schwester Melanie hat auch versucht, mir zu schaden. Aber auch das ist jetzt hoffentlich vorbei.«

»Udos Schwester? Wieso …?«

»Sie kann mir nicht verzeihen, dass ich Udo keine Träne nachweine. Ich habe ihr gegenüber keinen Hehl daraus gemacht, wie sehr ich ihn verabscheue – auch über seinen Tod hinaus.«

»Ihr Problem«, meinte Nadine gelassen. »Udo war ein mieses Schwein. Ich habe kein Mitleid mit ihm … mit keinem von dieser Bande.«

»Hast du eigentlich bis zum Abitur durchgehalten?«

Ihre Mundwinkel bogen sich nach unten. »Leider war ich nicht in der glücklichen Situation, eine Mutter zu haben, die mich

215

rettet. Meine hat meine Schwierigkeiten in der Klasse als Kinderkram abgetan, der sich verwächst. Sie meinte, ich dürfe nicht gleich bei der ersten Schwierigkeit, die sich mir in den Weg stellt, davonlaufen. Ich habe den Sadismus dieser Saubande noch vier Jahre zu spüren bekommen. Deinen Weggang haben sie übrigens als Erfolg ihrer Bemühungen verbucht.« Sie schloss die Augen und machte mit dem Kopf eine Bewegung, als wollte sie die hässlichen Erinnerungen verscheuchen. »Ich war schrecklich dumm. Später habe ich mich oft gefragt, warum ich nicht einfach schlechte Leistungen abgeliefert habe, so dass ich sitzen geblieben und in eine andere Klasse gekommen wäre. Stattdessen habe ich mich angestrengt, um Klassenbeste zu werden«, sagte sie voller Bitterkeit. »Und dafür habe ich dann noch mehr Ablehnung geerntet.«

Diese Kränkungen, die Sie erlebt haben, gehen nicht spurlos an einem vorbei, hatte Franz Lehnert erst gestern zu mir gesagt. »Wie bist du damit umgegangen?«, fragte jetzt ich Nadine.

»Ich habe sie gehasst, was sonst.«

»Hast du nicht später auch ständig nach Anerkennung gesucht?«

»Ich brauchte nicht lange danach zu suchen«, sagte sie mit unverkennbarem Stolz in der Stimme, »ich hatte ziemlich schnell Erfolg mit meinen Arbeiten.«

»Du Glückliche«, sagte ich nicht ganz ohne Neid.

Wie in Zeitlupe schüttelte sie den Kopf. »Mit Glück hatte das sehr wenig zu tun. Ich habe hart dafür gearbeitet.«

»Aber du bist nicht glücklich, nicht wahr?«

Ihr Blick wurde wieder unergründlich. »Ich arbeite daran, mein Glück zu finden.«

»Christian?«, fragte ich, obwohl allein der Gedanke mir einen Stich versetzte.

»Wer weiß …«

»Wie lange wirst du bleiben?«

»Keine Ahnung.«

»Karen wollte übrigens deine Adresse haben.«

Erstaunt zog sie eine Augenbraue hoch. »Hast du etwa Kontakt zu ihr?«

»Ich habe sie auf Udos Beerdigung wiedergesehen. Sie hat mir erzählt, dass du sie vor kurzem in ihrer Praxis besucht hast. Warum hast du das getan?« Mir war es immer nur darum gegangen, den Mitgliedern der *glorreichen Fünf* aus dem Weg zu gehen.

»Rein akademisches Interesse«, entgegnete sie gedehnt. »Ich wollte wissen, wie sie die Zeit damals in Erinnerung hat.«

»Sie findet uns beide nachtragend.«

»Gute Diagnose. Allerdings scheint sie sich in der Therapie weniger gut auszukennen. Auf das Wort *Entschuldigung* kommt sie einfach nicht. Keiner von denen hat sich auch nur einen Deut geändert.«

»Keiner?«, fragte ich überrascht. »Hast du außer Karen auch die anderen getroffen?«

»Vor einem Jahr bin ich zu einem Klassentreffen gefahren. Bis auf Karen waren alle da. Hans ist Edel-Gastronom geworden, Torsten Pastor und Gundula hat einen Landrat geheiratet. Allen gemeinsam ist, dass sie größer und älter geworden und sich dabei selbst treu geblieben sind. Ich hatte erwartet, dass das Leben ihnen vielleicht etwas Demut oder Respekt vor ihren Mitmenschen beigebracht hat, aber sie waren überheblich, arrogant und selbstherrlich. Hans hat kleine Anekdoten aus den *Heldentaten* der Fünf zum Besten gegeben und sich darüber amüsiert, dass ich über keine einzige lachen konnte. Er meinte, ich habe schon damals keinen Humor besessen«, sagte sie hasserfüllt.

»Hast du Udo auch gesehen?«

Sie nickte. »Er wollte von damals nichts mehr wissen. *Lass mich in Ruhe damit, das ist lange vorbei«,* wiederholte sie seine Worte. »Ich habe versucht, mit ihm zu reden, aber es war zwecklos, er hat völlig abgeblockt. Als ich nicht locker ließ, hat er das Klassentreffen verlassen.«

»Seine Schwester behauptet, er hätte sich geändert.«

»Menschen ändern sich nicht! Oder kannst du dir vorstellen, dass aus einem Sadisten über Nacht ein guter Mensch wird?« Für sie schien die Antwort auf diese Frage klar zu sein.

»Vielleicht nicht über Nacht und auch nicht unbedingt ein guter Mensch, aber ...«

»Hör auf zu träumen, Carla!«

»Aber warum hat er das Klassentreffen verlassen? Flucht passt überhaupt nicht zu Udo.«

»Er war der Alte, glaube mir.«

»Dann hätte er dir nur ein paar seiner bewährten Sätze um die Ohren hauen müssen, und schon wärst du in der nächsten Ecke gelandet. Warum sollte er gehen?«

»Was weiß ich ... vielleicht hatte er eine Verabredung.« In ihrem Blick lag eine offene Warnung. »Was wird das hier – eine Heiligsprechung? Aus deinem Mund?« Sie gab einen abfälligen Laut von sich. »Hast du so wenig Rückgrat?«

Ihre Worte trafen mitten in eine Wunde, die sich nie wirklich geschlossen hatte. »Hass verstellt leicht den Blick auf die Dinge und macht blind für das, was möglicherweise nicht zum Feindbild passt ... Mir fällt es auch schwer, Udo in einem anderen Licht zu sehen, aber ...«

»Hör mir auf mit diesem Quatsch! Udo hat noch nicht einmal den Versuch unternommen, sich zu entschuldigen. Und ich habe ihm mehr als eine Gelegenheit dazu gegeben, das kannst du mir glauben.«

»Torsten ist Pastor geworden, Udo Lehrer. Hättest du das vor zwanzig Jahren für möglich gehalten?«

Ihre Augen verengten sich zu Schlitzen. »Was willst du damit sagen?«

Es war schwer, die richtigen Worte zu finden. »Manchmal habe ich mich gefragt, was wohl aus den *glorreichen Fünf* geworden ist. Dann habe ich sie mir in Jobs vorgestellt, in denen sie ihre miesen Eigenschaften voll zum Einsatz bringen können. Und diese Jobs bewegten sich ganz bestimmt nie dort, wo man versucht, auf positive Weise mit Menschen umzugehen – in der Schule oder in der Seelsorge. Eigentlich dachte ich, der eine oder andere von ihnen würde über kurz oder lang im Gefängnis landen.«

»Womit du bei Hans auch ganz richtig liegst. Er saß wegen betrügerischen Bankrotts. Sein jetziges Restaurant läuft auf den Namen seiner Freundin. Und über Karen wird gemunkelt, dass sie es mit ihren Kassenabrechnungen nicht sehr genau nimmt.«

»Warum warst du bei ihr?«

»Ich war neugierig, ob es wenigstens bei ihr so etwas wie Bedauern, Scham oder auch Reue gibt. Ich hatte gehört, dass sie Humanmedizin studiert hat und als Ärztin praktiziert.« Sie schien sich über ihre eigene Naivität zu amüsieren. »Aber nicht jeder, der sich mit dem Wort *human* schmückt, ist es auch.«

»Hätte es für dich etwas geändert, wenn sie ihre Schikanen bereut und sich dafür entschuldigt hätten?«

»Nein!« Es klang unumstößlich. »Eine Entschuldigung zielt auf Absolution, und die bekommen sie von mir nicht.«

»Aber erkennt nicht derjenige, der sich bei dir entschuldigt, damit auch dein Leid an? Werden dadurch nicht beide entlastet? Täter und Opfer?«

»Das ist mir zu einfach«, wehrte sie kategorisch ab. »Ich habe nicht vor, auch nur einen dieser Bande zu entlasten!«

»Vielleicht ist es aber besser, die Gedanken an sie irgendwann loszulassen, damit du deinen Frieden findest.«

»Worüber reden wir hier, Carla? Über reine Fiktion. Keiner der *glorreichen Fünf* hat auch nur einen Versuch unternommen, sich zu entschuldigen. Außerdem hast du mit deiner Baseball-schläger-Therapie gut reden.«

»In der Phantasie bist du frei, und du bleibst es auch. Was immer du tust – du gehst straffrei aus«, sagte ich mit einem Schuss Selbstironie, um gleich darauf wieder ernst zu werden. »Aber es geht nicht nur um Straffreiheit. Wenn du sie nicht irgendwann loslässt, dann behalten sie dein ganzes Leben lang Macht über dich. Du bleibst auf ewig ihr Opfer.«

»Ich *bin* ihr Opfer!«

»Und ich glaube, es liegt in deiner Hand, was du daraus machst.«

»Da gebe ich dir Recht.«

Es waren ambivalente Gefühle, mit denen ich mich von ihr verabschiedet hatte. Einerseits war ich froh, sie getroffen zu haben, andererseits spürte ich, wie sehr mich ihre unversöhnliche Haltung aufwühlte. Ich war lange genug selbst in Hassgefühlen gefangen gewesen, um zu wissen, dass sie keine heilsame Wirkung hatten.

Es würde nie so weit kommen, dass ich Udo und Konsorten

verzieh, aber wann immer sich die Geschehnisse von damals in meine Gedanken drängten, versuchte ich, sie zu akzeptieren – als Teil von mir, als eine Erfahrung, die ich durch nichts würde ungeschehen machen können.

»Etwas Gutes hat so eine verletzte Seele«, flüsterte ich Oskar zärtlich zu, als ich auf dem Weg zum Stall bei ihm anhielt. »Sie erkennt ihresgleichen.«

Ohne seine Zustimmung abzuwarten, lief ich weiter. Ich hatte mich verspätet und hoffte, dass Basti bei dem geplanten Ausritt für mich eingesprungen war.

Als ich auf das Stallgebäude zulief, sah ich die Gruppe bereits unter Bastis Kommando aufsitzen. »Tut mir Leid, dass ich so spät dran bin«, rief ich ihm entgegen.

»Ich übernehme deinen Ausritt, Carla. Auf dich wartet genug Arbeit«, meinte er mit einer Betonung, die mich augenblicklich in Alarmbereitschaft versetzte.

»Was für Arbeit?«

Er bat die Gruppe, ein Stück vorauszureiten. »Kopfarbeit!«, sagte er, als die Reiter außer Hörweite waren. »Kurz nachdem du fort warst, trabten sechs der Weidegänger hier auf den Hof. Das Gatter stand sperrangelweit offen, und im Durchgang lag eine Spirale Stacheldraht.«

Vor Schreck wurde mir kalt. »Hat sich eines der Pferde verletzt?«

»Nicht nur eines. Merlin und Dino hat es erwischt. Beide haben tiefe Fleischwunden an den Fesseln. Donna hat eine Sehnenzerrung. Zum Glück habe ich Doktor Michels gleich erreicht. Er hat die drei bereits verarztet und kommt morgen wieder.« So wie es aussah, hatte auch Basti einen gehörigen Schreck bekommen.

»Ich begreife das nicht.«

»Dabei ist es denkbar einfach«, sagte er aufgebracht. »Jemand hat das Gatter geöffnet und die Stacheldrahtspirale dorthin gelegt, damit sich die Pferde beim Hinauslaufen verletzen. Zielgerichtetes Handeln nennt man das.«

Mir war ganz flau im Magen. Ich sah ihn Hilfe suchend an.

»Du bist auf der falschen Fährte, Carla! Mein Großvater hat damit nichts zu tun. Er ist heute in aller Herrgottsfrühe zur Feier eines achtzigsten Geburtstags nach Hamburg aufgebrochen.«

»Und das glaubst du ihm?«, fragte ich erbost. »So eine Fahrt kostet Geld.«

Bastis Gruppe, die in einiger Entfernung auf ihn wartete, wurde langsam unruhig. Er rief ihnen zu, sie sollten sich noch einen Moment gedulden.

»Lass sie nicht warten, Basti.«

»Sie werden warten müssen, bis ich das zurechtgerückt habe. Ich habe vorhin nicht umsonst von *Kopfarbeit* gesprochen. Großvater kann es nämlich keinesfalls gewesen sein. Er wurde von drei Bekannten abgeholt. Um Geld zu sparen, haben sie sich zu einer Fahrgemeinschaft nach Hamburg zusammengetan.«

»Das beweist alles gar nichts, er kann an der nächsten Ecke wieder ausgestiegen sein.«

Er sah mich mitleidig an. »Ich wusste, dass du so denken würdest, deshalb habe ich seinen Schreibtisch nach der Einladung durchwühlt, habe, keine halbe Stunde nachdem die Pferde hier aufgetaucht sind, in dem Gasthof, in dem die Feier stattfindet, angerufen und nach meinem Großvater gefragt.«

»Und?«

»Er ist sofort an den Apparat gekommen.«

17

Meine *Kopfarbeit* bestand schließlich darin, den schwachen Punkt in Bastis Version zu suchen. Einmal angenommen, er hatte die Wahrheit gesagt und sein Großvater war tatsächlich auf einer Feier in Hamburg. Musste der alte Pattberg deshalb auch unschuldig sein? Vielleicht gab es jemanden, der in seinem Auftrag das Gatter geöffnet und den Stacheldraht dort deponiert hatte, jemanden, der ihm einen Gefallen schuldete. Von der Erleichterung, die ich gespürt hatte, als ich Ilsa Neumanns Sattel und die anderen Gegenstände in seinem Keller entdeckt hatte, war nichts geblieben. Wahrscheinlich hatte der Alte nur kurz Luft geholt, in die Hände gespuckt und einen neuen Plan ausgeheckt.

Natürlich fragte ich mich auch, ob ich ihm Unrecht tat und Melanie sich nicht damit zufrieden gegeben hatte, nur das Heu abzubestellen. Aber diesen Gedanken verwarf ich sogleich wieder. Für so skrupellos hielt ich sie nicht. Andererseits war sie mit einer Mistgabel auf mich losgegangen …

Je länger ich darüber nachdachte, desto diffuser wurden meine Gedanken. Nachdem ich mich vergewissert hatte, dass die verletzten Pferde gut versorgt waren, bat ich Heide, die Stellung zu halten. Mit Sattel und Trense machte ich mich auf den Weg zu Oskar. Keine zehn Minuten später saß ich auf seinem Rücken.

Ich sehnte mich danach, im gestreckten Galopp am Wassersaum entlangzureiten, aber sonntagnachmittags um vier Uhr würde der Strand voller Menschen sein. Besonders an einem Tag wie diesem, an dem der wolkenlose Himmel der Sonne nicht ein einziges Versteck bot.

Dafür bot die Landschaft genügend versteckte Feldwege, auf denen Oskar und ich dahinpreschen konnten, bis uns beiden die Puste ausging. Es dauerte eine Weile, bis mich die Panik aus ihrem Griff ließ und ich wieder einigermaßen klar denken konnte. Als wir schließlich in einen gemächlichen Schritt wechselten, klopfte ich Oskars schweißnassen Hals.

»Danke, mein Freund!«

Eine Stunde später hatte ich mich so weit beruhigt, dass ich mir zutraute, die Besitzer von Merlin, Dino und Donna anzurufen. Mit ruhiger Stimme informierte ich sie darüber, dass sich ihre Pferde beim Weidegang verletzt hatten und vom Tierarzt behandelt werden mussten. Bei Finns Kolik hatte ich die unreifen Äpfel noch verschweigen können, bei diesen Verletzungen war das ausgeschlossen. Alle drei Besitzer reagierten angesichts der Geschichte mit dem Stacheldraht beunruhigt, was ich ihnen nicht verübeln konnte. Nur zu gerne hätte ich ihnen versprochen, dass so etwas nie wieder vorkommen werde. Stattdessen gab ich ihnen mein Wort, die Polizei einzuschalten.

Am nächsten Morgen fuhr ich gleich nach dem Füttern nach Lütjenburg. Vorher hatte ich Basti und Heide gebeten, den Stacheldraht liegen zu lassen, wo er war. Nachdem mich der Dienst habende Polizeihauptmeister in Ruhe angehört und schließlich meine Anzeige aufgenommen hatte, versprach er, noch am selben Tag jemanden zur Tatortbesichtigung vorbeizuschicken. Seine Frage, ob ich jemanden in Verdacht hätte, ließ mich zögern.

»Heraus damit!«, forderte er mich auf. »Ich nehme das nur als Hintergrundinformation, offiziell bleibt es bei einer Anzeige gegen Unbekannt.«

Widerstrebend nannte ich Hans Pattbergs Namen und erzählte von seinem möglichen Motiv. Von Melanie sagte ich nichts. Als ich die Polizeidienststelle mit einem erleichterten Gefühl verließ, glaubte ich, richtig gehandelt zu haben.

Zurück auf dem Bungehof, ging ich schnurstracks zum Herrenhaus und klingelte Sturm. Es dauerte keine halbe Minute, bis Hans Pattberg die Tür aufriss. Hätte er die Phantasien, die ihm bei meinem Anblick ins Gesicht geschrieben standen, in die Tat umgesetzt, dann wären blaue Flecken noch mein geringstes Problem gewesen. Aber er hatte sich im Griff.

»Geben Sie mir bitte Ihren Schlüssel vom Stall zurück, Herr Pattberg!«

Er starrte mich unverwandt an, ohne sich vom Fleck zu rühren.

»Ich war gerade bei der Polizei.«

»Was haben Sie denen denn erzählt? Carla Bunges Hirngespinste?« Er schnaubte verächtlich. »Für Frauen wie Sie gibt es Anstalten.«

»Ich habe die Polizei darüber informiert, dass *jemand* Stacheldraht auf der Weide ausgelegt hat.«

»Dann ist es ja jetzt aktenkundig, dass die Pferde bei Ihnen nicht sicher sind. Das spart mir einen Weg. Sollte meinem Zeus in den letzten Tagen, bevor Sie hier dichtmachen, etwas passieren, verklage ich Sie. Damit das klar ist!«

»Den Schlüssel, Herr Pattberg. Und zwar sofort! Sie bekommen ihn zurück, wenn ich in fünf Jahren hier abziehe.«

»Darüber ist das letzte Wort noch nicht gesprochen. Sie werden sich wundern, junge Frau …«

»Nein, Herr Pattberg, Sie werden sich wundern. Wenn Sie nicht augenblicklich aufhören, auf dem Bungehof Sabotage zu betreiben, wandle ich die Anzeige gegen Unbekannt in eine gegen Hans Pattberg.«

»Sie sind ja nicht bei Verstand. Was haben Sie denn in der Hand?«

»Ein überzeugendes Motiv.«

»Ich weiß nicht, wovon Sie reden.«

»Ich rede von der Wellbod AG, die Ihnen ein mehr als lukratives Angebot gemacht hat.«

Wie vom Donner gerührt starrte er mich an. »Verrät seinen eigenen Großvater … das hätte ich nie von dem Jungen gedacht.« Sekundenlang schien er völlig in sich zusammenzufallen.

»Basti hat Sie nicht verraten. Im Gegenteil, er hat versucht, Sie zu schützen. Ich habe den Brief gefunden. Nicht zu vergessen die Sachen in Ihrem Keller.«

Langsam setzte sich bei ihm die Erkenntnis durch, dass ich in seinem Haus gewesen war. »Wer hat Sie hereingelassen?«

»Eine Tür stand offen …«

»Das ist Hausfriedensbruch!«

»Sie haben mehrere Diebstähle begangen und …«

»Sie haben keine Beweise für die Diebstähle.« Seine Augen nahmen einen listigen Ausdruck an.

»Aber ich habe Zeugen.«

Er schien abzuwägen, wer von uns beiden die besseren Karten hatte.

»Was ist jetzt mit dem Schlüssel?« Ostentativ streckte ich meine Hand aus.

Ohne einen weiteren Blick an mich zu verschwenden, ließ er mich stehen und verschwand im Inneren des Hauses. Kurz darauf hielt er mir wortlos den Schlüssel hin.

»Ich rate Ihnen, sich nicht mehr in der Nähe des Stalls oder der Weiden blicken zu lassen«, sagte ich.

Drohend baute er sich vor mir auf. »Sie gehen zu weit, junge Frau, viel zu weit.«

Dieses Mal ließ ich mich nicht einschüchtern und wich keinen Schritt zurück. »Vielleicht denken Sie bei all dem auch mal an Ihren Enkel. Er glaubt Ihnen und verteidigt Sie.«

»Ich verfluche den Tag, an dem Sie hier aufgetaucht sind!« Er schleuderte mir die Worte um die Ohren und legte eine beängstigende Wut in seinen Blick.

Ich hatte ernsthaft darüber nachgedacht, die Gatter der Weiden mit Vorhängeschlössern zu versehen. Aber wie sollte ich das den Pferdebesitzern erklären? Ihnen zu sagen, dass ihre Pferde auf dem Bungehof nicht mehr sicher waren, wäre einer Bankrotterklärung gleichgekommen. Ich konnte nur hoffen, dass mein Einschüchterungsversuch bei Hans Pattberg fruchten würde.

Wie irrig diese Hoffnung war, sollte ich bereits am Nachmittag zu spüren bekommen. Ich hatte gerade eine Unterrichtsstunde im Viereck beendet, als mir Heide in Begleitung eines Mannes entgegenkam.

»Da kommt Frau Bunge«, hörte ich sie sagen. Sie zeigte auf mich, ließ ihn stehen und verschwand wieder im Stall.

Mit dem Pferd am Zügel ging ich auf ihn zu. »Hallo.«

»Wolters«, stellte er sich vor. »Amtstierarzt!« Er zückte einen Ausweis und hielt ihn mir hin.

Irritiert schaute ich zuerst das Dokument und dann ihn an.

Das Foto wich kaum von der Realität ab. Lediglich sein schwarzer Vollbart schien üppiger geworden zu sein. Wahrscheinlich sollte er die kahlen Stellen auf der Stirn seines noch vergleichsweise jungen Besitzers kompensieren. »Was kann ich für Sie tun, Herr Doktor Wolters?«

»Sie können mir Ihren Stall und die Pferde zeigen.«

Er war in all den Jahren hier nicht aufgetaucht, warum gerade jetzt? »Natürlich … gerne. Kommen Sie.«

Im Stall rief ich nach Heide, der ich mein Pferd zum Absatteln übergab.

»Auf dem Bungehof sind achtunddreißig Pferde untergebracht«, sagte ich betont forsch, »dreißig in Pension, sieben für den Schulbetrieb. Außerdem gibt es noch Oskar, mein eigenes Pferd.« Wir gingen langsam durch die Stallgasse. »Sobald es die Witterung erlaubt, sind die Pferde im Freilauf oder auf den Weiden – außer nachts, da ist mir das Risiko zu groß. Die Pferde sind alle in einem guten Pflegezustand«, schickte ich mit leisem Trotz hinterher.

»Während ich auf Sie gewartet habe, habe ich mich hier ein wenig umgesehen.« Sein Tonfall verhieß nichts Gutes.

»Ja … und?«

Er hielt einen durchsichtigen Plastikbeutel hoch, den er die ganze Zeit in der Hand gehalten hatte. Darin befanden sich fünf Brötchen. »Ihnen sollte doch eigentlich bekannt sein, dass Pferde von frischem Brot Koliken bekommen können.«

Ich hoffte inständig, dass mich meine Stimme nicht im Stich ließ. »Selbstverständlich ist mir das bekannt!«

»Dann sollten Sie auch dafür Sorge tragen, dass in den Boxen keine frischen Brötchen herumliegen.«

»Die haben Sie *hier* gefunden?«, fragte ich ungläubig.

»In der großen Box dort hinten.« Er wies mit dem Kopf in die entsprechende Richtung, zückte einen Block und schien etwas zu suchen. »Ah, hier habe ich es: Es ist die Box von Oskar.«

»Oskars Box wird nur im Winter genutzt.«

»Trotzdem lagen dort Brötchen. Was glauben Sie, warum?«

»Weil mir jemand schaden will«, antworte ich leise. »Darf ich die Brötchen einmal anfassen?«

Er hielt mir die Tüte hin. »Sie sind höchstens einen Tag alt, zu frisch für die Pferde.«

Ein leichter Druck mit den Fingern reichte, um zu wissen, dass er Recht hatte.

»In zwei Boxen funktioniert übrigens die Tränkanlage nicht.« Erneut nahm er seinen Block zu Hilfe. »Es sind die Boxen von Nena und Max.«

»Das kann nicht sein …«

»Wollen Sie mein Urteilsvermögen in Frage stellen?«

Betroffen schüttelte ich den Kopf.

»Woher stammen die Verletzungen der Pferde?«, fragte er in kühl-sachlichem Tonfall, als ginge er nach und nach eine Liste durch, die er im Kopf zusammengestellt hatte.

»Auf einer der Koppeln hat heute Vormittag jemand das Gatter geöffnet und Stacheldraht im Durchgang deponiert. Ich habe bereits Anzeige bei der Polizei erstattet.« Ich spürte, wie sich vor Aufregung rote Flecken in meinem Gesicht ausbreiteten. »Seit drei Wochen ist hier der Teufel los. Wie es aussieht, soll der Bungehof in Verruf gebracht werden. Das mit den Brötchen und der Tränkanlage geht zweifellos auch auf das Konto dieses Menschen.«

Sein Blick war voller Skepsis. Wahrscheinlich glaubte er, ich wolle mich nur herausreden. »Wir haben einen Hinweis erhalten, dass man es auf dem Bungehof mit der Verantwortung für die Pferde nicht so genau nimmt.«

Ich schluckte. »Wer behauptet das?«

»Der Anruf kam anonym.«

»Und so etwas nehmen Sie ernst?«, fragte ich entrüstet.

»Das müssen wir. Es hat anonyme Anrufer gegeben, die mit dem, was sie anprangerten, völlig richtig lagen.«

»Aber nicht auf meinem Hof!«

»Ich kann nicht beurteilen, was auf Ihrem Hof vor sich geht, Frau Bunge. Ich befasse mich ausschließlich mit Fakten.« Er deutete auf den Plastikbeutel mit den Brötchen in meiner Hand. »Damit zum Beispiel!«

»Aber …«

»Ich werde in den nächsten Wochen nochmals unangemeldet hier vorbeikommen und nach dem Rechten sehen.«

Am liebsten hätte ich ihm meine Wut ins Gesicht geschrien und ihm vorgehalten, er sei ein Bürokrat, dem sein Faktenstudium den Blick für die Wahrheit verstellte, aber ich nahm mich zusammen. »Herr Doktor Wolters, von den Brötchen und den verletzten Tieren einmal abgesehen, müssen Sie doch zugeben, dass die Pferde in einem einwandfreien Zustand sind.«

»Vergessen Sie bitte die defekten Tränken nicht! Am besten tragen Sie dafür Sorge, dass es bei meinem nächsten Besuch nichts zu beanstanden gibt.«

Als er Anstalten machte zu gehen, hielt ich ihn zurück. »Wann hat der Mann angerufen und die anonyme Anzeige erstattet?«

»Das kann ich Ihnen nicht sagen, eine meiner Mitarbeiterinnen hat den Anruf entgegengenommen.«

War es vor oder nach meinem Gespräch mit dem alten Pattberg gewesen? »Könnten Sie das für mich herausfinden? Es ist sehr wichtig für mich.«

»Ich werde sehen, was ich machen kann«, sagte er zum Abschied. Es hatte nicht so geklungen, als würde er große Mühe darauf verwenden.

Nachdem Doktor Wolters vom Hof gefahren war, inspizierte ich die Box von Nena, in der angeblich die Tränkanlage nicht funktionierte. Die Metallzunge, gegen die das Pferd mit der Nase drücken musste, um Wasser in die Schale laufen zu lassen, ließ sich tatsächlich nicht bewegen. Ich drückte mehrmals dagegen, aber nichts geschah. Als ich mit dem Zeigefinger dahinter fasste, spürte ich einen Gegenstand, der dort nicht hingehörte und das Ventil verklemmte. Vorsichtig pulte ich ihn heraus und betrachtete ihn: Es war ein kleines Hartgummiteil. Ein zweites holte ich aus der Tränke von Max. Hörte das denn nie auf?

Für einen Moment hatte ich alles um mich herum vergessen, deshalb hatte ich Heide nicht gleich bemerkt. Sie sah mir von der Stallgasse aus interessiert zu.

»Ist etwas kaputt?«, fragte sie.

»Jetzt nicht mehr. Diese Gummiteile steckten hinter den Metallzungen und haben die Ventile blockiert. Die Pferde hätten heute Abend kein Wasser bekommen.«

Nachdenklich legte sie ihre Stirn in Falten. »Als ich die Pferde heute Morgen auf die Weide gebracht habe, sind Nena und Max dort sofort zur Tränke gelaufen. Das hat mich gewundert …«

Ich nahm mich zusammen, um nicht zu fluchen. Jemand mit mehr Erfahrung als Heide hätte in so einem Fall automatisch die Tränken im Stall kontrolliert. »Wenn die Pferde solchen Durst hatten, dann haben die beiden Tränkanlagen höchstwahrscheinlich gestern schon nicht mehr funktioniert.« Ich sah auf die beiden Hartgummiteile in meiner Hand. »War Bastis Großvater gestern Abend im Stall?«

»Ich habe ihn nicht gesehen.« An ihrem Blick war deutlich zu erkennen, dass sie wusste, worauf ich hinauswollte. »Ich werde ein Auge darauf haben – ich meine auf die Tränken.«

»Danke!«

In meinem Büro machte ich mir Luft und trat mit aller Kraft gegen einen der Stühle. Er kippte mit lautem Getöse um und landete in einer Ecke. Tränen schossen mir in die Augen.

»Geht's Ihnen jetzt besser?«

Erschrocken drehte ich mich um und starrte die Frau an, die mit amüsiertem Gesichtsausdruck im Türrahmen stand.

»Seit wann stehen Sie schon da?«, fragte ich entsetzt.

Sie zwinkerte mir zu. »Was glauben Sie?«

»Aha.« Ich wischte mir die Tränen aus dem Gesicht und fasste mein Gegenüber ins Auge.

Sie wirkte sportlich, war schätzungsweise Anfang fünfzig, hatte ihre rötlich blonden Haare zu Zöpfen geflochten und trug eine Nickelbrille aus Horn auf ihrer mit Sommersprossen übersäten Nase.

»Rieke Lohoff.« Sie streckte mir ihre Hand entgegen.

Bevor ich sie ergriff, wischte ich mir meine tränenfeuchte Hand an der Reithose ab. »Carla Bunge.«

»Ich nehme übrigens immer Geschirr«, sagte sie mit Blick auf den Stuhl, den ich in die Ecke gepfeffert hatte.

Während ich sie mit einem dankbaren Lächeln bedachte und den Stuhl wieder auf die Beine stellte, ging sie zum schwarzen Brett und studierte eingehend die Preisliste. Kaum war sie damit fertig, nahm sie wieder mich in Augenschein.

»Es ist bestimmt nicht leicht, so einen Hof zu führen«, meinte sie nachdenklich.

»Würden Sie das zu einem Mann auch sagen?«

»Ja.« Sie hatte nicht lange über ihre Antwort nachdenken müssen. »Wie lange gibt es den Bungehof schon?«

»Fünf Jahre.«

»Aber Sie machen das nicht alleine, oder?«

»Ich habe zwei Mitarbeiter. Auf einem Hof dieser Größe ist die Arbeit allein nicht zu schaffen.«

»Haben Sie ein paar Minuten Zeit, mich ein bisschen herumzuführen?«

»Na klar, kommen Sie!«

Sie folgte mir durch den Quergang in die Stallgasse und sah sich dort in aller Seelenruhe um. »Warum stehen denn so viele Boxen leer?«

»Die Pferde sind auf der Weide oder werden gerade geritten.«

»Heißt das, Sie sind ausgebucht?«

»Falls Sie ein Pferd hier unterstellen wollen, Frau Lohoff, muss ich Sie enttäuschen. Wir haben keine einzige Box mehr frei.« Und ich hoffte, das würde auch so bleiben. »Wir haben zwar eine Warteliste, aber die wird kaum je kürzer. Auf dem Bungehof gibt es so gut wie keinen Wechsel.«

»Zufriedenheit auf ganzer Linie?«, fragte sie überrascht.

»Ja.«

Sie schlenderte aus dem Stall und sah sich draußen nach allen Seiten um. »Wo sind denn die Weiden?«

»Dahinten.«

Ihr Blick folgte meinem ausgestreckten Finger. »Haben Sie noch so viel Zeit?«

Ich nickte. Zwar wollte ich mit einem der Pensionspferde im Viereck trainieren, aber das konnte ich auch zehn Minuten später tun. Gemeinsam gingen wir den kleinen Feldweg zu den Weiden, wo die Pferde friedlich in der Sonne grasten. Als wir zu

233

Oskars Koppel kamen, rief ich ihn zu mir. Wiehernd kam er angaloppiert, verlangsamte jedoch schlagartig das Tempo, als Rieke Lohoff einen Schritt auf ihn zuging.

»Komm her, Oskar, sie tut dir nichts.«

Zögernd kam er näher.

»Er hat schlechte Erfahrungen gemacht.« Ich streckte meine Hand aus und zog ihn an seinem Halfter zu mir heran.

»Hier auf dem Hof?«

»Nein, nicht hier, bei seinem früheren Besitzer, er hat ihn mehrfach verprügelt und übel zugerichtet.« Ich strich ihm über die Stirn. »Wo haben Sie Ihr Pferd stehen?«

»Ich habe kein Pferd.«

»Oh, ich hatte angenommen, Sie sind auf der Suche nach einem geeigneten Stall. Wollen Sie sich zum Unterricht anmelden oder einen Ausritt machen?«

»Besser nicht.«

»Warum sind Sie dann hier?«, fragte ich unumwunden.

»Um mir einen Eindruck zu verschaffen.«

»Das haben Sie ja nun getan.« Mein scharfer Tonfall erschreckte mich selbst. War sie die Vorhut der Wellbod AG? Sollte sie das Terrain sondieren? »Wer hat Sie geschickt?«

»Mein Arbeitgeber.«

»Ist es Ihnen nicht zuwider, sich hier unter einem Vorwand einzuschleichen?«

»Das bringt mein Job manchmal mit sich.« In ihrem Blick erkannte ich ein Mitgefühl, das ich nicht wollte. Oskars unruhiges Schnauben ließ sie einen Schritt zurückweichen. »Gehen wir ein Stück?«

Widerwillig schloss ich mich ihr an.

»Irgendjemand hat etwas gegen Sie«, sagte sie in einem Ton, der mich beruhigen sollte.

Das war mir auch schon aufgefallen. »Wer?«

»Ich dachte, das könnten Sie mir vielleicht sagen.«

»Wer ist Ihr Arbeitgeber, Frau Lohoff?«

»Die hiesige Zeitung.«

»Sie sind von der Zeitung?«, fragte ich verblüfft. »Jetzt verstehe ich gar nichts mehr.«

»Wir haben einen Brief erhalten, in dem sehr detailliert beschrieben wird, in welch jämmerlichem Zustand sich Ihre Pferde befinden.«

»Lassen Sie mich raten! Der Brief hat keinen Absender.«

»Richtig. Normalerweise sind wir sehr zurückhaltend, wenn wir solche Briefe erhalten. Meist sind es Hasstiraden, die das Papier nicht wert sind, auf dem sie geschrieben wurden. Aber dieser Brief ist anders. Er appelliert in sehr sensibler Weise an ein gesundes Verantwortungsgefühl.«

»Haben Sie ihn dabei?«

Sie schüttelte den Kopf. »Haben Sie jemanden in Verdacht?«

Wenn sie sich fragte, wie es einer so simplen Frage gelang, einen derartigen Redeschwall auszulösen, dann musste sie zu dem Ergebnis kommen, dass Verzweiflung im Spiel war. Und die war in diesem Augenblick größer als meine Vorsicht, die mir mit schwacher Stimme riet, mein Herz nicht ausgerechnet einer Journalistin auszuschütten. Ohne Punkt und Komma sprudelte ich alles heraus, was in den vergangenen drei Wochen auf dem Bungehof vorgefallen war.

»Ich verstehe den Sinn dieses Briefes nicht, Frau Lohoff. Selbst jemand, der nichts von Pferden versteht, sieht, dass die Verhältnisse, die in dem Brief geschildert werden, falsch sind. Sie kommen her, sehen, dass es sich um eine Verleumdung handelt, und fahren wieder. Wozu das Ganze?«

»Vielleicht um Sie zu provozieren.«

»Ich kann Ihnen nicht folgen.«

»Sie haben mir gerade eben sehr viel Material für einen Artikel geliefert. Zum Beispiel könnte ich problemlos über die merkwürdigen Vorkommnisse auf Ihrem Hof berichten. Ebenso darüber, dass Sie nicht nur Ihren Verpächter, sondern auch eine Konkurrentin in Verdacht haben. Plötzlich steht all das schwarz auf weiß in der Zeitung, was Sie besser unter Verschluss halten sollten, wenn Ihnen am guten Ruf Ihres Stalls gelegen ist und Sie sich nicht zu allem Übel noch zwei Verleumdungsklagen einhandeln wollen. Und vielleicht denkt sich mancher Leser: Da ist eine, die will die Schlamperei auf ihrem Hof anderen in die Schuhe schieben.«

»Also bin ich hereingelegt worden?«

»Könnte man sagen.« Sie lächelte mich aufmunternd an. »Aber keine Sorge, ich eigne mich nicht zur Marionette.«

»Dann werden Sie nichts schreiben?« Ich betete, dass sie ja sagte.

»Das habe ich nicht gesagt.« Während mir das Herz in die Hose rutschte, fuhr sie mit sichtlich diebischem Vergnügen fort: »Ich werde sogar ganz sicher etwas schreiben, aber das wird nicht im Sinne unseres Briefschreibers sein. Was halten Sie von einer Story über einen wirklich vorbildlichen Reiterhof in unserer Region, Frau Bunge?«

Ich wagte kaum, an mein Glück zu glauben. »Warum tun Sie das?«

»Man hat nicht oft Gelegenheit, dazu beizutragen, dass die Guten siegen.«

»Und wenn Sie sich in mir täuschen?«

»Das Risiko gehe ich ein.«

18

Noch am späten Nachmittag waren aus Lütjenburg zwei Polizisten gekommen, um die Koppel zu besichtigen. Sie hatten sich viel Zeit für die Spurensuche genommen, mir jedoch wegen des spärlichen Ergebnisses wenig Hoffnung gemacht. Weder gab es Reifenspuren noch andere aussagekräftige Hinweise. Und um den rostigen Stacheldraht zu seinem Besitzer zurückverfolgen zu können, müsse man schon auf den Zufall hoffen. Auch wenn ich mir nicht viel davon versprach, hatte ich ihnen die Hartgummiteile mitgegeben und ihnen an Ort und Stelle erklärt, was damit angestellt worden war.

Nachdem sie Basti und Heide befragt hatten, waren sie zum Herrenhaus gegangen. Ich war mir sicher, der alte Pattberg würde sich mit keinem Wort verraten, aber vielleicht würde dem Besuch der Polizisten gelingen, was mir bisher offensichtlich versagt geblieben war – ihn einzuschüchtern. Nur allzu deutlich spürte ich, dass sich etwas ändern musste. Meine Nerven waren am Rand ihrer Belastbarkeit angekommen.

»Du ziehst mich der Gesellschaft deiner Mäuse vor?«, fragte Susanne mit liebevollem Spott, als ich sie nach dem Füttern an ihrer Töpferscheibe überfiel.

Mein missmutiges Nicken war Antwort genug.

»Hast du Hunger?«

Ich schüttelte den Kopf. Die Faszination, die sonst von mir

Besitz ergriff, wenn Susanne den Ton formte, wollte sich an diesem Abend nicht einstellen. Blicklos starrte ich vor mich hin.

»Möchtest du reden?«

»Nur das nicht!«

»Baden?« Da ich nur eine Dusche hatte, benutzte ich hin und wieder Susannes Badewanne für ein entspannendes Vollbad.

»Ich glaube ja.«

»Du weißt ja, wo alles ist.«

Ohne ein weiteres Wort durchquerte ich die Werkstatt, ging ins Bad und ließ das Badewasser ein. Nachdem ich duftendes Öl dazugegossen hatte, stieg ich in die Wanne. Ich ließ das Wasser so lange laufen, bis es mir bis unters Kinn reichte. Dann schloss ich die Augen und versuchte, mich nur noch auf das wohlige Gefühl meines Körpers zu konzentrieren.

Das entspannende Öl, das mir bisher noch nie seine Wirkung versagt hatte, tat sich an diesem Abend schwer mit meiner Unruhe. Ständig drängten sich Gesprächsfetzen und Bilder in mein Bewusstsein, die scheinbar überhaupt nichts miteinander zu tun hatten. Mit jeder Minute, die verstrich, wurden meine Gedanken diffuser. Es war wohl meiner Erschöpfung zuzuschreiben, dass ich von einer Sekunde auf die andere einschlief. Ich sah Heide auf Finn reiten, während sie drei weitere Pferde am Zügel neben sich herführte. Sie warf mir einen vorwurfsvollen Blick zu und sagte: »Ich rette die Pferde.« Ich wollte sie zurückhalten, aber meine Stimme gehorchte mir nicht.

»Aufwachen, Carla!« Susanne saß auf dem Badewannenrand und sah mich besorgt an. »Wenn du dich umbringen willst, dann tue das bitte nicht in meiner Badewanne.«

»Warum nicht?«

»Ich bade gern allein – ohne Wiedergänger.«

»Egoistin!« Noch vor zehn Minuten hätte ich schwören können, dass meine humorvolle Ader langfristig versiegt war, aber Susanne schien sie neu zu speisen.

Sie hielt mir ein Handtuch hin. »Zieh dich an und komm hinaus in den Garten.«

Meine Glieder waren von dem Entspannungsbad ganz schwer geworden, ich bewegte mich wie in Zeitlupe. Als ich endlich angezogen war, suchte ich mir eine Decke und hüllte mich hinein. Für eine Weile wollte ich die wohlige Wärme in meinem Körper bewahren.

Susanne lag, umgeben von drei Katzen, auf einer Gartenliege. Auch auf der zweiten Liege hatte sich eine Katze breit gemacht. Vorsichtig scheuchte ich sie hinunter.

»Müssen turbulent gewesen sein, die letzten Tage.« Mit kritischem Blick nahm sie mein Gesicht unter die Lupe.

»Sieht man mir das etwa schon an?«

Sie schüttelte den Kopf. »Die Sterne haben aber so etwas angedeutet.«

»Der Spuk hört einfach nicht auf.« Ich erzählte ihr von dem Stacheldraht, Doktor Wolters und Rieke Lohoff, von den Brötchen und den blockierten Tränken. »Ich bin heute zur Polizei gegangen und habe Anzeige gegen Unbekannt erstattet.«

Einmal mehr verlieh ihr Blick ihrer Überzeugung Ausdruck, dass eine solche Anzeige zu nichts führte. »Was sagt denn dein Anwalt?«

»Ich habe ihn noch nicht wieder gesprochen. Mittwoch habe ich das Kündigungsschreiben in seine Kanzlei gebracht. Er war aber leider nicht da.«

»Bist du sicher, er taugt etwas?«, fragte sie zweifelnd. »Willst du nicht lieber zu Viktor Janssen gehen?«

»Ich war bei Viktor Janssen.«

»Und?«

»Er hat Leberkrebs im Endstadium. Als ich ihn besuchte, war er im Tiefschlaf.«

»Was soll dieser Unsinn, Carla?« Es schien sie eine ungeheure Selbstbeherrschung zu kosten, mir nicht an die Stirn zu fassen, um zu prüfen, ob ich Fieber hatte.

»Das ist kein Unsinn«, entgegnete ich verhalten. »Viktor Janssen ist mein Vater. Ich habe ihn seit zwanzig Jahren nicht mehr gesehen und jetzt auch nur besucht, weil sein Lebensgefährte nicht lockergelassen hat.« Obwohl das nicht ganz der Wahrheit entsprach. Ich hatte auch eigene Gründe gehabt.

Ganz offensichtlich fiel es ihr schwer, diese Information zu verdauen. »Dein Vater?«

»Ja. Meine Mutter und ich sind hier weggezogen, als ich vierzehn war.«

»Ist Viktor Janssen nicht homosexuell?« Sie hatte laut gedacht. »Dann ist er also einer von denen, die erst mal den steinigen Weg zurücklegen mussten.« Ihr Tonfall zeugte von Mitgefühl.

Mit ihm? Für einen Moment fehlten mir die Worte. »Und mich hat er gleich mit über diesen Weg gezerrt«, sagte ich sarkastisch. Ich erzählte ihr von den *glorreichen Fünf* und auf welche Weise sie sein Bekenntnis zur Homosexualität ausgeschlachtet hatten. »Ich war nicht nur die dicke Planschkuh, ich war auch der Schwulenbalg, das Kuckucksei und die Lesbe.«

»Hattet ihr keinen Vertrauenslehrer, mit dem du über so etwas hättest reden und der hätte eingreifen können?«

»Natürlich hatten wir den, aber ich hatte Angst, dass es dann nur noch schlimmer werden würde.« Einen Moment lang verlor ich mich in meinen Erinnerungen. »Mein Vater war damals erwachsen, er hätte wissen müssen, dass seine Handlungen Konsequenzen haben, und zwar nicht nur für ihn.«

»Ich denke, dass ein Mensch in seiner Situation nichts anderes tut, als über die Konsequenzen nachzudenken. Aber er versucht auch, gegen die Qual anzugehen, die es bedeutet, auf Dauer seine eigene Identität zu verleugnen.«

»Du klingst, als hättest du dich mit Franz Lehnert verbündet.«

»Glaubst du allen Ernstes, dass es deinem Vater leicht gefallen ist? Dass er nicht gezweifelt und gehadert hat? Dass er keinen Preis gezahlt hat?«

»Und was ist mit dem Preis, den meine Mutter gezahlt hat? Und ich?«

»Ihr habt alle dafür bezahlen müssen. Aber dein Vater hat sich das nicht ausgesucht. Er hatte keine Wahl.«

»Natürlich hatte er die. Ich hatte an dem Nachmittag damals nicht das Gefühl, dass der Typ ihn vergewaltigt hat.«

»Dieser Zynismus steht dir nicht, Carla. Außerdem weißt du genau, dass du ihm Unrecht tust.« Ihr Tonfall hatte an Schärfe gewonnen, woraufhin die Katzen beleidigt von der Liege sprangen. »Und mit dem Selbstmitleid, in dem du badest, tust du dir keinen Gefallen. Hast du dich mal gefragt, warum du deine Baseballschläger-Therapie nicht auch bei deinem Vater angewandt hast?«

»Ich verstehe nicht, was du meinst«, wich ich aus.

»Das glaube ich dir nicht.« Sie hielt meinen Blick fest. »Diese fünf hast du dir einem nach dem anderen vorgenommen, sie nach allen Regeln der Kunst zusammengeschlagen und dich an ihnen gerächt. Warum hast du das Gleiche nicht mit deinem Vater gemacht?«

»Wer sagt dir, dass ich das nicht getan habe?«

»Meine Intuition. Also, warum hast du es nicht getan?«

Ich tat, als habe ich ihre Frage nicht gehört.

»Dann sage ich es dir: Weil du den Unterschied erkannt hast.

Die fünf waren Sadisten, und das ganz bewusst. Dein Vater hat dir wehgetan, aber er hatte nie vor, dich zu verletzen. Ihm kannst du nur verzeihen. Ich bin sicher, dein Vater wünscht sich nichts sehnlicher. Indem du ihm das versagst, meinst du, die Kontrolle zu behalten. Du hast Angst, den Geschehnissen wieder so hilflos ausgeliefert zu sein, wie du es als junges Mädchen warst. Aber du bist zwanzig Jahre älter, Carla. Du bist nicht mehr hilflos.«

Vielleicht hätte ich Susanne an diesem Morgen mit in den Stall nehmen sollen, dann hätte sie auch Basti etwas über die Kunst des Verzeihens erzählen können. Er machte mir Vorwürfe und ließ keines meiner Argumente gelten. Ich hätte ihn enttäuscht und einen vielleicht nicht wieder gutzumachenden Vertrauensschaden zwischen ihm und seinem Großvater verursacht. So etwas ließe sich nicht ohne weiteres entschuldigen. Außerdem zähle er nicht zu jenen bequemen Kreaturen, die meinten, der Zweck heilige jedes Mittel. Wenn ich ein bisschen länger darüber nachgedacht hätte, wäre ich ganz sicher auf eine bessere Lösung gekommen.

Die ganze Unterhaltung hatte in einer beachtlichen Lautstärke stattgefunden, was Heide dazu veranlasste, sich zwischen uns aufzubauen und uns mit dem Hinweis »Die Pferde!« zurechtzuweisen. Fast augenblicklich musste ich an meinen kurzen Traum in Susannes Badewanne denken. Ich sparte mir jedes weitere Wort und floh ins Büro.

Ich hatte die Tür noch nicht ganz aufgestoßen, als das Telefon klingelte. Ulf Neupert teilte mir mit, dass er der Kündigung des alten Pattberg widersprochen habe. Eine Kopie seines Schreibens gehe mir per Post zu. Meine Frage, ob er es angesichts der zahlreichen Taten des Alten nicht langsam für angebracht hielte, die Anzeige gegen Unbekannt in eine gegen Hans Pattberg umzuwandeln, beantwortete er mit einem klaren Nein. Immerhin hätte ich mir den einzigen wirklichen Beweis, nämlich das Reitzubehör, im Zuge einer Straftat beschafft. Würde ich Hans Pattberg anzeigen, würde unweigerlich der Einbruch beziehungsweise der Hausfriedensbruch zur Sprache kommen. Anstatt mich selbst zu bezichtigen, solle ich mir auf legale Weise hieb- und stichfeste Beweise besorgen.

»Na prima«, murmelte ich gereizt, nachdem ich den Hörer aufgelegt hatte. Woher sollte ich diese Beweise denn nehmen?

Erneut griff ich zum Hörer und wählte Rieke Lohoffs Nummer. Nach zweimaligem Klingeln hatte ich sie am Apparat. Ich erklärte ihr, worum es ging, und bat sie, mir das Original des anonymen Briefes zu schicken. Sie versprach, ihn noch am selben Tag in die Post zu geben.

Dann rief ich im Veterinäramt in Plön an und ließ mich mit Doktor Wolters verbinden. Wie nicht anders zu erwarten, hatte er meine Bitte längst vergessen.

»Moment«, sagte er, »ich frage meine Mitarbeiterin, wann der Mann hier angerufen hat.«

Während ich ihn im Hintergrund mit jemandem sprechen hörte, hielt ich gespannt den Atem an.

»Freitagvormittag …«, sagte er.

Also hatte der alte Pattberg vor unserem letzten Gespräch beim Veterinäramt angerufen. Blieb zu hoffen, dass es definitiv seine letzte Tat gewesen war.

»… die Frau hat am Freitagvormittag angerufen.«

»Die Frau? Es war eine Frau?« Diese Nachricht traf mich wie ein Schlag. »Ist sich Ihre Mitarbeiterin da ganz sicher?«

»Die Verbindung sei nicht sehr gut gewesen, sagt sie. Der Anruf kam wohl von einem Handy. Aber es hat sich unzweifelhaft um eine Frau gehandelt.«

»Danke«, murmelte ich und legte auf, während mir meine Gedanken weit vorauseilten.

Woran erinnerte mich das? Eine Frau und ein Handy …? Natürlich! Die Heubestellung bei Lene Broders war auch von einer Frau über ein Handy storniert worden.

»Melanie Fellner, du Miststück«, fluchte ich laut. Und ich hatte angenommen, die Stornierung der Heubestellung habe ihr als Rache genügt.

Ich vergegenwärtigte mir unser Gespräch im Café in Lütjenburg. Wie waren ihre Worte gewesen? *Nimm beispielsweise den Bungehof. Wenn heute jemand über dich erzählte, du würdest die Pferde vernachlässigen, hättest du morgen die erste Kündigung auf dem Tisch.* Und jetzt hatte tatsächlich jemand beim Veterinäramt erzählt, ich würde die Pferde vernachlässigen.

War es erst vor neun Tagen gewesen, dass ich die Meinung vertreten hatte, man könne einem unbescholtenen Bürger keinen Rufmord anhängen? Ich hörte Melanie so deutlich reden, als stünde sie neben mir: *Du kannst jedem einen Rufmord anhängen, wenn du es nur geschickt anstellst, auch dir.* Und sie hatte es geschickt angestellt. Sie versuchte, mir anzutun, was angeblich ihrem Bruder angetan worden war. Um mir zu beweisen, dass sie im Recht und ich im Unrecht war.

Ich spürte eine ungeheure Wut in mir aufsteigen. Gegen Melanie, die ganz offensichtlich nicht davor zurückschreckte, meine Existenz zu gefährden. Und gegen ihren Bruder, der über sein Grab hinaus einen solchen Einfluss auf uns alle hatte. Ich musste dem Ganzen ein Ende setzen.

Während ich wie ein Tiger im Käfig im Büro hin- und herrannte und mir eine zündende Idee herbeisehnte, klopfte Kyra, eines der Mädchen aus Bastis Fanclub, an die Tür. Ungeduldig sah ich sie an.

»Hallo, Frau Bunge. Basti sagte, sie hätten eine Platine gefunden.«

»Eine Platine?«

»So ein kleines Plättchen.«

»Ach, dieses Ding. Das habe ich an die Pinnwand gehängt.« Ich zeigte auf das kleine Teil, das dort in einer Klarsichthülle hing.

Freudig folgte sie meinem ausgestreckten Zeigefinger. »Meine Eltern haben hier neulich Fotos gemacht. Beim Wechseln muss ihnen die Platine heruntergefallen sein. Ich war schon ganz enttäuscht.«

»Na, dann ist ja jetzt alles gut«, sagte ich mit einem Lächeln. Wahrscheinlich waren auf dieser Platine auch einige Fotos von Basti.

Eilig holte sie sich das kleine Teil von der Pinnwand und verschwand mit einem fröhlichen Winken.

Kyra war kaum aus der Tür, als ich mir bereits wieder den Kopf zerbrach, wie Melanie zu stoppen sein würde. Die Möglichkeit, sie anzuzeigen, verwarf ich sofort wieder. Letztlich hatte ich auch in ihrem Fall nur Mutmaßungen und keine Beweise. Ich erwog sogar die Möglichkeit, mit Karen zu sprechen, verwarf sie jedoch gleich wieder. Dann kamen mir Susannes Worte in den Sinn: *Geh hin und entschuldige dich bei ihr,* hatte sie gesagt. *Die Polizei kann dir nicht helfen. Und so eine Entschuldigung ist schnell ausgesprochen. Letztlich sind es nur Worte.*

Ich musste daran denken, mit wie viel Überzeugung ich ihr prophezeit hatte, das sei das Letzte, was ich tun würde.

»Du schon wieder«, begrüßte Melanie mich. Sie striegelte ein an der Stallwand angebundenes Pferd, dessen Fell in der Sonne bereits glänzte. Die Vitalität des Tieres stand in krassem Gegensatz zu dem Eindruck, den sie vermittelte. Ihn als jämmerlich zu beschreiben wäre untertrieben gewesen. Ihre Gesichtsfarbe war noch fahler als bei unserer letzten Begegnung, ihren Bewegungen fehlte jede Kraft. Es wäre ein Hohn gewesen, sie zu fragen, wie es ihr gehe.

»Ich habe noch einmal über alles nachgedacht, Melanie«, begann ich. »Du weißt schon … über die Sache mit deinem Bruder.« Mir wurde schlecht bei meinen Worten.

Sie reagierte nicht. Ich war nicht einmal sicher, ob sie mir überhaupt zuhörte.

»Ich habe dir unrecht getan, es …«

»Ihm«, unterbrach sie mich. »Ihm hast du unrecht getan. Udo!« Sie sah mich immer noch nicht an.

»Also gut.« Entschieden schluckte ich gegen meinen inneren Widerstand an. »Ich habe Udo Unrecht getan. Das tut mir sehr Leid, und ich möchte mich dafür bei dir entschuldigen. Ich weiß nicht, was in mich gefahren ist, dass ich so reagiert habe.«

Sie hielt in ihrer Bewegung inne, drehte sich langsam zu mir um und forschte in meinem Gesicht. Ich nahm an, sie suchte darin nach der Wahrheit. »Woher dieser plötzliche Sinneswandel?«

»Ich möchte, dass du mir verzeihst.« Wäre es nicht um meine Existenz gegangen, wären mir diese Worte nicht über die Lippen gekommen. Am liebsten hätte ich sie zur Rede gestellt, sie angeschrien und ihr gedroht.

Mit bedächtigen Schritten kam sie auf mich zu. »Was hat dich dazu veranlasst, von deinem selbstgerechten Thron hinabzu-

246

steigen?« Sie blieb dicht vor mir stehen und ließ mich nicht aus den Augen. »Wackelt er womöglich?«

Warum fragte sie? Sie hatte es doch darauf angelegt. Mir kam die Galle hoch. »Lass uns bitte versuchen, all den Groll zu begraben. Mir bekommt er nicht und dir bestimmt auch nicht.«

»Das lass mal meine Sorge sein, was mir bekommt und was nicht.«

Was wollte sie – dass ich auf den Knien vor ihr rutschte und sie anflehte? Es waren zwar nur Worte, wie Susanne meinte, aber manche blieben besser unausgesprochen. Ich sah sie stumm an. Meinem abwartenden Blick gelang es jedoch nicht, ihr eine Reaktion zu entlocken.

»Melanie, es ist niemandem damit gedient, wenn du weiter auf mich böse bist.«

»Böse ist untertrieben. Und wer sagt, dass niemandem damit gedient ist? Wenigstens spüre ich etwas, wenn ich wütend auf dich bin. Alles andere ist tot.«

»Sag mir, was ich tun soll, damit du mir verzeihst.«

Als wäre ein Schalter umgelegt worden, schien sie von einer Sekunde auf die andere in sich zusammenzufallen. »Ich kann noch nicht einmal mehr weinen«, stammelte sie, »es ist alles tot, wie abgeschnitten.«

Ich sah sie an und fragte mich, woher sie die Kraft genommen hatte, ihre Sabotageakte gegen mich in die Tat umzusetzen. Sie war ein Häufchen Elend, das unter anderen Umständen mein Mitgefühl verdient hätte. »Und wenn du mal Urlaub machst?«

»Dann würde alles noch viel schlimmer. So habe ich wenigstens meine Arbeit und bin ein bisschen abgelenkt.«

»Melanie … es tut mir wirklich Leid.« Dieses Mal musste ich mich nicht verstellen. »Kann ich irgendetwas für dich tun?«

247

Wie verloren sah sie durch mich hindurch. Nach einer mir unendlich erscheinenden Weile schien ihr Blick zu mir zurückzukehren. »Ich glaube nicht. Ich hoffe einfach auf die Zeit. Die meisten sagen, mit der Zeit würde es besser.«

19

Diese Sache mit der Zeit ist seltsam, überlegte ich, während ich auf den Steinen hinter meinem Haus dem Sonnenuntergang zusah. Manchen Dingen nahm sie den Stachel, bei anderen hingegen ließ sie ihn wachsen. So ging es mir mit Christian. Mit jedem Tag, der ins Land zog, wurde der Schmerz ein bisschen größer. Weder den aufwühlenden Gesprächen der vergangenen Tage noch den alarmierenden Ereignissen war es gelungen, die Gedanken an ihn zu verdrängen. Wäre es wenigstens nur Eifersucht auf Nadine gewesen – damit hätte ich fertig werden können. Aber es war mehr. Und das ängstigte mich.

»Carla?!«, hörte ich jemanden rufen.

»Ich bin hinterm Haus.«

Sekunden später balancierte Susanne über die Steine und ließ sich neben mir nieder. »Hallo«, sagte sie außer Atem.

»Bist du hierher gerannt?«

»Nicht ganz, ich habe das Fahrrad genommen.«

»Seit wann fährst du Fahrrad?«

»Seitdem ich Kondition fürs Reiten brauche«, antwortete sie mit einem Grinsen. »Glaubst du, ich will mich bei dir blamieren?«

»Hast du dir endlich eine Reithose und Reitstiefel gekauft?«

»Habe ich.«

»Dann können wir ja vielleicht diese Woche noch anfangen. Ich werde gleich morgen in den Plan sehen, wann etwas frei ist.«

»Erst werde ich mir ein bisschen Kondition antrainieren. Glaubst du etwa, nur weil ich mit dieser Haarfarbe herumlaufe, bin ich völlig uneitel? Ich möchte eine gute Figur auf dem Pferd machen. Und wie sieht es denn aus, wenn mir bereits nach den ersten Galoppsprüngen die Zunge aus dem Hals hängt!«

Ich musste lachen. »Du wirst wie alle anderen ganz gemächlich im Schritttempo anfangen.«

»Wie langweilig.«

»Über Langeweile unterhalten wir uns, wenn du auf dem Pferd sitzt.«

Sie tat so, als sei sie beleidigt, konnte diese Attitüde jedoch nicht lange durchhalten. Der Sonnenuntergang war so außergewöhnlich farbintensiv, dass er uns beide gefangen nahm. Völlig gebannt sahen wir diesem feuerroten Schauspiel zu.

»Jetzt habe ich endlich einen Namen für deine Haarfarbe«, sagte ich, als der rote Ball im Meer verschwunden war. »Sonnenuntergangsrot.«

»Dir scheint es besser zu gehen. Was ist geschehen?«

Mein Seufzer konnte sich hören lassen. »Ich habe heute Morgen mit dem Amtstierarzt telefoniert und erfahren, dass der anonyme Anruf im Veterinäramt von einer Frau kam. Ob du es glaubst oder nicht – es war Melanie, die dahinter gesteckt hat. Also habe ich deinen Rat befolgt, bin zu ihr gefahren und habe mich bei ihr entschuldigt. Ich musste kräftig gegen meinen Widerwillen anschlucken, aber als ich mir vor Augen hielt, was ich zu verlieren habe, ging es eigentlich ganz einfach.« Ich atmete hörbar aus. »Ist es nicht unglaublich, dass zwei Menschen unabhängig voneinander von einem Tag auf den anderen den Bungehof attackiert haben? Und dann auch noch aus so unterschiedlichen Motiven! Darauf muss man erst einmal kommen. Wer von beiden für was verantwortlich ist, werde ich wahrscheinlich nie genau erfahren. Aber die Hauptsache ist schließlich, dass es vorbei ist. Ich frage mich nur, wie Melanie es geschafft hat, sich auf dem Bungehof zu bewegen, ohne dass sie einem von uns aufgefallen ist.«

»Warum hast du sie das nicht gefragt?«

»Ich habe sie überhaupt nichts gefragt, ich habe mich nur entschuldigt. Sonst wären wahrscheinlich doch noch die Pferde mit mir durchgegangen, ich hätte ihr Vorwürfe gemacht und das Ganze wäre eskaliert. Mir geht es nur noch darum, dass auf dem Bungehof endlich wieder Ruhe einkehrt.«

Wir schwiegen beide und sahen zwei Möwen zu, die sich bekriegten.

»Ich bin froh, eine so kluge Freundin wie dich zu haben«, sagte ich nach einer Weile dankbar.

Sie sah mich von der Seite an. »Hattest du damals eigentlich keine Freundin, die dir beigestanden hat?«

»Für kurze Zeit schon.« Mein Blick folgte einem einsamen Strandspaziergänger.

»Erzähl!«

»Das ist so lange her, Susanne«, wehrte ich ab.

»Na, komm schon, wie war sie?«

»Wie Nadine war?« Ich holte tief Luft und ließ sie hörbar entweichen. »Ungewöhnlich … jedenfalls für uns Kleinstadtjugendliche. Sie war von Kopf bis Fuß durchgestylt und immer perfekt geschminkt. Sie kam kurz nachdem sich die Homosexualität meines Vaters herumgesprochen hatte. Da hatte ich schon jegliches Selbstwertgefühl verloren, schlich stets als Letzte in die Klasse und rannte als Erste wieder hinaus. Es war immer wie ein Wettlauf. War ich schneller als die Hänseleien, dann war es ein guter Tag.« Mit der Handfläche strich ich über einen Stein und spürte die Kälte. »Nadine war vom ersten Tag an in der Klasse ebenso eine Außenseiterin wie ich, und das lag nicht allein daran, dass sie mit ihrer modebewussten Aufmachung aus dem Rahmen fiel. Sie hätte auch als graue Maus keine Chance auf eine andere Rolle gehabt. Die Gerüchte waren ihr vorausgeeilt. Während eines Urlaubs hatte sich ihre Mutter, die Theaterschauspielerin in Hamburg war, in einen Plöner Hotelier verliebt. Und das so heftig, dass sie ihren Mann, Nadines Vater, verließ und mit ihrer Tochter nach Plön zog. Nadines Verhängnis bestand darin, dass dieser Hotelier eine Frau und ein Zwillingspärchen in Nadines Alter hatte, die er wegen ihrer Mutter verließ. Es muss eine sehr unschöne Trennung gewesen sein, die die Gemüter gegen ihn aufbrachte. Das bekam vor allem Nadine zu spüren. Dieses Zwillingspärchen ging in unsere Parallelklasse und war sehr beliebt. Die Geschichte war für die *glorreichen Fünf* ein gefundenes Fressen. So wie ich meine unverwechselbaren Namen bekommen hatte, bekam Nadine die ihren. Sie hieß entweder Kleiderstange, Schminkkasten, Schaufensterpuppe oder Hurentochter. An einem Tag waren wir *die Dicke und die Schicke,* am anderen *Dick und Doof.«*

Mit einem Kopfschütteln drückte Susanne ihre Zigarette auf einem der Steine aus.

»Ich schäme mich dafür«, fuhr ich einem inneren Drang folgend fort, »aber in den ersten Tagen war ich froh, dass sie endlich ein anderes Opfer hatten, das die Aufmerksamkeit von mir ablenkte. Deshalb wimmelte ich auch zunächst jeden ihrer Annäherungsversuche ab. Sie wirkte so stark, ich dachte, sie könnte es ertragen. Aber was ich als Stärke interpretiert hatte, war nur Trotz.« Ich schluckte. »Meine Schonzeit dauerte tatsächlich nur ein paar Tage. Als ich gewahr wurde, dass sie sich jetzt anstatt einer zwei Außenseiterinnen vornahmen, ging ich auf Nadine zu. Ich erinnere mich noch an unser erstes Gespräch nach der Schule. Es war, als wären zwei Dämme gebrochen. Jede von uns klagte der anderen ihr Leid. Von da an ging es uns beiden etwas besser.«

»Und ihr habt euch angefreundet?«

Ich nickte. »Aber die Schikanen in der Schule haben unser beider Lebensgefühl stark überschattet. In unseren Gesprächen drehte es sich nie um Jungs, Musik oder Pickel. Das Einzige, was tatsächlich altersgemäß war, war das Gefühl, von unseren Eltern unverstanden zu sein. Heute würde ich sagen, sie haben uns vernachlässigt, weil sie viel zu sehr mit sich selbst beschäftigt waren – im Glück wie im Unglück.«

»Es muss schrecklich für deine Freundin gewesen sein, als du nach München gezogen bist …«

Ich schwieg.

Susanne strich sich über die Arme, als friere sie. »Eine Freundin, die man tagtäglich sieht, ist doch irgendwie etwas anderes als eine, mit der man nur hin und wieder telefoniert oder sich schreibt.«

»Ich habe den Kontakt zu ihr abgebrochen. Damals dachte ich, es wäre besser so.«

»Was ist gut daran, wegen ein paar hundert Kilometern Entfernung eine Freundschaft abzubrechen?«, fragte sie erstaunt.

Ich sah in den Himmel und dachte an die Szene im Biologieraum. Wie sollte ich Susanne erklären, dass es für mich nur diesen Weg gegeben hatte? »Es ist damals etwas geschehen, das … du musst dir vorstellen …«

»Was?«

Schweren Herzens gab ich mir einen Ruck. »Nadine und ich

waren stets die Ersten, die aufsprangen und hinausliefen, wenn die Klingel für den Schulschluss ertönte«, begann ich tonlos zu erzählen. »An diesem Tag war jedoch alles anders. Ich musste nach dem Biologieunterricht bleiben und den angrenzenden Materialraum aufräumen, da ich meine Hausaufgaben nicht gemacht hatte. So schnell, wie ich sonst das Klassenzimmer verließ, ging ich nach nebenan und begann meine Strafarbeit. Mit halbem Ohr hörte ich die üblichen Geräusche – Stühlerücken und Schritte, die sich Richtung Ausgang bewegten. Doch dann war da ein Aufschrei, und ich schaute durch den Türspalt.«

»Ja und?«

Ich versuchte, das Bild meiner Erinnerung in Worte zu fassen. Für einen Moment schloss ich die Augen. »Nadine musste aufgestanden sein, um zu gehen, als Karen, die hinter ihr saß, schrie: *Igitt, da ist ja überall Blut.* Nadine sah sich erschrocken um, sie dachte, jemand sei verletzt. Dann bemerkte sie, dass alle sie anstarrten und Karen auf sie zeigte. Als sie an sich hinuntersah, entdeckte sie rote Flecke auf ihrer weißen Hose. Nadine hatte zum ersten Mal ihre Tage bekommen und es nicht gemerkt. Die Feuchtigkeit ihrer Hose hatte sie für Schweiß gehalten. Es war einer der heißesten Tage in jenem Sommer. Sie wurde kreidebleich, ließ sich augenblicklich zurück auf ihren Stuhl fallen und legte sich ihre Schultasche auf den Schoß.«

»Was für ein Alptraum!« Susanne ließ mich nicht aus den Augen.

»Ich sehe sie noch immer vor mir, wie sie da sitzt«, sagte ich leise, »mit gesenktem Kopf. Ihre ganze Körperhaltung drückte die Hoffnung aus, so schnell wie möglich den Blicken der anderen zu entkommen. Sie schien immer kleiner zu werden. Ich stand mit angehaltenem Atem hinter der Tür und wartete, dass die anderen den Raum verließen. Die meisten taten es auch, nachdem sie sich satt gegafft hatten – natürlich nicht ohne den einen oder anderen saftigen Kommentar.«

»Und die *glorreichen Fünf* blieben«, sagte Susanne wie zu sich selbst.

»Ja. Ich glaube, sie kosteten jede Sekunde von Nadines Qual aus. Sie hielten ihr vor, wie ekelhaft es sei, dass der Blutgeruch schon durchs Klassenzimmer ziehe und dass mit ihr etwas nicht stimmen könne, denn sie blute ja wie ein angestochenes Schwein.« Mir stiegen Tränen in die Augen.

»Diese miesen kleinen …«

»Sie hat sie angefleht, hinauszugehen und sie in Ruhe zu lassen, aber sie gingen nicht. Im Gegenteil: Sie zerrten ihr die Schultasche vom Schoß und zogen sie auf ihrem Stuhl in den Gang zwischen den Reihen. Dort machte Udo dann Fotos von ihr.«

»Nein!« Susannes Augen weiteten sich vor Entsetzen.

In einem steten Strom liefen mir Tränen übers Gesicht. »Ein paar Tage später kursierten diese Fotos auf dem Schulhof.«

Das Schweigen, das meiner Erzählung folgte, dauerte nicht lange. »Du hast sie hängen lassen«, sagte Susanne. Sie klang, als wäre sie gerade aus allen Wolken gefallen. »Du bist da hinter der Tür stehen geblieben …«

Ich nickte, während mir ein Schluchzen die Kehle eng werden ließ.

»Hat sie dir das je verziehen?«, fragte sie nach einigen Minuten, die mir wie eine Ewigkeit vorkamen.

»Ich habe sie darum gebeten, aber nachdem ich zwanzig Jahre mit meiner Entschuldigung gewartet habe, kann ich nicht von ihr verlangen, dass sie meiner Bitte sofort nachgibt.«

»Zwanzig Jahre?«

»Ich habe mich vorgestern mit ihr getroffen, sie macht Urlaub hier. Du kennst sie übrigens. Nadine ist die *Blonde mit der Ausstrahlung.*«

»Was? Das ist deine Nadine?«, fragte sie verwundert.

»Ja. Ich weiß noch, wie du sie mir beschrieben hast: als unglücklich und wie jemanden, der ständig in Kampfbereitschaft ist. So habe ich sie auch empfunden. Sie leidet immer noch sehr unter der Zeit damals.«

»Zeig mir die Frau, die so etwas vergisst.« Nachdenklich sah Susanne vor sich auf die Steine, während sie mit einem Stöckchen in den Ritzen herumstocherte. »Was will sie nach all den Jahren auf einmal hier?«

»Ich weiß nur, dass sie Karen wiedersehen wollte, um herauszufinden, ob sie bereut, was damals geschehen ist.«

Susanne sah mich erstaunt an und runzelte die Stirn. »Sie tut sich keinen Gefallen, wenn sie die Dinge nicht ruhen lässt. Ich war auch einmal so unglücklich, so voller Groll und Hass auf Lutz und die Freundin, die wegen der Schulden, die sie bei ihm hatte, gelogen hat. Doch dann wurde mir eines Tages bewusst, dass mich diese beiden Menschen, die mir so übel mitgespielt hatten, durch meine Tage und Nächte begleiteten. Sie ließen mich nicht los. Oder vielleicht sollte ich besser sagen: Ich ließ sie nicht los. Indem ich mir immer wieder vorstellte, wie es sein würde, mich an ihnen zu rächen, gab ich ihnen Macht über meine Gedanken.« Sie atmete tief durch, so wie ich, wenn ich versuchte, den Ring um meine Brust zu sprengen. »Das Loslassen war schwer, aber schließlich habe ich es geschafft.«

»Ich glaube, so weit ist Nadine noch längst nicht. Sie hat sogar auch die anderen vier wieder getroffen, nur um festzustellen, dass sie sich keinen Deut geändert haben.« Aus der zunehmenden Dämmerung traten die Lichter von Hohwacht hervor. Die Kälte der Steine kroch in meinen Körper. Mit steifen Gliedern stand ich auf. »Ist Christian glücklich mit ihr?«, fragte ich leise.

»Ich wünschte, ich könnte dir das beantworten, Carla.«

Der Monat Mai dieses Jahres hatte mich gelehrt, dass es ein Trugschluss sein konnte, zu früh aufzuatmen und sich in Sicherheit zu wiegen. Anstatt mich zu entspannen, verharrte ich in einer merkwürdigen Habtachtstellung. Hans Pattberg würde vielleicht noch den einen oder anderen Vorstoß in Richtung Kündigung wagen, aber ich hoffte, ihn mit Hilfe von Ulf Neupert in Schach halten zu können.

Und Melanie? Bei ihr kam es ganz entscheidend darauf an, ob ich meine Entschuldigung überzeugend vorgetragen hatte. Tagelang versuchte ich, meine Augen überall zu haben, suchte die Weiden nach kolikverdächtigem Futter und die Zäune nach Beschädigungen ab. Inspizierte, wann immer ich konnte, die Boxen und hielt die Futterkammer verschlossen, damit niemand etwas in die Säcke mischen konnte. Erst als fünf Tage lang nichts geschehen war, begann ich Hoffnung zu schöpfen. Zu dieser Hoffnung trug ganz entscheidend der Artikel von Rieke Lohoff bei, der in der Wochenendausgabe der Zeitung stand. Von einem *vorbildlich geführten Pferde- und Reiterhof* war dort die Rede, der *nicht von ungefähr so beliebt bei Zwei- und Vierbeinern* sei. *Die Warteliste* sei *legendär, die Stimmung beneidenswert* und *der Qualitätsanspruch von Carla Bunge nachahmenswert.* Ich hatte den Artikel verschlungen und sie gleich darauf angerufen und mich überschwänglich bedankt.

Eine Stimme in meinem Inneren warnte mich davor, dass solch ein Artikel durchaus dazu angetan sein konnte, Melanies Eifersucht erneut zu schüren. Deshalb hoffte ich, sie würde die Zeitung gar nicht erst in die Hände bekommen. Allerdings konnte ich es mir nicht verkneifen, Hans Pattberg eine Ausgabe in den Briefkasten zu werfen.

Dass auch andere diesen Artikel für ihre Zwecke nutzten, machte mir Ilsa Neumann strahlend klar. »Ich habe Ihnen doch von dem Junggesellen erzählt, Frau Bunge, von dem, der auch zu unserem Sommerfest kommt.«

»Daran erinnere ich mich gar nicht.«

»Sie erinnern sich sowohl an das Fest als auch an die Aussicht auf nette Gesellschaft!« Sie drohte mir schelmisch mit dem Zeigefinger. »Diesem jungen Mann habe ich den Artikel zu lesen gegeben. In natura sehen Sie zwar besser aus, aber er war von dem Foto in der Zeitung ganz angetan.«

»Frau Neumann«, stöhnte ich laut auf, »wie oft soll ich es Ihnen noch sagen: Ich stehe nicht zur Disposition.«

»Warten Sie, bis Sie ihn gesehen haben.« Sie zwinkerte mir geheimnisvoll zu.

Mit einer übertriebenen Geste fasste ich mir ans Herz. »Jetzt bereiten Sie mir aber schlaflose Nächte.«

»Drei Wochen müssen Sie noch ausharren …«

Basti ließ mich schmoren. Auch nachdem ich ihm von Melanie erzählt und mich bei ihm entschuldigt hatte, verhielt er sich mir gegenüber kühl und verhalten.

»Was soll ich tun?«, fragte ich ihn. »Purzelbäume schlagen, damit du mal wieder lachst?«

Sein vorwurfsvoller Blick war nur schwer zu ertragen. »Ich habe dich ständig verteidigt bei meinem Großvater, und dann fällst du mir so in den Rücken.«

»Mittlerweile weiß ich auch, dass es falsch war. Mir sind die Nerven durchgegangen. Ich hatte Angst, der Bungehof würde den Bach runtergehen.«

»Und diese Angst musstest du loswerden – ohne Rücksicht auf Verluste. Kannst du dir überhaupt vorstellen, was für eine Stimmung bei uns drüben herrscht? Mein Großvater schneidet mich, wo er nur kann.«

»Soll ich mit ihm reden?«

»Wenn du mir einen Gefallen tun willst, dann mach in der nächsten Zeit einen großen Bogen um sein Haus. Du bist ein rotes Tuch für ihn.« Bastis Miene nach zu urteilen, hätte er nichts dagegen gehabt, wenn ich auch um ihn einen großen Bogen machte.

Unglücklich wandte ich mich ab und prallte mit dem Besitzer von Donna zusammen.

»Hallo, Herr Gerber.«

»Ich würde gerne kurz mit Ihnen reden, Frau Bunge.«

»Natürlich. Was gibt's?«

»Können wir ins Büro gehen?« Sein Blick verhieß nichts Gutes.

Schweigend legten wir die paar Meter zurück. Als ich die Tür des Büros hinter uns geschlossen hatte, deutete ich auf zwei Stühle und bat ihn, Platz zu nehmen. Er setzte sich auf die Vorderkante des Stuhls. Offensichtlich war ihm unbehaglich zumute.

»Geht es um Donna?«, fragte ich. »Sie haben sicher gesehen, dass wir ihr auf der Weide einen kleinen Freilauf abgetrennt haben, damit sie sich nicht so viel bewegen kann und sich schont.«

»Das habe ich gesehen. Ja … danke.« Er sah auf seine Hände und schien nach den richtigen Worten zu suchen. »Ich möchte Donnas Box zum nächsten Ersten kündigen.« Sein Räuspern klang unangenehm laut in meinen Ohren. »Ich weiß natürlich, dass die Kündigungsfrist drei Monate beträgt, aber ich denke,

in Anbetracht Ihrer langen Warteliste können Sie ein Auge zu-
drücken.«

Ich schluckte und versuchte, meine Worte gelassen klingen zu
lassen. »Das ist kein Problem, Herr Gerber, obwohl ich es natürlich sehr schade finde, Donna zu verlieren. Sie lebt immerhin schon mehr als drei Jahre auf dem Bungehof.« Intuitiv
wusste ich, dass meine Frage in die falsche Richtung zielte,
trotzdem stellte ich sie. »Ziehen Sie fort von hier?«

Er fühlte sich sichtlich unwohl und begann herumzudrucksen.
»Nicht direkt. Wir … meine Frau und ich … also wir glauben,
dass es für Donna ganz gut wäre, mal einen anderen Stall kennen zu lernen.«

Wenn heute jemand über dich erzählte, du würdest die Pferde ver-
nachlässigen und quälen, hättest du morgen die erste Kündigung
auf dem Tisch. Melanie hatte mir genau das prophezeit.

»Ist es wegen der Sehnenzerrung?«, fragte ich rundheraus.

Er wich meinem forschenden Blick aus. »Auch.«

»Wiegt die ganze Zeit vor dieser Verletzung so wenig?« Es
kostete mich einige Mühe, meine Worte nicht vorwurfsvoll
klingen zu lassen. »Ich bin der Meinung, dass Donna sich auf
dem Bungehof ganz prächtig entwickelt hat.«

»Es geht nicht nur um ihre Verletzung. Mir ist da einiges zu
Ohren gekommen.«

»Herr Gerber, bitte glauben Sie mir: Das sind Gerüchte, die
jeglicher Grundlage entbehren. Sie haben sicher gehört, dass
der Bungehof Probleme hat. Ich kann Ihnen aber versichern,
dass das nicht stimmt. Jemand …«

»Für mein Empfinden ist es ein Problem, wenn heimlich ein
Gatter geöffnet wird und die Tiere sich verletzen.«

»Jemand hat eine üble Kampagne gegen den Hof betrieben,
aber damit ist jetzt Schluss. Die Sache hat sich aufgeklärt.«

»Nehmen Sie es mir nicht übel, Frau Bunge, aber ich halte es für besser, Donna in einen anderen Stall zu bringen.« Sein Blick fiel auf Rieke Lohoffs Artikel, den ich an die Pinnwand gehängt hatte.

»Haben Sie den Artikel gelesen?«, fragte ich mit einem letzten Funken Hoffnung.

Er nickte. »Mich macht so etwas eher skeptisch. Marktschreier werden auch immer dann besonders laut, wenn die Ware kurz vorm Verderben ist.«

20

Donnas Besitzer hatte sich nicht umstimmen lassen und die Box zum Ende des Monats geräumt. Es dauerte keine zwei Tage, bis sie wieder belegt war, trotzdem kostete mich diese Sache Nerven. Zumal es drei Anläufe brauchte, um die Box neu zu vermieten. Zwei der Interessenten von meiner Warteliste drucksten am Telefon herum und sagten, sie hätten sich anderweitig orientiert. Die Gerüchteküche schien zu funktionieren.

Melanie und der alte Pattberg hatten mir bewiesen, dass die Geschicke des Bungehofs nicht allein in meiner Hand lagen. Susanne meinte, die Sterne hätten sich zu einer ungünstigen Konstellation zusammengefunden. Ich hingegen fand, es war ein unglückliches Zusammentreffen, dass dem einen das Angebot seines Lebens ins Haus geflattert war, während die andere sich mit dem Ende eines Lebens auseinander setzen musste, das ich nicht betrauerte.

Da sich alles aufgeklärt hatte, wie ich glaubte, zog ich meine Anzeige gegen Unbekannt zurück. Mit jedem Tag, der ins Land ging und an dem keine andere Schreckensmeldung zu verbuchen war, als dass sich ein paar Mäuse über einen Futtersack hergemacht hatten, gewann ich meine Zuversicht zurück. Zwar hatte sich Hans Pattberg einen Anwalt genommen, der sich in Spitzfindigkeiten erging und versuchte, den Vertrag doch noch zu kündigen, aber Ulf Neupert schlug sich wacker und ließ ihn nicht damit durchkommen.

Eine gewisse Unerbittlichkeit entwickelte auch ich, als es darum ging, mit Susanne einen Termin für ihre erste Reitstunde auszumachen. Sie hatte sich im Büro auf einem Stuhl niedergelassen, während ich den Terminplan an der Pinnwand studierte.

»Lass uns noch damit warten«, bat sie.

»Du willst aber nicht plötzlich kneifen, oder?«

»Ich will mich nur seelisch darauf vorbereiten.«

»Letzte Woche war es die Kondition, heute ist es die Seele. Warum sagst du nicht, dass du Angst vor deiner eigenen Courage hast?« Ohne auf ihr Widerstreben Rücksicht zu nehmen, suchte ich nach einem Termin, für den sie keine Ausrede würde erfinden können.

»Die Sterne stehen derzeit nicht günstig. Sie warnen davor, sich allzu hoch hinaus zu wagen.«

»Dann werde ich extra für dich ein Pony auftreiben.«

Ich hörte sie antworten, aber ihre Worte erreichten mich nicht, da meine Aufmerksamkeit plötzlich abgelenkt war. »Entschuldige mich bitte einen Moment, ich bin gleich zurück.«

Im Eilschritt lief ich hinaus zum Viereck, wo Basti mit einer hinter den Traktor gespannten Egge den Belag glatt zog. Ich machte ihm Zeichen, anzuhalten und den Motor abzustellen.

»Basti, kommt Frau Köster nicht mehr zum Reitunterricht?«

»Nein.«

»Ist sie abgereist?«

»Das kann ich dir nicht sagen. Aber wahrscheinlich hat sie eingesehen, dass es idealere Sportarten für sie gibt. Sie hat angerufen und gesagt, dass sie den Unterricht nicht fortsetzen will.« Er sah mich aufmerksam an. »Stimmt etwas nicht?«

»Nein, nein«, winkte ich ab, »alles in Ordnung.«

Zurück im Büro fragte ich Susanne. »Weißt du zufällig, ob Nadine abgereist ist?«

»Ich habe sie heute Morgen noch gesehen.«

Es waren eindeutig zwei Herzen, die in diesem Augenblick in meiner Brust schlugen, und ihr Schlag war alles andere als synchron. Das eine wünschte sie so weit wie möglich fort von Christian, das andere hoffte, sie würde nicht abreisen, bevor wir uns nicht noch einmal gesehen hatten. Dieses Mal wollte ich mich unbedingt von ihr verabschieden.

»Sie hat ihren Reitunterricht abgebrochen«, sagte ich irritiert.

»Täusche ich mich, oder schwingt da ein Hauch von verletzter Eitelkeit in deiner Stimme mit?«

»Findest du es nicht seltsam, dass sie sich gar nicht von mir verabschiedet hat? Immerhin …«

»Immerhin hattet ihr euch gerade erst wiedergetroffen. Meinst du das? Oder meinst du, weil du nach zwanzig Jahren endlich die Worte gefunden hast, um dich bei ihr zu entschuldigen, müsse sie um eurer alten Freundschaft willen …«

»Hör auf!«, unterbrach ich sie unwirsch.

»Carla, sie ist nur ehrlich. Ihr habt euch getroffen, du hast dich entschuldigt, und damit ist es gut. Es ist alles gesagt.«

»Aber ich weiß immer noch nicht, ob sie mir verziehen hat.«

»Vielleicht ist das ihre Rache – dich ein wenig schmoren zu lassen. Ich finde, das steht ihr zu.«

»Es ist seltsam, nachdem ich mit ihr geredet hatte, war ich erleichtert. Es war, als wäre eine Last von meinen Schultern gefallen, an deren Gewicht ich mich nie wirklich gewöhnt hatte. Aber nach dieser Erleichterung kam so etwas wie Enttäuschung. Insgeheim hatte ich gehofft, sie würde sich nach unserem Gespräch vielleicht noch einmal bei mir melden.« Ich holte tief Luft und atmete sie gleich darauf hörbar wieder aus. »Irgendwie hatte ich gehofft, es würde wieder gut zwischen uns.«

»Du hast gehofft, du würdest wieder die Gute«, sagte Susanne in ihrer unbeirrbaren Art. »Es fällt dir schwer hinzunehmen, dass du in ihrer Erinnerung vielleicht immer diejenige bleiben wirst, die sie im Stich gelassen hat.«

Ich musste nicht lange über ihre Worte nachdenken, um zu wissen, dass sie Recht hatte. Trotzdem kam mein Nicken mit Verzögerung.

»Aber so wie du mit der Ungewissheit leben musst, muss sie vielleicht mit den Schatten ihrer Vergangenheit leben, die sie immer wieder aufleben lässt. Und ich denke, da hast du eindeutig den leichteren Part erwischt.«

Auf ein forsches Klopfen hin steckte Franz Lehnert seinen Kopf durch den Türspalt. »Im Stall sagte man mir, dass ich Sie hier finde, Carla.«

Die zwei Herzen in meiner Brust hatten an diesem Tag viel zu tun. Einerseits freute ich mich, ihn zu sehen, andererseits bedeutete sein Besuch, dass er meinen Wunsch, Viktor Janssen aus meinem Leben herauszuhalten, ignorierte. »Hallo, Herr Lehnert«, sagte ich verhalten.

Fragend sah er zwischen Susanne und mir hin und her. »Ich kann auch später noch einmal wiederkommen …«

»Nein! Bleiben Sie!«, sagte Susanne. »Ich müsste ohnehin längst an meinem Arbeitsplatz sein.« Kaum war sie von ihrem Stuhl aufgesprungen, machte sie ihm ein einladendes Zeichen, sich zu setzen. »Bin schon weg.«

Ich hatte nicht vor, es Franz Lehnert leicht zu machen, deshalb weigerte ich mich, ihm eine Brücke zu bauen, und sah ihn nur stumm an.

Aber er brauchte keine Brücke, er nahm einfach Anlauf und sprang. »Sterbeforscher sind der Überzeugung, es seien die unerledigten Dinge, die den Menschen nicht zur Ruhe kommen lassen«, sagte er eindringlich, ohne mich dabei auch nur einen Moment aus den Augen zu lassen. »Auf Viktor übertragen heißt das: Er kann nicht loslassen, bevor er Sie nicht noch einmal gesehen hat. Eigentlich müsste er längst tot sein.«

»Finden Sie es fair, mir die Verantwortung zuzuschieben?«

»Ja«, antwortete er, ohne mit der Wimper zu zucken. »Bitte kommen Sie … so bald wie möglich. Jeder Tag, den Sie ins Land ziehen lassen, verlängert sein Leiden.« Er stand auf, um zu gehen.

»Ich …«

»Ihr Vater wartet auf Sie, Carla.« Er ließ mir keine Gelegenheit, noch etwas zu antworten. Kaum war er durch die Tür verschwunden, hörte ich ihn im Flur eine Entschuldigung murmeln.

Keine zwei Sekunden später baute sich Susanne im Türrahmen auf.

»Hast du nicht gesagt, du musst zur Arbeit?«, fragte ich.

»Wann fährst du zu ihm?«

»Du hast gelauscht …«

»Ja – also wann fährst du?«

»Das geht dich nichts an!«

Der Blick, den sie mir entgegenschleuderte, war nichts im Vergleich zu ihren Worten. »Carla Bunge, wenn du nicht willst, dass ich dich an deinen Haaren nach Eutin schleife, dann setz dich in dein Auto und fahr los. Und zwar sofort!« Sie hatte es sehr leise und sehr präzise gesagt. So hatte ich sie noch nie erlebt.

Mein Blick landete auf dem Tisch zwischen uns.

»Ich verabscheue Feigheit. Mit vierzehn lasse ich mir das noch gefallen, aber nicht mit vierunddreißig. Du bist nicht hilflos. Im Gegenteil: Du kannst helfen. Ihm und dir.«

»Ich habe gleich Unterricht, den kann ich nicht absagen.«

»Ganz recht! Du hast gleich Unterricht, und zwar in Courage. Und wenn du den absagst, rede ich kein Wort mehr mit dir.«

»Heißt das, Viktor Janssen ist dir wichtiger als ich?«

Sie schüttelte den Kopf, als habe sie es mit einem Kind zu tun, das auch nach der fünften Erklärung einer eigentlich simplen mathematischen Aufgabe an der Lösung scheiterte. »Wenn du mir nicht wichtig wärst, würde ich mich hier ganz bestimmt nicht so aufführen. Aber dein Vater ist mir auch wichtig. Er hat mir nach meiner Haftstrafe geholfen, bei Christian den Job zu bekommen. Er hat für mich gebürgt. Das vergesse ich ihm nie.«

»Er hatte schon immer Talent, sich unlöschbar in das Gedächtnis von Menschen einzubrennen.«

»Würde ich zu Tätlichkeiten neigen, hättest du dir jetzt eine Ohrfeige gefangen.« Die Härte in ihrem Blick ließ mich glauben, was sie sagte.

Anstatt mich ins Auto zu setzen und nach Eutin zu fahren, nahm ich mir Putzzeug und ging damit zu Oskar auf die Weide. Nachdem ich ihn am Gatter festgebunden hatte, begann ich mit gleichmäßigen Bewegungen, sein Fell zu striegeln. Nichts erschien mir in diesem Moment wichtiger als diese Arbeit.

Als sein Fell längst glänzte, ich jedoch unvermindert fortfuhr, versuchte er, mir auszuweichen. In der nächsten Stufe stampfte er mit einem Vorderhuf auf den Boden und schnaubte dabei kräftig. Aber erst als er den Kopf hochriss und an dem Strick zerrte, an dem er angebunden war, wurde ich gewahr, was ich da veranstaltete. Augenblicklich erlöste ich ihn. Er trabte davon und machte seinem Unmut Luft, indem er ein paar Bocksprünge einlegte.

Mir war zum Heulen zumute. Wie verloren setzte ich mich auf den Rand der Tränke.

»Wie gut, dass Sie noch nicht weg sind, Frau Bunge.« Kyra schenkte mir ein freudiges Lächeln, stieg auf die unterste Latte des Gatters und stützte sich auf der obersten mit den Unterarmen ab. Sie hielt etwas in der Hand, was ich nicht erkennen konnte.

»Hallo, Kyra«, sagte ich in dem Versuch, munter zu klingen. »Was gibt's denn?«

»Ich habe mir neulich die kleine Platine bei Ihnen im Büro abgeholt. Sie wissen schon … die, von der ich dachte, dass meine Eltern sie verloren haben.«

»Ja?«

»Die muss jemand anderem gehören.« Sie streckte mir einen rechteckigen Papierumschlag entgegen.

Ich ging auf sie zu und nahm ihr den Umschlag aus der Hand.

»Ist gut. Ich mache noch mal einen Aushang am schwarzen Brett.«

»Das brauchen Sie nicht, die Fotos sind von Ihnen.«

Ich schüttelte den Kopf. »Ich habe gar keine Digitalkamera. Ich wusste bis vor kurzem ja noch nicht einmal, was eine Platine ist.«

»Sie sind aber auf jedem Foto drauf.« Jetzt schaute sie etwas verlegen. »Mein Vater meint, die hätte bestimmt ein Verehrer von Ihnen gemacht.«

Bevor ich dazu kam, etwas zu erwidern, lief sie schon wieder zurück zum Stall. Ich machte den Umschlag auf und zog die Fotos heraus. Perplex sah ich mir eines nach dem anderen an.

Kein Wunder, dass ich mich in letzter Zeit öfters beobachtet gefühlt hatte. Immerhin hatte mich hier jemand ohne mein Wissen mit der Kamera verfolgt: Ich war auf meiner Terrasse zu sehen, am Strand, auf der Weide bei Oskar, beim Training eines Pferdes im Viereck.

»Ihre Verkupplungsversuche in allen Ehren, Frau Neumann«, wetterte ich laut vor mich hin, »aber das geht eindeutig zu weit!«

Ich stellte mir vor, wie sie meine Fotos mit den entsprechenden, werbenden Worten dem *interessierten Junggesellen* präsentierte. Damit er sich schon vor dem Sommerfest ein Bild machen konnte. Mir schauderte bei dem Gedanken.

Wie konnte sie so etwas tun? So, wie ich sie bisher kennen gelernt hatte, war sie zwar forsch, aber sie überschritt keine Grenzen. Hier war jedoch eindeutig eine Grenze überschritten worden. Entschlossen schob ich die Fotos zurück in den Umschlag. Ich würde ein sehr ernstes Wort mit ihr reden müssen.

Es zog mich nichts zum Sterbebett meines Vaters. Im Gegensatz zu Franz Lehnert war ich nicht der Überzeugung, dass mein Besuch dazu angetan war, ihm das Sterben zu erleichtern. Wir hatten zwanzig Jahre nicht miteinander gesprochen, wir waren einander fremd. Wir hatten uns zu weit voneinander entfernt, um in einer solchen Situation die richtigen Worte zu finden.

Noch als ich den Klingelknopf drückte und schließlich Franz Lehnert zum Bett meines Vaters folgte, machte ich mir Gedanken um diese Worte, die ich, kaum hatte ich sie im Geist formuliert, sofort wieder verwarf. Dass ich schließlich kein einziges benötigen würde, hatte ich nicht ahnen können.

»Ihr Vater ist draußen im Garten«, hatte Franz Lehnert mich begrüßt. Als ich in sein Gesicht sah, verstand ich, was Christian mit einer bloßgelegten Seele gemeint hatte. »Er wollte gerne die Sonne spüren.«

Wir traten durch die Terrassentür nach draußen. An einer windgeschützten Stelle stand das Bett meines Vaters, am Kopfende der Infusionsständer, an einer Seite ein Korbsessel.

»Gehen Sie zu ihm, Carla.« Er gab mir einen sanften Schubs.

Mit zögernden Schritten folgte ich seiner Aufforderung. Vorsichtig setzte ich mich auf die Kante des Korbsessels und ließ meinen Blick zum Gesicht meines Vaters wandern. Fast hatte ich erwartet, er würde schlafen, wie bei meinem ersten Besuch. Aber seine Augen waren geöffnet. Seine Krankheit hatte seinen Körper ausgezehrt, aber diesen Augen hatte sie nicht wirklich etwas anhaben können.

Es war, als würden sie mir eine Geschichte erzählen, deren Worte ich nicht verstand. Es war, als hätte ich einen Traum, dessen Inhalt ich beim Aufwachen bereits vergessen hatte, von dem nur ein Gefühl blieb. Eine Ahnung.

Diese Augen waren körperlos. Für Minuten verschwand ihr Blick in der Ferne, um gleich darauf zurückzukehren. Ich erkannte ein Leuchten darin, das die Tränen, die aus den Augenwinkeln rannen, noch verstärkten.

Ich weiß nicht, wie lange seine Augen sprachen und meine zuhörten. Die Welt um mich herum hatte sich auf einen winzig kleinen Ausschnitt reduziert, der nichts anderem Raum ließ. Immer öfter vernebelte sich sein Blick. Dann sanken seine Lider herab, als fehle ihnen die Kraft.

Irgendwann spürte ich eine Hand auf meiner Schulter. Von weit her kommend hob ich meinen Blick und begegnete dem von Franz Lehnert.

»Das sind unsere Freunde, Carla.« Er deutete hinter sich, wo
ich mehrere Menschen erblickte, die mit Stühlen auf das Bett
meines Vaters zukamen.

Sie setzten sich im Halbkreis um ihn herum. Eine der Frauen
erkannte ich wieder. Sie hatte bei meinem ersten Besuch Franz
Lehnert abgelöst. Die anderen hatte ich noch nie gesehen.

Während mein Blick zu meinem Vater zurückkehrte, hob eine
Frauenstimme zum Singen an. Es war ein sanftes Lied, das sich
in die Vogelstimmen über uns mischte. Es war ein Lied, das
vereiste Tränen auftaute.

Ich weinte um die Idee von einem Vater, die Vorstellung, wie es
hätte sein können. Ich weinte um den Vater, dem ich nach nur
vierzehn Jahren den Rücken gekehrt hatte.

Es wäre eine Lüge zu sagen, dass an seinem Totenbett die Liebe zu ihm wiederkehrte. Aber die Erinnerung an diese Liebe
kehrte zurück, und mit dieser Erinnerung legte sich eine große Ruhe über mich.

Diese Ruhe ließ mich meine Hand ausstrecken und auf seine
legen. Sie war kühl und schien das Leben längst aufgegeben
zu haben. Bis auf das Zucken des Zeigefingers. War es eine Regung oder nur ein Reflex?

Jemand hatte die Infusionsnadel aus dem Handrücken seiner
anderen Hand entfernt. Franz Lehnert hielt diese Hand an seine Wange gedrückt, während sein Blick auf dem Gesicht meines Vaters ruhte. Es wirkte losgelöst, wie das Gesicht eines
Kindes, das sich einem Traumland zuwendet, in das ihm niemand folgen kann.

Die Sonne war weitergewandert und beschien jetzt die blühen-
den Sträucher hinter dem Bett. Als folge es der Sonne, wich
das Leben aus dem Körper meines Vaters. Irgendwann war seine Hand kalt, seine Haut wächsern. Irgendwann hatte er den

letzten Atemzug getan. Und erst nach einer Weile wurde mir bewusst, dass es wirklich der letzte gewesen war.

Seine Freunde saßen um ihn herum und begannen, sich gegenseitig kleine Geschichten über ihn zu erzählen. Hin und wieder lächelte jemand. Mehr noch als in diesen Geschichten entdeckte ich in den Gesichtern die zwanzig Jahre, die mir fehlten. Es war eine Momentaufnahme, eine Lücke, die sich nie schließen lassen würde.

Drei Tage später fand die Trauerfeier statt. Dorthin zu gehen musste mich niemand drängen. Ich folgte einem starken Bedürfnis. Ich hatte darüber nachgedacht, meine Mutter über den Tod ihres Ex-Mannes zu informieren, mich dann jedoch dagegen entschieden. Sie hatte lange gebraucht, um über diese Trennung hinwegzukommen. Als sie schließlich vor acht Jahren eine neue Partnerschaft eingegangen war, hatte sie versucht, alles Belastende hinter sich zu lassen. Sie hatte sich längst von meinem Vater verabschiedet.

Die Bänke reichten nicht aus, so dass viele stehen mussten. Unter den Menschen, die sich an diesem Vormittag in der Kirche eingefunden hatten, entdeckte ich vereinzelte Gesichter, die mir vertraut erschienen. Wie meines waren sie zwanzig Jahre älter geworden.

Susanne und ich waren rechtzeitig gekommen, so dass wir in einer der hinteren Reihen noch zwei Plätze fanden. Ich hatte bislang nicht viele Trauergottesdienste miterlebt, aber dieser war mit Sicherheit der ergreifendste. Wäre ich von Trauer überwältigt gewesen, hätte ich das vielleicht nur am Rande wahrgenommen. Doch meine Traurigkeit war eine leise, eine, die sich in einer Ecke meines Bewusstseins niedergelassen hatte.

Ein fast beglückendes Gefühl, das ich aus diesen eineinhalb Stunden mitnahm, war jenes, dass ich mich für meinen Vater freute: über die vielen Menschen, die gekommen waren, und über die Worte, die noch einmal ein Leben auferstehen ließen, das von mitmenschlichem Engagement geprägt war.

Mein Vater hatte sich für viele Menschen eingesetzt, nicht zuletzt für sich selbst. Dass dabei seine Familie in die Brüche gegangen war, hatte er in Kauf genommen. Nach dem Zwiegespräch mit ihm war ich jedoch bereit zu glauben, dass auch er seinen Preis hatte zahlen müssen, dass er unter der Trennung von mir gelitten hatte.

Als die Kirche sich schließlich leerte, blieb Franz Lehnert in der ersten Reihe sitzen. Er hielt seinen Blick auf den Sarg gerichtet. Ich ging zu ihm und setzte mich einen Moment neben ihn. Ohne aufzusehen, nahm er meine Hand in seine und hielt sie fest. Während er lautlos weinte, spürte ich etwas von dem Frieden, den er mir prophezeit hatte. Nach einer Weile ließ er meine Hand los. Ich warf noch einen letzten Blick auf den Sarg und verließ dann leise die Kirche.

21

Susanne hatte versprochen, draußen auf mich zu warten, sie war jedoch nirgends zu entdecken. Gerade wollte ich mich auf eine Bank setzen, als ich Christian auf mich zueilen sah.

»Susanne hat mich gebeten, dich mitzunehmen. Sie konnte nicht länger warten.« Er sah mich an, als sei ich ihm fremd.

»Du warst auch bei dem Trauergottesdienst?«

»Ja. Wir müssen ein paar Schritte laufen, ich habe keinen Parkplatz in der Nähe gefunden.« Ohne auf mich zu warten, setzte er sich in Bewegung.

»Magst du einen Kaffee mit mir trinken, oder musst du sofort zurück?«

Unschlüssig blieb er stehen.

»Ich kann nicht einfach so zur Tagesordnung übergehen«, gab ich ihm zu verstehen. »Was hältst du vom Café im Schloss?«

Seinem Nicken folgte ein knappes Okay.

Während der Fahrt dorthin sprachen wir kein Wort. Nachdem wir ohne langes Suchen einen Parkplatz gefunden hatten, gingen wir die paar Schritte hinüber zum Schloss. Das im Innenhof gelegene Café war gut besucht, hatte jedoch noch zwei freie Tische, einen davon am Rand. Zielstrebig steuerte ich darauf zu. Wir ließen uns unter dem Sonnenschirm nieder.

In der Mitte des kopfsteingepflasterten Innenhofes plätscherte ein flacher Brunnen, in dem sich mehrere Hunde abkühlten. Kaum waren sie wieder hinausgesprungen, schüttelten sie sich nach Kräften, wobei ein paar Wassertropfen auf meiner Bluse landeten. Ich wischte mit einem Lächeln darüber.

»Tiere haben bei dir Narrenfreiheit«, sagte Christian, wobei er das Wort *Tiere* betonte.

»Sagen wir, ich behandle sie mit Nachsicht.«

Er legte seine Stirn in Falten. »Du behandelst sie bevorzugt. Im Vergleich zu den Menschen.«

»Bist du eifersüchtig auf Oskar?«, fragte ich mit einem spöttischen Lächeln.

»Weder auf Oskar noch auf deine Mäuse.«

Die Kellnerin kam, und wir bestellten zwei Cappuccino.

»Und ich bin auch nicht eifersüchtig«, fuhr er fort, kaum dass sie zum nächsten Tisch gegangen war. »Es befremdet mich nur, dass wir uns seit fünf Jahren kennen und ich bis heute nicht wusste, dass Viktor Janssen dein Vater war. Es …«

»Susanne …!«

»Nein, Susanne hat noch nicht einmal eine Andeutung gemacht. Wenn jemand den Mund halten kann, dann sie. Obwohl du ihr durchaus das Wasser reichen kannst.«

»Woher weißt du es dann?«

»Auch auf Kirchenbänken wird getratscht. Ich habe einem älteren Ehepaar dabei zugehört, wie es den Mann neben mir über eure Familiengeschichte aufgeklärt hat. Die beiden haben dich wiedererkannt. Du hast drei Reihen vor uns gesessen.«

»Dann bist du ja jetzt bestens informiert. Ich verstehe nur nicht, was dein Gerede über Narrenfreiheit und bevorzugte Behandlung sollte.«

»Wenn ich mich recht entsinne, dann hat Oskar dich mehr als einmal getreten, gebissen und in den Dreck geworfen. Das hast du ihm alles großherzig verziehen. Aber die Homosexualität deines Vaters bestrafst du mit einem zwanzig Jahre währenden Bann.«

»Der Vergleich hinkt, Oskar ist nur seinem Instinkt gefolgt und mein Vater …«

»… seiner Natur«, vervollständigte er meinen Satz.

»Ein Mensch unterscheidet sich von einem Tier durch die Fähigkeit zu denken, durch die Möglichkeit, sich frei zu entscheiden.«

»Seit wann kann man sich für oder gegen Homosexualität entscheiden?«

»Das meine ich nicht, und das weißt du genau. Ich meine, dass man sich entscheiden kann, was man daraus macht. Man hat es in der Hand, wie sehr die Mitmenschen darunter leiden.«

»In einer Situation wie eurer hätte es keinen Königsweg gegeben. So oder so hätten alle Beteiligten gelitten. Oder glaubst du allen Ernstes, dass alles gut gewesen wäre, wenn er sich nicht zu seiner Neigung bekannt hätte?«

»Nein«, antwortete ich leise, »das glaube ich schon lange nicht mehr.«

Er schien meine Antwort gar nicht gehört zu haben. »Ich glaube, dass du einen zu hohen Anspruch an die Menschen stellst, speziell an Männer. Du erwartest Unfehlbarkeit, aber die gibt es nicht.« Er ließ mich keine Sekunde aus den Augen. »Ich habe dein seltsames Verhältnis zu Männern nie verstanden, bis heute. Du hast Angst, so wie deine Mutter enttäuscht zu werden. Du meinst, auf Männer sei kein Verlass, und glaubst, sie würden dir etwas vorspielen, was nicht der Realität entspricht. Deshalb belässt du es bei diesen belanglosen Affären.«

»Du bist eifersüchtig.« Ich war der Kellnerin dankbar für die

Unterbrechung, als sie vor jeden von uns eine Tasse Cappuccino stellte.

Christian würdigte seine Tasse keines Blickes. »Nein, Carla, eifersüchtig wäre ich, wenn ich glaubte, du würdest mit diesen Männern etwas erleben, was ich gerne mit dir erleben würde.«

Ich sah dem Zucker dabei zu, wie er in den Milchschaum sank.

»Ich bin der festen Überzeugung, dass keiner dieser Männer dir je nahe gekommen ist. Du meidest Nähe wie der Teufel das Weihwasser.«

Wie in Zeitlupe sah ich zu ihm auf. »Es tut weh, mit dem Teufel verglichen zu werden.«

»Es tut ebenso weh, dabei zuzusehen, wie du deine Gefühle unter Verschluss hältst. Ganz besonders, da ich weiß, dass ich sie auslöse.«

In diesem Moment war ich froh, dass mein Herzklopfen nicht zu hören war. Mein Versuch, den Milchschaum aus der Tasse zu löffeln, scheiterte an meiner zitternden Hand. Ich legte den Löffel zurück auf die Untertasse. »Und was löst du bei Nadine Köster aus?«, fragte ich bissig.

Sein Lachen hatte etwas Befreiendes. »Ganz ehrlich: Ich weiß es nicht. Sie ist mir ein Rätsel.«

»Bist du in sie verliebt?«

»Hatten wir diese Frage nicht schon einmal?«

»Die Frage schon, die Antwort bist du mir schuldig geblieben.«

Er zog amüsiert die Augenbrauen hoch. Anstatt mir zu antworten, löffelte er in aller Seelenruhe erst seinen und dann meinen Milchschaum aus. »Ich finde, sie ist eine sehr interessante Frau.«

»Das klingt ja nicht gerade nach heißer Liebe«, meinte ich muffig. »Findest du das fair ihr gegenüber?«

»Sie weiß, worauf sie sich einlässt.«

»Weiß sie das wirklich?«

Mit einem Kopfschütteln beugte er sich ganz nah zu mir. »Reicht es nicht, dass du dich vor mir in Acht nimmst? Meinst du tatsächlich, du müsstest jetzt auch andere Frauen vor mir schützen?«

»Nadine ist nicht einfach irgendeine andere Frau, ich kenne sie von früher. Wir sind eine Zeit lang zusammen zur Schule gegangen.«

»Davon hat sie gar nichts gesagt.« Seine Überraschung war offensichtlich.

»Wir haben uns seit zwanzig Jahren nicht mehr gesehen und sind uns dann zufällig auf dem Bungehof über den Weg gelaufen.«

»Apropos Bungehof, hast du die Sache mit Hans Pattberg klären können?«

Ich nickte. »Weißt du übrigens, was hinter seiner Kündigung steckte? Das Angebot seines Lebens, wie er es nennt. Ein Unternehmen will ihm seinen gesamten Besitz abkaufen, um dort ein Wellness-Hotel zu errichten.«

»Die Wellbod AG?«

»Du kennst die?«

»Kennen ist zu viel gesagt. Ich habe nur gehört, dass das Unternehmen an einem Standort hier in der Gegend interessiert ist. Ich wusste allerdings nicht, dass es dabei um den Bungehof geht. Und du bist sicher, dass die Sache vom Tisch ist? Die Wellbod AG ist als ziemlich aggressiv bekannt.«

»Mein Anwalt sagt, dass der Alte vor Ablauf von fünf Jahren nicht aus dem Vertrag herauskommt. Natürlich kann er ver-

278

kaufen, aber das würde meinen Pachtvertrag nicht auflösen. Und ich glaube kaum, dass die Wellbod AG fünf Jahre warten will.«

»Wenn sie bei Pattberg nicht weiterkommen, werden sie wahrscheinlich über kurz oder lang abspringen und sich etwas anderes suchen. Es gibt in der Gegend bestimmt noch das eine oder andere geeignete Grundstück.«

»Fürchtest du eine solche Konkurrenz eigentlich gar nicht?«

Er dachte über meine Frage nach. »Nicht wirklich«, meinte er schließlich. »Flint's Hotel ist etwas für Individualisten. Leute, die gerne in solchen uniformen Kästen Urlaub machen, verirren sich eher selten zu uns.«

Das Schweigen, das sich zwischen uns legte, hatte etwas Friedliches. Christian zog meine Hand zu sich herüber und strich zärtlich mit einem Finger über meine Haut.

Ich musste lächeln. »Teenager neigen angeblich dazu, sich nach solchen Gesten tagelang ihre Hand nicht zu waschen.«

Er erwiderte mein Lächeln. »Nur wenn sie die berechtigte Sorge haben müssen, dass eine solche Geste einmalig ist. Du kannst dir also getrost heute Abend die Hände waschen.«

Selbst wenn meine Mäuse im Wege einer demokratischen Wahl beschlossen hätten, über mein Bett zu wandern, hätte ich in dieser Nacht nichts davon gespürt. Bis weit in die Dunkelheit hinein hatte ich auf den Steinen am Meer gesessen und über meinen Vater nachgedacht. Durch seinen Tod war unsere gemeinsame Geschichte beendet. Sie würde nur noch in meinen Erinnerungen weiterleben.

Zum Glück wussten nur wenige Menschen, dass Viktor Janssen mein Vater gewesen war. So stellte niemand Erwartungen an mich, die ich nicht hätte erfüllen können. Es wäre mir schwer gefallen, die ambivalenten Gefühle zu beschreiben, die sein Tod mir bescherte. Ich war auf eine stille und verhaltene Weise traurig, ihn verloren zu haben. Gleichzeitig war ich auf eine wehmütige Weise froh, ihm noch einmal begegnet zu sein.

Am Tag nach dem Trauergottesdienst stürzte ich mich wieder in die Arbeit. Als ich gegen Mittag gerade eine Pause einlegen und nach Hause gehen wollte, fing Melanie mich an der Stalltür ab.

»Ich habe gelesen, dass dein Vater gestorben ist, und ich wollte dir sagen, wie Leid mir das tut.«

»Danke, Melanie.«

»Hast du dich von ihm verabschieden können?«

»Ja«, antwortete ich einsilbig. Es war der falsche Moment und sie war der falsche Mensch, um über seinen Tod zu reden. Ich konnte über das, was sie getan hatte, nicht hinwegsehen. Es stand unverrückbar zwischen uns.

»Ein solcher Abschied fehlt mir so sehr.« Sekundenlang fixierte sie den Boden vor ihren Füßen, dann richtete sie ihren Blick wieder auf mich. »Udos Selbstmord ist für mich wie ein Schluss ohne Ende. Es ist so vieles offen geblieben ... so vieles ungeklärt. Vielleicht ist es mir deshalb so wichtig, seinen Ruf wiederherzustellen.«

»Wie willst du das anstellen?«, fragte ich ohne jeden Enthusiasmus. Was mich betraf, war es ihr nicht gelungen.

»Ich bin da einer Sache auf die Spur gekommen, Carla, die ...« Sie geriet ins Stocken. »Es hat nicht nur Udo erwischt, musst du wissen. Das Ganze war von langer Hand geplant. Karen hat einen Verdacht, und wenn du mich fragst ...«

»Lass uns bitte ein anderes Mal darüber reden, Melanie, ich muss dringend fort.« Wenn sie anfing, sich in Verschwörungstheorien zu ergehen, dann waren ihre Nerven wahrscheinlich endgültig überreizt. Ich hatte selbst zu lange über mögliche Theorien nachgegrübelt, um mir jetzt welche anzuhören, die mich noch nicht einmal betrafen. Anstatt sie mit einem bedauernden Achselzucken um Verständnis zu bitten, hätte ich Melanie lieber zuhören sollen. Aber das sollte ich erst erfahren, als es bereits zu spät war.

Am nächsten Tag dankte ich Heide und Basti bei einem späten Frühstück, das ich im Büro vorbereitet hatte, dass sie mich die ganze Zeit über unterstützt hatten und so oft für mich eingesprungen waren.

»Die Schwierigkeiten auf dem Hof, die mich so sehr in Anspruch genommen haben, sind behoben. So, wie es aussieht, kehrt endlich wieder Alltag ein.«

»Wer war es?«, fragte Heide.

Basti hätte sich seinen warnenden Blick sparen können. Ich hatte nicht vorgehabt, seinen Großvater bloßzustellen. »Jemand, der mir eine Lektion erteilen wollte.«

Sie sah mich aufmerksam an. »Was für eine Lektion?«

»Wie leicht es ist, Zweifel an einem guten Ruf zu streuen. Und dass ein paar Körner ausreichen, um eine Saat aufgehen zu lassen, die den ganzen Boden zerstören kann.«

Meine Erklärung schien sie nicht weiter zu überraschen. »So sind die Menschen eben.«

Basti sah entgeistert zwischen uns hin und her. »Vielleicht darf ich die Damen daran erinnern, dass nicht alle Menschen schlecht sind! Es gibt durchaus noch ein paar Exemplare, die weder den Boden noch die Stimmung vergiften.«

»Die Tiere sind mir trotzdem lieber«, entgegnete Heide muffig, schob sich den letzten Bissen ihres Brötchens in den Mund und ging zurück in den Stall.

Basti sah ihr hinterher. »Weißt du eigentlich, wo sie vorher gearbeitet hat?«

»Sie war Hausfrau.«

»Und dabei entwickelt man ein solches Weltbild?« Er schüttelte ungläubig den Kopf. »Außerdem ist sie völlig unzugänglich.«

»Wie meinst du das?«

»Hast du ihr schon mal eine persönliche Frage gestellt?«

Ich konnte mir ein Grinsen nicht verkneifen. »Welche hast du ihr gestellt?«

»So das Übliche, um miteinander ins Gespräch zu kommen.«

»Ich glaube, sie ist einfach lieber für sich.«

»Interessiert dich denn gar nicht, warum das so ist? So etwas ist nicht normal.« Sein Tonfall hatte eine empörte Note angenommen.

»Basti, willst du allen Ernstes mit mir über Normalität diskutieren? Keiner von uns dreien ist normal. Deshalb verstehen wir uns so gut.«

»Ich hatte zwischenzeitlich erhebliche Zweifel, ob ich mich mit dir tatsächlich gut verstehe. Was du dir mit meinem Großvater geleistet hast, ist schon starker Tobak.«

»Übersiehst du dabei nicht etwas ganz Wesentliches?« Ich knuffte ihn leicht in die Seite.

»Du meinst diesen Sattel und die anderen Sachen.« Mit einer Hand vollführte er eine lapidare Geste, die aus der Angelegenheit eine zu vernachlässigende Kleinigkeit machte.

»Ich meine diese Diebstähle und die ...«

»Es ist schon seltsam, dass gerade eine Einbrecherin einen Dieb verurteilt.« Unsere Blicke lieferten sich ein Duell.

»Ohne diesen Dieb hätte ich erst gar nicht zur Einbrecherin werden müssen.«

Er hob seine Schultern und ließ sie gleich darauf mit einem unglücklichen Seufzer wieder fallen. »Mein Großvater tut mir einfach Leid. Für das, was er heute hat, musste er sein Leben lang hart schuften. Ihm ist wirklich nichts geschenkt worden …«

»Dieses Schicksal teilt er mit der Mehrheit der Bundesbürger.« Der alte Geizkragen tat mir nicht Leid.

»… und jetzt hat er zum ersten Mal die Chance, ein paar völlig unerwartete Lorbeeren für diese harte Arbeit zu ernten. Bei dem Angebot der Wellbod AG geht es ihm nicht vorrangig ums Geld, sondern darum, dass ihm zum ersten Mal im Leben etwas in den Schoß fallen könnte, ohne dafür kämpfen zu müssen.«

»Und dabei stehe ich ihm im Weg.«

»Irgendwie schon.«

»Basti, weißt du, was ich glaube? Du hast ein Problem damit, dass dein Großvater ein Dieb ist, und versuchst, dir das Ganze schönzureden.«

»Ich habe auch kein Problem damit, dass meine Chefin eine Einbrecherin ist«, entgegnete er ungerührt.

»So wie du das sagst, klingt das irgendwie anrüchig.«

»Ist es auch. Du versuchst nur, dir das Ganze schönzureden.«

»Touché!«, stöhnte ich und erklärte die Frühstücksrunde für beendet.

Der Tod meines Vaters hätte sie mich fast vergessen lassen. Hätte Ilsa Neumann mich nicht mit leuchtenden Augen an ihr Fest erinnert, das rechtzeitig zum Sommeranfang stattfinden sollte, dann hätten die Fotos wahrscheinlich noch wochenlang unbeachtet auf dem Beifahrersitz meines Autos gelegen. Aber wie Eltern, die die Spannung vor Weihnachten zu erhöhen versuchen, indem sie, einem Countdown gleich, ihrem Kind erzählen, wie viele Tage es noch bis dahin sind, versuchte auch Ilsa Neumann, meine Vorfreude zu steigern.

»Zehn Tage noch, Frau Bunge, denken Sie daran!« Sie hatte gerade ihr Pferd abgesattelt, als ich ihr in der Stallgasse in die Arme lief.

Ich verzichtete auf das Lächeln, mit dem ich sie üblicherweise begrüßte. »Ehrlich gesagt denke ich daran abzusagen, Frau Neumann.«

»Das können Sie mir nicht antun. Haben Sie kein Kleid, oder fehlen Ihnen die passenden Schuhe? Vielleicht kann ich Ihnen da aushelfen …«

»Mir fehlt das Verständnis für die Fotos.«

Sie hievte Sattel und Zaumzeug über eine Halterung. »Von welchen Fotos reden Sie?«

»Von denen, die Sie ohne mein Wissen gemacht haben.«

»Tut mir Leid, aber ich verstehe nicht, was Sie meinen.« Sie sah mich an, als sei sie die Unschuld in Person. An ihr war eine Schauspielerin verloren gegangen, und zwar eine gute.

»Ich bin gleich zurück.« Eilig ging ich hinaus zu meinem Auto, griff mir die Fotos und hielt sie ihr im Rahmen des Stalltors entgegen.

Mit unbewegter Miene öffnete sie den Umschlag, nahm den Stapel Farbbilder heraus und besah sich in aller Ruhe eines nach dem anderen. »Und die soll ich gemacht haben?«, fragte sie schließlich entgeistert. »Wozu?«

»Um mich Ihrem Junggesellen schmackhaft zu machen.«

Sie sah mich an, als wäre ich völlig von Sinnen. »Mit diesen Fotos?«

»Ja …« Ihr war es gelungen, mich zu verunsichern.

»Haben Sie sich die einmal genauer angeschaut?«

»Ich habe sie durchgesehen.«

»Die sind total lieblos gemacht. Mit diesen Schnappschüssen würde ich ganz bestimmt nicht versuchen, Sie jemandem *schmackhaft* zu machen. Wie können Sie mir so etwas überhaupt zutrauen? Wenn ich Fotos von Ihnen hätte machen wollen, dann nur mit Ihrem Wissen. Alles andere wäre unverzeihlich.« Mit einem Mal klang ihre Stimme besorgt. »Und Sie haben keine Ahnung, wer diese Fotos gemacht haben könnte?«

»Nein. Außer Ihnen ist mir niemand eingefallen.«

»Was ist mit dieser Journalistin, die den Artikel über Sie geschrieben hat?«

»Die Platine habe ich gefunden, lange bevor Rieke Lohoff das erste Mal hier auf den Hof gekommen ist.« Ich blätterte ratlos durch die Fotos. »Der Vater des Mädchens, das mir die Fotos brachte, meinte, sie seien von einem Verehrer gemacht worden.«

Sie schüttelte entschieden den Kopf. »Tut mir Leid, das sagen zu müssen, Frau Bunge, aber wer immer für diese Fotos verantwortlich ist, verehrt Sie nicht.«

In den vergangenen Wochen hatte ich genug gegrübelt, deshalb beschloss ich, die Fotos wegzuwerfen. Da ich mich nicht mehr beobachtet fühlte, nahm ich an, dass ihr Urheber inzwischen das Interesse an mir verloren hatte. Und noch eine Quelle für möglichen Unmut beseitigte ich: das anonyme Schreiben von Melanie. Rieke Lohoff hatte es mir wie versprochen zugeschickt. Nachdem ich es unschlüssig in der Hand gehalten hatte, zerriss ich es in winzig kleine Stücke, bevor ich doch noch schwach wurde und es las. Die Schnipsel waren gerade im Papierkorb gelandet, als ich hinter einem der Fenster das Gesicht von Hans Pattberg entdeckte. Mit drei Schritten war ich an der Haustür, riss sie auf und attackierte ihn mit unmissverständlichen Blicken.

»Entschuldigen Sie, Frau Bunge«, stammelte er, als habe ich ihn auf frischer Tat ertappt. »Ich wollte Sie nicht einfach so überfallen, ich dachte nur, wenn wir uns einmal auf neutralem Boden unterhielten … dann … also ich meine …« So defensiv hatte ich ihn noch nie erlebt.

»Das hier ist mein Zuhause, Herr Pattberg, und damit ganz bestimmt kein neutraler Boden.«

»Ja … also …« Zielstrebig steuerte er auf meine Terrasse zu, zog sich einen Stuhl heran und machte mir ein Zeichen, mich zu ihm zu setzen.

Das Letzte, was ich wollte, war, in der Dämmerung einen Plausch mit meinem Verpächter zu halten. Noch dazu, wo weit und breit kein anderer Mensch war, der mir im Fall des Falles zu Hilfe eilen konnte. Ich traute Hans Pattberg nicht über den Weg, mochte Basti auch mit dem treuherzigsten Augenaufschlag versuchen, mir seinen Großvater als Seele von Mensch zu verkaufen. Mit vor der Brust verschränkten Armen rührte ich mich nicht vom Fleck.

Sein Gesichtsausdruck wechselte von flehend zu geheimnisvoll. Mit geübten Bewegungen zog er aus seiner Brusttasche einen Flachmann und aus der Hosentasche zwei Minibecher. Er öffnete die Flasche und goss eine durchsichtige Flüssigkeit in die Becher. »Jetzt setzen Sie sich schon!«

»Wir haben nichts zu feiern, Herr Pattberg«, sagte ich abweisend.

»Aber wir haben zu reden, und bei einem Gläschen geht das viel leichter.«

»Was zu sagen ist, hat Ihnen mein Anwalt geschrieben. Sollte es da irgendwelche Unklarheiten geben, kann Ihr Anwalt sich gerne mit ihm in Verbindung setzen.«

»Wir brauchen keine Anwälte, Frau Bunge«, meinte er jovial.

»Ob Sie einen brauchen, kann ich nicht beurteilen, ich brauche ganz bestimmt einen. Dafür haben Sie ja hinreichend gesorgt. Und jetzt gehen Sie bitte!«

Mit den Fingern zupfte er sich nachdenklich an den Haaren, die aus seiner Nase wuchsen. Voller Ekel wandte ich meinen Blick ab und ließ ihn über die Buchenhecke wandern.

»Ich könnte Ihnen Geld geben, ich könnte Ihnen helfen, einen anderen Hof zu finden, ich könnte …«

Ich trat zu ihm an den Tisch, stützte meine Hände auf und beugte mich gerade so weit in seine Richtung, dass mir der Duft der Mottenkugeln erspart blieb. »Herr Pattberg, ich möchte keinen anderen Hof! Sie waren lange genug selbst in diesem Geschäft, um zu wissen, dass man mit so einem Hof nicht mir nichts dir nichts umziehen kann. Meine Kunden sind an diesem Standort und werden ganz bestimmt nicht fünfzig Kilometer fahren wollen, um ihr Pferd zu reiten.«

»Vielleicht finden wir in der Nähe etwas für Sie.«

»Zeigen Sie mir zwischen Behrensdorf und Hohwacht ein Objekt, das zum Verkauf steht, dann werde ich darüber nachdenken.«

»Sie wissen selbst, dass es das nicht gibt.«

»Eben. Deshalb bleibt in den kommenden fünf Jahren alles, wie es ist.«

»Können Sie das mit Ihrem Gewissen vereinbaren?«

»Ja.«

22

Noch in der Nacht setzte ein schwerer Sturm ein. Mit den Windböen klatschte der Regen gegen die Fenster und riss mich aus dem Schlaf. Meer und Wind veranstalteten ein gewaltiges Getöse.

Mein erster Gedanke galt Oskar. Blitzschnell zog ich mir Regenzeug an und holte aus der Küche meine Taschenlampe. Als ich vor die Tür trat, raubte der Wind mir fast den Atem. Obwohl ich meine Kapuze fest zugezogen hatte, lief mir der Regen in Strömen übers Gesicht und den Hals hinunter. Ich nahm die Nässe jedoch nur am Rande wahr, denn ich wollte so schnell wie möglich zu Oskar. Als ich schließlich an seiner Koppel ankam, mischten sich Schweiß und Regen auf meiner Haut. Vom Gatter aus suchte ich mit der Taschenlampe die Weide ab, während ich gleichzeitig gegen den Wind seinen Namen schrie.

Wahrscheinlich hatte er in seinem Unterstand Schutz gesucht. Und genau das bereitete mir Sorge. Ich war mir nicht sicher, ob er diesem Sturm standhielt. Als ich in einer rekordverdächtigen Zeit dort angekommen war, musste ich mich nach vorn beugen, um wieder zu Atem zu kommen. Beim Aufrichten stupste Oskar mich an, als wäre es das Normalste von der Welt, dass ich ihn mitten in der Nacht in seinem kleinen Holzbau besuchte. Er ließ es sich noch nicht einmal nehmen, meine Taschen nach Leckereien abzusuchen.

Da ich kein Halfter dabei hatte, versuchte ich, ihn an seiner Mähne hinter mir herzuziehen. Aber Oskar sträubte sich, er hatte nicht vor, den Unterstand zu verlassen.

»Wir müssen hier weg!«, schrie ich. »Du kannst dich böse verletzen, wenn das Ding hier zusammenbricht.«

Oskar schien jedoch der Überzeugung zu sein, dass Verletzungen eher von Sturm und Regen drohten, denen er außerhalb des Unterstands schutzlos ausgeliefert sein würde. Es half nichts, ich musste in den Stall und ein Halfter holen. Kaum hatte ich diesen Entschluss gefasst, als ich vom Gatter her einen Lichtstrahl auf uns zukommen sah. Der Schreck fuhr mir in die Glieder, sekundenlang war ich zu keinem vernünftigen Gedanken fähig.

Während das Licht näher kam, versuchte ich mich zu beruhigen. Vielleicht war es Basti, der auf denselben Gedanken gekommen war wie ich und Oskar in den Stall holen wollte. Dann fiel mir ein, dass er es nicht sein konnte. Er wollte die Nacht bei Freunden in Hamburg verbringen und erst am Morgen zurückkommen.

Schritt für Schritt trat ich zurück in den Unterstand, bis ich die Wand in meinem Rücken spürte. Während sich eine Gänsehaut auf meinen Armen und zwischen meinen Schulterblättern breit machte, war Oskar die Ruhe selbst – als sei er daran gewöhnt, dass nachts Lichter vor seinen Augen tanzten.

Meine Augen hatten sich inzwischen an die Dunkelheit gewöhnt, so dass ich hinter dem Licht, dass uns jetzt fast erreicht hatte, schemenhaft eine Person ausmachen konnte. Zu erkennen war sie nicht, da sie die Kapuze tief ins Gesicht gezogen hatte. Dafür schien Oskar sie zu erkennen. Mit gespitzten Ohren trat er einen Schritt vor. Als sie ihn erreicht hatte, zog sie ihm vorsichtig ein Halfter über.

»Heide«, rief ich überrascht. Ich trat aus der Tiefe des Unterstands hervor und strahlte sie mit meiner Taschenlampe an.

Sie machte einen Satz und hielt eine Hand vor den Lichtstrahl.

»Musst du mich so erschrecken?«, fragte sie vorwurfsvoll.

»Das könnte ich genauso gut dich fragen!«

»Ich wollte Oskar holen. Ich dachte …«

»Und da kommst du mitten in der Nacht von Behrensdorf hierher?« Wie hatte sie das überhaupt angestellt? Sie hatte keinen Führerschein und fuhr stets mit dem Rad. Aber dieser Sturm hätte jeden Fahrradfahrer vom Sattel gefegt.

Sie senkte den Kopf.

»Heide …?«

»Manchmal schlafe ich nachts im Stall.«

Ich fiel aus allen Wolken. »Warum?«

Der Sturm, der bedrohlich an der Holzkonstruktion zerrte, enthob sie einer Antwort. Wir griffen links und rechts in Oskars Halfter und zogen ihn hinter uns her. Nur widerstrebend setzte er sich in Bewegung. Als er den Unterstand jedoch erst einmal verlassen hatte, war plötzlich er es, der uns hinter sich her zog. Ich betete, dass Heide genauso fest zupackte wie ich und er uns nicht entwischte.

Aber wir waren ein gutes Team und brachten meinen vierbeinigen Freund unverletzt in den Stall. Unter jedem von uns dreien bildete sich augenblicklich eine Wasserlache. Ich öffnete meine Regenjacke, ließ sie zu Boden fallen und zog den widerstrebenden Oskar hinter mir her in seine Box. Heide hatte Handtücher geholt, mit denen wir ihn abrubbelten.

»Heide, warum schläfst du manchmal nachts im Stall?«, fragte ich sie, als wir fertig waren und Oskar uns mit hängendem Kopf ansah.

»Weil ich dachte, dass es gut ist, auch nachts ein Auge auf die

Pferde zu haben. Außerdem ist es schön.« Das Grau ihrer Augen nahm einen warmen Schimmer an. »Ich mag den Geruch und die Geräusche der Pferde. Ich mag ihre Nähe.«
Es war das erste Mal, dass ich so etwas wie ein Leuchten in Heides Augen sah.

Die Schäden, die der Sturm angerichtet hatte, waren zum Glück überschaubar und schnell zu beheben. Basti kam an diesem Morgen erst um zehn Uhr in den Stall, da auf dem Weg von Hamburg zwei umgestürzte Bäume seine Fahrt behindert hatten. Als ich ihm von meiner nächtlichen Aktion mit Oskar erzählte, versprach er, noch am selben Tag die Stabilität des Unterstands zu prüfen. Von Heides Gewohnheit, hin und wieder im Stall zu übernachten, erzählte ich ihm nichts. Mein Gefühl sagte mir, dass es ihr nicht recht sein würde.
Meine Mittagspause nutzte ich dazu, um endlich das zu tun, was ich mir schon seit Tagen vorgenommen hatte. Ich wollte Nadine noch einmal sehen und mich von ihr verabschieden, bevor sie abreiste und wir uns wieder aus den Augen verloren. Als ich am Empfang nach ihr fragte, sagte man mir, dass sie ausgegangen sei. Gerade wollte ich mich auf den Heimweg machen, als ich sie durch den Eingang kommen und auf die Treppe zugehen sah. Sie schien nichts um sich herum wahrzunehmen. Mit ein paar schnellen Schritten schnitt ich ihr den Weg ab.
»Hallo, Nadine«, begrüßte ich sie.
Sie schaute mich an, ohne mich wirklich zu sehen. Es dauerte einen Moment, bis sie ihre Gedankenwelt verlassen hatte und im Hier und Jetzt gelandet war. »Carla ...«
»Hast du eine halbe Stunde Zeit, um mit mir einen Kaffee zu trinken? Ich habe gerade Mittagspause.«

»Eigentlich wollte ich …«

»Bitte, nur ganz kurz.« Ich deutete auf zwei gemütliche Sessel, die noch frei waren, und steuerte sie zielstrebig an.

Kaum hatte Nadine sich gesetzt, kam ein Kellner und nahm unsere Bestellung auf. Als er uns den Rücken gekehrt hatte, musterten wir uns sekundenlang stumm. Ihr Blick war schwer zu interpretieren. Ein wenig kam ich mir vor wie ein Forschungsobjekt, das mit Distanz analysiert wurde. Aber wahrscheinlich lag ich damit völlig falsch, und es war lediglich die Perfektion, mit der sie geschminkt und zurechtgemacht war, die Distanz schaffte.

»Da du nicht mehr in den Stall gekommen bist, dachte ich, ich verabschiede mich hier von dir.«

Ihr Blick ruhte abwartend auf mir.

»Ich hoffe übrigens, dass du nicht meinetwegen mit dem Reitunterricht aufgehört hast«, schickte ich hinterher.

»Es war ein Versuch am untauglichen Objekt. Ich hätte schon viel früher damit aufhören sollen. Aber Basti hat sich so viel Mühe gegeben, dass ich es nicht übers Herz gebracht habe.«

»Dann bin ich beruhigt.«

»Warst du beunruhigt?«

»Nicht wirklich beunruhigt«, antwortete ich schnell, »es hätte mir nur Leid getan, wenn ich dafür verantwortlich gewesen wäre.«

Sie schlug ein Bein über das andere und lehnte sich zurück.

»Außerdem hätte es bedeutet, dass du mir nicht verziehen hast.«

»Interessante Schlussfolgerung … Aber du hast deine Entschuldigung so überzeugend vorgetragen, dass selbst ein so unversöhnlicher Knochen wie ich bereit ist, darüber nachzudenken.« Es war weniger ihr Tonfall als ihre Mundwinkel, die ihren Worten eine gewisse Härte verliehen. »Ich habe gelesen, dass dein Vater gestorben ist.«

»Ja.« Ich wollte nicht darüber reden.

»Was wirst du mit dem vielen Geld tun? Wirst du dein Leben ändern?«

Mein ungläubiges Lachen verunglückte, selbst in meinen Ohren klang es undefinierbar. »Von welchem Geld sprichst du?«

»Muss ich dir das wirklich sagen?« Sie sah mich spöttisch an. »Dein Vater hatte eine gut gehende Kanzlei, er war ein sehr begehrter Anwalt. Sein Bekanntheitsgrad hat die Grenzen von Schleswig-Holstein weit überschritten. Du bist seine einzige Tochter.«

»Woher weißt du das alles?«, fragte ich leicht befremdet.

»Ich habe meine Ohren überall. Und jetzt tu nicht so, als wüsstest du es nicht.«

»Ich weiß tatsächlich nichts von seinen finanziellen Verhältnissen. Und sie interessieren mich auch nicht.«

»Sei nicht dumm, Carla, Geld macht zwar tatsächlich nicht glücklich, aber es macht dich unabhängig. Wenn ich meinem Vater eines zu verdanken habe, dann, dass er sehr gut für meine Unabhängigkeit gesorgt hat.«

»Wann ist er gestorben?«

Sie kräuselte ihre Lippen zu einem Schmunzeln. »Er erfreut sich bester Gesundheit und füllt regelmäßig mein Konto auf.«

»Das heißt, du arbeitest nicht mehr?«

»Nur wenn ich Lust habe. Im Augenblick reise ich viel.«

»Wie lange wirst du noch bleiben?«

»Hier?« Sie entfernte einen kleinen Fussel von ihrer Hose. »Noch zwei oder drei Tage.«

»Und wohin fährst du dann?«

»Mal sehen …«

In diesem Moment trat Christian zu uns. »Tag, die Damen.« Er sah erst zu mir und dann zu Nadine.

Ob sie diese Reihenfolge auch so genau registriert hatte wie ich? Wenn ja, dann war ihr nichts anzumerken.

»Hallo, Christian«, sagten wir wie aus einem Munde.

»Willst du dich nicht zu uns setzen?«, schickte Nadine einladend hinterher.

Sein Nein kam ohne Zögern. »Ich habe leider keine Zeit.«

»Dann bis später«, sagte sie in einem Ton, der mir einen Stich versetzte.

Er war bereits im Gehen begriffen, als er stockte und sich kurz zu mir umdrehte. »Hast du dir übrigens die Hände gewaschen?«

»Ja. Habe ich.«

»Gut zu wissen.« Das Lächeln, das er mir schenkte, war unverkennbar von Hoffnung getragen.

»Was bedeutete das mit dem Händewaschen?«, fragte Nadine, als er fort war.

»Ach …« Ich machte eine wegwerfende Handbewegung, während mein Puls sich an Purzelbäumen versuchte. »Christian meint, über meine Liebe zu den Pferden würde ich manchmal die Hygiene vergessen.«

Ihr Blick wanderte über meine Hände, die die Kaffeetasse umschlossen hielten. »Ist dir das nicht unangenehm?«

»Nicht die Bohne!« Ich nahm einen großen Schluck von dem Kaffee, der nur noch lauwarm war, und stellte die Tasse ab. Meine Uhr mahnte mich zur Eile. Die halbe Stunde war längst um, und in fünfzehn Minuten musste ich zurück im Stall sein. »Ich denke, dass wir uns nicht mehr sehen werden, bevor du fährst«, sagte ich und machte dem Kellner ein Zeichen, dass ich zahlen wollte. »Danke, dass du Zeit für mich hattest.«

»Was man für alte *Freunde* nicht alles tut.«

Obwohl ich fand, dass ihr diese Stichelei zustand, wünschte ich mir, sie hätte darauf verzichtet. »Es ist gut, dass wir uns wiedergesehen haben«, sagte ich aufrichtig. »Auch wenn du es vielleicht nicht gerne hörst: Aber für meinen Seelenfrieden ist es ein Segen.«

»Warum sollte ich es nicht gerne hören? Immerhin zeugt es davon, dass du überhaupt eine Seele hast, was man nicht von jedem behaupten kann.«

»Weißt du, was ich dir wünsche, Nadine? Dass du diese Saubande irgendwann loslassen kannst.«

Sie schwieg, als müsse sie ihre Gedanken erst ordnen. »Ich arbeite daran«, sagte sie schließlich.

»Rieke Lohoff«, hörte ich durchs Telefon die muntere Stimme der Journalistin. »Ich würde gerne noch einmal mit Ihnen über die Vorkommnisse auf Ihrem Hof sprechen, Frau Bunge. Hatten Sie nicht Ihren Verpächter und diese Konkurrentin von Ihnen in Verdacht?«

»Ja, aber …«

»Und die Motive? Wie waren die noch mal?«

»Frau Lohoff, Sie haben selbst gesagt, dass ich mir mehr als eine Verleumdungsklage einhandle, wenn ich öffentlich darüber rede. Außerdem ist auf dem Bungehof Ruhe eingekehrt, es ist nichts mehr vorgefallen.«

»Von *öffentlich* kann gar keine Rede sein«, sagte sie beschwichtigend. »Ich gebe diese Information nicht weiter, sie ist ausschließlich für mich … für mein Verständnis.«

»Für Ihr Verständnis wovon?«

»Ich habe gerade eine Notiz gelesen, bei der mir Parallelen zu den Ereignissen auf dem Bungehof aufgefallen sind.«

»Was für Parallelen?«

»In Malente hat eine Ärztin mit einer versuchten Rufschädigung zu kämpfen. Erst wurde an die Hauswand ihrer Praxis das Wort *Pfuscherin* gesprüht – knallrot und riesengroß, so dass es nicht zu übersehen ist. Und dann wurde unter ihrem Namen eine Anzeige in die Zeitung gesetzt, dass sie aus persönlichen Gründen ihre Praxis aufgeben müsse. Unsere Anzeigenabteilung hat mich auf die Sache aufmerksam gemacht. Dort ist diese Ärztin nämlich gestern wutentbrannt hineingestürmt und hat mit harten Konsequenzen gedroht. So, wie es aussieht, hat sie die Anzeige nicht selbst aufgegeben. Irgendjemand will ihr schaden. Finden Sie diese Parallelen nicht auch seltsam?«

»Seltsam schon, aber ich halte sie für rein zufällig. Damit können weder mein Verpächter noch meine Konkurrentin etwas zu tun haben, das macht gar keinen Sinn.«

»Ich habe mir das anonyme Schreiben noch einmal genau angesehen«, meinte sie nachdenklich. »Es klingt nicht so, als wäre es der Feder eines alten Mannes entsprungen. Es klingt dynamisch, resolut und irgendwie sehr ... kreativ.«

»Lassen Sie das keine älteren Männer hören ...«

»Im Ernst, Frau Bunge, Sie haben das Schreiben doch auch gelesen. Könnten diese Attribute auf Ihre Konkurrentin zutreffen?«

»Ehrlich gesagt habe ich es nicht gelesen«, gestand ich kleinlaut, »ich habe es zerrissen, da ich mich nicht unnötig aufregen wollte. Der Spuk ist vorbei, und das ist schließlich die Hauptsache.«

»Würden Sie mir verraten, wie Ihre Konkurrentin heißt?«

»Nein, auf keinen Fall!« Ich war heilfroh, dass Melanie ihre Krallen eingezogen hatte, und ich beabsichtigte nicht, sie in irgendeiner Weise zu reizen. »Es mag ja Parallelen geben, aber es gibt keine Verbindung zwischen beiden Fällen.«

»Vielleicht doch, und wir sehen die Verbindung nur nicht.«

»Frau Lohoff, ich würde Ihnen wirklich gerne helfen, aber ich weiß nicht wie.«

»Da Sie mir den Namen Ihrer Konkurrentin nicht nennen wollen«, sagte sie gedehnt, »spreche ich am besten einmal mit dieser Frau Doktor Klinger, vielleicht hat sie einen Verdacht.«

Ich gab mir alle Mühe, mir meine Überraschung nicht anmerken zu lassen. »Ist das die Ärztin?«, fragte ich möglichst unbeteiligt.

»Ja. Doktor Karen Klinger. Sie praktiziert in Malente als Radiologin.«

Hatte auch Karen Melanie so sehr verletzt, dass sie sich an ihr rächen wollte? Ich konnte mir allerdings beim besten Willen nicht vorstellen, dass sie etwas Negatives über Udo sagen würde. Bevor ich wieder ins Grübeln geriet, verwarf ich diese Gedanken und genoss stattdessen ganz bewusst die letzten Sonnenstrahlen dieses Tages auf meiner Terrasse. Ich saß mit geschlossenen Augen zurückgelehnt in meinem Stuhl, als sich das Geräusch eines Autos in mein Bewusstsein drängte. Kurz darauf hielt ein Wagen vor meiner Buchenhecke.

Franz Lehnert war überraschend zu Besuch gekommen. Ich holte ihm ein Glas Rotwein und schob ihm auffordernd meine angebrochene Tafel Schokolade zu.

»Nervennahrung?«, fragte er mit einem Lächeln.

»Eigentlich eher Resteverwertung, ich habe mal wieder vergessen einzukaufen.« Ich sah ihn mitfühlend an. »Ihnen geht es nicht gut, oder?«

Langsam schüttelte er den Kopf. »Nein. Ich vermisse Viktor mehr, als ich es mir habe vorstellen können. Auch wenn ich so viel Zeit hatte, mich auf seinen Tod vorzubereiten … es ist verdammt schwer ohne ihn.« Er lächelte mich mit feuchten Augen an. »Wenigstens besucht er mich hin und wieder in meinen Träumen.«

»Wie lange waren Sie zusammen?«

»Zwölf Jahre.«

»Und wie haben Sie sich kennen gelernt?«

»Durch einen Blechschaden.« Bei der Erinnerung trat ein Leuchten in seine Augen. »Viktor hat mich angefahren. Wir sind beide völlig genervt aus unseren Autos gestiegen. Es regnete in Strömen und beide hatten wir es eilig. Als ich ihn sah, dachte ich voller Bedauern: Der ist bestimmt verheiratet und hat zwei Kinder zu Hause herumspringen …«

»So weit hergeholt war das ja wohl nicht.«

Zum Zeichen seines Verständnisses schloss er kurz die Augen. »Anstatt uns gegenseitig mit Schuldzuweisungen zu überhäufen, wie das in solchen Situationen üblich ist, kamen wir ins Gespräch. Um uns herum hupte es, weil wir eine ganze Spur blockierten, aber Viktor hielt in aller Seelenruhe seinen Schirm über mich und fragte mich, ob ich mir vorstellen könne, am Abend mit ihm essen zu gehen.«

»Und?«, fragte ich gespannt, »haben Sie seine Einladung angenommen, oder haben Sie sich rar gemacht, wie es die Großmütter raten?«

»Wenn man ein Leben lang auf jemanden wartet und ihn endlich gefunden zu haben glaubt, dann hat man alles Mögliche im Sinn, aber ganz bestimmt keine künstliche Verknappung.« Er schob sich ein Stück Schokolade in den Mund. »Zehn Tage später sind wir zusammengezogen.«

Wir schwiegen, während jeder von uns seinen Gedanken nachhing.

»Ihr Vater hatte große Schuldgefühle Ihnen gegenüber. Er war der festen Überzeugung, er habe Ihr Männerbild beschädigt.« Ich ließ seine Worte einen Moment auf mich wirken. »Das hat er wohl auch.«

»Gibt es jemanden, der es restaurieren kann?« Seinem Blick war unschwer zu entnehmen, welche Antwort er sich erhoffte. Der Hitze nach zu urteilen, die in mein Gesicht stieg, musste ich ziemlich rot aussehen. Ich hoffte nur, dass meine Bräune das meiste schluckte. »Vielleicht.«

»Das wird Viktor freuen zu hören. Und mich freut es natürlich auch.« Er hob sein Glas und prostete mir zu, bevor er einen Schluck von dem Rotwein nahm. »Dann haben Sie inzwischen eine Antwort auf Ihre Frage gefunden?«

»Auf welche Frage?«

»Wie es ist, einen Mann zu lieben.«

»Sagen wir so … ich versuche, es herauszufinden.«

»Würden Sie mir einen Gefallen tun, Carla? Darf ich Sie hin und wieder besuchen? Sie sind Viktors Tochter und ich …«

»Ich freue mich, wenn Sie vorbeikommen!«

»Und wenn Sie in Not sind, würden Sie es mir dann sagen?«

Ich nickte. »Die größte Not habe ich zum Glück gerade abgewendet. Mein Verpächter wollte mich von einem Tag auf den anderen auf die Straße setzen, und eine Bekannte meinte, mir eine Lektion erteilen zu müssen. Beide hatten es auf den guten Ruf des Bungehofs abgesehen.«

»Warum wollte Ihr Verpächter Sie auf die Straße setzen?«

»Weil ein Unternehmen sich ausgerechnet das Areal des Bungehofs auserkoren hat, um an seiner Stelle ein Wellness-Hotel zu errichten. Das Kaufangebot dieses Unternehmens kann

sich sehen lassen. Zum Glück läuft mein Vertrag aber noch
fünf Jahre. So lange können die nichts machen.«
»Und dann? Was ist, wenn diese fünf Jahre abgelaufen sind?«
Ich winkte ab. »Fünf Jahre sind eine so lange Zeit.«
»Täuschen Sie sich nicht, Carla, fünf Jahre gehen rasend
schnell vorbei. Hätten Sie nicht Interesse daran, den Hof selbst
zu kaufen?«
»Wovon?«
»Viktor hat Ihnen eine Menge Geld hinterlassen. Haben Sie
noch keine Benachrichtigung wegen der Testamentseröffnung
erhalten?«
»Nein.«
»Dann warten Sie in Ruhe ab – sie wird kommen!«

23

Der Anruf von Rieke Lohoff ließ mich nicht los. Melanie hatte mir ihren Hass sehr deutlich gezeigt, und jetzt tat sie offenbar dasselbe mit Karen. Obwohl sie nach wie vor durch die Trauer um Udo in einem jammervollen Zustand war, schien sie über ungeahnte Energiereserven zu verfügen. Gepaart mit ihrem Einfallsreichtum hatte diese Energie bereits einiges angerichtet.

Wäre Karen ein anderer Mensch gewesen, hätte ich sie zweifellos gewarnt, aber von mir konnte sie keine Hilfe erwarten. Obwohl sie zwei Tage später genau das tat. Ich trainierte gerade eines der Pferde auf dem Viereck, als sie mich bat, meine Arbeit zu unterbrechen.

»Hat das nicht eine halbe Stunde Zeit?«, fragte ich abweisend.

Ihr Nein wirkte fast panisch. Unruhig lief sie an der Abgrenzung auf und ab und versuchte, mich mit ihren Blicken vom Pferd zu zerren.

»Du musst mir helfen, Carla!«

Betont langsam stieg ich vom Pferd und ging auf sie zu.

Bis zu diesem Tag hatte ich sie noch nie angeschlagen erlebt. Jetzt wirkte sie, als stünde ihr das Wasser bis zum Hals. Später sollte ich mich fragen, ob ich die kommenden Ereignisse hätte vorausahnen können – hätte ich diesen Eindruck bewusster wahrgenommen und gleichzeitig bedacht, dass Ertrinkende dazu neigen, um sich zu schlagen.

»Bei mir ist etwas im Gange, was mich meine Existenz kosten kann«, sagte sie hektisch. »Erst hat mich nur jemand anonym bei der Kassenärztlichen Vereinigung des Abrechnungsbetrugs beschuldigt. Dann kam plötzlich das Gerücht auf, ich würde reihenweise Bilder falsch beurteilen und Fehldiagnosen stellen. Vor ein paar Tagen waren es dann üble Schmierereien an der Hauswand meiner Praxis.« Ihre Augen waren geweitet, als hätte sie entsetzliche Bilder vor Augen. »Und schließlich erschien eine unter meinem Namen geschaltete Anzeige: Ich würde meine Praxis aufgeben – *aus persönlichen Gründen.* Etwas Tödlicheres als diesen Text gibt es mit dieser Vorgeschichte wohl kaum. Bald ist mein Wartezimmer ganz leer.«

Dies wäre der richtige Moment gewesen, um ihr von Melanie und damit auch von den Vorkommnissen auf dem Bungehof zu erzählen. Ich wusste jedoch aus Erfahrung, dass Informationen bei Karen nicht gut aufgehoben waren. Sie hatte früher schon in jede Schwachstelle hineingetreten, und ich nahm nicht an, dass sich ihr Charakter entscheidend geändert hatte.

»Da kann man nicht viel tun«, sagte ich deshalb lahm und kraulte dem Pferd, das unruhig zu werden begann, die Nüstern.

»Da irrst du gewaltig! Gerade eben habe ich Nadine bei der Polizei angezeigt.«

Jetzt war ich diejenige, deren Augen sich weiteten. Ich war wie vor den Kopf geschlagen. »Bist du verrückt geworden, Nadine da mit hineinzuziehen? Meinst du nicht, dass du ihr schon genug angetan hast?«

Sie machte eine wegwerfende Handbewegung. »Das waren dumme Kindereien, nicht der Rede wert.«

»Ich hoffe, dass du in deiner Praxis bessere Diagnosen stellst«, sagte ich kalt. »Und jetzt lass mich in Ruhe!« Ich zog das Pferd ein Stück von ihr fort und stieg wieder auf.

Entschlossen stapfte sie mir hinterher, um mit einem schnellen Griff einen Zügel in die Hand zu bekommen. »Seit sie hier in der Gegend aufgetaucht ist, sind merkwürdige Dinge geschehen. Niemand sonst kommt in Frage. Ich will nur ihre Adresse!«

»Karen, du spinnst, wenn du mich fragst, und jetzt sieh zu, dass du verschwindest.«

»Ohne Nadines Adresse verlasse ich diesen Hof nicht.«

»Dann hoffe ich, dass du viel Zeit mitgebracht hast.«

»Meinst du, dem Ansehen deines Hofes ist es förderlich, wenn ich dir die Polizei auf den Hals hetze? Denen wirst du ihre Adresse sagen müssen.«

»Karen, du hast die Falsche in Verdacht. Wenn Nadine dir hätte schaden wollen, dann hätte sie das seit damals längst tun können. Glaubst du allen Ernstes, sie hat so lange gebraucht, um sich eine Schmiererei für deine Hauswand auszudenken oder das mit der Anzeige auszuhecken? Das ist lächerlich.«

Sekundenlang schien sie verunsichert zu sein. Hinter ihrer in Falten gelegten Stirn konnte ich es arbeiten sehen. »Du stellst also nicht in Frage, dass sie ein Motiv hat.«

Unwirsch schüttelte ich den Kopf. »Ein Motiv hätte ich auch. Vielleicht solltest du aber mal nach einem etwas aktuelleren suchen. So wie ich dich kenne, wird es nicht gerade wenige Menschen geben, die sich nur zu gerne an dir rächen wollen.«

»Meine Intuition sagt mir, dass Nadine etwas damit zu tun hat.«

»Und ich sage dir, dass du damit falsch liegst.«

»Findest du diese Parallelen nicht merkwürdig?«, fragte sie lauernd.

Ich stieß genervt die Luft aus der Nase. Also hatte Rieke Lohoff sie tatsächlich angerufen und ihr von dem anonymen Brief und allem anderen erzählt. Wie hatte ich nur annehmen können, sie würde es verschweigen? »Rieke Lohoff, habe ich Recht?« Das Pferd tänzelte auf der Stelle und brachte Karen dazu, etwas auf Abstand zu gehen.

Irritiert sah sie zu mir auf. »Rieke Lohoff? Den Namen habe ich schon einmal gehört. Warte ...« Sie dachte nach. »Ist das nicht eine Journalistin?«

Ich nickte.

»Die hat mehrfach bei mir angerufen und um ein Gespräch gebeten. Was ist mit ihr?«

»Hast du nicht mit ihr gesprochen?«

»Ich habe weiß Gott Wichtigeres zu tun im Moment.«

»Woher weißt du dann von den Parallelen?«, hakte ich nach.

»Von Melanie natürlich.«

»Melanie selbst hat dir davon erzählt?« Mit Schwung sprang ich vom Pferd. »Was genau hat sie gesagt?«

»Dass Udo Opfer einer Verleumdung geworden ist. Ihm ist unterstellt worden, seine eigenen Töchter und Schülerinnen missbraucht zu haben. Irgendjemand hat dieses Gerücht in die Welt gesetzt und ...«

»Woher willst du wissen, dass es ein Gerücht war?«

»Schon vergessen?«, fragte sie süffisant. »Ich habe Udo gekannt. Er hätte nie im Leben Kinder missbraucht.«

Ich lachte bitter. »Ich habe Udo auch gekannt. Er hätte jede Gelegenheit ergriffen, um Macht über andere auszuüben. Bei Schwächeren hat es ihm besonders viel Spaß gemacht.«

»Du bist ja widerlich!« Sie verzog ihr Gesicht zu einer Grimasse. »Nur weil du ihn nicht mochtest, soll er ein Kinderschänder gewesen sein? Weißt du nicht, wie leicht es ist, den Ruf eines unbescholtenen Menschen zu zerstören?«

»Glaub mir, das weiß ich, Karen. Und deshalb werde ich dir Nadines Adresse nicht geben. Ich werde dir nicht helfen, ihren Ruf zu zerstören.«

»Aber du siehst untätig dabei zu, wie sie meinen zerstört! Macht dir das Spaß, fühlst du dich dabei gut?« Sie presste ihre Lippen aufeinander und blitzte mich böse an.

Ich stieg wieder auf. »Du bist auf der falschen Fährte!«

Vielleicht konnte Susanne mir dabei helfen, das unangenehme Gefühl, das die Auseinandersetzung mit Karen bei mir hinterlassen hatte, loszuwerden. Ich fand sie beim Unkrautjäten in ihrem Garten, wo sie inmitten eines Rosenbeetes kniete.

»Naht da Hilfe oder Ablenkung?«, fragte sie.

»Eher Ablenkung. Ich habe es in den letzten Wochen noch nicht einmal geschafft, mein eigenes Unkraut zu rupfen. Wenn ich dich da so sehe, packt mich mein schlechtes Gewissen.«

»Ein schlechtes Gewissen solltest du nur wegen deiner Mäuse haben.«

»Bin ich etwa nicht gut zu ihnen?«

Ihr Kopfschütteln war Antwort genug.

»Genetisch gesehen ähneln sich Menschen und Mäuse«, wiederholte ich, was ich erst kürzlich gelesen hatte.

»Und? Was sagt uns das?«

»Ich kann sie nicht umbringen.«

»Das verlangt auch niemand von dir. Wofür gibt es Katzen? Ich leihe dir meine gerne mal für eine Stunde aus.«

»Aber die Mäuse stören mich nicht. Wir leben in einer überaus friedlichen Koexistenz.«

»Eine friedliche Koexistenz ist der beste Nährboden für eine Überpopulation. Du wirst dich bald nicht mehr retten können vor diesen kleinen Nagern.«

»Ich will nie wieder tote Mäuse auf meinem Kopfkissen!«

»Dann nimm Lebendfallen.«

»Das bringe ich auch nicht über mich«, druckste ich herum. »Ich stelle mir immer vor, dass das eine Familie ist, die ich auseinander reißen würde.«

Susanne raufte sich ungläubig die Haare. »Vielleicht wäre dir die eine oder andere Maus ganz dankbar dafür. Nicht jeder ist ein Familienmensch – verzeih: eine Familienmaus. Hast du dir außerdem schon einmal überlegt, dass sie bei dir wie in einem Gefängnis leben?«

Meine Mundwinkel zuckten. »Das meinst du jetzt nicht ernst, oder?«

»Jeder hat seinen wunden Punkt.« Ihr befreites Lachen war ansteckend.

»Kennst du eigentlich Heides?«, fragte ich rundheraus.

Sofort war Susanne wachsam. »Wie kommst du darauf, dass sie einen hat?«

»Erstens hat jeder einen und zweitens willst du wohl nicht abstreiten, dass sie ein wenig seltsam ist.«

»Gibt es irgendetwas an ihrer Arbeit auszusetzen?«

»Im Gegenteil. Sie ist zuverlässig, gewissenhaft ...«

»Reicht das nicht?«

»Ich habe mir nur Gedanken gemacht. Aus ihrer Einsatzbereitschaft rund um die Uhr entnehme ich, dass sie keine Familie hat, um die sie sich kümmert, und auch nicht gerade viele Freunde, mit denen sie sich regelmäßig trifft.«

»Das trifft auf dich genauso zu.«

»Aber ich war nicht jahrelang Hausfrau.«

»Sind dir Hausfrauen in irgendeiner Weise suspekt?«, fragte sie spöttisch.

»War sie krank? Ich meine, hatte sie eine Depression oder etwas in der Art? Sie wirkt wie jemand, dessen Seele rekonvaleszent ist.«

Sekundenlang sah Susanne mich ausdruckslos an. Dann begann sie, mit ihren Gartenhandschuhen zu spielen. Schließlich hob sie ruckartig ihren Kopf. »Sie war genau wie ich im Gefängnis und versucht, wieder Fuß zu fassen.«

Ich holte tief Luft. »Hast du etwa geglaubt, ich hätte sie nicht eingestellt, wenn ich das gewusst hätte? Du kennst mich so lange und weißt immer noch nicht, dass ich ein Faible für Außenseiter habe?«

»Es war Heides Wunsch. Sie wollte ganz neu anfangen. Ohne zweifelnde oder prüfende Blicke. Ohne Misstrauen.« Susanne zog aus ihrer Hosentasche eine Schachtel Zigaretten, nahm eine heraus und zündete sie an. »Sei ehrlich, Carla, wenn du das mit dem Gefängnis gewusst hättest, hättest du sie dann nicht sofort in Verdacht gehabt, als all diese merkwürdigen Dinge auf deinem Hof passierten?«

»Sie konnte nicht ahnen, dass so etwas passieren würde.«

»Irgendetwas passiert immer, überall.«

»Wie lange war sie im Gefängnis?«

»Lange«, war die knappe Antwort.

»Und was hat sie getan?«

»Was immer es war, sie hat ihre Strafe abgesessen.«

»Hast du nicht gesagt, du kennst sie von früher?« Ich hatte ihre Worte noch genau in den Ohren.

»Das war gelogen.«

»Nach dem Motto *Der Zweck heiligt die Mittel?*«

»Das beschreibt es ziemlich genau«, sagte sie ohne einen erkennbaren Funken von schlechtem Gewissen. »Hin und wieder helfe ich ehemaligen Sträflingen, eine Arbeit zu finden.«

Ich hing ihren Worten einen Moment lang nach. »Jetzt brauche ich deine Hilfe ...«

Fragend zog sie die Augenbrauen hoch.

»Karen Klinger, eine von den *glorreichen Fünf*, hat plötzlich ähnliche Probleme wie ich bekommen. Jemand hat es auf ihren guten Ruf abgesehen, und ich bin der festen Überzeugung, dass genau wie bei mir Melanie dahintersteckt. Es ist dieselbe Handschrift.«

»Und?«

»Karen will das Ganze Nadine in die Schuhe schieben.«

»Der ›Blonden mit der Ausstrahlung‹?«, fragte Susanne erstaunt. »Wie kommt sie denn auf die?«

»Ach, es ist völlig idiotisch. Sie hat sich da so eine merkwürdige Verschwörungstheorie zurechtgebastelt. Sie meint, Nadine habe es auf die Mitglieder der *glorreichen Fünf* abgesehen. Der Kindesmissbrauch, der Udo unterstellt wurde, sei von ihr als Gerücht in die Welt gesetzt worden. Und Udos Fall habe wiederum Parallelen zu dem, was gerade bei ihr geschieht.«

»Was genau ist das?«

Ich berichtete ihr von den Gerüchten, den Schmierereien an der Hauswand und der Anzeige in der Zeitung.

»Einmal angenommen, Melanies Bruder war tatsächlich unschuldig und das Gerücht wurde von jemandem verbreitet, der ihm schaden wollte ...«

»Das glaube ich nicht!«

Sie sah mich unverwandt an. »Denk mal darüber nach – rein hypothetisch.«

Ich fand es müßig, trotzdem tat ich ihr den Gefallen. »Dann

308

wären zwei der *glorreichen Fünf* Opfer von Verleumdungen geworden …«

»Vergiss nicht das dritte Opfer!«

»Susanne, das ist Blödsinn. Warum sollte sie sich denn an mir rächen wollen?«

In aller Seelenruhe trat sie ihre Zigarette aus. »Das fragst du? Wegen dieser Geschichte im Biologieraum natürlich. In ihren Augen bist du nicht viel besser als die fünf.«

Susannes Logik hatte es schwer, gegen meinen inneren Widerstand anzukommen. »Warum sollte sie nach so vielen Jahren anfangen sich zu rächen? Das ist nicht logisch.«

»Da gebe ich dir Recht.« Schweigend zog sie mit der Schuhspitze Linien in die Erde. »Was, wenn etwas passiert ist, das ihre alten Wunden wieder hat aufbrechen lassen? Vielleicht ist ihr etwas Ähnliches widerfahren wie in der Schule, und das hat die Wut und den Hass wieder hochkommen lassen. Und die Rachegedanken.«

»Du weißt gar nicht, ob sie welche hatte.«

»Kein Hass ohne Rachegedanken. Du hattest sie, ich hatte sie …«

»Und haben wir uns gerächt außer in unseren Gedanken?«

»Manchen Menschen reichen diese Gedanken nicht. Du hast selbst gesagt, dass sie noch immer mit der Geschichte von damals hadert, dass sie noch längst nicht damit abgeschlossen hat.«

»Vom Hadern bis zum Griff zur Sprühdose oder Schlimmerem ist es ein weiter Weg.«

»Aber nicht völlig abwegig, wenn du ehrlich bist.«

»Ich glaube das nicht.«

»Damit kannst du richtig liegen, du kannst aber auch Opfer eines blinden Flecks werden.«

Mein zunächst ungläubiger Blick wandelte sich in einen amüsierten. »Was meinst du denn damit?«

»Du hast dieser Nadine gegenüber Schuldgefühle und willst aus diesem Grund vielleicht manches nicht sehen. Es gibt da eine Sache, die mich wundert. Als diese Karen dir gegenüber ihren Verdacht geäußert hat, wäre es das Normalste von der Welt gewesen, Nadine zu warnen und Melanie ins Gebet zu nehmen. Aber du hast gar nichts getan.«

Mir war unbehaglich zumute. »Ich hatte keine Zeit.«

»Oder dein Unterbewusstsein ist klüger als du.«

Ein energisches Klopfen an der Bürotür ließ mich aufsehen. Gleich darauf flog die Tür auf. Mit entschlossenen Schritten kam Karen auf mich zu, während Melanie im Türrahmen stehen blieb.

»Wir wollen auf der Stelle wissen, wo sich Nadine aufhält.« Karen stützte sich mit ihren Fäusten auf den Schreibtisch zwischen uns.

Ich ignorierte sie und sah an ihr vorbei zu Melanie. »Vielleicht sagst du ihr jetzt endlich, was Sache ist!«

Melanie sah sich um, als sei jemand anderer gemeint, und tauschte schließlich einen verständnislosen Blick mit Karen aus. »Meinst du mich?«, fragte sie.

»Wen sonst! Du nimmst es in Kauf, dass Karen eine Unschuldige bei der Polizei anzeigt und …«

»Unschuldig?« Ihre Stimme hatte einen schrillen Ton angenommen. »Nadine ist genauso wenig unschuldig wie du.«

Fassungslos sah ich sie an. »Bist du jetzt völlig übergeschnappt? Was habe ich damit zu tun?«

»Du steckst mit ihr unter einer Decke«, gifteten beide wie aus einem Munde.

»Unter welcher Decke und wozu?«, fragte ich sie eisig.

Karen fixierte mich aus schmalen Augenschlitzen. »Ihr leidet beide unter Verfolgungswahn, was eure Schulzeit betrifft, meint, euch wäre ein riesiges Unrecht geschehen. Und dafür rächt ihr euch jetzt. Wenn du nicht allein zur Rechenschaft gezogen werden willst, dann rück endlich die Adresse von Nadine heraus.«

Im ersten Moment fehlten mir die Worte. Dann setzte ich mich kerzengerade auf und fixierte Melanie. »Wenn du es ihr nicht sagst, dann werde ich es tun.« An Karen gewandt, sagte ich: »Du irrst dich, wenn du Nadine verdächtigst. Von mir ganz zu schweigen – das ist absurd. Hier auf dem Hof ist auch einiges vorgefallen, und ich habe nur dadurch Schlimmeres verhindern können, dass ich mich bei Melanie entschuldigt habe. Von dem Moment an war Schluss mit den Sabotageakten.« Ich konnte es in den Gesichtern der beiden arbeiten sehen. Ihre stumme Kommunikation war sehr beredt.

Karen fasste sich als Erste. »Was willst du damit sagen?«

»Dass nicht Nadine hinter all dem steckt, sondern Melanie.«

Udos Schwester hatte in Sekundenschnelle meinen Schreibtisch erreicht und ließ ihre Faust auf die Platte niedersausen. »Ich verbiete dir, solch einen Schwachsinn zu verbreiten!«

»Hast du mir nicht selbst gedroht und vorgehalten, wie leicht es ist, den Ruf eines unbescholtenen Menschen zu zerstören? Hast du nicht unreife Äpfel auf meinen Koppeln verstreut, einen Autoreifen durchstochen, Zäune beschädigt und Stacheldraht ausgelegt? Hast du nicht mein Heu abbestellt, mir den Amtstierarzt und die Presse auf den Hals gehetzt?« Vor Aufregung sprach ich immer schneller. »Hast du nicht all die kleinen Mosaiksteine verteilt, mit denen du mir tatsächlich eine Menge Probleme hättest machen können? Willst du das etwa abstreiten?« Ich erhob mich, so dass wir uns auf Augenhöhe gegenüberstanden. »Und das alles nur, weil ich in deinen Augen deinem Bruder nicht den nötigen Respekt erwiesen habe. Es würde mich nur interessieren, was Karen dir getan hat.«

Beide sahen mich sprachlos an.

Melanie war die Erste, die das Schweigen brach. »Nichts hat Karen mir getan, gar nichts. Und ich habe dir nichts getan.«

»Du lügst!«, schrie ich.

Sie musterte mich in aller Seelenruhe. »Nein, ich lüge nicht.«

24

Der Amtstierarzt und Rieke Lohoff waren an einem Montag auf dem Hof aufgetaucht. Am darauf folgenden Tag hatte ich mit Melanie gesprochen und mich bei ihr entschuldigt. Seitdem war auf dem Bungehof nichts mehr vorgefallen. War es da nicht logisch, an Udos Schwester als Täterin zu denken? Für mich lag die Antwort auf der Hand, trotzdem ließ mich meine innere Stimme Susannes Rat folgen und – *rein hypothetisch* – auch Nadine als mögliche Täterin in Betracht ziehen. Mit ihr hatte ich mich bereits am Sonntag getroffen. Wenn meine Entschuldigung sie in ihrem Vorhaben gebremst haben sollte – warum hatte sie mir dann noch den Amtstierarzt und die Presse auf den Hals gehetzt, nur um danach endgültig die Waffen zu strecken? Das machte keinen Sinn. Außer …

Außer sie hatte ihre Aktionen nicht mehr bremsen können. Je länger ich darüber nachdachte, desto plausibler erschien mir diese Möglichkeit. Der Anruf im Veterinäramt war bereits am Freitag eingegangen. Das anonyme Schreiben war am Montag auf dem Schreibtisch von Rieke Lohoff gelandet, musste also in der Woche davor abgeschickt worden sein.

Hasste sie mich so sehr, dass sie zu solchen Mitteln griff? Und wenn ja – wie hätte sie so detailliert wissen sollen, womit man einem Pferdehof und seinen Vierbeinern schadete? Pferde waren ihr in etwa so fremd wie indische Elefanten.

Eine unangenehme Ahnung ließ mich zum Herrenhaus hinüberlaufen und dort klingeln. Leider öffnete nicht Basti, sondern sein Großvater.

»Haben Sie es sich überlegt?«, fragte er hoffnungsvoll.

»Guten Abend, Herr Pattberg, ich würde gern Ihren Enkel sprechen.«

»Basti!«, rief er in die Tiefen des Hauses. Dann trat er einen Schritt vor, neigte den Kopf zu mir und raunte: »Es soll Ihr Schaden nicht sein, junge Frau.«

»Es wäre sogar ganz sicher mein Schaden.«

»Und mein Schaden?«, brauste er auf. »Zählt der etwa gar nicht? Wissen Sie, was mir entgeht?«

»Zufällig ja.«

Er schnaubte erbost. »Zufällig! Dass ich nicht lache.«

Basti enthob mich zum Glück einer Fortsetzung dieser unfruchtbaren Unterhaltung. »Carla, was gibt's?« Seinen nassen Haaren nach zu urteilen hatte er gerade geduscht.

»Tut mir Leid, dass ich dich störe. Können wir kurz reden?« Mit einem Blick gab ich ihm eindeutig zu verstehen, dass dieses Gespräch unter vier Augen stattfinden sollte.

»Na klar.« Er folgte mir Richtung Stall.

»Tschüs, Herr Pattberg«, rief ich über die Schulter, woraufhin ich die Tür zuknallen hörte. »Basti, erinnerst du dich an Frau Köster?«

»Meinst du die, die den Reitunterricht abgebrochen hat?«

»Genau die. Hat sie dich mal über den Hof ausgefragt oder über mich?«

»Direkt ausgefragt kann man das nicht nennen. Wir haben uns hin und wieder unterhalten, mehr nicht. Sie ist nicht gerade der Typ, der neugierig ist. Eher … interessiert. Sie hinterfragt vieles, will alles verstehen.«

314

»Und dir kam es nicht so vor, als würde sie auf dem Bungehof herumschnüffeln.« Es war weniger eine Frage als eine von Hoffnung getragene Feststellung.

Basti konnte sich ein Grinsen nicht verkneifen. »Bloß weil sie kein Talent zum Reiten hat, muss sie nicht gleich eine Spionin sein.«

»Basti, sei bitte mal ernst.«

»Ist es denn ernst?«

»Ja.«

Sein skeptischer Blick streifte mich, bevor er sich gen Himmel richtete. »Lass mich überlegen … Wir haben uns über Gott und die Welt unterhalten, sicher auch über den Bungehof.«

»Auch darüber, wodurch man Pferden schaden kann?«

»Sie wollte wissen, womit sie ihr Pferd belohnen kann, aber das fragt mich jede Neuanfängerin. Kann sein, dass ich ihr in dem Zusammenhang erzählt habe, was sie ihrem Pferd tunlichst nicht geben soll.«

»Unreife Äpfel, frisches Brot …«

»So in etwa.«

»War sie mal allein im Büro?«

»Möglich, aber beschwören kann ich es nicht.« Er zog überrascht die Augenbrauen hoch. »Du meinst, sie hatte etwas mit dem ganzen Spuk hier zu tun? Warum hätte sie so etwas tun sollen?«

»Vielleicht weil sie meinte, es sei noch eine alte Rechnung zwischen uns offen.«

Es war diesig an diesem Abend, so dass Meer und Himmel am Horizont verschwammen. Noch in voller Reitmontur hatte ich mich direkt nach dem Gespräch mit Basti auf meine Steine verzogen. Ich hatte noch nicht lange dort gesessen und den Flug

315

der Möwen verfolgt, als Susanne sich mit einem knappen Hallo zu mir setzte und mir wortlos Fotos in die Hand drückte.

Es waren zehn Schnappschüsse. Fünf zeigten Karen, fünf mich und mein Haus. Sie ähnelten denen, deren Urheberschaft ich fälschlicherweise Ilsa Neumann zugeschrieben hatte. Ich erinnerte mich noch genau an ihre Worte: *Wer immer für diese Fotos verantwortlich ist, verehrt Sie nicht, Frau Bunge.* Sie hatte Recht gehabt. Diese Fotos hatten mit Verehrung nicht das Geringste zu tun. Dafür aber mit Verletzung meiner Intimsphäre und mit Einbruch.

Drei der Fotos zeigten das Innere meines Hauses, mein zerwühltes Bett, meine unaufgeräumte Küche und die Wäscheberge, die sich im Bad türmten. Ich wendete meinen Blick ab, als könne ich damit die Geschichte, die die Fotos erzählten, zum Verstummen bringen.

»Und ich dachte, Einstein hätte bei mir gewütet und den Bücherstapel umgeworfen«, flüsterte ich. »Woher hast du diese Fotos?«

»Aus dem Zimmer von Nadine Köster.«

Ich schluckte gegen eine heftige Übelkeit an.

»Unser Gespräch hat mir keine Ruhe gelassen«, erklärte Susanne teilnahmsvoll, »ich wollte mir Klarheit verschaffen.«

»Und da hast du ihr Zimmer durchsucht? Bist du noch zu retten? Wenn sie dich nun erwischt und angezeigt hätte?«

»Ich habe gewartet, bis sie weggefahren ist.«

Mein Blick wurde von den Fotos magisch angezogen. »Warum ist sie in mein Haus eingedrungen und hat diese Fotos gemacht?«

Susanne umfasste ihre Unterschenkel. »In die Intimsphäre eines anderen Menschen einzudringen, dazu noch ohne dessen Wissen, bedeutet neben einigem anderen auch Macht. Sie wird sich damals sehr hilflos vorgekommen sein, das versucht sie vielleicht jetzt zu kompensieren.«

»Ist das auch der Grund, warum du so gerne durch die Zimmer eurer Gäste wanderst und aus dem *Kaffeesatz* liest, wie Christian es nennt?«

Ihr Lachen klang amüsiert. »Könnte man meinen bei meiner Vergangenheit, aber mich reizt tatsächlich ausschließlich der Kaffeesatz.«

»Bedeutet der nicht auch Macht?«

»So gesehen schon, aber ich nutze mein Wissen nicht aus.«

Ich sah sie von der Seite an. »Weißt du, wann sie abreist?«

»Übermorgen.«

In dieser Nacht war nicht an Schlafen zu denken. Ich wälzte mich hin und her, erzählte im Dunkeln meinen Mäusen von Nadine und meiner gottverdammten Blindheit und haderte mit dem Wissen, das sich nicht mehr leugnen ließ. Melanie als Täterin wäre mir weit lieber gewesen. Sie hätte ich problemlos aus meinen Gedanken ausblenden können.

Wie in Trance holte ich am Morgen den Futterwagen aus der Kammer und begann mit dem Morgenprogramm. Ich musste auf so Mitleid erregende Weise durch die Stallgasse geschlichen sein, dass Heide mir einen Becher Kaffee in die Hand drückte und mich ins Büro schickte.

»Werd erst einmal wach«, sagte sie barsch. »Ich mache hier solange weiter.«

Das Innere meines Kopfes fühlte sich wie in Nebel getauchte Watte an. Vorsichtig trank ich einen Schluck des heißen Kaffees, lehnte mich zurück und schloss die Augen. Es hätte nicht viel gefehlt und ich wäre eingeschlafen. Aber das Klingeln des Telefons ließ mich aufschrecken. Kaum hatte ich mich gemeldet, redete am anderen Ende Karen mit einer Intensität auf mich ein, die ich gerade an diesem Morgen nur sehr schwer ertragen konnte.

»Ich werde gleich die Polizei anrufen und denen sagen, dass sie Nadines Adresse von dir erfahren können. Du kannst froh sein, dass ich nur gegen dieses Miststück vorgehe. Hätte ich dich ein einziges Mal in der Nähe meiner Praxis gesehen, wärst du auch dran.«

Ohne ein Wort unterbrach ich die Verbindung. Sekunden später klingelte es erneut.

»Lass mich in Ruhe, Karen!«

»Ich will nur ihre Adresse.«

Mein Atem ging so schwer, dass ich befürchtete, sie würde ihn hören. »Ich kann dir nicht helfen.«

»Du willst sie nur schützen, aber sie verdient deinen Schutz nicht.«

Das wusste ich spätestens, seitdem ich mir die Fotos angesehen hatte.

»Ich habe gestern Abend noch mit Hans, Torsten und Gundula gesprochen«, fuhr sie fort. Ihrer Stimme nach zu urteilen stand sie unter extremer Anspannung.

Als ich diese Namen hörte, hätte ich am liebsten gleich wieder aufgelegt. Ich wollte weder mit ihr etwas zu tun haben noch mit dem Rest der Bande. Ich stöhnte genervt auf.

»Damit du mal eine Vorstellung davon bekommst, was deine Freundin so alles treibt: Über Hans, dessen Restaurant bisher sehr gut gelaufen ist, kursiert inzwischen das Gerücht, er habe massive Probleme mit der Gesundheitspolizei. Die Hälfte seiner Stammgäste ist ihm untreu geworden, nachdem es hieß, er würde sein Rindfleisch auf dem Schwarzmarkt beziehen – natürlich unter Umgehung der BSE-Vorschriften.« Ihre Stimme überschlug sich. »Torsten, der als Pastor im bayerischen Wald arbeitet, ist angeblich Mitglied bei Scientology. Über ihn wird erzählt, er lasse dieser Sekte Spenden für die Kirche zukommen. Jetzt rennen ihm die Buchprüfer die Bude ein, während seine Schäfchen die Kirche meiden.« Sie sprach immer schneller. »Und Gundula, die als Ehefrau eines Landrats bislang einen untadeligen Ruf genossen hat, soll Kleptomanin sein. Sie wird mittlerweile überall schief angesehen und bekommt zu den meisten Veranstaltungen schon keine Einladung mehr. Reicht dir das jetzt, um deinen Mund aufzumachen?«

Ich versuchte, ruhig zu bleiben, es gelang mir jedoch nur nach außen hin. »Ich habe dir nichts zu sagen.«

»Sie hat Udo auf dem Gewissen«, schrie sie. »Sie ist verrückt. Du kannst nicht zulassen, dass sie noch mehr anrichtet. Du musst sie stoppen!«

»Wie stellst du dir das vor, Karen?«

»Rede mit ihr! Vielleicht hört sie auf dich …«

Nachdem ich das Gespräch ziemlich abrupt beendet hatte, bat ich Basti, meinen Zehn-Uhr-Unterricht zu übernehmen, und machte mich auf den Weg zu Flint's Hotel.

Das Adrenalin, das während des Telefonats mit Karen in mein Blut geschossen war, hatte den Nebel in meinem Kopf vertrieben. Schlagartig war ich aufgewacht und nahm meine Umgebung überdeutlich wahr. Die Gerstenfelder, die sich entlang der Straße zogen, lagen völlig ruhig da. Es rührte sich kein Lüftchen, während in mir die widersprüchlichsten Emotionen tobten.

Ich versuchte, klar zu denken. War Nadine tatsächlich für all die Geschehnisse verantwortlich, die ihr jetzt angedichtet wurden? Welche Beweise gab es überhaupt? Es gab die Fotos.

Aber davon wussten nur Susanne und ich. Hatten wir die falschen Schlüsse daraus gezogen? War es nicht ein Fehler, von den Bildern auf alle anderen Taten zu schließen? Mein Abscheu gegenüber diesem Einbruch in meine Intimsphäre hatte mich dazu verleitet, Karen und Melanie zu glauben und Nadine für die alleinige Schuldige zu halten. Aber war sie es tatsächlich? Karen folgte ihrem Bauchgefühl. Was sagte mir meines?

Ich fand Nadine im Frühstücksraum. Irgendwie war ich froh, nicht allein mit ihr zu sein, sondern andere Menschen um uns herum zu wissen.

»Guten Morgen, Nadine.«

Erstaunt tauchte ihr Blick aus der Zeitung auf, in die er bis zu meinem Auftauchen vertieft gewesen war. »Carla …?«

Ich setzte mich ihr gegenüber. »Ich muss mit dir reden!«

»Na, dann los«, forderte sie mich mit einem undefinierbaren Funkeln in den Augen auf.

Ich gab mir Mühe, langsam zu sprechen. »Karen hat dich bei der Polizei angezeigt. Sie ist der Überzeugung, dass du versucht hast, jedem Mitglied der *glorreichen Fünf* massiv zu schaden, indem du Gerüchte über sie in die Welt gesetzt hast.«

»Welche Gerüchte kursieren denn über sie?«, fragte sie amüsiert. »Dass sie üble Schweine sind, die auch dann nicht Halt machen, wenn jemand bereits am Boden liegt?« Von einer Sekunde auf die andere wandelte sich ihre Stimmung. »Dass sie aus dem Verkehr gezogen werden müssten? Das ist kein Gerücht, Carla, das ist eine Tatsache!« Sie schob ihren Teller beiseite, auf dem noch ein halbes Marmeladenbrötchen lag. »Alle haben sie Berufe gewählt, die sie mit vielen Menschen zusammenbringen. Ist das nicht perfide? Diese Menschen verachtende Bande treibt einfach weiter ihr Unwesen.«

320

»Das weißt du nicht«, sagte ich in dem Versuch, sachlich zu bleiben.

Sie starrte mich an, als habe ich ihr gerade einen Dolchstoß versetzt. »Du verteidigst sie? Hast du vergessen, was die mit dir gemacht haben?«

»Das lässt sich nicht vergessen, Nadine, das weiß ich genauso gut wie du. Aber man kann es in der Vergangenheit zurücklassen.«

»Wozu?« Ihr Blick entwickelte eine fast unheimliche Kraft.

»Um dich von ihnen zu lösen, um wieder frei zu sein. Und um ihnen die Macht zu nehmen, die sie über dich haben.«

»Ich nehme ihnen die Macht auf meine Weise«, sagte sie, indem sie jedes Wort betonte. »Du und ich, wir waren schon immer sehr verschieden.«

»In einem waren wir gleich – wir waren beide Außenseiterinnen.«

»Und wir sind es geblieben.« Ihr Mund nahm einen bitteren Zug an.

Ich sah sie unverwandt an. »Du hast Fotos von mir gemacht.«

Sie lehnte sich zurück, verschränkte ihre Arme vor der Brust und musterte mich schweigend.

»Du hast mich beobachtet und bist in mein Haus eingedrungen. Was wolltest du da?«

»Ich mache Urlaub hier, Carla«, entgegnete sie mit Bedacht. »Und im Zuge dessen habe ich auch hin und wieder ein Foto gemacht, aber hinsichtlich meiner Motive liegst du falsch. Warum sollte ich ausgerechnet dich fotografieren? Allein die Vorstellung schreit zum Himmel.«

Hätte sie die Sache mit den Fotos ohne Zögern zugegeben, hätte ich für möglich gehalten, dass sie für alles andere nicht verantwortlich war. Aber sie log mich an, ohne auch nur mit der

Wimper zu zucken. Sie machte noch nicht einmal den Fehler zu fragen, woher ich von den Fotos wusste.

»Ich habe die Fotos gesehen, und es gibt keinen Zweifel daran, dass du sie gemacht hast«, sagte ich leise. »Ich hatte gehofft, du wärst es nicht gewesen.« Mein Hals wurde eng. »All die kleinen Attacken gegen mich – warum? Warum hast du plötzlich damit aufgehört? War meine Entschuldigung die Zauberformel?«

Ohne mich aus den Augen zu lassen, zog sie mit dem Nagel ihres Zeigefingers Linien über das weiße Tischtuch.

»Warum jetzt – nach all diesen Jahren?«, fragte ich.

»Weil es nicht aufhört ... nie. Weil ich dem Ganzen ein Ende setzen musste.« Sie sah sich aufmerksam um, ob uns jemand zuhören konnte. Erst als sie sicher war, dass, was auch immer sie sagte, nur an meine Ohren drang, fuhr sie fort. »Es gibt immer jemanden, der dich in den Dreck zieht. Ich hatte viel Erfolg in meinem Beruf, aber mit dem Erfolg kamen die Neider. Sie haben mich mit Schmutz beworfen.«

Und das hatte die alten Wunden wieder aufbrechen lassen. Susanne hatte also Recht gehabt.

»Du weißt, wie es ist, wenn jemand versucht, dir deine Würde zu nehmen, wenn du dich beschmutzt fühlst. Nur gibt sich nicht jeder mit Erlösungsphantasien zufrieden, in denen ein Baseballschläger die Wirklichkeit simuliert.« Die Kälte in ihrer Stimme ließ mich schaudern.

»Du wolltest sie beschmutzen, so wie sie dich beschmutzt haben«, sagte ich langsam. »Du hast versucht, sie durch Gerüchte in den Dreck zu ziehen.«

Wir blickten uns stumm an.

»Warum ich?«, fragte ich. »Ich habe dich nie in den Dreck gezogen.«

»Du hast mich im Stich gelassen.« Ihr Mund war nur noch eine schmale Linie.

»Ja, das habe ich. Aber damals war von meinem Selbstbewusstsein so gut wie nichts mehr übrig. Woher hätte ich die Courage nehmen sollen, dir beizustehen?«

»Wie wäre es mit dem Mut der Verzweiflung?«, fragte sie zynisch.

Ich schüttelte abwehrend den Kopf. »Die *Dicke mit dem schwulen Vater* war nicht verzweifelt, Nadine, sondern erstarrt vor Angst. Ich war nicht fähig, durch diese Tür zu gehen, mich neben dich zu stellen und es mit ihnen aufzunehmen. Auch wenn ich es mir noch so sehr wünsche.«

»Du hast dich entschuldigt.« Einen Moment lang wirkte sie abwesend. »Die anderen haben nur gelacht und ihre Witze gerissen.«

»Auf dem Klassentreffen?«

Sie nickte.

»Udo ist tot. Und du hast ihn so weit getrieben.«

»Ja.« Ihr Blick war voller Hass. »Und er hat mir keine Sekunde lang Leid getan. Er hat es verdient. Jeden Moment der Angst um seinen guten Ruf, jeden schiefen Blick, jede Ausgrenzung.« Sie sah mich provozierend an. »Hast du bei deinen Baseballschlägerarien immer so genau darauf geachtet, dass auch ja alle überleben?«

»Der Weg von der Phantasie in die Realität ist weit.«

»Nein, Carla, er kann verdammt kurz sein!«

25

Ist es tatsächlich so einfach, den Ruf unbescholtener Menschen zu zerstören?«, wollte ich von Nadine wissen, nachdem ich mich wieder gefasst hatte.

»Bei den anderen war es tatsächlich einfach. Da haben ein paar Handygespräche gereicht, bei denen ich darauf geachtet habe, dass ich in Hörweite anderer Menschen war. Du glaubst nicht, wie begierig solche Telefonate belauscht werden.«

»Handygespräche? Dann warst du das in meinem Stall?« Und ich hatte geglaubt, es sei nur irgendeine Frau gewesen, die weitergegeben hatte, was ihr selbst zu Ohren gekommen war. Ihr gleichgültiges Nicken war erschreckend. »Bei dir war ich mir allerdings sicher, dass das nicht ausreichen würde. Nachdem Basti mir sagte, dass dein Stall nicht nur einen untadeligen Ruf genießt, sondern du auch in der Gegend als wahrer Engel giltst, musste ich schon schärfere Geschütze als nur ein paar gezielt gestreute Gerüchte auffahren.«

»Und da hast du grüne Äpfel und frische Brötchen verstreut, hast Zäune beschädigt, Stacheldraht ausgelegt und das Heu abbestellt? Und mir zu guter Letzt den Amtstierarzt und die Presse auf den Hals gehetzt?«

Meine Fragen schienen sie nicht zu berühren. Sie sah mich regungslos an.

»Drei Pferde haben sich bei deinen Aktionen verletzt. Einer der

Besitzer hat seine Box daraufhin gekündigt, und es ist nicht sicher, dass er der Einzige bleiben wird. Glaubst du allen Ernstes, ich würde das alles auf sich beruhen lassen?« Ich schluckte gegen den Kloß in meinem Hals an, der immer dicker zu werden schien.

»Du wirst mich nicht ans Messer liefern, du nicht, Carla Bunge!« Sie lachte auf eine Art, die mir Angst machte. »Es gibt keine Beweise.«

Die Fotos, die Susanne gefunden hatte, waren vielleicht kein Beweis, aber zumindest ein beachtlicher Hinweis. »Es gibt kein perfektes Verbrechen, Nadine.«

»Ist es ein Verbrechen, für Gerechtigkeit zu sorgen?«

»Wenn dieses *Sorgen* über eine Leiche und mehrere Existenzen geht, dann ist es sogar ganz sicher ein Verbrechen.«

»Und was ist mit dem Zweck, der die Mittel heiligt?«

»Manchmal entweihen die Mittel den Zweck.«

»Manchmal …«, sagte sie mit einem ungerührten Lächeln, das noch kälter war als ihr Blick, »bekommen Schweine genau das, was sie verdienen.«

»Und wenn du dafür ins Gefängnis gehst – war es das dann wert?«

»Ich habe keine Angst vorm Gefängnis.«

»Und warum hast du dann so akribisch darauf geachtet, keine Beweise zu hinterlassen?«

Ihr unerschrockener Gesichtsausdruck hatte Risse bekommen. »Wo habe ich die Platine verloren?«

»Im Büro im Stall.«

»Was wirst du sagen, wenn man dich befragt?«

»Die Wahrheit.«

Ihr Blick krallte sich in Sekundenschnelle an mir fest. »Du willst mich wieder im Stich lassen?«

»Du bist zu weit gegangen, Nadine. Du hast eine Grenze überschritten, hinter der du nicht mehr auf meine Solidarität bauen darfst.«

»Konnte ich überhaupt jemals darauf bauen, Carla?«, fragte sie zynisch.

»Udo ist ein Häufchen Asche. Er hat eine Frau und zwei Kinder hinterlassen, die du in eine Situation gestürzt hast, die mich an unsere erinnert. Das ist nicht gerecht! Ich weiß nicht, ob stimmt, was Melanie behauptet, und Udo sich tatsächlich geändert hat. Aber selbst wenn er immer noch der Alte war, hattest du nicht das Recht, ihn in den Tod zu treiben.«

»Ich hatte jedes Recht«, fauchte sie hasserfüllt. »Die Welt ist nicht ärmer ohne ihn.«

»Die Welt seiner Kinder ist es ganz bestimmt.«

»Hör mir auf mit diesem moralischen Geschwätz! Ihr habt alle bekommen, was ihr verdient.«

»Und was verdienst du, Nadine? Hast du dich das schon einmal gefragt?«

Sie hatte den Mund bereits geöffnet, um mir zu antworten, als ihre Aufmerksamkeit von jemandem abgelenkt wurde, der sich in meinem Rücken befand. Ihr Gesichtsausdruck zeigte eine Mischung aus Wachsamkeit, Triumph und Neugier. »Du entschuldigst mich!« Sie war bereits im Aufstehen begriffen. »Ich habe Besuch bekommen.« Ohne ein weiteres Wort ging sie an mir vorbei und schien mich in diesem Moment bereits vergessen zu haben.

Blitzschnell drehte ich mich um und sah ihr hinterher. Wer immer am Eingang des Frühstücksraumes auf sie gewartet hatte, war bereits Richtung Hotelhalle verschwunden. Hin und hergerissen zwischen dem Wunsch, das alles möglichst schnell hinter mir zu lassen, und dem Drang, so viel wie mög lich über ihre Machenschaften zu erfahren, sprang ich auf und lief ihr hinterher. Als ich in die Halle kam, sah ich gerade noch, wie Nadine das Hotel zusammen mit einer Frau verließ. Ich musste sie nicht von vorn sehen, um sie zu erkennen. Es war Karen.

Ich sollte erst später von Basti erfahren, dass sie im Stall nach mir gefragt hatte und ihm mit den Worten, es gehe um Leben und Tod, entlockt hatte, wohin ich gefahren war. Ganz offensichtlich hatte sie vermutet, dass mich unser Telefongespräch zu einem solchen Besuch animieren würde.

Ein ungutes Gefühl beschlich mich, als ich die beiden Richtung Strand davongehen sah. Es war unverkennbar, dass sie sich stritten, wobei Karen mehr und mehr in Rage geriet. Ich musste die einzelnen Worte nicht verstehen, um zu wissen, worum es ging. Hatte es mich kurz vorher noch gedrängt, Nadine zu folgen, blieb ich jetzt abrupt auf dem Hotelvorplatz stehen. Die beiden sollten ihren Kampf alleine ausfechten.

»Kennen Sie eine der beiden Frauen?«, hörte ich hinter mir eine Stimme.

Erschreckt fuhr ich herum und sah mich Rieke Lohoff gegenüber. »Was machen Sie hier?«

»Recherchieren.« Ihre Gelassenheit hatte die Kraft, meine angekratzten Nerven ein wenig zu beruhigen. »Ich bin immer noch an der Sache mit den Parallelen zu Ihren Erlebnissen dran.«

»Ist das denn so interessant?«

»Ja«, erwiderte sie mit dem Lächeln einer Lehrerin, die ihre Schülerin gerade beim Flunkern erwischt hat. »Ich habe mich an die Fersen von Karen Klinger, der Radiologin aus Malente, geheftet, um möglicherweise ein bisschen mehr über die Hintergründe ihrer Verleumdung zu erfahren, und auf wen treffe ich? Auf Sie, die ganz ähnliche Erlebnisse vorzuweisen hat und ihr hinterherstarrt. Gibt es da möglicherweise einen Zusammenhang, den Sie mir vorenthalten, Frau Bunge?«

»Ich weiß wirklich nicht, was Sie meinen«, antwortete ich mit Unschuldsmiene. »Ich habe den beiden nur deshalb hinterhergestarrt, wie Sie es nennen, weil sie mich in der Halle angerempelt und sich noch nicht einmal entschuldigt haben.«

»Und was machen Sie hier, wo doch in Ihrem Stall zurzeit Hochbetrieb herrscht?«

»Ich habe meiner Freundin etwas vorbeigebracht. Sie arbeitet hier.«

Ihre Enttäuschung war unverkennbar. »Habe ich durch irgendetwas Ihr Vertrauen verspielt?«

»Nein, Frau Lohoff, das haben Sie nicht. Aber Sie selbst haben mir einmal meine Naivität vorgehalten. Und hier geht es um Dinge, die lange zurückliegen und nicht für fremde Ohren bestimmt sind. Auch nicht für Ihre verständnisvollen. Tut mir Leid.« Ich zuckte entschuldigend die Schultern. »Außerdem ist es vorbei. Es wird nichts mehr geschehen.«

»Sind Sie sich da so sicher?«

An diesem Abend sehnte ich mich nach einer Badewanne. Ich wollte meine verspannten Muskeln lockern, abtauchen und mich treiben lassen. Ich wollte Karen und Nadine vergessen und Rieke Lohoffs Frage, die mich durch den ganzen Tag begleitet und auf die ich keine Antwort gefunden hatte. Da Susanne Besuch hatte, beschloss ich, mir für eine Nacht ein Zimmer in Flint's Hotel zu mieten.

Nachdem ich an der Rezeption den Schlüssel in Empfang genommen hatte, huschte ich, nicht ohne mich vorher nach allen Seiten umgesehen zu haben, die Treppe hinauf. Zwischen Nadine und mir war alles gesagt, ich wollte ihr nicht noch einmal über den Weg laufen.

Im Zimmer suchte ich mir einen Sender mit klassischer Musik, drehte sie auf Zimmerlautstärke und ließ mir ein Schaumbad ein. Die wohlige Wärme des Wassers machte mich schläfrig. War den Tag über meine Müdigkeit in den Hintergrund getreten, spürte ich jetzt den mangelnden Schlaf der vergangenen Nacht, als hätte ich eine Überdosis Baldrian genommen. Ich liebäugelte mit der Vorstellung, einfach in der Badewanne liegen zu bleiben, aber mein Magen machte mich schmerzhaft darauf aufmerksam, dass ich den ganzen Tag über nichts gegessen hatte.

Nachdem ich mich abgetrocknet und in einen Bademantel gehüllt hatte, bestellte ich mir eine extragroße Portion Nudeln aufs Zimmer. Dann setzte ich mich ans Fenster und schaute aufs Meer hinaus. Bis ich vor fünf Jahren ans Wasser zurückgekehrt war, hatte ich es jeden Tag vermisst. Ich liebte das Geräusch der Wellen und den Wind, der selten zum Stillstand kam. Dem Blick in die Ferne stellte sich hier nichts in den Weg.

Als es klopfte, schrak ich zusammen. »Herein!«

Christian kam mit einem Tablett, auf dem nicht nur mein Essen stand, sondern auch eine Flasche Wein und zwei Gläser. Als sei es das Selbstverständlichste von der Welt, verteilte er alles auf dem Tisch. Ich sah ihm mit unverhohlener Überraschung dabei zu.

»Ich wusste gar nicht, dass der Zimmerservice auch zu deinen Aufgaben zählt.«

Während er sich das Arrangement auf dem Tisch besah, sagte er: »In sehr seltenen Ausnahmefällen mache ich sogar Rundumbetreuung.«

329

»Fällt das unter Gästebindung?«

»Mit einer Bindung hat es schon etwas zu tun, mit Gästen weniger.« Er sah mich herausfordernd an. »Und jetzt iss, bevor es kalt wird.« Einladend zog er einen Stuhl vom Tisch zurück und deutete darauf.

Ich setzte mich, hob die Wärmeglocke vom Teller und sog den köstlichen Duft des Essens ein. Christian setzte sich mir gegenüber und schenkte Wein in die Gläser.

Ich hielt meinen Blick auf die mit Käse überbackenen Makkaroni gerichtet. »Wie ich gehört habe, reist sie morgen ab. Wirst du sie vermissen?«

»Nein.«

»Was war sie für dich?«

»Eine interessante Frau mit sehr vielen unterschiedlichen Facetten. Mit nicht ganz alltäglichen Gedanken, mit einer gewissen Zerrissenheit und Getriebenheit. Sie gehört zu jenen Frauen, die du unweigerlich wahrnimmst, wenn sie einen Raum betreten.« Er sah mich forschend an. »Was war sie für dich?«

»Für kurze Zeit war sie eine Vertraute und eine Freundin, aber das ist lange her. Heute sind wir nur noch zwei Menschen, die sich einmal gut gekannt haben.«

»Würde sie dasselbe von dir sagen?«

Ich gab einen erstaunten Laut von mir. »Wieso fragst du? Hat sie etwas gesagt?«

»Nein«, antwortete er mit einem Lachen. »Ich denke nur, dass Menschen die Beziehungen, die sie zueinander haben, sehr unterschiedlich wahrnehmen.«

Ich ließ meine Gabel sinken. »Du meinst unsere.«

»Zum Beispiel.« Das Lachen war aus seinen Augen verschwunden. »Ich liebe dich und du …«

»Und ich habe Angst davor, jemanden zu lieben«, sagte ich, ohne lange darüber nachzudenken.

»Du liebst Oskar, und das bereits seit acht Jahren.« Er kam um den Tisch herum und zog mich hoch. Zwischen unseren Körpern hatten nur noch wenige Millimeter Platz.

Ich versuchte, meinen Blick aus seinem zu lösen, aber es wollte mir nicht gelingen. »Oskar ist …«

»Schscht …«

Der Kuss auf meine Nasenspitze ging gerade noch als freundschaftlich durch, was man von denen, die folgten, nicht behaupten konnte. »Christian, ich …«

Sein Mund war an meinem Hals angekommen, als ihm der Gürtel meines Bademantels langsam aus den Händen glitt. »Die Tür ist unverschlossen, du kannst jederzeit gehen.« Er hielt kurz inne und sah mich mit einer Intensität an, die mein Herz in helle Aufregung versetzte. »Ich bin dir nicht böse, wenn du zum Frühstück nicht mehr hier bist, aber ich hoffe, dass du mich küsst, bevor du verschwindest«, flüsterte er. »Meinst du, das wäre möglich?«

Mein Bademantel war längst auf dem Boden gelandet und meine Hände hatten einstimmig beschlossen, nicht erst auf mein Einverständnis zu warten, bevor sie sich auf Wanderschaft begaben. »Ich denke schon …«

»Du kannst immer noch denken?«, fragte er in gespielter Entrüstung. »Dann mache ich etwas falsch.«

»Mach einfach weiter«, sagte ich atemlos, »ich sage dir schon, wenn du etwas falsch machst.«

In dieser Nacht schlief ich höchstens eine Stunde, aber im Gegensatz zu der vorangegangenen hinterließ der Schlafmangel weder Nebel noch Watte in meinem Kopf. Überhaupt war es weniger mein Kopf, den ich an diesem Morgen in aller Herr-gottsfrühe spürte. Er war einen beachtlichen Schritt in den Hintergrund getreten.

Christian hatte Recht gehabt mit seiner Vermutung: Ich blieb tatsächlich nicht bis zum Frühstück. Ich war viel zu durchein-ander und aufgewühlt. Außerdem wollte ich diesem zarten Pflänzchen, das dabei war, sich in meinem Herzen einzunisten, nicht gleich zu viel zumuten. Sollte es eine Chance haben zu wachsen, dann brauchte es Zeit.

Morgens um halb fünf verließ ich das Hotel. Eine halbe Stunde später saß ich bereits auf Oskars Rücken. Ich hatte nicht eine Sekunde lang darüber nachgedacht, wohin der Weg uns füh-ren würde. An diesem Morgen gab es nur ein Ziel: den Strand. Es war erst sechs Wochen her, dass ich zur Feier meines Fünf-jährigen am Strand der Hohwachter Bucht entlanggaloppiert war. So vieles war in dieser Zeit geschehen. Das meiste davon wollte ich so schnell wie möglich hinter mir lassen.

Die Energie, die mich so früh hinausgetrieben hatte, schien auf Oskar überzuspringen. Er tänzelte aufgeregt, als wir den Strand erreichten. Als ich endlich die Zügel locker ließ, hob er den Kopf und preschte los. In null Komma nichts waren wir beide mit Salzwasser bespritzt.

Es mag sein, dass Oskar an diesem Morgen einen Rekord zwi-schen Lippe und Hohwacht aufstellte. Aber vielleicht war es auch nur ein Gefühl, denn ich hatte anderes im Sinn, als die Zeit zu messen. Sie war mir gleichgültig, ebenso wie das Risiko, bei diesem verbotenen Ritt am Strand erwischt zu werden.

Christian rief gegen Mittag an und umarmte mich mit Worten, die für Sekunden meine Fluchtinstinkte aufflackern ließen. Aber er ließ mir keine Zeit zu entkommen.

»Nadine ist verschwunden«, sagte er in einem Tonfall, der eher Verwunderung als Besorgnis ausdrückte. »Ihr Bett ist unberührt. Wir warten schon den ganzen Vormittag auf sie. Sie wollte heute abreisen, und wir brauchen das Zimmer. Weißt du, wo sie sein könnte?«

Ich konnte mir gut vorstellen, dass die Gespräche mit Karen und mir sie veranlasst hatten, ihre Koffer zu packen und sich davonzustehlen. »Bist du sicher, dass ihr Gepäck noch da ist?«

»Ja. Susanne hat nachgesehen. In ihrem Zimmer sieht alles so aus, als sei sie nur kurz hinausgegangen.«

In diesem Moment kam Heide kreidebleich in mein Büro und machte mir Zeichen, das Telefonat zu unterbrechen. »Christian, entschuldige bitte, ich muss aufhören. Ich rufe dich später zurück.« Fragend sah ich sie an.

»Ich muss mit dir reden!« Offensichtlich stand sie unter großem Druck und konnte weder Hände noch Beine ruhig halten. So hatte ich sie noch nie erlebt.

Mit einer einladenden Geste forderte ich sie auf, sich zu setzen. Kaum saß sie, sprang sie jedoch schon wieder auf und lief unruhig vor mir auf und ab, ohne mich dabei aus den Augen zu lassen.

»Was ist los, Heide?«, fragte ich alarmiert.

»Ich war im Gefängnis. Acht Jahre lang. Ich habe dir das nicht gesagt, weil …«

»Warum sagst du es mir jetzt?«

Sie schien meine Frage gar nicht gehört zu haben. »Ich habe wegen Totschlags gesessen. Meine Mutter …« Sie geriet ins Stocken. »Ich habe sie im Affekt getötet.«

Mir war, als hätte ich einen Schlag vor den Kopf bekommen. »Warum?«

»Weil sie meinem Hund Rattengift gegeben hat. Ich hatte nur ihn«, sagte sie mit starrem Blick. »Er war dreizehn Jahre alt, schwerhörig und fast blind. Wenn jemand zu schnell auf ihn zukam und ihn erschreckte, dann knurrte er manchmal, aber das war vollkommen harmlos. Als ich wegen einer Blinddarm-Operation ins Krankenhaus musste, habe ich ihn bei ihr in Pflege gegeben. Abgeholt habe ich dann nur noch einen Karton mit Halsband, Leine und Fressnapf. Den hatte sie sogar fein säuberlich gespült. Sie hat gesagt, der Hund hätte sowieso schon auf dem letzten Loch gepfiffen und es nicht mehr lange gemacht. Ich sollte froh sein, ihn los zu sein.« Ihr Blick wurde unruhig und irrte im Büro umher. »Da habe ich mir den nächstbesten Gegenstand gegriffen und zugeschlagen.«

Es dauerte einen Moment, bis meine Benommenheit einem Gedanken wich, der sich immer stärker in den Vordergrund drängte. »Heide … warum erzählst du mir das? Warum ausgerechnet jetzt? Was ist geschehen?«

»Ich wollte, dass du es von mir erfährst.«

»Von dem denn sonst?«, fragte ich verwirrt.

»Zwei Beamte von der Mordkommission sind draußen im Stall und sprechen mit Basti. Ich habe ihn gebeten, sie einen Moment hinzuhalten.«

»Die Mordkommission?«

Sie nickte. »Es wird nicht lange dauern, bis sie herausfinden, dass ich vorbestraft bin.«

Jetzt verstand ich gar nichts mehr. »Warum sollten sie das denn herausfinden wollen?«

»Es hat eine Tote gegeben.«

Kriminalhauptkommissar Uwe Gebhardt und Kriminalkommissarin Ina Vogt aus Kiel zeigten mir ihre Ausweise und kamen ohne Umschweife zur Sache. »Gestern gegen Abend wurde in einem Waldstück bei Hohwacht eine Frauenleiche entdeckt«, sagte der Beamte. »Kurz darauf fand ein Autofahrer an der Straße zwischen Lippe und Hohwacht eine schwer verletzte Frau im Straßengraben. Ihr Name ist Rieke Lohoff. Sie wurde gestern Abend noch operiert. Heute Morgen konnten wir ihr kurz ein paar Fragen stellen. Ihrer Aussage zufolge wurde sie von einer Frau Doktor Karen Klinger aus Malente so übel zugerichtet.«

Ich musste mich mehrfach räuspern, um einen Ton herauszubekommen. »Wer ist die Tote?«, fragte ich schließlich mit belegter Stimme.

»Sie hatte keine Papiere bei sich«, antwortete die Kommissarin. »Wir erhoffen uns in diesem Fall von Ihnen nähere Aufschlüsse.«

»Von mir?« Ich sah Ina Vogt irritiert an.

»Frau Lohoff war noch nicht in der Lage, viel zu reden. Soweit wir das Ganze bisher verstanden haben, hat sie den Mord an der Frau mit angesehen, woraufhin die tatverdächtige Frau Doktor Klinger versucht hat, auch sie umzubringen. Sie konnte jedoch fliehen und sich in dem Graben verstecken.«

»Wer ist die Tote?«, wiederholte ich meine Frage.

»Laut Frau Lohoff handelt es sich um eine gewisse Nadine.«

Mein Atem ging stoßweise. »Nadine …« Meine Hände begannen ein Eigenleben und rieben unablässig über meine Oberarme. »Wie geht es Frau Lohoff?«

Jetzt war es Uwe Gebhardt, der meine Frage beantwortete: »Sie hat viel Blut verloren, aber im Gegensatz zu der Toten wurden bei ihr keine lebenswichtigen Organe verletzt. Sie wird bald wieder auf dem Damm sein. Frau Bunge, wie lautet der Nachname dieser Nadine? Wo wohnt sie? Und gibt es Angehörige, mit denen wir uns in Verbindung setzen können?«

Die Fragen drangen wie durch Nebel zu mir. »Köster, sie heißt ... sie hieß Nadine Köster und wohnte in Flint's Hotel. Sie hat hier ... Urlaub gemacht.« Es schien mir absurd, dieses Wort für das zu gebrauchen, was Nadine hier getan hatte. »Ihre Mutter und ihr Stiefvater leben auf Fuerteventura. Ob ihr Vater noch in Hamburg wohnt, weiß ich nicht. Er heißt Scholemann. Der Name des Stiefvaters ist Jessen, er führt auf Fuerteventura ein Hotel. Mehr kann ich Ihnen nicht sagen.« Meine Stimme hatte alle Kraft verloren. »Warum sind Sie sich so sicher, dass die Tote Nadine Köster ist?«

»Wir können uns dabei bisher nur auf die Aussage von Frau Lohoff berufen«, sagte Ina Vogt. »Deshalb wäre es sehr hilfreich, wenn Sie die Tote identifizieren könnten.«

»Wo ist Karen? Ich meine Frau Doktor Klinger?«

»Sie ist flüchtig.«

26

An die Fahrt zur Gerichtsmedizin in Kiel konnte ich mich später nur noch schemenhaft erinnern. Der Anblick von Nadines Gesicht hingegen, das auch im Tod seine Anspannung nicht verloren zu haben schien, war von einer Sekunde auf die andere in mein Gedächtnis gemeißelt. Wie versteinert hatte ich vor ihr gestanden, unfähig mich zu rühren. Bis die Kommissarin mich an der Schulter berührte und den Bann löste. Ich versprach, am nächsten Tag meine Aussage zu machen, an diesem war ich dazu nicht mehr in der Lage. Das Einzige, was ich noch schaffte, war, Christian anzurufen. Zum Glück musste ich ihm nicht viel erklären, die Kripo war bereits bei ihm gewesen. Nach dem Gespräch mit ihm verkroch ich mich ins Bett, rollte mich zusammen und weinte.

Unzählige Bilder bestürmten mich, manche aus meiner Phantasie, manche aus der Realität. Karen hatte Nadine mit fünf Messerstichen umgebracht. Laut Bericht des Pathologen hatte sie ganz gezielt lebenswichtige Organe getroffen. Rieke Lohoff sei vermutlich nur deshalb mit Fleischwunden davongekommen, weil sie Karen Reizgas in die Augen gesprüht und mit dem Angriff gerechnet hatte.

Ich hatte ihn gefragt, wie lange Nadine noch gelebt hatte, und er hatte geantwortet, der Stich ins Herz habe sofort zum Tod geführt.

Meine letzten Worte an Nadine gingen mir nicht aus dem Kopf: *Und was verdienst du? Hast du dich das schon einmal gefragt?* Für all das, was sie getan hatte, hatte sie zweifellos eine Strafe verdient. Mord war jedoch jenseits dessen, was in meinen Augen als Strafe in Betracht kam. Vielleicht würde es Menschen geben, die Nadines Leben gegen Udos aufrechneten, aber ich zählte nicht zu ihnen.

Während meine Tränen nach und nach versiegten und einer Art Betäubung wichen, fragte ich mich, ob ich Karens entsetzliche Tat hätte verhindern können. Aber dazu hätte ich ahnen müssen, dass sie bereit war, so weit zu gehen. Als ich die beiden hatte zum Strand davongehen sehen, hatte ich angenommen, es würde zwischen ihnen zu einem heftigen Streit kommen. Ein Mord hatte außerhalb meiner Vorstellungskraft gelegen. Es musste einen Auslöser dafür gegeben haben. Warum sonst hatte sie, die Nadine bereits bei der Polizei angezeigt hatte und auf deren Hilfe hoffen konnte, zur Selbstjustiz gegriffen? Vielleicht würde Rieke Lohoff mir diese Frage beantworten können.

Als es klopfte, schrak ich zusammen. Einen Moment lang packte mich die Angst, Karen könne vor der Tür stehen. Aber es war Christian, der mir einen großen Topf entgegenhielt.

»Du hast heute bestimmt noch nichts gegessen«, sagte er mit besorgtem Blick.

»Das ist lieb, aber ich habe keinen Hunger.« Ich nahm ihm den Topf aus der Hand und trug ihn in die Küche.

Er war hinter mir hergekommen und nahm mich wortlos in den Arm. Ich weiß nicht, wie lange wir eng umschlungen dastanden. Für eine Weile wollte ich an nichts denken, ich wollte nur spüren, wie mein Herz ganz nah an seinem klopfte. Schließlich nahm er meine Hand und zog mich hinter sich her zu den Steinen am Meer.

»Ich habe die beiden zusammen weggehen sehen«, sagte ich tonlos.

»Tu das nicht, Carla! Du hast nicht wissen können, was passieren würde. Genauso wenig wie Nadine. Schuldig ist in diesem Fall allein diese Ärztin. Man hat sie übrigens noch nicht gefunden, die Polizei fahndet nach ihr.«

»Bist du deshalb hier? Aus Angst, dass sie auch mir etwas antun könnte?«

»Dieser Gedanke ist mir gekommen. Susanne hat mich im Telegrammstil in die Zusammenhänge eingeweiht. Aber ich hätte auch so bei dir vorbeigeschaut.« Während er aufs Meer hinaussah, nahm er meine Hand und küsste sie. »Einerseits weiß ich genau, dass ich dir einen riesigen Freiraum lassen muss, damit du mir nicht wieder davonläufst, andererseits sehne ich mich nach dir.«

»Das mit dem Freiraum ist gut.«

»Und das mit dem Sehnen?«

»Das kommt mir irgendwie bekannt vor …«

Als ich am nächsten Morgen aufwachte, war Christian bereits gegangen. Neben dem Bett fand ich einen Zettel: *Irgendwann wirst du neben mir aufwachen, mit mir frühstücken und dich fragen, warum die Menschen dazu neigen, sich das Beste stets bis zum Schluss aufzuheben. Ich glaube, es hat nichts mit Vorfreude zu tun, sondern mit der Überzeugung, dass ein Kreis sich immer schließt und so ein Schluss zum Anfang wird.* Mein Lächeln machte sich selbständig. Es fühlte sich an, als würde es von einem Ohr zum anderen reichen.

Später las ich Oskar den Zettel vor und schloss aus seinem Schnauben, dass es sich bei den Pferden anders verhielt. Er wollte nicht auf seine Karotten warten, er wollte sie sofort. Aber er wusste auch nichts von Kreisen, die sich schließen.

Ich war früher als üblich im Stall und rief aus einer Ahnung heraus nach Heide. Ihre Antwort kam aus Oskars Box, wo sie ihren Schlafsack ausgebreitet hatte.

»Hast du dich beruhigt?«, fragte ich sie mitfühlend.

Sie nickte. Zum Glück hatte sie wieder etwas mehr Farbe im Gesicht. »Sie haben sich gar nicht für mich interessiert. Und du?«

»Ich glaube, ich bin erst dann wirklich ruhig, wenn die Frau gefasst ist. Sie hat nichts mehr zu verlieren.«

»Das ist ein gefährlicher Zustand.« Sie wusste, wovon sie sprach.

In meinem Rücken hörte ich schnelle Schritte in der Stallgasse. Ich wandte mich um und sah Melanie auf mich zukommen.

Mit einem knappen Nicken in Heides Richtung fragte sie: »Kann ich dich kurz allein sprechen, Carla?«

»Lass uns nach draußen gehen.«

Wir hatten die Stalltür noch nicht ganz hinter uns gelassen, als die Worte aufgeregt aus ihr heraussprudelten. »Karen hat vorletzte Nacht bei mir übernachtet. Sie war völlig aufgelöst, hat eine Zigarette nach der anderen geraucht und nur immer wieder gesagt, sie müsse in Ruhe nachdenken. Und zu jeder vollen Stunde hat sie das Radio eingeschaltet und Nachrichten gehört. Da wusste ich noch nichts von dem Mord.«

»Weißt du, wo sie ist?«

»Nein.« Fröstelnd schlang sie die Arme um ihren Oberkörper. »Ich wollte, dass Nadine für das büßt, was sie Udo angetan hat. Ich … wir wollten sie vor Gericht bringen.«

»Begreifst du, warum Karen sie umgebracht hat?«

Unglücklich schüttelte sie den Kopf. »Ich frage mich die ganze Zeit, ob ich es hätte verhindern können.«

»Du bist nicht die Einzige, die sich das fragt, Melanie, aber es war nicht vorauszusehen. Selbst ich, die ich nur schlechte Erfahrungen mit Karen gemacht habe, wäre nicht auf die Idee gekommen, sie würde einen Mord begehen.« Nadine hätte ich eine solche Tat schon eher zugetraut, nachdem ich erlebt hatte, wie gnadenlos und gleichgültig sie Udos Tod kommentiert hatte. In diesem Fall war sie jedoch das Opfer.

»Jetzt werde ich nie erfahren, ob tatsächlich Nadine Udo all das angetan hat.«

»Sie hat es mir gegenüber zugegeben.«

Für einen Moment war sie sprachlos, dann schien nur noch eine einzige Frage zu zählen. »Wie hat sie es gemacht?«

»Sie hat so getan, als würde sie über Handy mit jemandem telefonieren, und gleichzeitig dafür gesorgt, dass sie genügend Zuhörer hatte.«

Melanies Ausdruck wechselte zwischen Fassungslosigkeit und Abscheu. »Dieses Drecksstück!«

In diesem Augenblick musste ich an unsere Unterhaltung denken, die wir kurz nach Udos Tod im Café in Lütjenburg geführt hatten. Melanie hatte mich gefragt, ob sein Tod nicht reiche, um ihm zu verzeihen. Und ich hatte geantwortet …

»Ein Tod entschuldigt gar nichts!«, wiederholte sie meine Worte von jenem Tag, als könne sie Gedanken lesen. »Jetzt verstehe ich, was du gemeint hast – auch wenn ich nie werde akzeptieren können, dass du in dieser Weise von meinem Bruder gesprochen hast.« In ihren Augenwinkeln sammelten sich Tränen.

»Könntest du etwas für seine Frau und seine Kinder tun?«

Ich wusste, was kam, und ich wusste, dass ich es tun würde.

»Würdest du ihnen und der Schulbehörde schreiben, wie es zu

diesem üblen Rufmord gekommen ist? Auch wenn es nicht viel ist, was man tun kann.«

»Du hast mein Wort.«

Der Versuch, mit Rieke Lohoff zu sprechen, stellte sich als eine Zeit raubende Angelegenheit heraus. In meiner Naivität hatte ich geglaubt, es nur mit einer Krankenschwester zu tun zu bekommen, die ihren Schützling möglicherweise noch für zu schwach hielt, um Besuch zu empfangen. Das war jedoch das geringste Problem. Vor ihrem Zimmer saß ein Polizeibeamter, der mich nach meinem Ausweis fragte und sich bei Uwe Gebhardt rückversicherte, dass ich keine Gefahr für Rieke Lohoffs Leben darstellte. Als ich schließlich an ihrem Bett saß, stieß ich einen erleichterten Seufzer aus. Ihr Anblick war weniger schlimm, als ich befürchtet hatte, aber das lag zum großen Teil an den Verbänden, die die Wunden verbargen.

»Hallo«, sagte ich leise.

»Solche Szenarien fehlen in der Stellenbeschreibung einer Journalistin.« Sie hielt ihre dick verbundenen Hände hoch. »Dass man sich an heißen Themen die Finger verbrennen kann – ja, aber dass man sie gegen ein Messer einsetzen muss ...« Hinter ihrem Lächeln erkannte ich die Angst, die sie ausgestanden hatte und die noch längst nicht abgeklungen war.

Ich zog mir einen Stuhl heran und setzte mich neben ihr Bett. Als sie mir den Kopf zuwandte, kniff sie kurz die Augen zusammen und stöhnte leise. »Wer war Nadine?«

»Das ist eine lange Geschichte.«

»So, wie es aussieht, habe ich Zeit.«

Also erzählte ich ihr von Nadine und mir und den *glorreichen Fünf*. Sie stellte keine Zwischenfragen, sondern sagte nur *Aha* oder: *Jetzt verstehe ich.*

»Starker Tobak«, meinte sie, als ich geendet hatte, und sah mich dann minutenlang stumm an. »Da lag ich mit meinen Parallelen ja gar nicht so falsch.«

»Hätte es etwas geändert, wenn ich Ihnen das vor zwei Tagen bereits erzählt hätte?«

»Nein. Das hätte meine Neugier nur noch mehr angefacht. So bin ich einer Vermutung gefolgt.«

»Und?«

»Kaum waren Sie vom Parkplatz gefahren, ist der Streit zwischen den beiden eskaliert. Karen Klinger geriet mehr und mehr in Rage. Sie beschuldigte Nadine, am Morgen das Wort *Mörderin* mit knallroter Farbe an die Hauswand ihrer Praxis gesprüht zu haben. Sie packte sie am Arm und forderte sie auf, mit ihr zu kommen und diese Verleumdung von der Wand zu schrubben, aber Nadine lachte nur und verhöhnte sie. Daraufhin drohte Frau Doktor Klinger ihr mit der Polizei. Nadine entgegnete unbeeindruckt: ›Wenn die Polizei bei mir auftaucht, kannst du in Malente endgültig deine Sachen packen. Dann werde ich der Presse schildern, was für ein ausgemachtes Luder eine gewisse Frau Doktor Karen Klinger ist. Und dann geht es nicht mehr um Gerüchte, sondern um Tatsachen. Du kannst mir glauben, das fällt auf fruchtbaren Boden. Derzeit ist Extrem-Mobbing an Schulen ein sehr beliebtes Medienthema – selbst wenn es so lange zurückliegt. Ich sehe die Schlagzeile schon vor mir: *Radiologin stürzt über wenig rühmliche Vergangenheit.*‹ Bevor die Ärztin sich umdrehte und ging, sagte sie: ›Wenn ich stürze, stürzt du auch!‹«

»Und dann ist sie weggefahren?«, fragte ich erstaunt.

»Es schien zumindest so. Ich sah sie vom Parkplatz fahren, während Nadine im Hotel verschwand. Eigentlich hatte ich vorgehabt, ihr sofort nachzugehen, um ihr ein paar Informationen zu entlocken, aber ich bekam einen Anruf von meiner Redaktion. Er hat nur wenige Minuten gedauert, in dieser Zeit hatte Nadine sich Sportsachen angezogen und das Hotel wieder verlassen. Auf dem Weg zu ihrem Wagen sprach ich sie an.«

Rieke Lohoff bat mich, ihr einen Schluck Wasser einzugießen. Als sie getrunken hatte, fuhr sie fort. »Ich sagte zu ihr, sie habe offensichtlich Enthüllungen für die Presse, und ich hätte möglicherweise Interesse daran. Ich kann nicht beurteilen, ob sie es ernst meinte, aber sie verabredete sich für den späten Nachmittag mit mir im Hotel. Damit hätte ich zufrieden sein können, aber ich beschloss, sie nicht aus den Augen zu lassen. Jemand, der Sportzeug anzieht, muss sich nicht zwingend sportlich betätigen. Möglicherweise plante sie wieder eine ihrer Aktionen, und das wollte ich mir nicht entgehen lassen. Also fuhr ich ihr in einigem Abstand hinterher. Vor mir war allerdings schon Frau Doktor Klinger auf diese Idee gekommen. Sie muss außerhalb des Hotelgeländes am Straßenrand gewartet haben. Die Fahrt endete auf einem Waldparkplatz am Rand von Hohwacht. Nadine wollte wohl tatsächlich nur joggen. Sie lief los, und Karen Klinger folgte ihr. Ich ließ den beiden einen kleinen Vorsprung, dann ging ich hinterher.«

»Und Sie haben tatsächlich gesehen, dass …«

Ihr Nicken schnitt mir das Wort ab. »Sie haben höchstens noch ein, zwei Sätze gewechselt. Dann hat die Ärztin das Messer aus ihrer Tasche geholt und zugestochen. Aus der Entfernung, aus der ich die beiden beobachtete, konnte ich nicht gleich erkennen, was da vor sich ging, zumal Nadine mir den Rücken zudrehte und mir den Blick auf die Ärztin versperrte. Erst als Nadine zu Boden fiel und ich auf die beiden zulief, habe ich es begriffen, aber da war es bereits zu spät.«

»Und dann hat Karen versucht, auch Sie umzubringen«, wie-

344

derholte ich laut, was ich von der Polizei erfahren hatte. »Damit wird sie es schwer haben, sich auf eine Affekthandlung herauszureden.«

»Obwohl sie es sicher versuchen wird. Es gibt eine Menge möglicher Gründe, warum eine Frau in ihrer Handtasche ein Küchenmesser herumträgt – vielleicht wollte sie es zum Schleifen bringen, oder sie wollte eines nachkaufen und hat dieses als Muster mitgenommen. Außerdem wird sie behaupten, sie sei in einen Blutrausch geraten und nicht mehr Herrin ihrer Sinne gewesen. Ich habe lange genug als Gerichtsreporterin gearbeitet, um all diese Ausreden zu kennen. Aber soweit es in meiner Macht steht, wird sie nicht so glimpflich davonkommen. In meinen Augen war es Mord und versuchter Mord.«

»Wie lange werden Sie im Krankenhaus bleiben müssen?«

»Zwei Wochen vielleicht.«

»Und werden Sie dann soweit wiederhergestellt sein?« Ich traute mich nicht, sie zu fragen, ob sie bleibende Schäden davongetragen hatte.

»Ich werde zur Erinnerung ein paar Narben zurückbehalten. Aber ich glaube, dieser Tag hat auch ohne sie Chancen, tief in meinem Gedächtnis verankert zu bleiben.« Durch ihr schiefes Lächeln hindurch konnte ich ihren alten Humor aufblitzen sehen. »Glücklicherweise hatte ich das Reizgas dabei, deshalb konnte sie nicht sehen, wohin ich geflohen bin. Ich weiß nicht, wie das Ganze sonst ausgegangen wäre.«

»Ist es nicht paradox, dass die Schmiererei an Karens Hauswand sich als Prophezeiung herausgestellt hat? Jetzt ist sie tatsächlich zur Mörderin geworden.«

»Ich hoffe, sie finden sie bald. Dann wäre mir wohler.«

Rieke Lohoffs Wunsch ging noch am selben Tag in Erfüllung. Als ich am Nachmittag bei der Kripo in Lütjenburg meine Aussage über die möglichen Hintergründe des Mordes an Nadine machte, informierte Ina Vogt mich darüber, dass Karen gefunden worden war. Sie hatte sich im Keller ihrer Praxis mit einer Überdosis Morphium umgebracht. Angesichts der Fahndung nach ihr war jede Illusion, ungestraft davonkommen zu können, für sie hinfällig geworden.

Ich atmete tief durch, als ich davon hörte, aber ich konnte nicht aufatmen. Dazu war zu viel geschehen.

»Wir beide haben viel Glück gehabt«, sagte Susanne, als ich später mit ihr darüber sprach. »Wir haben den Hass irgendwann abgestreift. Bei Nadine scheint er zum Lebensthema geworden zu sein. Ich glaube nicht, dass ihre Rache ihr die ersehnte Erlösung und Genugtuung gebracht hat, dazu hat der Hass sie zu lange begleitet.«

»Meinst du, sie hätte eine Chance gehabt, wenn sie am Leben geblieben wäre?«

»Ziemlich sicher wäre sie für einige ihrer Taten verurteilt worden. Außerdem hatte sie diesen Rachefeldzug zu ihrem Lebensinhalt gemacht. Danach für sich selbst ein neues Lebensziel zu finden halte ich zumindest für schwierig und langwierig. Aber diese Gedanken sind müßig, Carla, sie ist tot.«

»Und Karen und Udo haben ihrem Leben selbst ein Ende gesetzt«, sprach ich meine Gedanken laut aus. »Der Arm der Vergangenheit hat schrecklich weit in unsere Gegenwart gereicht.«

Ein paar Tage nachdem Karen tot aufgefunden worden war, kehrte auf dem Bungehof der Alltag wieder ein. Unzählige Male hatte ich ihn in den vergangenen Wochen herbeigesehnt,

doch jetzt hatte ich Schwierigkeiten, mich wieder darin zurecht-
zufinden. Mir kam es vor, als wäre ich aus dem Takt geraten.

Zum ersten Mal half mir auch die Arbeit nicht, mich abzulenken. Wann immer es möglich war, verzog ich mich zu Oskar
oder auf meine Steine am Meer. Christian hatte gute Antennen
dafür, dass es besser war, mich während dieser Zeit ganz mir
selbst zu überlassen. Ich musste wieder zu mir kommen, und
das konnte ich am besten alleine. Immer wieder ging ich in Gedanken die vergangenen Wochen durch und landete dabei unweigerlich in einer Zeit, die zwanzig Jahre zurücklag. Ich erleb-
te noch einmal die Schikanen der *glorreichen Fünf,* um dann
endlich eine Tür hinter ihnen zuzuschlagen.

Ich weinte um die Nadine, die ich zu jener Zeit kennen gelernt
hatte, und ich ließ den heftigen Groll zu, den ich ihr gegenüber
immer noch hegte. Irgendwann würde ich für sie beten, dass
sie im Tod die Ruhe finden möge, die ihr im Leben nicht ver-
gönnt gewesen war. Aber bis dahin war es noch weit.

Als ich endlich wieder aus der Versenkung hervorkam, ver-
sammelte ich an einem wunderschönen Sommerabend die
Menschen, die mir am Herzen lagen, um einen Tisch in meinem Garten: Christian, Susanne, Franz Lehnert, Basti und Heide. Selbstverständlich war auch Oskar in der Nähe. Während
wir uns über Grillfleisch, Folienkartoffeln und Salat hermach-
ten, durfte er an meiner Buchenhecke knabbern.

Am nächsten Tag setzte sich Susanne zum ersten Mal auf eines
der Schulpferde. Heide hatte gefragt, ob sie zuschauen dürfe.
Sie blieb während der gesamten ersten Stunde am Rand des
Vierecks stehen und schien jedes meiner Worte aufzusaugen.
Gegen Ende des Unterrichts ging sie Richtung Stall davon.

»Ich habe übrigens nichts dagegen, wenn sie beim Unterricht
mitmacht«, sagte Susanne, die ihr aufmerksam hinterhersah.

»Du meinst, sie möchte reiten lernen?«

»Sie hat da bestimmt nicht die ganze Zeit gestanden und zugesehen, um bei nächster Gelegenheit als völliger Laie Reitunterricht zu erteilen.« Nachdem sie ein paar Schritte gegangen war,
blieb sie unvermittelt stehen. »Wenn sie allerdings wüsste, wie
sehr ihr der Hintern wehtun wird, dann würde sie nicht so
sehnsuchtsvoll gucken.«

Ich lachte. »Ich werde sie fragen. Wenn sie mag, kann sie übermorgen gleich mitmachen.«

»Wenn ich dann überhaupt schon wieder sitzen kann.« Susanne klopfte ihrem Pferd den Hals und gab ihm eine Möhre.

Die Testamentseröffnung bestätigte, was Franz Lehnert mir
bereits verraten hatte: Mein Vater hatte mir eine Menge Geld
hinterlassen. Es war etwas mehr als die Hälfte dessen, was die
Wellbod AG Hans Pattberg für den Bungehof geboten hatte.

Gleichermaßen ängstlich und hoffnungsvoll klingelte ich bei
Bastis Großvater. Um ihn gnädig zu stimmen, tat ich es so zaghaft, dass ich schon Sorge hatte, er würde es gar nicht hören.
Als er mir öffnete, konnte ich auch in seinem Gesicht Hoffnung
aufblitzen sehen.

»Herr Pattberg, ich habe Ihnen ein Geschäft vorzuschlagen«,
begann ich forsch, bevor mich der Mut verließ.

Zum ersten Mal in all den Jahren bat er mich ins Haus. »Herein,
herein!« In einer für sein Alter ungewöhnlichen Geschwindigkeit eilte er mir voraus.

Ich folgte ihm in sein Arbeitszimmer und nahm gegenüber
seinem Schreibtisch Platz.

»Wann ziehen Sie aus?«, fragte er aufgeregt.

»Frühestens in fünf Jahren, wenn möglich aber gar nicht.«

»Warum sitzen wir dann hier?«

»Weil ich Ihnen ein Angebot machen möchte. Es ist ganz bestimmt nicht das Geschäft Ihres Lebens, Herr Pattberg, aber da Sie sich ja in der zweiten Hälfte Ihres Lebens befinden …«

»Geht es auch etwas weniger in Rätseln?«

Ich nannte ihm die Summe, die mir zur Verfügung stand, um den Bungehof zu kaufen.

»Lächerlich!« Er machte eine wegwerfende Handbewegung. »Die Wellbod AG bietet mir fast das Doppelte. Gehen Sie zur Bank, junge Frau, und fragen Sie, ob die noch ordentlich was drauflegen.«

Ich versuchte, meinen beschleunigten Puls zu ignorieren. »Das werde ich auf keinen Fall tun, Herr Pattberg. Ich nehme keinen Kredit auf. Aber ich mache Ihnen einen anderen Vorschlag: Sie verkaufen mir den Bungehof für die genannte Summe, ich wohne weiterhin in der kleinen Kate, und Sie bleiben auf Lebenszeit im Herrenhaus.«

Wie immer, wenn er nachdachte, zupfte er an seinen Nasenhaaren. »Sie erwarten jetzt nicht sofort eine Antwort, oder?«

Seinem Tonfall war nicht zu entnehmen, in welche Richtung er tendierte.

»Nein. Mir reicht es schon, wenn Sie mein Angebot überdenken.«

»Und Sie haben tatsächlich so viel Geld?«

»Ja!«

»Ich werde Ihr Angebot mit meinem Finanzberater besprechen.« Er log, ohne rot zu werden.

Nur mit Mühe konnte ich mir ein Schmunzeln verkneifen. Jemand, der so geizig war wie der alte Pattberg, beschäftigte keinen Finanzberater. »Wann werden Sie mir Bescheid geben?«

»Beizeiten, junge Frau, beizeiten.«

So blieb mir nichts anderes übrig, als zu warten und zu hoffen. Ich war mir sicher, er würde mich schmoren lassen, allein schon, um mir das heimzuzahlen, was ich ihm seiner Meinung nach angetan hatte. Aber ich war nicht ohne Beistand. Basti versprach, nach Kräften für mich einzutreten. Und ich zählte auf ihn.

Wie sehr auf ihn Verlass sei, davon schwärmte mir Ilsa Neumann einen Tag vor ihrem Sommerfest vor. Basti habe Wort gehalten und würde zumindest die zweite Hälfte seines freien Tages damit zubringen, mich zu vertreten. Es gebe also keine Ausrede, der Einladung nicht zu folgen.

Ich war so lange nicht mehr ausgegangen, dass ich mir in meinem Kleid und den hohen Schuhen völlig verkleidet vorkam. Meine Füße würden diese engen Schuhe nicht lange aushalten. Aber ich hatte ohnehin nicht vor, lange zu bleiben. Ich würde einen günstigen Moment abpassen und mich dann davonschleichen.

Nicht nur Basti hatte Wort gehalten, sondern auch meine Gastgeberin. Sie fackelte nicht lange herum und präsentierte mir den von ihr auserkorenen Junggesellen. Einen Mann übrigens, der mir auf den ersten Blick gefiel und dem ich vielleicht sogar einen zweiten geschenkt hätte, wäre nicht hinter ihm Christian aufgetaucht.

»Warum hast du nicht gesagt, dass du auch hier sein wirst?«, fragte ich ihn, als wir außer Hörweite der anderen Gäste waren. »Wir hätten zusammen herfahren können.«

»Du wärst tatsächlich das Risiko eingegangen, dass man uns ein Verhältnis andichtet?« Sein Tonfall war liebevoll spöttisch.

»Was gibt es da anzudichten? Wir *haben* ein Verhältnis – ein sehr freundschaftliches sogar.«

Er zog mich an sich, so dass zwischen meiner Nase und seinem Mund nur noch wenige Millimeter Platz hatten. »So freundschaftlich, dass wir gemeinsam durch dick und dünn gehen könnten?«

Ich legte meine Hände auf seine Brust und schuf ein wenig Abstand zwischen uns. »Also, Christian, wenn du an diese Sache mit Heiraten und Kindern denkst, dann muss ich dich enttäuschen. Dazu eigne ich mich nicht.«

Er nahm meine Hände von seiner Brust und verschränkte sie hinter meinem Rücken, so dass unsere Körper sich aneinander schmiegten. »Du glaubst tatsächlich, ich würde dich heiraten wollen?«

»Etwa nicht?«

Von einer Sekunde auf die andere ließ er mich los und trat einen Schritt zurück. »Über so etwas sollte man schon mal ein paar Jahre nachdenken. Das ist immerhin eine schwer wiegende Entscheidung. Ich meine, kannst du dir vorstellen, jeden Morgen neben dem Mann aufzuwachen, den du liebst?«

»Zugegeben ... der Gedanke ist gewöhnungsbedürftig. Genauso wie die Sache mit dem gemeinsamen Frühstück.«

Er neigte seinen Mund zu meinem Ohr und flüsterte: »Und riskant ...«

»Riskant?«

»Es ist durchaus möglich, dass man sich daran gewöhnt und dann nicht mehr davon lassen möchte.« Er küsste meinen Mundwinkel. »Ich würde dir in einer solchen Situation natürlich beistehen.«

»Als Freund?«

Jetzt war mein anderer Mundwinkel dran. »Auch das.«

»Gut zu wissen ...« Nie zuvor hatte sich ein Lächeln so gut angefühlt.

Ich danke

Eva Kornbichler, die meine zahllosen Fragen über die Arbeit auf einem Pferdehof mit ebenso viel Geduld wie Fachwissen beantwortet hat. Sie hat dem Bungehof und seinen Vierbeinern zum *Leben* verholfen.

Christine Steffen-Reimann und Beate Kuckertz für die wertvollen Hilfestellungen bei der Entstehung dieses Romans.

Ulrike Schweikert für den inspirierenden Gedankenaustausch und ihre Bereitwilligkeit, die Ergebnisse ihrer Recherchen mit mir zu teilen.

Ulla Steger für ihr fundiertes psychologisches und sprachliches Urteil, an dem mir sehr gelegen ist.

Frieder Kornbichler für seine unbestechliche Kritik und den Blick für das Wesentliche.